She

Henry Rider Haggard

그녀

초판 1쇄 인쇄 2017년 2월 10일
초판 1쇄 발행 2017년 2월 17일

지은이 | 헨리 라이더 해거드
옮긴이 | 이영욱
발행인 | 신현부

발행처 | 부북스
주소 | 04601 서울시 중구 동호로17길 256 – 15
전화 | 02–2235–6041
팩스 | 02–2253–6042
이메일 | boobooks@naver.com

ISBN   979-11-86998-48-9 04840

이 도서의 국립중앙도서관 출판예정도서목록(CIP)은 서지정보유통지원시스템 홈페이지(http://seoji.nl.go.kr)와 국가자료공동목록시스템(http://www.nl.go.kr/kolisnet)에서 이용하실 수 있습니다.(CIP제어번호: CIP2017002181)

부클래식

065

그녀

헨리 라이더 해거드

이영욱 옮김

부북스

FACSIMILE OF THE SHERD OF AMENARTAS.

ONE 1/2 SIZE.

Greatest length of the original   10 1/2 inches.
Greatest breadth   7   inches
Weight   1 lb 5 1/2 oz

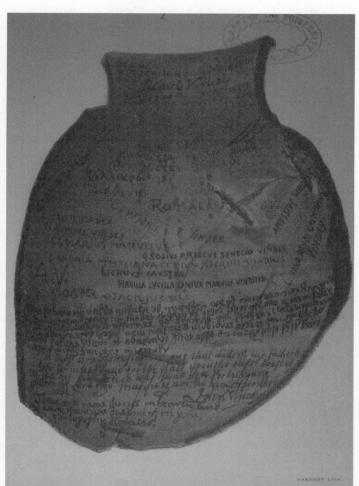

FACSIMILE OF THE REVERSE OF THE SHERD OF AMENARTA

ONE ½ SIZE

_____ 일러두기

1. 이 책은 Henry Rider Haggard, *she*, oxford, 1991을 번역했다.

2. 역자의 주석은 '역주'로 표시했고, 별도 표시 없는 것은 원주다.

3. 원문 "she who must be obeyed"는 "절대 복종을 받아야 하는 그녀"
   이지만 이 번역에서는 "절대 권위의 그녀"로 표기했다.

4. 혼자서 길게 하는 대화는

   " ·········

   " ·········"로 표기했다

차례

서론   009

제1장   방문객 017

제2장   세월이 흐르고 030

제3장   아메나르타스의 질그릇 조각 039

제4장   스콜 071

제5장   에티오피아인의 머리 085

제6장   초기 그리스도교 의례 101

제7장   우스테인이 노래하다 117

제8장   잔치, 그리고 그 이후! 132

제9장   작은 발 146

제10장   추측 157

제11장   코르 평원 171

제12장   그녀 184

제13장   베일을 벗은 아샤 198

제14장   지옥의 영혼 218

제15장 아샤가 판결을 내리다 231

제16장 코르의 무덤 244

제17장 균형이 깨지다 259

제18장 가거라, 여인이여! 278

제19장 내게 흑염소를 달라! 296

제20장 승리 309

제21장 죽은 자와 산 자의 만남 326

제22장 조브의 불길한 예감 338

제23장 진리의 신전 356

제24장 나무판자 위를 걷다 369

제25장 생명의 정신 384

제26장 우리가 목격한 것 402

제27장 뛰어넘다 416

제28장 산을 넘어서 427

번역자의 짤막한 변명 437

서론

죽음을 피할 길 없는 인간이 겪어낸 가장 놀랍고 신비로운 경험을 그저 단순한 모험담으로 볼 수 있을 터이나, 나는 이 유별난 기록을 세상에 내놓으면서 이 글과 나의 관계를 정확하게 밝혀야겠다고 마음먹었다. 따라서 나는 이야기의 화자가 아닌, 그저 편집자에 불과하다는 사실을 고백하면서 기록을 입수한 경위에 대해 말하려고 한다.

편집자였던 나는 몇 년 전에 '학식이 매우 뛰어난 내 친구(vir doctissimus et amicus meus)'와 함께 어떤 대학—이 이야기 진행상 그곳을 '케임브리지'라고 해두겠다—에 머문 적이 있었는데, 어느 날 팔짱을 끼고 걸어가는 두 사람의 모습에 시선이 강하게 꽂혔다. 한 사람은 두말할 것 없이 지금까지 내가 본 사람들 가운데 가장 잘생긴 젊은이였다. 키가 훤칠하고 건장했으며 야생 수사슴과 같은 강인함과 우아함이 온몸에 자연스럽게 배여 있었다. 게다가 아름답고 선량한 얼굴에서는 흠이라곤 도통 찾아볼 수 없었고, 그가 지나가는 숙녀를 향해 모자를 살짝 들 때 곱슬거리는 짧은 금발 머리가 보였다.

"정말 멋져!" 나는 함께 길을 걷는 친구에게 말했다. "우아, 아폴로 동상이 살아서 움직이는 것 같아. 눈이 부실만큼 진짜 아름다워!"

"그렇지," 친구가 대답했다. "이 대학에서 가장 잘생긴 남자야, 가장 친절한 사람이기도 해. 이름은 빈시, 사람들이 '그리스 신'이라고 하네. 하지만 그 옆은 빈시의 후견인이고, 머릿속은 세상의 모든 지식으로 가득하지. 사람들은 그를 '카론'[1]이라고 불러." 나는 중년 남자에게서, 인류 표본으로 미화된 옆 사람만큼이나 눈길을 끄는 그 사람 나름의 매력을 발견했다. 나이는 대략 사십 세정도였고, 동행이 아름다운 만큼 그 만큼 못생겼다. 우선, 키는 작고 다리는 휘었으며, 가슴팍은 두껍고 팔은 유달리 길었다. 검은 머리카락과 조그만 눈, 머리카락은 이마 아래로 곧게 자랐고 수염은 머리를 향해 자라는 바람에 드러나는 얼굴 부분이 그리 많지 않았다. 한마디로 완전히 힘센 고릴라 같은 인상이었다. 하지만 눈빛은 대단히 즐겁고 상냥했다. 나는 그와 인사 나누고 싶다고 했던 것이 생각난다.

"좋아," 내 친구가 대답했다. "그거야 쉽지. 내가 빈시를 알고 있으니 소개해주겠네." 그는 그렇게 했고, 우리는 몇 분 동안 서서 담소를 나누었다. 그 당시 내가 남아프리카에서 막 돌아왔던 관계로 대화 소재는 줄루족이었던 것 같다. 하지만 얼마 안 가 이름이 기억나지 않는 땅딸막한 부인이 예쁘장한 금발 머리 소

---

1   그리스신화에서 죽은 자를 지옥으로 데려가는 나룻배 사공.—역주

녀와 함께 길을 걸어왔는데, 두 숙녀와 친분이 있는 것이 분명한 빈시는 그쪽으로 걸어가 즉시 합류했다. 내가 흥미롭게 기억하는 것은, 숙녀들이 다가올 때 이름이 할리(Holly)라고 알고 있는 중년 남자의 표정이 눈에 뜨이게 변했다는 사실이었다. 그는 별안간 말을 뚝 멈추더니 자신의 동행에 비난의 시선을 던지고, 잔뜩 굳은 태도로 나를 향해 고개를 끄덕인 다음 획 돌아서서 혼자 길을 건너가 버렸다. 나중에 들은 바에 따르면, 그는 사람들이 미친개를 무서워하는 것만큼이나 여자를 두려워하는 것으로 유명했고, 따라서 돌연히 가버린 그의 행동이 충분히 이해되었다. 하지만 그때 젊은 빈시가 여성을 싫어하는 기색을 보였다고 말할 수 없다. 사실상, 그가 소리 내어 웃으며 자신은 그렇게 인사를 주고받다가 여성이 자기를 좋아하게 될 가능성이 크기 때문에, 결혼을 앞둔 여성에게 소개할만한 남자가 아니라고 내 친구에게 말한 것이 기억난다. 전체적으로 그는 너무 잘생겼고 게다가 대다수의 잘생긴 남자들처럼 이기적이거나 잘난척하지 않아 동료들의 미움도 사지 않았다.

그날 저녁은 내가 그곳에 머무른 마지막 날이었고 이후 상당히 오랫동안 '카론'과 '그리스 신'을 만나거나 소식을 듣지 못했다. 사실 그때부터 지금까지 두 사람 중 누구도 만난 적이 없으며 그럴 가능성이 있다고 생각하지도 않았다. 그러나 한 달 전에 나는 편지 한 통과 소포 두 개를 받았는데, 하나는 원고였는데 개봉하자마자 '호레이스 할리'라는 서명이 보였고, 그 순간에 그가 누구인지 떠오르지 않았다. 편지 내용은 다음과 같았다.

　친애하는 선생님—아마 제 편지를 받고 놀라셨을 겁니다. 우리가 서로 잘 아는 사이는 아니기 때문이지요. 따라서 5년 전쯤 우리가 만난 적이 있다는 사실부터 말씀드려야 할 것 같습니다. 그때 케임브리지 거리에서 저와 제 피후견인 레오 빈시를 소개받으셨을 겁니다. 간략하게 용건을 말씀드리겠습니다. 저는 최근에 중앙아프리카 탐험을 소개한 선생님의 저서를 대단히 흥미롭게 읽었습니다. 어느 정도는 사실이고 어느 정도는 상상력의 결과인 듯싶었습니다. 하지만 그 책을 보자 문득 한가지 생각이 떠올랐습니다. 동봉한 원고를 어떻게 보실지 모르겠습니다만('위대한 태양의 아들'인 스카라베와 원본 질그릇 조각도 함께 보냅니다), 아들과 다름없는 제 피후견인 레오 빈시와 저는 최근에 아프리카에서 선생님이 묘사하신 것보다 훨씬 더 경이로운 모험했는데, 사실 선생님이 저의 이야기를 믿지 않으실 것 같아서 원고를 보낼 때 걱정했습니다. 원고를 보시면, 저, 아니 우리가 같은 하늘 아래 살아있는 동안 이 기록을 세상에 내놓지 않겠다고 결정했었다는 사실을 이해하실 겁니다. 최근에 주변 상황이 변하지 않았다면 그 결정도 변하지 않았을 테지요. 또한, 선생님이 이 원고를 차근차근 읽어보신다면 우리가 여러 가지 이유로 이번에는 중앙아시아로, 다시 길을 떠난다는 사실을 짐작할 수 있을 겁니다. 지혜를 찾을 수만 있다면 이 지구 어디라도 갈 것이며 체류 기간은 상당히 길어질 것 같습니다. 어쩌면 영원히 돌아오지 않을지도 모릅니다. 상황이 이렇게 변하자, 이토록 견줄 바 없이 흥미로운 이야기를, 단지 우리의 사생활이 관여되었다거나 혹은 이 기록에 쏟아질 조롱과 의심이 두려워서 세상에 알리지 않는 것이 정당한가에 대해 숙고하게 되었지요. 저와 레오는 각자 나름대로 의견을 제시했고 장시간 토론한 끝에 타협점을 찾았습니다. 다시 말해, 이 기록을 선생님에게 보내기로 했습니다. 만약 출판에 적당하다고 여기신다면, 그와 관련한 모든 권한을 드리겠습니다. 유일한 규정은 우리의 본명을 숨겨주고 개인적 신분만큼이나 이야기의 **진실성**을 제대로 유지해 달라는 것입니다.

이제 무슨 말이 더 필요하겠습니까? 그저 다시 한 번 드릴 말씀은 동봉한 원고에 묘사된 모든 내용은 실제 발생한 일이라는 사실뿐입니다. **그녀**에 대해서는 덧붙일 말이 없습니다. 시간이 흐를수록 우리가 그 경이로운 여인에게서 좀 더 많은 정보를 얻을 기회를 제대로 활용 못 했던 것이 후회스러울 뿐입니다. 그녀는 누구였을까요? 어떻게 '코르의 동굴'로 가게 되었으며 그녀가 믿는 종교는 진정 무엇이었을까요? 우리는 결코 알아내지 못했고, 아아, 적어도 지금까지는 그러하답니다. 그런 질문과 더불어 여러 가지 의문점이 머릿속에 떠오릅니다만, 지금 그걸 묻는다는 것이 무슨 소용이 있을는지요.

선생님은 이 과업을 받아들이시렵니까? 우리는 선생님에게 모든 권한을 드리며, 모험담과는 다르고 세상에 내보일 수 있는 가장 경이로운 기록을 내놓는 영예를 보답으로 얻을 수 있을 것이라고 믿습니다. 선생님을 위해 깨끗하게 복사된 이 원고를 읽은 후, 제게 답변을 알려주시길 바랍니다.

저를 믿어주시길, 이만 총총

호레이스 할리 드림.

추신—당연한 말씀이지만, 원고 출간으로 판매 수익이 생긴다면 원하시는 곳에 사용하십시오. 손실이 발생할 경우를 대비해서 제 변호사인 제프리와 조단에게 지시를 해놓을 것입니다. 동봉한 질그릇 조각과 스카라베, 양피지 문서들은 우리가 돌려달라고 요청할 때까지 선생님께서 잘 보관해주시리라 믿습니다. —L. H. H.

짐작한 대로 나는 이 편지를 읽고서 대단히 놀랐는데, 당장 해야 할 일을 처리하느라 두 주일을 보낸 후 원고를 읽었을 때는 더욱 커다란 충격에 휩싸였다. 독자들도 그럴 거라 믿으면서 즉시 그 일을 추진해야겠다고 결정한 다음, '할리 선생'에게 그런 취지로 편지를 썼다. 그런데 일주일 후에야 그의 변호사들이 보낸 답장이 도착했다. 거기에는 자신들의 고객과 레오 빈시가 이미 티베트를 향해 떠났고, 그들이 지금 어디에 있는지 알 수 없다고 했다.

자아, 내가 할 수 있는 말은 그게 전부다. 기록 자체에 대해서는 독자 여러분이 판단해주길 바란다. 행위자의 신분을 대중에게 노출하지 않으려는 목적으로 내용을 약간 수정한 것을 제외하고는 내게 온 그대로 세상에 내놓으려 한다. 개인적인 논평도 가미하지 않을 작정이다. 처음에는, 영겁의 장엄함을 지녔고, 영원 그 자체의 그림자가 밤의 어두운 날개처럼 드리워진 어떤 여인에 대한 이 기록에, 내가 알아낼 수 없는 어떤 거대한 비유의 의미가 담겨있다고 믿었다. 그런 다음, 자신을 감싼 불멸의 세상 속 바람과 조수가 쉬지 않고 몰아치다가 물러가는 것처럼 그녀의 인간다운 가슴 속 열정 또한 그렇게 고동친다고 믿으면서, 그 놀라운 존재인 그녀와 실질적 불멸에의 가능성을 그려보려는 대담한 시도였다고 생각했다. 그러나 이내 그런 생각도 던져 버렸다. 나에게 이 기록은 온전히 사실인 듯했다. 상황상 필요했던 이 얄팍한 서문과 그에 딸린 기록에 대한 해석은 독자들의 몫으로 남겨야 할 것 같다. 이제 아샤(Ayesha)와 코르 동굴을 이 세상에 소개하고자 한다.—편집자

붙임 말—이 기록을 다시 읽은 후 독자에게 꼭 일러두어야 할 고려 사항이 강하게 뇌리를 스쳐 지나갔다. 지금까지 우리가 알고 있는 한, '레오 빈시'라는 인물이 아샤처럼 뛰어난 지적 능력으로 사람들을 매료시키지 않았다는 사실을 독자들은 알게 될 것이다. 어쨌든 내가 보기엔 그는 특별히 관심을 끌지 않았다. 사실상 보통의 상황이라면 할리 선생이 그녀의 호의를 더 받았다고 사람들이 짐작할 수 있을 것이다. 극과 극의 만남이라고나 할까, 혹은 어떤 기묘한 물리적 반작용 때문에, 풍성하고 장려한 정신이 그녀를 이끌어내어 물질의 성지에서 숭배의식을

지내도록 만든 것일까? 고대 칼리크라테스는 아름다운 그리스인의 유전자를 물려받았기 때문에 사랑받게 된 수려한 인간에 불과했을까? 혹은 내가 사실이라고 믿은 사건에 대한 올바른 설명이란, 아샤라는 여성이 우리보다 더 멀리 내다보면서 연인의 영혼 속에 감추어진 위대함의 씨앗과 타오르는 불꽃을 감지했고, 그녀의 지혜로 흠뻑 적셔지고 그녀의 존재라는 햇살과 함께 빛나는 생명의 선물이 영향력을 발휘하는 가운데, 그 영혼의 빛과 향기가 세상을 가득 채우면서 꽃처럼 만개하고 별처럼 반짝인다는 것을 알았다는 것일까? 나 또한 여기에서 그 질문에 대답할 수 없지만, 독자들은 다음에 이어지는 할리 선생의 자세한 묘사를 읽고 스스로 판단해야 할 것이다.

제1장

방문객

어떤 사건은 당시의 환경과 주변 상황 때문에 뇌리에 깊이 각인 되어 절대 잊어버릴 수 없게 되는데, 내가 지금 묘사하려는 장면 이 바로 그러하여, 이 순간에도 마치 어제 일어났던 것처럼 눈앞 에 생생하게 떠오른다.

이십 년 전 바로 이번 달에 생긴 일이었다. 나, 루드윅 호레 이스 할리는 어느 날 밤 케임브리지의 숙소에 앉아서 정확히 뭔 지 기억나지 않는 수학 문제와 열심히 씨름 중이었다. 일주일 내 로 특별연구원 자격심사가 있을 예정이었고, 지도 교수와 대학 본부는 대체로 내가 선발될 것이라고 예상했다. 마침내 나는 너 무 지쳐서, 책을 탁 덮고, 벽난로 선반 앞으로 걸어가 파이프를 끄집어내어 가득 채웠다. 선반에는 촛불 하나가 타올랐고 그 뒤 편에 좁고 긴 거울이 놓여 있었다. 파이프에 불을 붙이려다, 거 울 속에 비친 내 표정을 흘깃 보았고, 좀 더 비추어 보기 위해 동 작을 멈췄는데, 불붙은 성냥불이 손가락까지 타들어 오는 바람 에 성냥을 떨어뜨렸다. 그러나 나는 미동도 없이 서서 거울 속 모습을 응시하며 곰곰이 생각했다.

"자아," 나는 마침내 큰 소리로 말했다. "머리를 써서 뭔가를 할 수 있길 바라자, 외모의 도움으로 무슨 일을 해내기는 틀렸어."

이 글을 읽는 사람에게는 의심할 바 없이 좀 이해하기 힘든 인상을 주겠지만, 이는 내 육체적 결점을 솔직히 인정하는 표현이었다. 스물두 살 청년이라면 대부분 싱싱한 젊음이 부여한 아름다움을 어느 정도 간직하기 마련이지만, 내게는 이마저도 없었다. 작은 키에 다부진 몸집, 거의 기형으로 보일 만큼 두꺼운 가슴팍과 근육이 불거진 기다란 팔, 굵은 얼굴선, 푹 꺼진 회색 눈동자, 검고 두꺼운 머리카락으로 덮인 편편한 이마, 마치 숲속의 빈터처럼 잠식당하기 시작한 머리. 그게 거의 이십오 년 전 나의 모습이며 조금 바뀌긴 했지만, 지금까지도 이어지고 있다. 카인처럼 내게 낙인을, 자연은 내게 비정상적으로 못생긴 외모라는 낙인을 찍었으며, 그만큼 자연은 비정상적으로 강한 체력과 상당한 지적 능력을 선사했다. 대학의 말쑥한 청년들은, 비록 나의 인내하는 재주와 육체적인 기량을 충분히 자랑스러워 하였지만, 너무나 못생긴 나와 함께 걷는 것조차 꺼렸다. 내가 대인기피증에다 침울한 성격이라는 게 이상한가? 내가 혼자 골똘히 생각하며 일하고, 친구가 딱 한 명밖에 없어 놀라운가? 자연은 나를 혼자 살아가는 인간으로 떼어 놓았고 나는 자연의 가슴에서만 편안함을 느낄 수 있었다. 여자들은 나를 흘끗 보는 것조차 싫어했다. 유일하게 들었던 여자의 말이 있긴 한데, 일주일 전 어떤 여자는 내가 못 들을 것으로 생각하면서, 나를 '괴물'

이라고 지칭하며 나 때문에 원숭이 진화론으로 '개종'하게 되었다고 말했다. 언젠가 한 번, 정말로, 한 여자가 내게 호감을 보이는 척해서, 나는 억눌린 내 본성의 애정을 모두 그녀에게 아낌없이 쏟아부었다. 그런 다음 돈이 바닥나자 그녀는 나를 차버렸다. 이전이나 이후에 한 번도 살아있는 어떤 피조물에게 애원한 적이 없던 내가 그녀의 달콤한 얼굴에 완전히 사로잡혔고, 그녀를 사랑했기 때문에, 그녀에게 매달렸다. 결국, 그 여자는 대답으로 나를 거울 앞으로 데려가서 내 옆에 나란히 서서 거울을 응시했다.

"자아," 그녀가 말했다. "내가 미녀라면, 당신을 뭐라고 불러야 하죠?"

내 나이 불과 스무 살 때 일이었다. 나는 그렇게 앞을 바라보며 서서 암울하게 혼자만의 고독을 곱씹고 있었다. 내게는 아버지도, 어머니도, 형제도 없었다. 그때 노크 소리가 들려왔다.

나는 문을 열기 전에 잠시 귀를 기울였다. 밤 열두 시가 가까운 시각이었고 낯선 이를 맞이할 기분도 아니었다. 이 대학에서, 아니 이 세상에서 친구라고 부를 수 있는 사람은 단 한 사람뿐이었다. 어쩌면 그가 왔을 터였다.

바로 그때 문밖에서 기침 소리가 났다. 누구의 것인지 알아챈 나는 황급히 문을 열었다.

키가 훤칠하고 수려한 용모를 지닌 삼십 대 남자가 오른손에 든 커다란 철제 상자의 무게에 눌린 채 비틀거리며 서둘러 들어섰다. 그는 테이블 위에 상자를 내려놓더니 걷잡을 수 없이 기침을 쏟아내었다. 얼굴이 시퍼렇게 될 때까지 기침은 멈출 줄 몰랐고, 마침내 의자에 주저앉아 피를 뱉어내기 시작했다. 내가 큰 컵에 위스키를 부어서 건네자 그는 그것을 마신 뒤 조금 나아진 듯 보였다. 하지만 나아졌다고 해도 사실상 몹시 나쁜 상태였다.

"어째서 나를 추운 곳에 서 있게 했나?" 그가 토라져서 물었다. "바람이 내게는 치명적이라는 걸 알잖아."

"누구인지 몰랐다네," 내가 대답했다. "너무 늦은 시간에 왔어."

"그래. 그리고 나는 진심으로 이게 마지막 방문이라고 생각한다네," 그의 미소는 섬뜩했다. "난 다 되었어, 할리. 다 됐어. 내가 내일을 볼 거라고 믿지 않아!"

"말도 안 돼!" 내가 외쳤다. "의사를 불러오겠네."

그는 다급히 손을 내저으며 나를 말렸다. "냉철한 의미에서 한 말이네. 난 의사를 원하는 게 아니야. 난 의학을 공부했고 내가 걸린 병에 대해 모든 것을 알고 있다네. 어떤 의사도 나를 도와줄 수 없어. 곧 마지막 순간이 올걸세! 사실 지난 일 년간 내가 살아있었던 것도 기적이었어. 이제 누구에게서도 들어본 적이 없는 말이 될 테니, 내가 하는 말을 잘 듣게나. 내가 다시 말해줄 기회도 없어서야. 우리는 두 해 동안 친구로 지냈는데 자네는 나에 대해 얼마나 알고 있는지 말해줄 수 있나?"

"자네가 부자라는 것, 사람들이 대부분 대학을 떠나는 나이에 대학에 들어오기를 원할 만큼 자유로운 영혼을 지녔다고 생각해. 결혼했지만 아내는 사망했다고 알고 있네. 그리고 나에게는 진실로 최고이자 유일한 친구일세."

"자네는 내게 아들이 있다는 것을 알고 있나?"

"아니."

"내게는 아들이 있어. 지금 다섯 살일세. 아내가 아이를 낳다가 사망했지. 그 때문에 그 애 얼굴을 보고 있기가 힘들다네. 할리, 만약 자네가 내 부탁을 받아들인다면 나는 자네를 아들의 단독 후견인으로 지정하려고 하네."

나는 놀라 벌떡 일어나다가 거의 의자에서 굴러떨어질 뻔했다. "나를!" 내가 말했다.

"그래, 자네 말일세. 두 해 동안 자네를 그냥 살펴본 것이 아니야. 나는 오래 살 수 없으리라는 것을 이미 알고 있었네, 그래서 누군가를 찾아야 한다는 사실을 깨달았지. 내 아들과 이것을 맡길 사람 말일세." 그는 철제 상자를 톡톡 두드렸다. "자네가 바로 그 사람이야, 할리. 강인한 나무처럼, 골수까지 단단하고 건강하지. 잘 듣게, 지금까지 가문을 추적할 수 있는 한, 내 아들은 이 세상에서 가장 오래된 한 가문의 유일한 후계자가 될 것이라네. 자네는 내 말을 듣고 웃어넘길 것이지만 언젠가는 한 치의 의심도 남기지 않고 그 사실이 증명될걸세. 나의 65대 혹은 66대 조상은 이시스의 이집트 사제였어. 비록 그 자신이 그리스 혈통이며 칼리크라테스[2]라고 불렸지만 말이야. 그의 아버지는 29대 왕조 멘데시안 파라오인 하크-호르가 모집한 그리스 용병 중

---

2   강인하고 아름다운 것, 혹은 좀 더 정확한 의미는 강인함 속의 아름다운 것.

하나였고, 그의 할아버지는 그리스 역사가인 헤로도토스[3]가 언급한 바로 그 칼리크라테스라네. 어림잡아 기원전 339년에 파라오 왕조가 마침내 몰락했을 즈음, 사제인 칼리크라테스는 독신의 서약을 깨고 그와 사랑에 빠진 이집트 공주와 도망쳤는데, 배가 난파되어 마침내 아프리카 해안 어딘가에 도착했어. 내 생각으로는 현재 델라고아 만이거나 그보다 약간 북쪽인 듯하네. 그와 그의 아내는 목숨을 구했지만, 나머지 일행은 이런저런 이유로 목숨을 잃었다네. 여기에서 그들은 엄청난 시련을 견뎌내다가, 마침내 막강한 힘으로 미개 부족을 다스리던 어떤 여왕이 그들을 맞이해주었다고 하네. 그녀는 신비로울 만큼 아름다운 백인 여성이었고, 내가 들어갈 수 없는 어떤 상황에서, 하지만 만약 자네가 살아남는다면 어느 날 그 상자의 내용물을 보고 알게 될 그 상황에서 내 조상인 칼리크라테스를 살해했지. 하지만 그의 아내는 도망쳐서 아테네로 향했어. 어떻게 해냈는지는 모른

---

3   내 친구가 언급한 칼리크라테스(Καλλικράτης)는 스파르타인이며 헤로도토스 (Ηρόδοτος, ix. 72)가 그의 아름다움에 대해 말했다. 그는 기원전 479년 9월 22일 영광스러운 플라타이아 전투에서 쓰러졌을 때, 스파르타인과 아테네인들이 파우사니아스의 지휘 아래 페르시아인들에게 향했고, 거의 30만 명을 학살했다. 다음은 그 문장을 번역한 것이다. "전투 중에 사망한 칼리크라테스는 몰락한 파라오의 병사 중—스파르타 사람뿐 아니라 그리스에서도—가장 아름다운 남자였다. 파우사니아스가 희생될 때 그는 화살에 상처를 입었다. 그런 다음 그들은 싸웠으나 그는 자기 죽음에 대해 플라타이아 사람인 아에임네스토스(Ἀείμνηστος)에게, 그가 그리스를 위해 죽는 것을 애석한 것이 아니라 자신이 원했음에도 불구하고 한 번의 일격을 가하지 못해서 슬프다고 말했다." 아름다운 용모만큼이나 용감했던 칼리크라테스는, 스파르타인이나 그들의 노예들과는 달리 젊은 지휘관들과 함께 묻혔다고 헤로도토스가 언급했다. —L. H. H.

다네, 하지만 그녀는 임신 중이었고 아기 이름을 티시스테네스, 즉 강력한 복수자라고 지었지. 그 후 약 오백 년이 지난 후 그 일족은 로마로 이주했는데 그 정황에 대해 남아있는 기록이 없어. 그런데 여기, 티시스테네스라는 이름을 찾을 수 있는 것으로 보면, 복수에 대한 생각을 버리지 않은 듯 하다네. 그들은 빈덱스 즉 복수자라는 뜻을 지닌 성을 계속 사용한 것 같거든. 약 오백 년 이상, 즉 서기 770년 정도까지 샤를마뉴 대제가 그 당시에 그들이 살던 롬바르디를 침공할 때까지 남아있었고, 거기에서 그들 가문의 수장이 대제에게 의탁하여 그와 함께 알프스를 건너서 마침내 브르타뉴에 정착했다네. 여덟 세대가 지난 후 그의 직계 후손이 참회왕 에드워드가 통치할 때 영국으로 건너왔고 정복자 윌리엄 왕 시절에 큰 명예와 권력을 가지게 되었어. 그 때부터 지금까지 족보가 끊어지지 않고 잘 이어지고 있다네. 영국에 정착한 이후 마지막으로 가문의 성을 빈시로 바꾼 그들은 그리 특출나지 않았고 절대 앞으로 나서지 않았다네. 병사였을 때도 있고 상인이었을 때도 있었지만, 전체적으로 그들은 평범했고 품위를 유지할 정도는 되었어. 찰스 2세 시대부터 이번 세기 초반까지 그들은 상인이었지. 약 1790년경에 내 할아버지는 양조업으로 상당히 많은 재산을 모은 다음 은퇴했어. 1821년 그는 세상을 떴고 아버지는 그 뒤를 이었으나 재산 대부분을 흥청망청 써버렸다네. 아버지는 십 년 전에 돌아가셨는데 유산에서 나오는 수익이 일 년에 이천 파운드가량 되네. 그러고 나서 나는 그것과 관련해서 탐험을 나섰어." 그는 철제 상자를 가리켰다.

"상당히 비참하게 끝나버렸네. 나는 돌아오는 길에 유럽 남부 지방을 여행했고 마침내 아테네에 도착했다네. 그곳에서 사랑하는 아내를 만났는데 나의 오랜 그리스 조상처럼 '미녀'라고 불리기에 충분했지. 나는 그녀와 결혼하고 일 년 후, 그녀는 아들을 낳고 세상을 떴다네."

그는 잠시 말을 멈추고 두 손에 얼굴을 묻었다. 그런 다음 말을 이었다.

"계획을 세웠지만, 결혼 때문에 실행할 수 없었고 이제는 다시 돌아갈 수 없다네. 내게는 시간이 없어, 할리. 시간이 없단 말일세! 만약 자네가 내 말을 신뢰한다면 언젠가는 모든 것을 알게 될 거야. 아내가 죽은 후 나는 그 계획에 마음을 쏟기 시작했지. 하지만 먼저 해야 할 일은, 혹은 적어도 그게 꼭 필요하다고 생각한 것이 있었으니, 바로 동쪽의 방언, 특히 아랍어를 완벽하게 익혀야 한다는 거였어. 그 공부를 하기 위해 이 대학에 왔지만 얼마 안 가 나는 병들었고 이제는 마지막이 온 거라네." 그리고 그는 자신의 말을 강조라도 하듯 다시 한 번 끔찍스러우리만치 요란한 기침을 쏟아내었다.

나는 그에게 위스키를 좀 더 부어주었고 조금 진정되자 그는 말을 이었다.

"내 아들 레오를 마지막으로 본 것은 그 애가 갓난아기였을 때라네. 나는 차마 아이를 볼 수 없었지만 아주 똑똑하고 잘 생긴 아이라고 하더군. 이 봉투 속에," 그는 주머니 속에서 나에게 주는 편지 한 통을 꺼냈다. "아이가 앞으로 받을 대략적인 교육

과정에 대해 적어 놓았네. 조금 특이하긴 하지. 어쨌든 나는 낯선 사람에게 이 일을 맡길 수가 없어. 다시 한 번 묻지만, 이 일을 해주겠나?"

"일단 내가 무엇을 해야 하는지 알아야겠어," 내가 대답했다.

"레오를 맡아서 스물다섯이 될 때까지 자네와 함께 살도록 해주게. 기억할 점은 학교에 보내지 말아 달라는 거야. 아이가 스물다섯 살 생일이 되면 자네의 후견인 임무는 종료될 거고, 그런 다음 자네는 지금 내가 주는 이 열쇠를 가지고," 그는 테이블 위에 열쇠를 올려놓았다. "철제 상자를 열어서 아들에게 내용물을 보여주고 읽게 하게. 그리고 그 애가 요구사항을 받아들일지, 말지를 결정하게 해줘. 아들이 그 일을 꼭 받아들여야 할 의무는 없어. 자아, 조건을 말해주겠네. 내 현재 수익은 일 년에 2천2백 파운드야. 수익의 절반은 자네에게 평생 지급되도록 유언장으로 보증해 놓을걸세. 후견인이 된다는 조건으로 말일세. 즉, 일 년에 1천 파운드는 자네에게 주는 보상금이야. 아이를 기르려면 자네 생활을 포기해야만 할 부분이 있을 테니까. 그리고 1백 파운드는 아이의 양육비일세. 나머지는 레오가 스물 다섯 살이 될 때까지 모아 두게. 그 돈은 레오가 내가 말한 요구사항을 받아들이고 실행할 때 자금으로 사용할 수 있게 말일세."

"만약 내가 사망한다면?" 내가 물었다.

"그렇다면 아이는 대법관청의 보호를 받으면서 기회를 기다려야겠지. 부디 조심히 살아서 이 철제 상자가 자네 유언장에 따라 아이에게 전해지는 일은 없도록 해주게. 들어보게, 할리, 내

부탁을 거절하지 마. 나를 믿어줘, 이건 자네에게 유리한 거야. 이 세상 사람들과 어울려 사는 건 자네에게 잘 맞지 않아. 그건 자네 기분을 상하게 할 뿐이잖아. 몇 주일 후면 자네는 대학의 특별연구원이 될 것이고 거기서 받는 수익과 내가 남긴 것을 합친다면 느긋하게, 좋아하는 스포츠를 즐기면서 살아갈 수 있을 거야. 자네에게 딱 맞는 생활방식이지."

그는 말을 멈추고 걱정스럽게 나를 바라보았으나 나는 계속 머뭇거렸다. 그 임무는 너무 이상했다.

"나를 위해서야, 할리. 우리는 좋은 친구였고 내게는 다른 준비를 할 시간이 없어."

"좋아," 내가 말했다. "내가 하겠네. 이 종이에 내 마음을 번복하게 할 내용이 없다면 말일세." 나는 그가 테이블 위 열쇠 옆에 놓아둔 봉투에 손을 대며 말했다.

"고맙네, 할리. 고마워. 문제가 될 만한 내용은 없어. 자네가 그 아이의 아버지가 될 것이며 이 편지에 쓰인 대로 해주겠다고 하느님 앞에 맹세해주게."

"맹세하지." 나는 침착하게 대답했다.

"좋아, 언젠가 자네의 맹세대로 했는지 내가 물어볼 날이 올 거야. 비록 나는 죽고 잊히겠지만 그런데도 나는 살아있을 테니까. 죽음 같은 건 없다네, 할리, 오직 변화가 있을 뿐이고, 조만간 자네도 그 사실을 인정하게 될 거야. 사실 나는 그러한 변화조차도 어떤 상황에서는 한없이 미루어질 수 있다고 믿는다네." 그는 또다시 무서울 정도로 끔찍한 기침을 쏟아내었다.

"이제" 그가 말했다, "나는 가야만 하네. 상자는 이제 자네에게 있고, 내 유언장은 서류 사이에 있네. 그 유언장의 권한에 따라 아이는 자네에게 맡겨질 거야. 충분히 보상을 받을 걸세, 할리. 그리고 나는 자네가 정직하다는 것을 알아. 하지만 만약 나의 믿음을 저버린다면 내 영혼이 자네 주변을 맴돌게 될 테지."

진실로 너무나 당황스러운 나머지, 나는 아무런 말도 하지 못했다.

그는 촛불을 들어 올리고 거울에 비친 자신의 모습을 바라보았다. 아름다운 얼굴이었을 터이나 병색이 완연했다. "벌레들의 일용할 양식이 되겠지," 그가 말했다. "몇 시간 뒤에는 내 몸이 딱딱하고 차갑게 굳어버린다니 신기해. 여정은 막을 내리고 작은 게임은 끝난 거야. 아, 내게는 말일세, 할리, 삶은 삶의 고통만큼의 값을 하지 않네, 사랑에 빠질 때를 제외하고는 말이야. 적어도 내게는 그랬어. 하지만 레오의 삶은, 만약 그 아이가 용기와 신념을 지닌다면, 삶의 고통만큼의 보답을 받게 되겠지. 잘 있게나, 친구!" 그리고 갑자기 부드러운 몸짓으로 나를 껴안은 다음 이마에 입을 맞추었고 떠나려고 몸을 돌렸다.

"이보게, 빈시," 내가 말했다, "만약 자네가 몹시 아프다면, 내게 의사를 데려오도록 해주게."

"아니야, 아니야," 그는 진심으로 말했다. "그렇게 하지 않겠다고 약속해줘. 나는 죽게 될 거야, 마치 독약을 먹은 들쥐처럼. 홀로 죽게 해주게."

"그런 짓을 저지를 거라고는 믿지 않겠네." 내가 대답했다.

그는 미소를 지으며, 소리 없이 입술로 '기억하게'라고 말한 뒤 가버렸다. 나로 말하자면, 자리에 앉아서 꿈을 꾼 것이 아닌지 의심하며 눈을 비벼댔다. 이에 대해 더 이상 추측할 수 없자 생각하는 것을 포기한 뒤 빈시가 술에 취한 것이 틀림없다고 믿기 시작했다. 나는 그가 매우 아팠다는 것, 지금까지 오랫동안 아파왔다는 것을 알았으나 그날 밤 당장 세상을 떠날 것이라고 확신할 정도는 아니었던 것 같다. 만약 죽음을 바로 앞둔 상태였다면 무거운 철제 상자를 들고 걸어 다닐 수 없었을 것이 분명했다. 모든 이야기를 곰곰이 생각해본 결과 도저히 믿기 힘들었는데, 그 당시 비교적 젊은 나이였던 나는, 이 세상에는 인간의 상식으로는 완전히 불가능하여 절대로 일어날 수 없다고 단정 지은 일들이 실제로 많이 발생한다는 사실을 깨닫지 못했다. 이는 내가 최근에야 완전히 인지한 사실이다. 다섯 살짜리 아들을 아주 작은 아기였을 때 이후 단 한 번도 보지 않은 남자라니, 믿을 수 있겠는가? 없다. 자기 죽음에 대해 그토록 정확하게 예견하는 사람이라니, 이게 가능한가? 가능하지 않다. 그가 기원전 삼백 년 이상으로 자신의 족보를 추적하거나 대학 동료에게 아이의 절대적 후견권과 재산의 절반을 갑자기 주는 일이 가당키나 하단 말인가? 대부분, 그럴 리 없다. 분명히 빈시는 술에 취했거나 미쳤을 것이다. 그렇다면 그건 무슨 의미일까? 그리고 잠겨있는 철제 상자 속에 무엇이 들어있을까?

그 모든 것이 내게는 당황스럽고 어리둥절했기에, 결국에는 더 이상 참기 힘들어서 무시하기로 했다. 나는 벌떡 일어나 빈시가 남기고 간 열쇠들과 편지를 내 문서 상자에 집어넣고, 철제 상자는 대형 여행 가방 속에 넣어 둔 다음 안으로 들어간 뒤 이내 잠들었다.

누군가 나를 부르는 소리에 깼을 때 나는 단지 잠깐 잠이 들었을 뿐이라고 생각했다. 일어나 눈을 문질렀다. 햇살이 환히 비추었는데, 실은 여덟 시였다.

"무슨 일인가, 존?" 나는 빈시와 나를 담당하는 사환에게 물었다. "마치 유령이라도 본 듯한 표정이군!"

"네, 선생님, 바로 그랬어요," 그가 대답했다. "최소한 시신을 보았으니 더 나쁜 거죠. 늘 그랬듯이 빈시 선생님을 깨우러 갔는데요, 죽은 채로 뻣뻣하게 굳어있었다고요!"

제2장

세월이 흐르고

당연한 말이지만, 불쌍한 빈시가 갑자기 세상을 뜨자 대학가가
온통 술렁거렸다. 하지만 모두 그의 병이 위중했다는 사실을 알
고 있었고 더할 나위 없이 완벽한 의사의 진단서가 첨부되었기
에, 부검은 이루어지지 않았다. 그 시대의 부검은 지금처럼 정확
하지 않았고 좋지 않은 소문이 자주 발생했으므로, 사람들은 대
게 부검을 싫어했다. 그 모든 상황에서 내게 질문을 하는 사람
도 없는 데다가 나 역시 자발적으로 나서서 빈시가 사망했던 밤
에 나와 이야기를 나누었다고 알릴 기분도 아니었고, 만약 말한
다고 해도 그가 자주 그랬던 것처럼 내 방으로 나를 만나러 왔
다고만 했을 것이다. 장례식이 열리는 날, 런던에서 온 변호사가
불쌍한 내 친구의 시신을 따라 무덤에 간 다음 그의 서류와 소
지품을 가지고 돌아갔다. 물론, 내가 보관 중인 철제 상자를 제
외하고 말이다. 이후 일주일 동안 나는 그 사건에 대해 들은 바
가 없었는데, 특별연구원에 지원했던 탓에 사실상 관심은 온통
다른 것에 쏠려 있어서, 장례식에 참석하거나 변호사를 만나지
못했다. 마침내 시험이 끝났고, 나는 방으로 돌아와 편안한 의자

에 앉아, 모든 것을 상당히 잘해냈다는 행복한 만족감에 젖어들었다.

하지만 얼마 안 가서, 지난 며칠 동안 구겨서 눌러놓은 생각들이 이제 빠져나와 불쌍한 빈시가 죽던 날 밤의 사건으로 향했고, 또다시 나는 그 모든 것이 의미하는 바가 무엇인지 자신에게 되묻다가 혹시 그 문제에 대해 뭔가 더 들었어야만 했던 것은 아닌지, 만약 더는 들을 게 없다면, 수수께끼 같은 철제 상자와 관련해서 내 임무는 무엇일지에 대해 생각했다. 거기에 앉아 생각하고 또 생각한 나는, 발생한 모든 일에 대해 심기가 불편해지기 시작했다. 즉 의문을 자아내는 한밤중의 방문, 금세 이루어진 죽음의 예언, 내가 한 엄숙한 맹세, 빈시가 이 세상보다는 저 세상에서 나의 엄숙한 맹세에 답하라고 내게 요구하였기 때문이었다. 만약 그가 자살했다면? 사실 그렇게 보였다. 그리고 그가 말했던 탐험은 대체 무엇일까? 상황은 으스스할 지경으로 이상했다. 나는 원래 초자연적인 것에 긴장하거나 공포를 느끼는 사람이 아니지만 두려움이 스멀스멀 커지고, 그 일에 내가 아무런 관련이 없기를 바라기 시작했다. 지금 당장도 그렇게 되길 이토록 원하는데, 앞으로도 이십 년이라니!

내가 앉아서 생각에 잠겨있을 때 노크 소리가 들려오더니 파란색 대형 봉투에 담긴 편지가 내게 전해졌다. 단번에 변호사의 편지라는 것을 알 수 있었고 내 친구의 부탁과 관계있다는 사실을 직감했다. 아직도 내 수중에 있는 그 편지의 내용은 다음과 같다.

선생님,—우리 고객인 고(故) M. L. 빈시님이 지난 9일 케임브리지 xx대학에서 사망하시면서 유언장을 남기셨기에, 그 사본을 동봉합니다. 우리는 유언 집행자입니다. 해당 유언장에 의해 선생님은 현재 콘솔 공채에 투자된 미스터 빈시의 재산 중 절반가량에 대해 종신 소유권을 가지게 되며 이는 그의 외아들이자 현재 다섯 살인 레오 빈시의 후견인이 된다는 조건으로 실행됨을 알려드리는 바입니다. 만약 몸소 그리고 서면으로 남겨둔, 미스터 빈시의 분명하고도 정확한 지시에 따라 우리가 직접 그 유언장을 작성하지 않았더라면, 혹은 만약 그가 하는 일에 대단히 타당한 이유가 있다고 우리에게 확신시켜주지 않았더라면, 우리는 그러한 단서 조항들이 대단히 특이하여서 대법관청의 관여를 요청할 의무가 있다고 판단했을 것입니다. 그러한 절차는 유언자의 정신 능력에 이의를 제기하거나 만약 그렇지 않으면 아이의 권리를 보장하기 위해서는 밟아야 하는 것이 타당한 것으로 보이기 때문입니다. 하지만 현 상황에서, 유언자가 높은 지식과 통찰력을 지닌 신사이며 아이의 후견인이 될 수 있는 친인척이 단 한 명도 없다는 것을 잘 알고 있으므로, 그러한 절차에 들어갈 정당한 이유가 없다고 생각합니다. 이제 우리는 아이의 인도와 선생님에게 배정된 배당금의 지급과 관련하여, 선생님의 답변을 기다립니다. 감사합니다.

제프리 그리고 조단 올림

나는 편지를 내려놓고 엄격한 법률 용어로 작성되어 내용을 이해하기 힘든 유언장 사본을 훑어보았다. 하지만 내가 알아낼 수 있는 한, 그 유언장 내용은 내 친구가 사망하던 날 밤 내게 말했던 사항 그대로였다. 그러니까 모든 것이 마침내 진실이었다. 나는 그 아이를 맡아야만 했다. 갑자기 나는 친구가 철제 상자와 함께 남겨놓은 편지가 생각나서, 그것을 가져와 펼쳤다. 편지에는 그가 이미 내게 말했듯이, 레오의 스물다섯 번째 생일에 상자를 열어보라는 말과 그리스어와 고등 수학, 아랍어를 포함하여 아이의 교육에 대한 대략적인 설명이 적혀있었다. 편지 끝에는 다음과 같은 취지의 추신이 있었다. 만약 아이가 스물다섯 살이 되기 전에 사망하거나 내용을 보고도 믿지 않을 경우, 내가 직접 그 상자를 열어본 다음 내용의 진실성 여부를 판단하여 만약 진실이라고 생각하면 그 정보에 따라 행동하라고 되어 있었다. 만약 그렇지 않다고 판단되면 나는 모든 내용물을 없애버려야 했다. 절대로 다른 사람의 수중에 들어가지 않도록 해야 했다.

　　편지에는 내가 알고 있는 내용 정도만 적혀있었고 내가 죽은 친구에게 맡겠다고 약속했던 임무를 딱히 거절할 이유도 떠오르지 않았기 때문에, 내가 할 수 있는 일은 단 하나, 제프리와 조단에게 편지를 써서 열흘 안에 위탁받은 대로 레오의 후견 임무를 기꺼이 하겠다고 알리는 일뿐이었다. 이 일을 처리한 뒤 나는 대학 관계자들에게 갔다. 전부는 아니지만, 그들에게 알려줄 수 있을 만큼 말해주면서, 당연히 될 거라고 확신하긴 했으나 어쨌든 내가 특별연구원의 자격을 얻을 경우, 그 아이와 함께 살수 있게 해준다는 파격적인 대우를 받기 위해 그들을 설득하였다. 하지만 대학 당국은 캠퍼스 안에 있는 내 방을 비우고 따로 숙소를 구한다는 조건으로 이를 허가했다. 여기에 나는 동의했고, 약간 고생을 한 끝에 대학 정문과 상당히 가깝고 꽤 괜찮은 아파트를 구했다. 다음 임무는 유모를 구하는 일이었다. 그 시점에서 나는 한 가지 결단을 내렸다. 아이 문제와 관련하여 나에게 군림하고 아이의 애정을 가로챌 수 있는 여자를 유모로 들이는 일은 결코 않겠다고. 아이는 여자의 손이 없어도 키울 수 있을 만큼 컸으므로, 나는 적당한 남자 조수를 구하기로 했다. 여기저기 수소문 끝에 나는 둥글둥글하게 생긴 젊은이를 고용했다. 전에 마구간 조수였으나, 열일곱 명이나 되는 대가족에서 자라서 아이를 아니, 레오 도련님이 도착하면 잘 돌보겠다고 자신 있게 말했다. 그런 다음 나는 철제 상자를 시내로 가져가서 내 손으로 직접 은행 금고 속에 넣어둔 후에, 나는 아이 건강과 육아에 관련된 책을 몇 권 사들여 처음에는 내가 읽고 그런 다음 고용한 젊은 조수 조브에게 큰 소리로 또박또박 읽어 주었다. 그러고 나서 기다렸다.

마침내 아이가 나이 든 유모의 보호 아래 도착했는데, 그 사람은 아이와 헤어지기가 슬프다는 듯 눈물을 흘렸다. 아이는 무척 아름다운 소년이었다. 정말이지, 나는 그 전에도 그 후에도 그토록 완벽한 아이를 본 적이 없었다. 눈동자는 회색이고 이마는 훤했고 얼굴 생김새로 말하자면 아직 어린 나이임에도 불구하고 초췌하다거나 여윈 기색 없이 카메오에 새겨진 조각처럼 깨끗했다. 그중에서 가장 매력적인 부분은 균형 잡힌 머리를 덮고 있는 금색의 짧은 곱슬 머리카락이었다. 마침내 유모가 마지 못한 듯 아이를 우리에게 남겨놓고 떠났을 때 아이는 약간 눈물을 보이는 듯했다. 나는 그 장면을 결코 잊지 못한다. 아이가 서 있는데, 창문으로 들어온 햇살이 아이의 금발 위에서 반짝반짝 빛났다. 주먹 쥔 손으로는 한쪽 눈을 문지르면서, 다른 쪽 눈으로는 우리를 살짝 보고 있었다. 나는 의자에 앉아서 내게 다가오라고 하기 위해 손을 내밀고 있었는데, 구석에 서 있는 조브가 이전 경험에서 혹은 암탉의 유추에서 근거를 대는지 꼬꼬댁 소리를 내며, 기이하게 생긴 목마를 아주 빠르게 앞뒤로 흔들어댔는데, 그게 어린아이의 마음을 달래주고 신뢰감을 불러일으킨다고 판단한 것 같았다. 이렇게 몇 분 정도 흐른 뒤, 갑자기 아이가 조그만 양팔을 내밀며 내게 달려왔다.

"아저씨가 좋아," 아이가 말했다. "못생겼지만 좋은 사람 같아."

십 분쯤 지나가자, 아이는 버터 바른 커다란 빵을 먹으며 만족한 표정을 지었다. 조브는 거기에 잼을 바르고 싶어 했으나, 나는 우리가 읽었던 육아 책을 상기시키면서 그를 막았다.

얼마 안 가서―예상한 대로 나는 특별연구원이 되었고―아이는 대학의 귀염둥이가 되었다. 아이는 캠퍼스를 끊임없이 들락거렸는데, 그것을 금지하는 모든 규칙과 규율들은 꼬마 건달 앞에서 흐물흐물 무너졌으며, 아이를 향해 선물 공세가 이어졌다. 그 당시 나는 캠퍼스에 거주하던 어떤 늙은 연구원과 심각한 의견 대립 상태였다. 이제는 세상을 떠난 지 꽤 된 사람인데 그는 대학에서 가장 심술 맞고 까칠한 사람으로, 아이라면 쳐다보는 것도 싫어했다. 나는 아이가 자주 아픈 것이 이상하여 조브에게 잘 살펴보라고 지시했고, 그 제멋대로인 늙은이가 아이를 꾀어서 자기 방으로 데려가 브랜디를 넣은 사탕을 듬뿍 주고는 아무에게도 말하지 말라고 시켰다는 사실을 알아냈다. 조브는 그에게 스스로 부끄러운 줄 알라고 소리쳤다. "일이 잘됐다면 할아버지가 되었을 나이인데!" 조브는 결혼을 그런 식으로 이해했고 그런 다음 소동이 벌어졌다.

나는 그 즐거웠던 나날에 안주할 수만은 없었으나 그런 기억들은 아직도 내 머릿속에서 사랑스럽게 맴돌고 있다. 세월이 흐르면서 우리는 점점 더 가까워졌다. 내가 레오를 사랑하는 것만큼 사랑받는 아들은 많지 않을 것이고 레오가 내게 준 깊고도 지속적인 애정을 받은 아버지도 거의 없을 것이다.

아이는 자라서 소년이 되었고, 소년은 청년이 되었다. 한 해 두 해 세월이 무심하게 흘러가면서 아이가 성장하는 만큼, 외모와 내면의 아름다움도 함께 자라났다. 레오가 열다섯 살 정도 되었을 때 대학 주변 사람들은 그를 '미인'이라고 불렀고, 내게는 '야수'라는 별명을 붙여주었다. 사람들은 거의 매일 함께 외출해서 걸어가는 우리를 '미인과 야수'라고 불렀다. '미인과 야수'는 우리가 매일 함께 외출해서 걸어갈 때 사람들이 우리를 부르는 이름이었다. 한번은 레오가 우리 뒤에서 건장한 푸줏간 사내가 그렇게 놀랐기 때문에 그 사내를 공격해서, 자신보다 몸집이 두 배나 큰 그 남자를 글자 그대로 박살 내버렸다. 나는 계속 걸어가며 못 본 척하다가 싸움이 점차 격렬해졌을 때 되돌아가 그를 응원했다. 이는 그 당시 대학 내에서 우스개가 된 사건이었지만 나는 어쩔 수가 없었다. 레오가 조금 더 자랐을 때 학부 학생들은 우리에게 새로운 별명을 붙여주었다. 그들은 나를 '카론', 그를 '그리스 신'이라고 불렀던 것이다! 나는 단 한 번도 잘생긴 적이 없었고, 나이가 들어서도 달라진 것이 없었으므로 보잘것없는 평가와 그 명칭을 그냥 받아들였다. 레오에게는 의심할 여지없이 딱 들어맞는 이름이었다. 스물한 살이 된 그는 젊은 아폴로 신의 동상을 그대로 옮겨놓은 듯했다. 게다가 나는 그토록 뛰어난 용모를 지녔음에도 그런 자신의 용모에 그렇게 무심한 사람을 한 번도 본 적이 없었다. 지성에 대해 말하자면, 그는 똑똑하고 재치가 넘쳤으나 학자 타입은 아니었다. 그렇다고 그가 둔하다는 건 아니었다. 우리는 그의 아버지가 남긴 교육 지침을 엄격하게 따랐고 전체적인 결과는 괜찮았으며 특히 그리스어와 아랍어 교육은 상당히 만족스러웠다. 나는 그에게 아랍어를 가르키는 데 도움을 주기 위해 아랍어를 직접 배웠는데, 다섯 해가 지나자 그는 나뿐만 아니라 우리 둘을 가르치던 교수만큼이나 잘하게 되었다. 나는 만능 스포츠맨이고 이는 내가 유일하게 좋아하는 분야로서 매년 가을 우리는 사냥이나 낚시를 하기 위해 어디론가 떠났다. 때로는 스코틀랜드로, 때로는 노르웨이로, 한 번은 심지어 러시아까지 갔다. 나는 사격을 잘하는 편이었으나 이 분야에서도 레오의 실력이 나를 능가하게 되었다.

　레오가 열여덟 살이 되었을 때 나는 캠퍼스 안의 내 숙소로 돌아왔고 그는 내가 몸담은 대학에 입학하여, 스물한 살에, 매우 높은 정도는 아니었으나 상당히 괜찮은 학위를 취득했다. 그런 다음 나는 그때 처음으로 그와 관련된 이야기를, 저 앞에 놓여 있는 불가사의한 이야기 일부를 들려주었다. 물론 그가 보인 호기심은 대단했으나 나는 지금 당장 그것을 만족하게 해줄 수 없다고 설명했다. 그 이후, 시간을 보내기 위해 내가 그에게 변호사 공부를 제안하자 그는 거기에 따랐다. 그는 케임브리지에서 공부했고 런던에는 저녁 식사를 할 때만 갔다.

　레오에게는 단 하나의 문제가 있었다. 전부는 아닐지라도 그와 우연히 만난 젊은 여성마다 거의 대부분이 그와 사랑에 빠졌다고 주장했다. 내가 여기에 언급해야 할 만큼의 어려움은 아니었지만, 그 당시에는 상당히 골칫거리였다. 대체로, 그가 상당히 훌륭하게 처신했다고 말할 수밖에 없다.

　그리고 그렇게 시간이 흘러 마침내 레오가 스물다섯 번째 생일이자 그토록 기이하고, 어떤 면에서는 무시무시한 역사가 진정으로 시작되는 날을 맞이하게 되었다.

제3장

아메나르타스의 질그릇 조각

레오의 스물다섯 번째 생일 전날, 우리는 런던으로 가서 내가 이십 년 전에 맡긴 은행 금고에서 수수께끼의 상자를 꺼냈다. 내 기억에 의하면 상자를 받아줬던 바로 그 은행원이 상자를 가져왔다. 그는 상자를 깊숙이 보관했던 일을 완벽히 기억하고 있었다. 그는 만약 자신이 그렇게 보관하지 않았더라면 거미줄로 온통 덮인 그 상자를 찾기가 힘들었을 거라고 말했다.

그날 저녁 우리는 귀중하지만, 부담스러운 상자를 들고서 케임브리지로 돌아왔고, 우리 둘 다 그날 밤 자야 할 잠을 어디엔가 몽땅 기부해버린 사람들처럼 한잠도 이루지 못했다고 생각한다. 동이 트자마자 레오는 잠옷 가운을 입은 채 내 방에 나타나 당장 일을 시작하자고 졸라댔다. 나는 쓸데없는 호기심이라면서 그 제안을 딱 잘라 거절했다. 그 상자는 이십 년을 기다렸으니 아침 식사 이후까지 기다릴 수 있다고 타일렀다. 따라서, 드문 일이지만 정확히 아홉 시에 아침 식사를 했다. 나는 생각에 너무 골몰한 나머지, 말하기에 창피하지만, 레오의 찻잔에 설탕 한 조각 대신 베이컨 한 조각을 집어넣었다. 조브 또한, 들뜬 기운에 전염되어 내가 사용하던 고급 세브르 찻잔의 손잡이를 부러뜨렸는데, 그건 프랑스 정치가 장 폴 마레가 욕실에서 칼에 찔리기 직전에 사용했던 찻잔과 똑같은 것이었다.

그렇지만, 마침내 아침 식탁이 치워지고 나의 요청에 따라 조브가 상자를 가져와 조심스럽게 테이블 위에 올려놓았으나, 상자를 못 미더워하는 눈치였다. 그런 다음 그는 방에서 나가려고 했다.

"잠시만 기다리게, 조브," 내가 말했다, "만약 레오가 반대하지 않는다면 이 일에 대한 객관적인 증인이 있으면 좋을 것 같네. 증언 요청이 없는 한 발설하지 않을만한 사람으로 말이야."

"그래요, 호레이스 아저씨," 레오가 대답했다. 아저씨라 부르는 이유는, 그를 양육하면서 나를 그렇게 부르도록 했기 때문이다. 비록 그는 약간 놀리듯이 '나이 든 친구'라거나 심지어 '삼촌 아저씨'라고 부르기도 했지만 말이다.

조브는 모자를 쓴 사람처럼 머리에 손을 대며 수락 의사를 표시했다.

"문을 잠그게, 조브," 내가 말했다, "내게 서류함을 가져다주게."

그는 내가 시킨 대로 했고 나는 서류함에서 레오의 아버지인 불쌍한 빈시가 사망하던 날 내게 주었던 열쇠를 꺼냈다. 열쇠는 모두 세 개였다. 가장 커다란 열쇠는 비교적 현대에 만든 것이었고 두 번째 것은 대단히 오래된 것이었으며 세 번째는 난생처음 보는 형태였는데, 확실히 순은으로 만들어진 것이 확실했고, 가로질러 놓은 빗장은 손잡이 역할을 했으며, 빗장 가장자리엔 어떤 새긴 자국이 있었다. 굳이 말하자면 아주 구식의 철도 열쇠처럼 보였다.

"이제 두 사람 모두 준비되었나?" 나는 광산의 발파 작업자가 된 것처럼 비장하게 말했다. 아무도 대답하지 않았기에, 나는 커다란 열쇠를 들고 샐러드유를 발라 문지른 다음, 손이 떨리는 바람에 두 번 정도 실패한 후 열쇠를 제대로 꽂고 흔들었다. 레오는 몸을 굽혀 두 손으로 커다란 뚜껑을 잡았고, 경첩이 녹슬었기 때문에 약간 힘을 준 다음에 뚜껑을 열어젖힐 수 있었다. 그러자 먼지가 뽀얗게 앉은 상자 하나가 모습을 드러냈다. 우리는 그리 힘들지 않게 그 상자를 꺼낼 수 있었으며 의류용 솔로 차곡차곡 내려앉은 세월의 흔적을 제거했다.

그것은 흑단이거나 혹은 그렇게 보였고, 혹은 결이 고운 까만 나무로 만든 상자인데, 펼쳐진 쇠로 가장자리를 둘렀다. 단단하고 무거운 나무가 부서져서 떨어지기 시작한 것으로 보아 대단히 오래된 것이 분명했다.

"이젠 이 열쇠군," 나는 두 번째 열쇠를 집어넣었다.

조브와 레오는 숨을 죽인 채 몸을 쑥 내밀고 바라보았다. 열쇠가 돌아가고, 내가 뚜껑을 열었을 때 나를 비롯한 모두의 입술에서 감탄의 외침이 터져 나왔다. 분명코, 흑단 상자 속에 든 것은 아름답고 정교한 은세공함으로, 가로 세로는 12인치 높이는 8인치 정도였다. 이집트 장인의 솜씨인 듯하며 네 개의 다리는 스핑크스의 형태였고, 둥근 뚜껑 위에도 스핑크스 하나를 올려놓았다. 그 함 역시 세월과 더불어 변색하고 조금 찌그러졌지만,

상당히 괜찮은 상태였다.

나는 그것을 꺼내어 테이블 위에 올려놓은 뒤, 완벽한 침묵이 흐르는 가운데 기묘한 모양의 은 열쇠를 집어넣고 자물쇠가 열릴 때까지 힘을 주어 돌리자 은세공함은 결국 우리 앞에서 입을 열었다. 함 내부는 가느다란 갈색 물질로 가득 차 있었는데 종이라기보다는 식물성 섬유질처럼 보이기도 했으나 지금까지 한 번도 본 적이 없는 물질이었다. 조심스럽게 3인치쯤 그것을 걷어내자 현대식 봉투에 든 편지가 나왔고, 사망한 내 친구 빈시의 필적으로 다음과 같이 쓰여 있었다.

"내 아들 레오에게, 그가 이 함을 열 때까지 부디 살아있기를."

나는 편지를 레오에게 넘겨주자 그는 그것을 흘낏 보더니 테이블 위에 올려놓고, 내게 계속해서 함 내부를 비워 보라고 손짓했다.

그다음으로 내가 찾아낸 것은 조심스럽게 말아놓은 양피지였다. 그것을 펼쳤을 때, 또다시 빈시의 친필로 '질그릇 조각에 쓰인 언셜체 그리스어의 번역본'이라고 적혀있었다. 그것을 편지 옆에 내려놓았다. 그다음에 나온 양피지 두루마리는 세월의 흐름과 더불어 누렇게 변색되고 쪼글쪼글해졌다. 나는 그것도 펼쳐보았다. 이것도 비슷하게 그리스어 원문의 번역이었으나, 이번에는 고딕체 활자로 쓰인 라틴어였으며, 처음 보자마자 그 양식이나 특징으로 짐작건대 16세기 초반 즈음에 쓰인 것임을 알 수 있었다. 두루마리 바로 아래에 노란색 아마포로 둘러싸인 것은 약간 단단하고 무거웠고, 또 다른 섬유질 물질 위에 놓여 있었다. 우리가 조심스러운 손길로 천천히 아마포 천을 풀었을 때 나온 것은 칙칙한 노란색을 띤 상당히 큰 고대 질그릇 조각이 분명했다! 그 조각은 중간 크기의 암포라, 즉 항아리 일부였을 것이다. 나머지 부분을 보자면, 길이 약 10인치 반에 넓이는 7인치였고 두께는 약 ¼인치 정도였으며 상자 바닥을 향해 놓인 불룩한 면에는 후기 언셜체 그리스어 문자로 빼곡하게 덮여 있었다. 비문은 고대인들이 자주 사용했다고 알려진 갈대 펜으로 아주 세심하게 새겨졌는데, 여기저기 희미해진 부분도 있지만, 대부분은 온전하게 읽을 수 있었다. 여기서 반드시 언급해야 할 사항은 아주 오래전 이 경이로운 파편이 두 조각 났을 때 시멘트와 기다란 못 여덟 개로 붙여놓았다는 사실이다. 또한, 안쪽면에도 상당히 많은 문구가 새겨져 있는데, 상당히 색다른 글자들인 것으로 보아, 양피지 두루마리에 쓰인 것과 함께 이 글자들이 여러 시대에 여러 사람의 손으로 쓰인 게 분명하다고 말할 수 있을 것이다.

"뭔가 더 있나요?" 레오는 잔뜩 들떠서 물었다.

나는 손으로 더듬다가 조그만 아마포 주머니에 든 단단한 뭔가를 들어 올렸다. 그 주머니 속에서 제일 처음 꺼낸 것은 매우 아름다운 세밀화가 그려진 상아였고, 두 번째로 나온 것은 진한 밤색의 조그만 스카라베 작품에 다음과 같은 기호가 적혀있었다.

우리가 알아낸 바에 의하면 그 기호는 '수텐 세 라(Suten se Rā)', 번역하자면 '태양신 라의 왕자'라는 의미였다. 세밀화는 레오의 그리스인 생모, 사랑스러우며 검은 눈동자를 지닌 여인의 초상화였다. 그 뒤편에는 불쌍한 내 친구 빈시의 친필로, '사랑하는 나의 아내'라고 적힌 글귀가 있었다.

"이게 전부야," 내가 말했다.

"좋아요," 레오는 애정이 어린 시선으로 바라보던 초상화를 내려놓으며 대답했다. "이제 편지를 읽도록 해요." 그는 손쉽게 봉인을 뜯고 큰소리로 읽기 시작했다.

내 아들 레오—만약 네가 살아남아 이 편지를 열어본다면 이미 성인이 되었다는 의미겠지. 그리고 그때쯤 나는 이미 죽은 지 오래되어 나를 아는 모든 이의 기억 속에서 사라졌을 것이다. 하지만 편지를 읽을 때, 내가 살아있었고 네가 알고 있는 뭔가가 아직 존재하며 그 속에 여전히 살아있을 거라는 사실을 기억하길. 그리고 편지로, 펜과 종이라는 연결고리를 통해, 죽음의 심연을 가로질러 너에게 내 손을 뻗고, 내 목소리가 형용하여 말할 수 없을 만큼 고요한 무덤에서 흘러나와 네게 말하는 것임을 기억해라. 비록 나는 죽었고 너는 나를 기억하지 못할 것이지만, 네가 편지를 읽는 그 순간 나는 너와 함께 있을 거란다. 네가 태어난 이후 오늘까지 나는 네 얼굴을 거의 보지 않았다. 그 점에 대해서는 나를 용서해다오. 네 생명은, 여자들이 보편적으로 받는 사랑보다 훨씬 더 내가 사랑했던 한 여성의 생명을 대신하였기에 나는 아직도 쓰라린 마음을 견디고 있단다. 내가 산다면 이 어리석은 감정을 조만간 억누를 수 있겠지만 나는 곧 죽게 될 운명이란다. 내 육체와 정신의 고통은 내가 참아낼 수 있는 것보다 더 크기에, 너의 앞날을 위해 해야 할 약간의 준비를 모두 했을 때 나는 그 고통을 끝내고자 한다. 부디 신이 나의 잘못을 용서하시길. 아무리 오래 살아도 이다음 해를 넘기지 못할 것 같구나.

"그렇다면 자살을 했군," 내가 외쳤다. "그렇다고 생각했어."
"그리고 이제," 레오는 대답 없이 계속 읽어나갔다.

나에 대해서는 그만하마. 이제부터 말해야 할 것은, 이미 죽었고 마치 존재한 적이 없는 것처럼 거의 잊힌 내가 아니라, 살아있는 너에게 해당하는 내용이다. 내 친구 할리가 (만약 그가 위탁을 받아들인다면, 나는 그에게 너의 비밀을 털어놓으려고 한다), 아주 오래된 네 혈통에 대해 무언가를 이야기해 줄 것이다. 세공함 속에 든 내용물은 그 이야기에 충분한 증거가 될 것이다. 이제 알게 될 이상한 전설은 너의 먼 여자 선조가 질그릇 조각에 기록한 것인데, 내 아버지가 임종할 때 내게 말해준 내용이었고, 한동안 내 머릿속에서 떠나지 않았단다. 불과 내 나이 열아홉 살 때 나는 엘리자베스 시대에 살았던 내 조상 중 한 사람이 자신의 불행에 대해 했던 것처럼, 진실을 파헤치기로 결심했단다. 내게 닥친 모든 것에 대해, 이제는 갈 수 없는 것에 대해서 말이지. 하지만 이건 내가 직접 내 눈으로 목격한 거란다. 지금까지 탐험하지 않은 지역인 아프리카 해안에, 잠베지 강물이 바다와 합류하는 지점에서부터 북쪽으로 약간 떨어진 장소에 곶이 있는데, 그 꼭대기에는 흑인 머리처럼 생긴 바위가 툭 튀어나와 있고, 문서에 쓰인 것과 비슷하게 생겼더구나. 나는 그곳에 상륙해, 잘못을 저질러서 자기 부족들한테 쫓겨나서 정처 없이 돌아다니는 원주민을 만났는데, 그는 내륙으로 깊이 들어가면 컵 형태의 거대한 산들과 헤아릴 수 없을 정도로 많은 늪으로 둘러싸인 동굴들이 있다고 말했다. 나는 또한 그곳 사람들이 아랍어 방언을 사용한다는 것과 **아름다운 백인 여성**이 통치하고 있으나 모습을 잘 드러내지 않고, 살아있는 것과 죽은 것 모두를 통제하는 힘을 지녔다는 것을 알게 되었다. 이틀 후 그 원주민은 늪지를 건널 때 걸린 열병으로 사망했다고 나는 확신했고, 식량부족과 그 후 나를 무너뜨린 질병의 증상 때문에 다우선(船)으로 다시 돌아가야 했지.

그 이후 내가 겪은 모험에 대해 지금 말할 필요는 없는 듯하구나. 내 배는 난파되어 마다가스카르 섬 해변으로 밀려갔고, 몇 달 후 영국 선박이 나를 구조해서 아덴으로 데려다주었는데, 충분히 준비하자마자 수색을 추진할 생각으로 나는 그곳에서 영국으로 출발했지. 돌아가는 길에 나는 그리스에 들렀는데, 오, 옴니아 원시트 아모르(사랑은 모든 것을 정복한다)는 말처럼 사랑스러운 네 엄마를 만나 결혼했고, 그곳에서 네가 태어날 때 네 엄마는 세상을 떴단다. 그다음 내 목숨을 앗아갈 지병이 심해졌고 나는 죽을 자리를 찾아 이곳으로 돌아왔지. 그러나 나는 희망을 잃지 않고 아랍어를 배우면서 만약 건강이 좋아지면 다시 아프리카 해안으로 돌아가 우리 가문의 오랜 수수께끼를 풀 작정이었다. 그러나 내 건강은 나아지지 않았고, 나와 관련하여서 이제 이 이야기는 끝에 도달하였구나.

하지만 내 아들아, 이 이야기가 너에게는 끝이 아니다, 여기에 다 내가 힘들여 얻은 결과물과 대대로 전해진 기원의 증거물들을 네게 건네주마. 만약 이것이 진실이라면 세상에서 가장 엄청난 불가사의를 탐험할지, 혹은 제정신이 아닌 한 여자가 만들어 낸 쓸데없는 우화로 치부할지, 스스로 판단할 나이가 될 때까지 이 물건들이 네 손에 들어가지 않게 할 작정이다.

나는 이것이 한낱 꾸며낸 이야기라고 생각하지 않으며, 이곳을 다시 찾아낼 수만 있다면, 세상의 활력을 직접 목격할 수 있는 장소라고 믿는다. 생명은 존재해. 그렇다면 생명이 무한히 존재하도록 보존하는 방법도 있지 않겠니? 그러나 나는 이 문제에 대해 네게 편견을 심어주고 싶지 않다. 스스로 읽고 판단해라. 만약 네가 탐험에 나선다면 내가 준비한 것으로 부족함이 없을 것이다. 그게 아니라 만약 이 모든 것이 망상이라고 생각한다면 네게 명하노니, 질그릇 조각과 저술물을 파쇄하고 이 문제의 원인을 우리 가문에서 영원히 제거해라. 어쩌면 그게 가장 현명한 선택일지도 모르겠다. 미지의 세상은 인간 마음에 내재한 미신 때문에 당연히 두렵고, 속담에서 말하는 것과 달리, 너무나 자주 그게 두려워서 그런 거란다. 세상에 생명을 부여하는 거대하고 비밀스러운 힘들을 함부로 변경하려는 자는 오히려 그 힘들의 희생자로 전락할 수 있어. 만약 네가 그 목적을 이룬다면, 만약 네가 시간과 사악함에 저항하여 마침내 그 시험에서 가까스로 헤쳐나온 뒤, 영원한 아름다움과 젊음을 지니고 육신과 지성의 자연적 쇠퇴에서 완전히 벗어난다고 해도, 그 엄청난 변화가 행복을 가져온다고 누가 말할 수 있을까? 선택하거라, 내 아들아, 만물을 지배하는 힘과 '멀리 간 만큼 배울 것이니라'라고 말한 그분이, 네가 성공할 경우, 경험이라는 순수한 힘에 의해 통제될 너 자신의 행복과 세상의 행복을 가져다줄 수 있도록 이끌어주시길 바란다. 잘 있거라!

그렇게 서명도, 날짜도 없는 이 편지는 갑자기 끝을 맺었다.

"어떻게 생각하세요, 할리 아저씨?" 레오는 한숨을 푹 내쉬면서 편지를 테이블 위에 다시 올려놓았다. "우리는 불가사의한 일을 찾아다녔는데 마침내 하나를 발견한 것 같군요."

"내가 어떻게 생각하느냐고? 저런, 네 불쌍한 아버지가 분명히 정신이 나간 거야," 나는 서둘러 대답했다. "이십 년 전 내 방에 왔을 때와 거의 같다고 생각해. 너는 아버지가 목숨을 명백히 서둘러 끊었다는 것을 알 거다. 불쌍한 사람 같으니. 이건 완전히 어처구니없는 소리다."

"그렇습니다, 선생님!" 조브가 진지하게 말했다. 그는 현실적인 집단에서도 가장 현실적인 사람이었다.

"글쎄요, 어쨌든 저 질그릇 조각에 뭐라고 쓰여 있는지 봐요." 레오가 말하고서, 아버지의 필체로 적힌 번역본을 집어 들고 읽기 시작했다.

이집트 파라오의 왕족이자, 신들이 어여뻐하고 악마들이 복종했던 이시스 신의 사제 칼리크라테스(아름다운 힘을 지닌 자)의 아내인 나, 아메나르타스는 죽음을 맞이하여 나의 어린 아들 티시스테네스(막강한 복수자)에게 이 편지를 남기노라. 나는 넥타베네스 시대에 사랑 때문에 서약을 깨뜨린 네 아버지와 함께 이집트를 탈출하였도다. 우리는 남쪽을 향해 바다를 건넜고, 달이 열두 번씩 두 번 떠오르는 동안, 태양이 뜨는 방향으로 아프리카의 리비아 해안에서 정처 없이 헤맸는데, 거기 강 옆에는 에티오피아인의 머리처럼 깎인 거대한 바위가 있노라. 물살이 엄청난 강 입구로부터 나흘 동안 떠다니다가 우리는 난파했고 몇몇은 익사했으며 몇몇은 질병으로 죽었다. 그러나 바닷새들이 하늘을 가릴 만큼 많은 그곳에서 우리는 강과 늪지를 힘들게 헤치며 나아가 속이 움푹 팬 산이 있는 곳, 위대한 도시가 존재했다가 멸망한 곳이자 어떤 인간도 끝까지 가본 적 없는 동굴들이 있는 곳에 도달할 때까지 열흘의 여정을 견뎌냈다. 우리는 이방인의 머리에 항아리를 뒤집어씌우는 부족민들에게 이끌려 만물에 정통하고 불멸의 생명과 아름다움을 지닌 마법사이자 그들의 여왕에게 갔노라. 그리고 여왕은 네 아버지 칼리크라테스에게 사랑의 눈길을 보냈고 나를 죽이고서 그를 남편으로 맞이하려고 했으나, 그는 나를 사랑하고 여왕을 두려워하여 그렇게 하지 못했다. 그러자 여왕은 끔찍한 방법으로, 흑마술을 사용하여 우리를 그 입구에 늙은 철학자가 죽어있는 거대한 심연으로 데려가, 천둥 같은 소리를 내며 회전하는 영원한 생명의 기둥을 보여주었노라. 여왕은 그 불길 속으로 들어가 섰다가 아무런 해도 입지 않은 채 다시 나타났는데 그 모습은 더욱 아름다웠다. 그런 다음 그녀는 네 아버지에게 만약 나를 죽이고 자신에게 온다면 자기와 마찬가지로 불멸의 존재로 만들어주겠다고 약속했다. 내가 지닌 우리 가문의 마력의 힘 때문에 여왕 스스로 나를 죽일 수 없었다. 하지만 그는 여왕의 아름다움을 보지 않기 위해 손을 들어 눈을 가리면서 그렇게 하지 않았노라. 그러자 여왕은 분노하여 마법으로 그를 내리쳐 죽였고, 그러면서도 그를 향해 슬피 울며 비탄에 빠졌다. 두려웠기에, 그녀는 나를 배가 도달했던 커다란 강 입구로 나를 쫓아냈고, 나는 배를 타고 멀리 나와 너를 낳은 곳으로 향했고 마침내 많은 방황을 겪은 후에 나는 아테네에 도착했노라. 이제 네게 말하노니, 내 아들 티시스테네스여, 그 여왕을 찾아내어 생명의 비밀을 알아내라. 만약 네가 방법을 찾아낼 수 있다면 그녀를 죽여 네 아버지 칼리크라테스의 복수를 하여라. 만약 그렇게 하기가 두렵거나 실패하거든 내가 말한 내용을 너 이후에 오는 모든 자손에게 전하거라. 마침내 불길 속에서 숨을 쉬고 파라오의 자리에 앉을 만큼 용감한 자가 나타날 때까지. 내가 말한 것은, 비록 믿기 힘들 터이나 내가 아는 것이고 나는 거짓을 말하지 않노라.

"오, 하느님, 그녀를 용서하소서." 조브는 이 경이로운 이야기를 들은 후 신음하듯 중얼거리더니 입을 떡 벌렸다.

나는 아무런 말도 하지 않았다. 제일 먼저 떠오른 것은, 불쌍한 내 친구가 정신착란을 일으켰고 이 모든 것을 지어냈다는 생각이었다. 물론 이런 이야기가 누군가의 머리에서 나왔다고 보기 힘들긴 했다. 너무나 진짜 같았다. 나는 의심을 해소하기 위해 질그릇 조각을 집어 들고 그 위에 쓰인 언셜체 그리스어를 읽기 시작했다. 이집트 태생이 쓴 것임을 고려하면 대단히 훌륭한 당시의 그리스어 문장이었다. 여기에 정확한 번역본을 소개한다.

ΑΜΕΝΑΡΤΑΣΤΟΥΒΑΣΙΛΙΚΟΥΓΕΝΟΥΣΤΟΥΑΙΓΥΠΤΙΟΥΗΤΟΥΚΑΛ
ΛΙΚΡΑΤΟΥΣΙΣΙΔΟΣΙΕΡΕΩΣΗΝΟ ΙΜΕΝΘΕΟΙΤΡΕΦΟΥΣΙΤΑΔΕΔΑΙ
ΜΟΝΙΑΥΠΟΤΑΣΣΕΤΑΙΗΔΗΤΕΛΕΥΤΩΣΑΤΙΣΙΣΘΕΝΕΙΤΩΠΑΙΔΙΕΠ
ΙΣΤΕΛΛΕΙΤΑΔΕΣΥΝΕΦΥΓΟΝΓΑΡΠΟΤΕΕΚΤΗΣΑΙΓΥΠΤΙΑΣΕΠΙΝΕΚ
ΤΑΝΕΒΟΥΜΕΤΑΤΟΥΣΟΥΠΑΤΡΟ ΣΔΙΑΤΟΝΕΡΩΤΑΤΟΝΕΜΟΝΕΠ
ΙΟΡΚΗΣΑΝΤΟΣΦΥΓΟΝΤΕΣΔΕΠΡΟΣΝΟΤΟΝΔΙΑΠΟΝΤΙΟΙΚΑΙΚΔ
ΜΗΝΑ ΣΚΑΤΑΤΑΠΑΡΑΘΑΛΑΣΣΙΑΤΗΣΛΙΒΥΗΣΤΑΠΡΟΣΗΛΙΟΥΑΝ
ΑΤΟΛΑΣΠΛΑΝΗΘΕΝΤΕΣΕΝΘΑΠΕΡΠΕΤΡΑ ΤΙΣΜΕΓΑΛΗΓΛΥΠΤΟ
ΝΟΜΟΙΩΜΑΑΙΘΙΟΠΟΣΚΕΦΑΛΗΣΕΙΤΑΗΜΕΡΑΣΔΑΠΟΣΤΟΜΑ
ΤΟΣΠΟΤΑΜΟΥΜΕΓ ΑΛΟΥΕΚΠΕΣΟΝΤΕΣΟΙΜΕΝΚΑΤΕΠΟΝΤΙΣΘ
ΗΜΕΝΟΙΔΕΝΟΣΩΙΑΠΕΘΑΝΟΜΕΝΤΕΛΟΣΔΕΥΠΑΓΡΙΩΝΑΝ ΘΡ
ΩΠΩΝΕΦΕΡΟΜΕΘΑΔΙΑΕΛΕΩΝΤΕΚΑΙΤΕΝΑΓΕΩΝΕΝΘΑΠΕΡΠ
ΤΗΝΩΝΠΛΗΘΟΣΑΠΟΚΡΥΠΤΕΙΤΟΝΟΥ ΡΑΝΟΝΗΜΕΡΑΣΙΕΩΣΗ
ΛΘΟΜΕΝΕΙΣΚΟΙΛΟΝΤΙΟΡΟΣΕΝΘΑΠΟΤΕΜΕΓΑΛΗΜΕΝΠΟΛΙ

ΣΗΝΑΝΤΡΑΔΕΑΠ ΕΙΡΟΝΑΗΓΑΓΟΝΔΕΩΣΒΑΣΙΛΕΙΑΝΤΗΝΤΩΝΞ
ΕΝΟΥΣΧΥΤΡΑΙΣΣΤΕΦΑΝΟΥΝΤΩΝΗΤΙΣΜΑΓΕΙΑΜΕΝΕ ΧΡΗΤΟΕ
ΠΙΣΤΗΜΗΔΕΠΑΝΤΩΝΚΑΙΔΗΚΑΙΚΑΛΛΟΣΚΑΙΡΩΜΗΝΑΓΗΡΩΣ
ΗΝΗΔΕΚΑΛΛΙΚΡΑΤΟΥΣΤΟΥΣ ΟΥΠΑΤΡΟΣΕΡΑΣΘΕΙΣΑΤΟΜΕΝΠ
ΡΩΤΟΝΣΥΝΟΙΚΕΙΝΕΒΟΥΛΕΤΟΕΜΕΔΕΑΝΕΛΕΙΝΕΠΕΙΤΑΩΣΟΥΚ
ΑΝ ΕΠΕΙΘΕΝΕΜΕΓΑΡΥΠΕΡΕΦΙΛΕΙΚΑΙΤΗΝΞΕΝΗΝΝΕΦΟΒΕΙΤΟ
ΑΠΗΓΑΓΕΝΗΜΑΣΥΠΟΜΑΓΕΙΑΣΚΑΘΟΔΟ ΥΣΣΦΑΛΕΡΑΣΕΝΘΑ
ΤΟΒΑΡΑΘΡΟΝΤΟΜΕΓΑΟΥΚΑΤΑΣΤΟΜΑΕΚΕΙΤΟΟΓΕΡΩΝΟΦΙΛ
ΟΣΟΦΟΣΤΕΘΝΕΩΣ ΑΦΙΚΟΜΕΝΟΙΣΔΕΔΕΙΞΕΦΩΣΤΟΥΒΙΟΥΕΥ
ΘΥΟΙΟΝΚΙΟΝΑΕΛΙΣΣΟΜΕΝΟΝΦΩΝΗΝΙΕΝΤΑΚΑΘΑΠΕΡΒ ΡΟ
ΝΤΗΣΕΙΤΑΔΙΑΠΥΡΟΣΒΕΒΗΚΥΙΑΑΒΛΑΒΗΣΚΑΙΕΤΙΚΑΛΛΙΩΝΑΥ
ΤΗΕΑΥΤΗΣΕΞΕΦΑΝΗΕΚΔΕΤΟΥ ΤΩΝΩΜΟΣΕΚΑΙΤΟΝΣΟΝΠΑΤΕ
ΡΑΑΘΑΝΑΤΟΝΑΠΟΔΕΙΞΕΙΝΕΙΣΥΝΟΙΚΕΙΝΟΙΒΟΥΛΟΙΤΟΕΜΕΔΕ
ΑΝΕ ΛΕΙΝΟΥΓΑΡΟΥΝΑΥΤΗΑΝΕΛΕΙΝΙΣΧΥΕΝΥΠΟΤΩΝΗΜΕΔΑ
ΠΩΝΗΝΚΑΙΑΥΤΗΕΧΩΜΑΓΕΙΑΣΟΔΟΥΔΕΝΤ ΙΜΑΛΛΟΝΗΘΕΛΕΤ
ΩΧΕΙΡΕΤΩΝΟΜΜΑΤΩΝΠΡΟΙΣΧΩΝΙΝΑΔΗΤΟΤΗΣΓΥΝΑΙΚΟΣΚ
ΑΛΛΟΣΜΗΟΡΩΗΕΠΕ ΙΤΑΟΡΓΙΣΘΕΙΣΑΚΑΤΕΓΟΗΤΕΥΣΕΜΕΝΑΥΤ
ΟΝΑΠΟΛΟΜΕΝΟΝΜΕΝΤΟΙΚΛΑΟΥΣΑΚΑΙΟΔΥΡΟΜΕΝΗΕΚ ΕΙ
ΘΕΝΑΠΗΝΕΓΚΕΝΕΜΕΔΕΦΟΒΩΙΑΦΗΚΕΝΕΙΣΣΤΟΜΑΤΟΥΜΕΓ
ΑΛΟΥΠΟΤΑΜΟΥΤΟΥΝΑΥΣΙΠΟΡΟΥΠΟ ΡΡΩΔΕΝΑΥΣΙΝΕΦΩΝΠ
ΕΡΠΛΕΟΥΣΑΕΤΕΚΟΝΣΕΑΠΟΠΛΕΥΣΑΣΑΜΟΛΙΣΠΟΤΕΔΕΥΡΟΑΘ
ΗΝΑΖΕΚΑΤΗΓ ΑΓΟΜΗΝΣΥΔΕΩΤΙΣΙΣΘΕΝΕΣΩΝΕΠΙΣΤΕΛΛΩΜΗ
ΟΛΙΓΩΡΕΙΔΕΙΓΑΡΤΗΝΓΥΝΑΙΚΑΑΝΑΖΗΤΕΙΝΗΝΗΠ ΩΣΤΟΤΟΥΒΙΟ
ΥΜΥΣΤΗΡΙΟΝΑΝΕΥΡΗΣΚΑΙΑΝΑΙΡΕΙΝΗΝΗΠΟΥΠΑΡΑΣΧΗΔΙΑΤΟ
ΝΣΟΝΠΑΤΕΡΑΚΑΛΛΙ ΚΡΑΤΗΝΕΙΔΕΦΟΒΟΥΜΕΝΟΣΗΔΙΑΑΛΛΟ
ΤΙΑΥΤΟΣΛΕΙΠΕΙΤΟΥΕΡΓΟΥΠΑΣΙΤΟΙΣΥΣΤΕΡΟΝΑΥΤΟΤΟ ΥΤΟΕΠ
ΙΣΤΕΛΛΩΕΩΣΠΟΤΕΑΓΑΘΟΣΤΙΣΓΕΝΟΜΕΝΟΣΤΩΠΥΡΙΛΟΥΣΑΣΘ
ΑΙΤΟΛΜΗΣΕΙΚΑΙΤΑΑΡΙΣΤ ΕΙΑΕΧΩΝΒΑΣΙΛΕΥΣΑΙΤΩΝΑΝΘΡΩΠ
ΩΝΑΠΙΣΤΑΜΕΝΔΗΤΑΤΟΙΑΥΤΑΛΕΓΩΟΜΩΣΔΕΑΑΥΤΗΕΓΝΩΚΑΟ
ΥΚΕΨΕΥΣΑΜΗΝ

가독성을 높이기 위해, 나는 이 문장을 정확한 필기체로 바꿔놓았다.

Ἀμενάρτας, τοῦ βασικοῦ γένους τοῦ Αἰγυπτίου, ἡ τοῦ Καλλικράτους Ἴσιδος ἱερέως, ἣν οἱ μὲν θεοὶ τρέφουσι τὰ δὲ δαιμονια ὑποτάσσεται, ἤδη τελευτῶσα Τισισθένει τῷ παιδὶ ἐπιστέλλει τάδε· συνέφυγον γάρ ποτε ἐκ τῆς Αἰγυπτίας ἐπὶ Νεκτανέβου μετὰ τοῦ σοῦ πατρός, διὰ τὸν ἔρωτα τὸν ἐμὸν ἐπιορκήσαντος. φυγόντες δὲ πρὸς νότον διαπόντιοι καὶ κʹδʹ μῆνας κατὰ τὰ παραθαλάσσια τῆς Αἰβύης τὰ πρός ἡλίου ἀνατολὰς πλανηθέντες, ἔνθαπερ πέτρα τις μελάλη, γλυπτὸν ὁμοίωμα Αἰθίοπος κεφαλῆς, εἶτα ἡμέρας δʹ ἀπὸ στόματος ποταμοῦ μεγάλου ἐκπεσόντες, οἱ μὲν κατεποντίσθημεν, οἱ δὲ νόσῳ ἀπεθάνομεν· τέλος δὲ ὑπʼ ἁλρίων ἀνθρώπων ἐφερόμεθα διὰ ἑλέων τε καὶ τεναλέων ἔνθαπερ πτηνῶν πλῆθος ἀποκρύπτει τὸν οὐρανόν, ἡμέρας ιʹ, ἕως ἤλθομεν εἰς κοῖλόν τι ὄρος, ἔνθα ποτὲ μεγάλη μὲν πόλις ἦν, ἄντρα δὲ ἀπείρονα· ἤγαγον δὲ ὡς βασίλειαν τὴν τῶν ξένους χύτραις στεφανούντων, ἥτις μαλεία μὲν ἐχρῆτο ἐπιστήμῃ δὲ πάντων καὶ δὴ καὶ κάλλός καὶ ῥώμην ἀλήρως ἦν· ἡ δὲ Καλλικράτους τοῦ πατρὸς ἐρασθεῖδα τὸ μὲν πρῶτον συνοικεῖν ἐβούλετο ἐμὲ δὲ ἀνελεῖν· ἔπειτα, ὡς οὐκ ἀνέπειθεν, ἐμὲ γὰρ ὑπερεφίλει καὶ τὴν ξένην ἐφοβεῖτο, ἀπήγαγεν ἡμᾶς ὑπὸ μαγείας καθʼ ὁδοὺς σφαλερὰς ἔνθα τὸ βάραθρον τὸ μέγα, οὗ κατὰ στόμα ἔκειτο ὁ γέρων ὁ φιλόσοφος τεθνεώς, ἀφικομένοις δʼ ἔδειξε φῶς τοῦ βίου εὐθύ, οἷον κίονα ἑλισσόμενον φωνὴν ἱέντα καθάπερ βροντῆς, εἶτα διὰ πυρὸς βεβηκυῖα ἀβλαβὴς καὶ ἔτι καλλίων αὐτὴ ἑαυτῆς ἐξεφάνη. ἐκ δὲ τούτων ὤμοσε καὶ τὸν σὸν πατέρα ἀθάνατον ἀποδείξειν, εἰ συνοικεῖν οἱ βούλοιτο ἐμὲ δε ἀνελεῖν, οὐ γὰρ οὖν αὐτὴ

ἀνελεῖν ἴσχυεν ὑπὸ τῶν ἡμεδαπῶν ἦν καὶ αὐτὴ ἔχω μαγείας.
ὁ δ' οὐδέν τι μᾶλλον ἤθελε, τὼ χεῖρε τῶν ὀμμάτων προίσχων
ἵνα δὴ τὸ τῆς γυναικὸς κάλλος μὴ ὁρῴη· ἔπειτα ὀργισθεῖσα
κατεγοήτευσε μὲν αὐτόν, ἀπολόμενον μέντοι κλάουσα
καὶ ὀδυρμένη ἐκεῖθεν ἀπήνεγκεν, ἐμὲ δὲ φόβῳ ἀφῆκεν
εἰς στόμα τοῦ μεγάλου ποταμοῦ τοῦ ναυσιπόρου, πόδδω
δὲ ναυσίν, ἐφ' ὧνπερ πλέουσα ἔτεκόν σε, ἀποπλεύσασα
μόλις ποτὲ δεῦρο Ἀθηνάζε κατήγαγον. σὺ δέ, ὦ Τισίσθενες,
ὧν ἐπιστέλλω μὴ ὀλιγώρει· δεῖ γὰρ τὴν γυναῖκα ἀναζητεῖν
ἤν πως τῦ βίου μυστήριον ἀνεύρῃς, καὶ ἀναιρεῖν, ἤν που
παρασχῇ, διὰ τὸν πατέρα Καλλικράτους. εἰ δὲ φοβούμενος ἢ
διὰ ἄλλο τι αὐτὸς λείπει τοῦ ἔργου, πᾶσι τοῖς ὕστερον αὐτὸ
τοῦτο ἐπιστέλλω, ἕως ποτὲ ἀγαθός τις γενόμενος τῷ πυρὶ
λούσασθαι τολμήσει καὶ τὰ ἀριστεῖα ἔχων βασιλεύσαι τῶν
ἀνθρώπων· ἄπιστα μὲν δὴ τὰ τοιαῦτα λέγω, ὅμως δὲ ἃ αὐτὴ
ἔγνωκα οὐκ ἐψευσάμην.

내가 영어 번역본을 좀 더 자세히 살펴보면서 알아냈고 독자
들이 비교해도 쉽게 알 수 있는 것처럼, 두 가지 모두 매우 정확
하고 우아한 문장이었다.

질그릇의 위쪽 볼록한 면에 쓰인 언셜체 문장 외에도, 은세
공함 속에서 발견한 스카라베를 말할 때 이미 언급한 타원형의
카르투슈[4]가, 한때는 암포라 항아리의 주둥이였던 위치에 칙칙
한 붉은색으로 그려져 있었다. 하지만 그 상형문자 혹은 상징은
마치 밀랍 위에 찍어 놓은 듯 좌우가 뒤바뀐 모양이었다. 이것이

---

4   왕의 이름이나 신의 이름을 기록해 둔 타원형의 판넬.—역주

원래 칼리크라테스의 카르트슈[5]였는지 혹은 그의 아내 아메나르타스의 선조인 어떤 왕자의 혹은 파라오의 카르트슈였는지 나는 확신할 수 없고, 언셜체 그리스어 비문이 쓰일 때 같이 그려진 것인지, 혹은 좀 더 최근에 그 일족의 후손이 스카라베를 본떠 그려 넣은 것인지 구별하기도 힘들다. 또한, 그 어떤 것도 아닐 수 있다. 문구 끝부분에 깃털 두 개를 단 스핑크스의 머리와 어깨를 약간 거친 선으로 똑같이 칙칙한 붉은색으로 희미하게 그려 넣었는데, 그 깃털은 왕가의 상징이어서 주로 신성한 황소나 신들의 조각에 등장했으며, 스핑크스에 달린 것은 이전에 한 번도 본 적이 없었다.

또한, 이 질그릇 표면의 오른쪽에, 언셜체 글자가 없는 공간에 다음과 같은 기묘한 글귀를 비스듬히 붉은색으로 그리고 푸른색으로 서명해 놓았다.

> 대지와 하늘과 바닷속에
> 기묘한 것들이 존재하느니라.
> 도로시아 빈시가
> 이를 만들었노라.

---

5   만약 그 카르트슈가 진짜라면 칼리크라테스의 것일 수 없다고 할리 선생은 말한다. 비록 타원형에 자신의 이름이나 직위를 새겨넣었을지 모르지만, 칼리크라테스는 사제였기에 이집트 왕족의 특권인 카르트슈를 지닐 수 없었다.— 편집자

완전히 혼란에 빠져, 나는 그 유물을 뒤집었다. 위부터 아래까지 메모와 그리스어와 라틴어, 영어로 된 서명으로 뒤덮여있었다. 언셜체 그리스어로 쓴 처음 것은 이 편지의 수신인인 아들 티시스테네스가 '나는 갈 수 없었노라, 티시스테네스가 아들 칼리크라테스에게.'라고 쓴 글귀였다. 여기에 필기체 모사본을 공개한다.

ΟΥΚΑΝΔΥΝΑΙΜΗΝΠΟΡΕΥΕϹΘΑΙΤΙϹΙϹΘΕΝΗϹΚΑΛΛΙΚΡΑΤΕΙΤΩ ΙΠΑΙΔΙ

οὐκ ἂν δυναίμην πορεύεσθαι.
Τισισθένης Καλλικράτει τῷ παιδί.

이 칼리크라테스(할아버지의 이름을 따르는 것이 아마 그리스의 유행인 듯)는 분명히 탐험을 시작하려 했던 것 같은데, 매우 흐릿하고 거의 판독하기 힘든 언셜체로 이렇게 적어놓았다. '신이 허락하지 않으시니 내가 가는 것을 그만두노라. 칼리크라테스가 아들에게' 이것을 보라.

ΤΩΝΘΕΩΝΑΝΤΙϹΤΑΝΤΩΝΕΠΑΥϹΑΜΗΝΤΗϹΠΟΡΕΙΑϹΑΛΛΙΚΡΑ ΤΗϹΤΩΙΠΑΙΔΙ

τῶν θεῶν ἀντιστάντων ἐπαυσάμην τῆς πορείας.
Καλλικράτης τῷ παιδί.

고대에 작성된 두 개의 글 가운데 두 번째 것은 질그릇을 거꾸로 뒤집어 새겨 넣었고, 손이 가장 많이 닿는 위치라서 세월의 흐름에 따라 닳아서 희미해졌기에, 빈시가 적어놓은 번역본이 없었더라면 나는 거의 읽어낼 수 없었을 것이며, 거기에 라이오넬 빈시 중 한 사람의 서명인 '그의 나이 17세에(Aetate sua 17)'라는 현대적이며 굵은 필체가 보여, 레오의 할아버지가 쓴 것으로 짐작했다. 그 오른편에는 'J. B. V.' 머리글자가 있고, 아래쪽으로 언셜체와 필기체로 된 그리스어 서명이 여러 개 보였는데, 조금은 건성으로 되풀이되는 '내 아들에게(τῷ παιδί)'라는 글귀를 보면 이 유물이 세대에서 세대로 어김없이 전해졌다는 사실을 알 수 있었다.

그 그리스어 서명 다음으로 읽을 수 있는 글귀는 'ROMAE, A.U.C.'이어서 그 일족이 로마로 이주했음을 알려주었다. 하지만 불행히도 그 부분에서 질그릇 조각이 떨어져 나갔기 때문에 끝부분(cvi)을 제외하고는 그들의 정착 연도를 영원히 알 수 없게 되었다.

그 뒤로 열두 개의 라틴어 서명이 글귀를 쓸 수 있는 공간 여기저기에 적혀있었다. 세 개를 제외한 서명 모두 '빈덱스(vindex, 복수자)' 혹은 '복수자'의 이름으로 끝난 것으로 보아 그 가문이 로마로 이주 후 그 가문이 사용했던 이름인 듯했고 이는 고대 그리스 이름이자 복수자의 의미가 담긴 '티시스테네스(Tisisthenes)'의 대응어였다. 결국, 예상했던 것처럼 라틴어 이름인 빈덱스는 먼저 '드 빈시(De Vincey)'로 변했다가 평범하고 현대적인 '빈시'가 되었다. 기원전 한 이집트인에 의해 촉발된 복수의 개념이 영국인 성에 스며들게 된 과정이 대단히 흥미진진했다.

질그릇 조각에 새겨진 로마인 이름 몇 개는 그 이후 내가 역사책과 다른 기록에서 찾아낸 것이었다. 내 기억이 맞았다면 그이름들은 다음과 같다.

MVSSIVS. VINDEX
SEX. VARIVS. MARVLLVS C. FVFIDIVS.
C. F. VINDEX
와

LABERIA POMPEIANA. CONIVX. MACRINI. VINDICIS

당연한 말이지만, 마지막은 어떤 로마 여성의 이름이다.
하지만 다음 목록은 질그릇 조각에 적힌 라틴어 이름들이다.

C. CAECILIVS VINDEX
M. AIMILIVS VINDEX
SEX. VARIVS. MARVLLVS
Q. SOSIVS PRISCVS SENECIO VINDEX
L. VALERIVS COMINIVS VINDEX
SEX. OTACILIVS. M. F.
L. ATTIVS. VINDEX
MVSSIVS VINDEX
C. FVFIDIVS. C. F. VINDEX
LICINIVS FAVSTVS
LABERIA POMPEIANA CONIVX MACRINI VINDICIS
MANILIA LVCILLA CONIVX MARVLLI VINDICIS

로마식 이름을 따른 후 사실상 수백 년의 공백이 있다. 어둠이 내려앉은 그 기간 동안 그 유물의 역사를, 혹은 어떤 방식으로 그것이 가문 내에서 전해졌는지를 아는 사람은 이제 없을 것이다. 그저 불쌍한 내 친구 빈시가 내게, 그의 로마인 조상들이 마침내 롬바르디에 정착했고 샤를마뉴 대제가 그곳을 침략했을 때 그와 함께 알프스를 넘어 브르타뉴로 왔다가 그곳에서 참회 왕 에드워드의 시대에 영국으로 건너왔다고 말해준 사실만 기억될 것이다. 나는 그가 어떻게 그 내용을 알게 되었는지 모른다. 질그릇에 쓰인 글에서 브르타뉴라는 지명은 곧 보게 될 터이지만 롬바르드나 샤를마뉴 대제에 대한 언급은 없었기 때문이다. 계속 살펴보자면, 만약 길쭉한 혈흔이나 붉은색 물질 같은 것을 제외하면, 도자기에 있는 것은 십자군의 칼을 표현한 듯 붉은 염료로 그려놓은 십자가와 좀 더 깔끔한 진홍색과 푸른색 모노그램('D. V.')이었다. 아마 서툰 이행시를 쓴 게 아니, 오히려 그려 넣은 도로시아 빈시의 솜씨일 것이다. 그 왼편에는 A.V.라는 머리글자가, 그다음에는 1800이라는 년도가 희미한 푸른색으로 기록되어 있었다.

　그다음은 이 기이한 과거의 유물에 새겨진 그 무엇보다도 호기심을 자극한 것으로, 십자가 혹은 십자군의 검 위에 쓰인, 연도 1445라는 검은 글자였다. 최상의 계획이란 사실 자체가 사실을 말하게 하는 것이므로, 나는 여기에서 라틴어 원문과 함께 고딕체 글을 모두 공개하는데, 이것을 보면 글쓴이가 중세 라틴어에 상당히 능통했다는 사실을 알 수 있을 것이다. 또한, 우리가 찾아낸 그 고딕체 글의 영어 번역문은 더 많은 궁금증을 자아냈다. 이것은 우리가 상자 속에서 찾아낸 두 번째 양피지에 쓰인 고딕체 글로, 내가 곧 말하게 될 언셜체 그리스어의 중세 라틴어 번역본이 새겨진 날짜보다 확실히 좀 더 오래된 것으로 보였다. 이것 역시 전문을 공개한다.

아메르타스의 질그릇 조각에 새겨진 고딕체 본의 모사본

Iſta reliq̄ia eſt valde miſticū et myrificū oꝑs q̄d maiores mei ex Armorica ſſ Brittania mīore ſecū cōvehebāt et q̄dm ſc̄s clerics̄ ſēper p̄ri meo in manu ferebat q̄d pēitus illvd deſtrueret, affirmās q̄d eſſet ab ipſo ſathana cōflatū preſtigioſa et dyabolica arte q̄re p̄ter mevs cōfregit illvd ꝉ dvas p̄tes q̄s q̄dm ego Johs̄ de Vīceto ſalvas ſervavi et adaptavi ſicut aꝑparet die lūe p̄r poſt feſt beate Mrie vir{g} anni ḡre mccccxlv.

위에 나온 고딕체 본의 평체본

ISTA reliquia est valde misticum et myrificum opus, quod majores mei ex Armorica, scilicet Britannia Minore, secum convehebant; et quidam sanctus clericus semper patri meo in manu ferebat quod penitus illud destrueret, affirmans quod esset ab ipso Sathan conflatum prestigiosa et dyabolica arte, quare pater meus confregit illud in duas partes, quas quidem ego Johannes de Vinceto salvas servavi et adaptavi sicut apparet die lune proximo post festum beate Marie Virginis anni gratie MCCCCXLV.

아메나르타스의 질그릇 조각에서 나왔고 두루마리에서 찾아낸 상기 라틴어 비문의 고딕체 본의 중세 영어 번역본의 모사본.

Thys rellike ys a ryghte mistycall worke & a marvaylous yᵉ whyche myne auncteres afore tyme dyd conveigh hider wᵗ yᵐ ffrom Armoryke whᵉ ys to ſeien Britaine yᵉ leſſe & a certayne holye clerke ſhoulde allweyes beare my ffadir on honde yᵗ he owghte uttirly ffor to ffruſſhe yᵉ ſame affyrmynge yᵗ yt was ffourmyd & confflatyd off ſathanas hym ſelffe by arte magike & dyvellyſſhe wherefore my ffadir dyd take yᵉ ſame & to braſt yt yn tweyne but I John de Vincey dyd ſave whool yᵉ tweye p̄tes therof & topeecyd yᵐ togydder agayne ſoe as yee ſe on y{s} daye mondaye next ffolowynge after yᵉ ffeeste of ſeynte Marye yᵉ bleſſed vyrgyne yn yᵉ yeere of ſalvacioun ffowertene hundreth & ffyve & ffowrti.

위에 나온 고딕체 번역본을 근대 영어로 바꾼 것.

"Thys rellike ys a ryghte mistycall worke and a marvaylous, ye whyche myne auncteres aforetyme dyd conveigh hider with them from Armoryke which ys to seien Britaine ye Lesse and a certayne holye clerke should allweyes beare my fadir on honde that he owghte uttirly for to frusshe ye same, affyrmynge that yt was fourmed and conflatyd of Sathanas hym selfe by arte magike and dyvellysshe wherefore my fadir dyd take ye same and tobrast yt yn tweyne, but I, John de Vincey, dyd save whool ye tweye partes therof and topeecyd them togydder agayne soe as yee se, on this daye mondaye next followynge after ye feeste of Seynte Marye ye Blessed

Vyrgyne yn ye yeere of Salvacioun fowertene hundreth and fyve and fowerti."

다음 것은 하나를 제외하면 마지막 것으로 엘리자베스 시대 이고, 1564년이었다. "세상에서 가장 기묘한 이야기, 나의 아버지가 생명을 바친 이야기. 그는 아프리카 동부 해안에서 그 장소를 찾아 헤매는 중, 돛단배가 포르투갈 대형 범선에 의해서 로렌조 마르케스에서 가라앉았고 그는 목숨을 잃었다. ─존 빈시"

다음으로 나타난 마지막 글귀는, 문체로 판단하건대 18세기 중반에 그 가문의 어떤 대표자가 쓴 것이 분명하다. 햄릿의 유명한 글귀를 잘못 인용한 것으로 다음과 같다. "천지간에는 자네의 철학으로 꿈꾸지 못할 일들이 많이 있다네, 호레이쇼."[6]

그리고 살펴보아야 할 문서가 하나 더 있었으니, 즉 고대 돈움체 글의 질그릇 조각에 쓰인 언셜체의 중세 라틴어 번역문이다. 보다시피, 이름이 에드문더스 드 프라토(에드먼드 프레트)인 어떤 '지식인'이 1495년에 한 번역본인데, 그는 옥스퍼드 엑시터 대학에서 종교법을 전공했으며 영국에서 최초로 그리스어를 가르친 그로신의 제자였다.[7]

─────

6   이 글의 연도가 18세기 중반임을 알려주는 또다른 증거가 있다. 나는 1740년 무렵에 쓰인 햄릿의 대본을 소장하고 있는데 이 두 줄의 대사가 거의 똑같이 잘못 인용되어 있는 것으로 보아 질그릇 조각에 글을 새긴 빈시가 그 당시의 잘못 인용된 귀절을 들었다고 확신하는 바이다. 올바른 귀절은 다음과 같다. "천지간에는 많은 것들이 있다네, 호레이쇼. 자네의 철학으로 상상할 수 있는 것보다 훨씬 많지."─L.H.H.

7   그로신은 에라스무스의 스승이며 피렌체에서 비잔틴의 칼콘딜라스에게 그

분명 그 당시 빈시 가문의 누군가가 이 새로운 학문에 대한 소문을 들었을 것이고, 아마도 그보다 몇 년 전 폐기될 뻔한 이 유물을 구하고 1445년에 질그릇 조각에 고딕 글자체를 써넣었던 바로 그 존 드 빈시가 불가사의한 비문의 비밀을 풀 수 있을지 알아내기 위해 옥스퍼드로 달려갔을지 모른다. 그는 실망하지 않았으니, 학자인 에드문두스가 그 임무에 적격임을 알았기 때문이었다. 사실상 그의 번역은 중세학문과 라틴어 사용의 본보기가 될 정도로 대단히 훌륭해서, 너무나 많은 고대 유물을 가지고 있는 학식 높은 독자를 질리게 할 위험에도 불구하고, 나는 축약본의 문제점을 찾아내는 사람들을 위해 평체본과 같이 모사본을 공개하려고 한다. 이 번역이 지닌 몇 가지 특징은 지금 거론하기에 적당하지 않지만, 내가 원문인 "ἤγαγον δὲ ὡς βασίλειαν τὴν τῶν ξένους χύτραις στεφανούντων."의 재치있는 번역문이라고 생각하는 "그들은 이방인의 머리에 항아리를 씌우는 부족의 여왕에게 우리를 데려갔다"라는 구절로 학자들의 주의를 끌고자 한다.

아메나르타스의 질그릇에 새겨진 언셜체 비문의 중세 고딕체 라틴어 번역문

Amenartas e gen. reg. Egyptii uxor Callicratis ſacerdoꞇ Iſidis quā dei fovēt demonia attēdūt filiol' ſuo Tiſiſtheni

---

리스어를 배웠고 옥스퍼드의 엑스터 대학에서 1491년에 처음으로 강의를 했다. —편집자.

iā moribūda ita mādat: Effugi quōdā ex Egypto regnāte
Nectanebo cū patre tuo, p̄pter mei amorē pejerato. Fugiētes
autē v'ſus Notū trans mare et xxiiij mēſes p'r litora Libye
v'ſus Oriētē errant̃ ubi eſt petra quedā m̃gna ſculpta inſtar
Ethioṗ capit̃, deinde dies iiij ab oſt flum̃ m̃gni eiecti p'tim
ſubmerſi ſumus p'tim morbo mortui ſum̃: in fine autē a fer̃
hōibs portabamur p̄r palud̄ et vada. ubi aviū m'titudo celū
obūbrat dies x. donec advenim̃ ad cavū quēdā montē, ubi
olim m̃gna urbs erat, caverne quoq̃ im̃eſe: duxerūt autē
nos ad reginā Advenaſlaſaniſcoronātiū que magic̃ utebat̃
et peritia omniū rer̃ et ſaltē pulcrit̃ et vigore ‾iſeeſcibil' erat.
Hec m̃gno patr̃ tui amore p̄culſa p'mū q'dē ei coñubiū michi
mortē parabat. poſtea v'ro recuſāte Callicrate amore mei et
timore regine affecto nos p̄r magicā abduxit p'r vias horribil'
ubi eſt puteus ille p̄fūdus, cuius iuxta aditū iacebat ſenior̃
philoſophi cadaver, et adveiētiō̃ mōſtravit flam̃a Vite erectā,
‾iſtar columne volutātis, voces emittētē q̃ſi tonitrus: tūc p̄r
igne‾ īpetu nociuo expers trāſiit et iā ipsa ſeſe formoſior viſa
eſt.

Quiō̃ fact̃ iuravit ſe patrē tuū quoq̃ im̃ortalē oſteſurā eſſe,
ſi me prius occiſa regine cōtuberniū mallet; neq̃ eñi ipſa me
occidere valuit, p̄pter noſtratū m̃gicā cuius egomet p̄tem
habeo. Ille vero nichil huius geñ maluit, manib ante ocul̃
paſſis ne mulier̃ formoſitatē adſpiceret: poſtea eū m̃gica
p̄cuſſit arte, at mortuū efferebat ‾ide cū fletiō̃ et vagitiō̃, me
p̄r timorē expulit ad oſtiū m̃gni flumiñ veliuoli porro in nave
in qua te peperi, uix poſt dies hvc Athenas invecta ſū. At
tu, O Tiſiſtheñ, ne q'd quorū mādo nauci fac: neceſſe eñi eſt
mulierē exquirere ſi qva Vite myſteriū īpetres et vīdicare,
quātū in te eſt, patrē tuū Callierat̃ in regine morte. Sin
timore ſue aliq̃ cavſa rē reliquis ‾ifectā, hoc ipſu ōiō̃ poſter̃

mādo dū bonvs q̃s inveniatur qv̇i ignis lauacrū nō p̃rhorreſcet et p̃tentia digñ dōīabī̃t hōīū.

Talia dico incredibilia q̃dē at miñe ñcta de reб̃ michi cognitis.

Hec Grece scripta Latine reddidit vir doctus Edm̃ds de Prato, in Decretis Licenciatus e Coll. Exon: Oxon: doctiſſimi Grocyni quondam e pupillis, Id. Apr. Aº. Dñi. MCCCCLXXXXVº.

중세 고딕체 라틴어 번역의 평체 번역문

Amenartas, e genere regio Egyptii, uxor Callicratis, sacerdotis Isidis, quam dei fovent demonia attendunt, filiolo suo Tisistheni jam moribunda ita mandat: Effugi quodam ex Egypto, regnante Nectanebo, cum patre tuo, propter mei amorem pejerato. Fugientes autem versus Notum trans mare, et viginti quatuor menses per litora Libye versus Orientem errantes, ubi est petra quedam magna sculpta instar Ethiopis capitis, deinde dies quatuor ab ostio fluminis magni ejecti partim submersi sumus partim morbo mortui sumus: in fine autem a feris hominibus portabamur per paludes et vada, ubi avium multitudo celum obumbrat, dies decem, donec advenimus ad cavum quendam montem, ubi olim magna urbs erat, caverne quoque immense; duxerunt autem nos ad reginam Advenaslasaniscoronantium, que magicâ utebatur et peritiá omnium rerum, et saltem pulcritudine et vigore insenescibilis erat. Hec magno patris tui amore perculsa, primum quidem ei connubium michi mortem parabat; postea vero, recusante Callicrate, amore mei et timore regine affecto, nos per magicam abduxit per vias horribiles ubi est puteus ille profundus, cujus juxta aditum jacebat senioris philosophi cadaver, et advenientibus monstravit flammam Vite erectam, instar columne voluntantis, voces emittentem quasi tonitrus: tunc per ignem impetu nocivo expers transiit et jam ipsa sese formosior visa est.

Quibus factis juravit se patrem tuum quoque immortalem ostensuram esse, si me prius occisa regine contubernium mallet; neque enim ipsa me occidere valuit, propter nostratum magicam cujus egomet partem habeo. Ille vero nichil hujus generis malebat, manibus ante oculos passis, ne mulieris formositatem adspiceret: postea illum magica percussit arte, at mortuum efferebat inde cum fletibus et vagitibus, et me per timorem expulit ad ostium magni fluminis, velivoli, porro in nave, in qua te peperi, vix post dies huc Athenas vecta sum. At tu, O Tisisthenes, ne quid quorum mando nauci fac: necesse enim est mulierem exquirere si qua Vite mysterium impetres et vindicare, quautum in te est, patrem tuum Callieratem in regine morte. Sin timore sue aliqua causa rem reliquis infectam, hoc ipsum omnibus posteris mando, dum bonus quis inveniatur qui ignis lavacrum non perhorrescet, et potentia dignus dominabitur hominum.

Talia dico incredibilia quidem at minime ficta de rebus michi cognitis.

Hec Grece scripta Latine reddidit vir doctus Edmundus de Prato, in Descretis Licenciatus, e Collegio Exoniensi Oxoniensi doctissimi Grocyni quondam e pupillis, Idibus Aprilis Anno Domini MCCCCLXXXXV°.

"자아," 적어도 아직 쉽게 읽을 수 있는 글과 문단을 읽고 조심스럽게 살펴본 다음 내가 말했다. "이것이 전체의 결말이구나,

레오, 이제 네가 판단할 수 있을 것이다. 나는 이미 결정했어."

"어떤 결정이죠?" 그는 재빨리 물었다.

"바로 이런 거지. 이 질그릇 조각은 진짜라고 믿어. 너무 놀랍게 보일지라도 그건 기원전 4세기부터 너의 가문 대대로 내려왔어. 여러 글귀가 그것을 명백히 증명하고 있잖아. 따라서 아무리 믿기 힘들어도, 받아들여야만 해. 하지만 거기까지야. 아주 먼 너의 여선조인 이집트 공주나 혹은 그녀의 지시로 어떤 필경사가 이 질그릇에서 우리가 본 것을 적어넣었다는 사실은 전혀 의심하지 않아. 하지만 그녀가 겪은 고난과 남편을 잃은 상실감으로 정신착란을 일으켜 이 글을 쓸 때 제정신이 아니었다는 생각이 드는구나."

"저의 아버지가 거기서 보고 들은 것은 어떻게 설명하지요?" 레오가 물었다.

"우연의 일치겠지. 분명히 아프리카 해안에는 사람 머리처럼 생긴 절벽이 여러 개 있고, 아랍어 방언을 사용하는 민족도 상당수 있으니까. 또한, 늪지도 엄청나게 많지. 또 한가지는 말이다, 이렇게 말해서 미안하지만, 이 편지를 쓸 당시, 불쌍한 네 아버지는 제정신이 아니었던 것 같구나. 엄청난 시련을 겪었으니 역시 이런 이야기가 자신의 상상력을 잠식하도록 내버려 뒀을 거다. 그는 상상력이 매우 뛰어난 사람이었거든. 어쨌든 나는 이 모든 것이 쓸데없는 망상이라고 믿는단다. 자연에는 우리가 거의 만나지 못 하는 특이한 것들과 힘이 존재하지. 그리고 우리가 그런 것들을 만났을 때, 이해하지 못하지. 그러나 나는 내 눈으로 목격하기 전까지는 믿지 않는 편이고, 죽음을 피하고 심지어 시간을 뛰어넘는 어떤 수단이 있다거나 아프리카 늪지 한가운데에 백인 마법사가 살고 있다고 절대로 믿지 않을 거야. 그건 허튼소리야, 얘야, 말도 안 되는 소리라고!—자넨 어떻게 생각하나, 조브?"

"모두 거짓말이에요, 선생님. 만약 사실이라고 해도 레오 도련님이 이런 일에 휘말려 들어가지 않기를 바라요. 좋을 게 하나도 없다고요.

"어쩌면 두 분 말씀이 맞을지 모르죠." 레오가 아주 조용히 말했다, "내 생각을 모두 밝히지 않겠어요. 하지만 이건 말할 수 있어요. 이 문제에 대해 최종적으로 결말을 낼 겁니다. 만약 두 분이 함께 가지 않는다면 나 혼자 갈 거예요."

나는 젊은이를 바라보면서 그가 말한 것이 진심임을 깨달았다. 레오가 마음을 굳게 먹을 때면 입가에 특유의 표정이 떠올랐으니, 이는 어릴 때부터 지녀온 버릇이었다. 만약 그를 위해서가 아니라면, 나를 위해서라도, 사실 나는 레오를 혼자 어디로 보낼 생각이 조금도 없었다. 내가 레오에게 느끼는 애착은 대단히 컸다. 나는 사람들과 관계를 맺거나 애정을 주고받는 사람이 아니다. 이 점에서 보면 상황이 나를 외면한 셈이어서 남자든 여자든 나를 피할 거라고, 적어도 나는 그럴 거로 생각했고, 결국 둘은 같은 결과로 귀결되는데, 어느 정도 못생긴 내 외모가 내 성격을 결정짓는 절대적인 요소다. 나는 그러한 상황을 견디기보다는 상당 정도 스스로 세상에서 떨어져 지냈고, 사람들이 좀 더

친해지거나 덜 친해지는 관계를 형성하는 기회를 일부러 멀리
했다. 따라서 레오는 내게 세상 전부—형제, 아들, 친구—였다.
그가 나를 지겨워할 때까지는 그가 가는 곳에 나도 가야만 했다.
하지만, 물론 그가 나에게 얼마나 커다란 존재인지 알게 하지 않
을 것이다. 그래서 나는 뒤로 물러날 구실을 찾으려고 했다.

"네, 저는 갈 거예요, 아저씨. 만약 '회전하는 생명의 기둥'을 찾
지 못한다고 해도, 최상급 사냥터에서 즐길 수는 있을 테니까요."

이제 내게 기회가 생겼고 나는 그것을 얼른 잡았다.

"사냥이라고?" 내가 말했다. "아! 그렇지. 그 생각을 못 했군.
야생의 대지가 드넓게 펼쳐져 있고 커다란 사냥감들로 가득할
거야. 난 죽기 전에 꼭 버펄로를 사냥하고 싶었어. 애야, 너도 알
겠지만, 그 탐험 이야기는 믿지 않지만 커다란 사냥감은 믿는단
다. 그리고 말이다, 사실상 네가 전반적으로 깊이 생각한 후에
가기로 한다면, 나도 휴가를 내고 함께 가지."

"아하" 레오가 말했다. "아저씨도 그런 기회를 놓치고 싶지
않을 거로 생각해요. 하지만 비용은 어떻게 하죠? 상당히 많이
필요할 것 같아요."

"그건 걱정하지 말아라," 내가 대답했다. "그동안에 네 수입
을 모두 저축해 놓았고 거기다가 너를 양육한다는 조건으로 네
아버지가 나에게 남긴 수입 중 삼 분의 이는 모아두었지. 돈은
충분해."

"좋아요, 그렇다면, 저 물건들을 잘 치워두고 총을 보러 시내
로 가요. 그나저나, 조브도 함께 갈 건가요? 이제 세상을 볼 시기

가 된 것 같은데요."

"글쎄요, 도련님." 조브가 둔감한 표정으로 대답했다. "저는 외국 지역에 관심은 없지만요, 만약 두 분이 가신다면 돌봐드릴 사람이 필요하실 것이고, 제가 이십 년이나 두 분을 모셔온 마당에, 여기서 혼자 남아있을 사람은 아닙니다."

"그래 맞는 말이야, 조브" 내가 말했다. "뭔가 멋진 것을 찾아내지는 못할 테지만 신나는 사냥을 할 수 있을 걸세. 이제 잘 듣게나, 둘 다 말이야. 나는 그 누구에게도 이렇게 말도 안 되는 이야기에 대해 입도 뻥긋하지 않을 거야." 나는 질그릇 조각을 가리켰다. "만약 이 일이 새어나가고 내게 무슨 일이 일어난다면, 내 친척들이 내 정신상태를 의심하여 유언장을 두고 서로 다툴 걸세. 그리고 나는 케임브리지의 웃음거리가 될 거야"

석 달 후 우리는 배를 타고 잔지바르로 향하고 있었다.

제4장

스콜

이제 묘사하게 될 장면은 방금까지 말했던 장면과 얼마나 다른지! 조용한 대학 교실은 사라지고, 바람 따라 춤추는 유럽 느릅나무와 까악까악 우는 까마귀와 서가에 꽂힌 친숙한 책들은 사라지고, 아프리카 보름 달빛 아래 어둠이 깃든 가운데 은색으로 반짝이는 거대하고 고요한 대양이 그 자리를 대신했다. 부드러운 미풍은 다우선의 거대한 돛을 가득 채웠고, 배 옆에서 듣기 좋게 찰랑대는 파도를 가로지르며 우리를 이끌었다. 자정 무렵이었기에 모두 배 앞쪽에서 단잠에 빠져 있었으나, 건장하고 거무스름한 아랍인 마호메드는 키를 잡고서 별빛에 의지하며 느긋하게 방향을 조정했다. 배의 우현에서 3마일 혹은 그보다 약간 더 먼 거리에 낮고 흐릿한 선이 보였다. 바로 중앙아프리카의 동쪽 해안선이었다. 우리는 북동 계절풍에 밀려, 본토와 수백 마일의 해안을 위험 지역으로 만드는 암초 사이를 누비며 남쪽으로 항해 중이었다. 밤은 그토록 고요하여 속삭임마저 다우선의 이물에서 고물까지 퍼졌고, 그토록 고요하니 우르르 울리는 소리가 멀리 떨어진 육지에서 바다를 가로질러 희미하게 들려왔다.

키를 잡은 아랍인이 한 손을 쳐들더니 한마디 했다. "심바(사자)다!"

우리는 모두 일어나 앉아 귀를 기울였다. 골수까지 오싹하게 만드는 느릿하고 위풍당당한 그 소리가 또다시 들려왔다.

"내일 열 시쯤," 내가 말했다. "만약 선장의 짐작이 틀리지 않는다면, 그럴 가능성이 큰데, 우리는 아마 사람 머리 모양의 신비한 바위에 도착하여 사냥을 시작하고 있겠지."

"또한, 멸망한 도시와 생명의 불기둥을 찾기 위한 우리의 탐험도 개시되겠죠." 레오가 조금 소리 내 웃으면서 물고 있던 파이프를 입술에서 떼어내며 내가 한 말을 정정했다.

"말도 안 되는 소리!" 내가 대답했다. "오후에 보니 너는 키를 잡은 남자와 아랍어 실력을 뽐내고 있던데. 그가 무슨 말을 했나? 그는 자신의 사악한 일생 중 절반을 이 부근을 오르내리면서 거래(아마도 노예 상인이었을 것이다)를 하고, '사람 머리'바위에 상륙한 적도 있다고 말하였겠지. 그는 멸망한 도시 혹은 동굴에 대해 뭔가 들은 적이 있다던?"

"아뇨," 레오가 대답했다, "그 도시는 늪지 저편에 있고 특히 비단뱀 같은 뱀과 맹수들로 가득해서 사람이 살지 않는대요. 그리고 동부 아프리카 해안을 따라 늪지가 죽 이어져서 깊숙이 들어갈 수도 없답니다."

"그래," 내가 말했다. "가봤자 말라리아에 걸리겠지. 너도 이 사람들이 그곳에 대해 어떻게 생각하는지 알 거다. 누구도 우리와 함께 가지 않을 거야. 그들은 우리가 미쳤다고 생각해, 솔직히 말해서 그들이 옳아. 우리가 대영제국을 다시 볼 수 있다면 아주 놀라운 일일 테니. 사실 내 나이쯤 되면 그렇게 큰 문제가 아니지만 네가 걱정되는구나, 레오. 그리고 조브도 걱정이고. 이건 바보 같은 짓이지, 얘야."

"괜찮아요, 호레이스 아저씨. 나로 말하자면, 기꺼이 내 운을 시험해보고 싶어요. 보세요! 저 구름이 뭐죠?" 그는 뒤쪽으로 몇 마일 떨어진 곳에 별빛 가득한 하늘에 뜬 검은 얼룩을 가리켰다.

"키잡이 선원에게 가서 물어보렴," 내가 말했다.

그는 일어나 기지개를 쭉 피고 가더니 이내 돌아왔다. "저건 스콜인데 우리 옆 쪽 먼 곳에서 지나갈 거래요."

바로 그때 조브가 일어났다. 밤색 플란넬 사냥복 차림을 한 그는 매우 튼실하고 전형적인 영국 남자처럼 보였는데, 항해를 시작한 이래 정직하고 둥그런 얼굴에서는 안절부절못하는 표정이 떠날 줄 몰랐다.

"제발, 선생님," 그가 조금 우스꽝스러운 모양으로 머리 뒤쪽에 달라붙어 있는 햇빛가리개 모자를 만지면서 말했다. "궤짝에 들어있는 식량은 말할 것도 없고요, 고물에 매달린 보트에 총과 물건들을 실어 놓았기 때문에 제가 보트로 가서 자는 게 제일 좋을 것 같아요. 저 표정들이 마음에 안 들어요." 그는 음산하게 들릴 정도로 목소리를 낮추었다. "저 검은 친구들 말이에요. 손버릇이 나쁜 사람들이잖아요. 저들 중 몇몇이 밤에 보트로 슬쩍 가서 밧줄을 끊고 그걸 타고서 달아나버린다고 생각해보세요. 당연히 그럴 수 있어요, 그렇다니까요."

그 보트에 관해 설명하자면, 스코틀랜드 던디에서 우리를 위해 특별 제작한 것이었다. 그 보트를 가져온 이유는 수없이 작은 만으로 이루어진 이 해안을 지나가려면 무언가가 필요했기 때문이었다. 멋들어진 그 배는 길이가 30피트에 용골을 대었고, 구리 바닥은 벌레의 공격을 막아주었으며, 격실은 완벽히 방수 처리를 했다. 다우선의 선장은 질그릇 조각에 묘사되고 레오의 아버지가 설명했던 그 바위를 알고 있는 듯, 만약 우리가 거기에 도달하면 수심이 얕고 암초가 많아서 더 이상 나아갈 수 없을 것이라고 말했다. 따라서 그날 새벽, 바람이 잦아들었던 일출 무렵 세 시간 동안 우리는 대단히 침착하게 대부분 물건과 소지품들을 보트로 옮겼고 총과 탄약, 저장 식량은 특별 방수 처리된 상자에 넣어두었으므로, 암초들이 나타날 때 우리가 해야 할 일이라고는 그 배로 옮겨타고 해안으로 나아가는 것이었다. 그렇게 준비를 마친 또 다른 이유는 아랍인 선장이 부주의나 실수로 암벽을 알아보지 못해 목표 장소를 그냥 지나칠 수 있기 때문이었다. 이제는 선원들이 알고 있듯이, 몬순폭우가 배 뒤에서 몰아치면 다우선을 조종하기란 거의 불가능하다. 그러므로 우리는 어떤 순간에도 그 암벽에 도달하도록 보트 준비를 끝냈다.

"그래, 조브," 내가 말했다, "그게 좋겠군. 거기에는 담요가 충분하니까. 그저 달빛만 조심하게. 안 그러면 머리가 돌아버리거나 눈이 멀지 몰라."

"맙소사, 선생님! 그래도 상관없을 것 같아요. 저 검둥이들과 지저분하고 나쁜 손버릇을 보고 있자니 이미 돌아버렸거든요.

저 인간들은 정말 똥 같다고요. 이미 냄새로는 그러기에 충분하죠."

짐작할 터, 조브는 검은 피부 형제들의 행동이나 관습에 칠색 팔색이었다.

그런 이유로 우리는 예선 밧줄을 잡아당겨 보트를 다우선 고물 바로 아래에 대었고, 조브는 마치 감자 자루가 넘어지듯 보트로 기꺼이 몸을 던졌다. 그 후 우리는 돌아와 다시 갑판에 앉아약간 세찬 바람이 불어 흔들거리는 와중에 담배를 피우며 이야기를 나누었다. 진실로 아름다운 밤, 머릿속은 그동안 억눌러온여러 가지 흥분으로 가득 차 있어서 잠자리에 들 기분이 아니었다. 거의 한 시간 정도 그곳에 앉아있었는데, 내 생각에 우리가꾸벅꾸벅 졸았던 것 같았다. 나는 레오가 만약 뿔 사이를 정확히맞힐 수 있다면 버펄로 머리를 공격하는 것도 나쁘지 않고, 혹은목을 맞히거나, 혹은 뭔가 말도 안 되는 방법을 졸린 목소리로늘어놓았던 것을 희미하게 기억한다.

그다음은 기억나지 않는다. 갑자기 무서운 굉음을 울리며 휘몰아치는 바람과 잠에서 깬 선원들의 무서운 비명이 들리고 물방울은 채찍처럼 얼굴을 후려쳤다. 몇몇 선원이 달려가 밧줄을당겨 돛을 내리려고 했으나 줄이 엉켜 활대가 내려오지 않았다.나는 벌떡 일어나 밧줄에 매달렸다. 뒤쪽 하늘은 기름 찌꺼기처럼 검었지만, 달빛은 아직 우리 앞을 밝게 비추며 어둠을 걷어내었다. 달빛 아래, 이십 피트가 넘는 거대한 파도가 하얀 거품을엎은 채 우리를 향해 달려드는 모습이 보였다. 파도는 선루 끝에 있었다―달은 파도의 꼭대기를 비추었고 거품을 달빛으로 물들였다. 뒤따라오는 끔찍한 스콜 돌풍에 밀려 파도는 시커먼 하늘 아래서 계속 밀려왔다. 갑자기 눈 깜짝할 사이에, 파도 끝에 얹혀 허공으로 높이 들려 올라간 구조선의 거무스름한 형체를 보게 되었다. 그런 다음 파도의 충격, 끓어오르는 거친 거품, 나는 살기 위해 온 힘으로 돛대 밧줄에 매달렸으니, 아아, 온몸이 강풍 속에 나부끼는 깃발처럼 흔들렸다.

파도가 고물에 부딪혔다.

파도가 지나갔다. 실제로는 몇 초였지만 나는 몇 분 동안이나 물속에 잠겨있던 것처럼 느꼈다. 앞쪽을 보았다. 거대한 돛은 돌풍에 찢겨, 바람이 불어가는 방향을 향해 공중 높이 펄럭거렸는데 마치 상처 입은 거대한 새처럼 보였다. 그런 다음 조금 조용해졌나 싶더니, 나는 비명에 가까운 조브의 목소리를 들었다. "보트로 오세요!"

난 무척 당황한 데다 반쯤은 익사 상태였지만, 정신을 차려 뱃고물 쪽으로 달려갔다. 물이 가득 찬 다우선이 발 아래에서 침몰하는 것이 느껴졌다. 그 반작용으로 구조선 보트가 마구 흔들렸고 나는 키를 잡고 있던 아랍인 마호메드가 보트 속으로 뛰어드는 것을 보았다. 나는 보트 옆으로 끌어당기기 위해 필사적으로 예선 밧줄을 잡아당겼다. 그리고 나 역시 미친 듯이 몸을 날렸다. 조브가 내 팔을 잡았고 나는 바닥으로 굴러떨어졌다. 다우선은 통째로 가라앉았다. 구조선도 그렇게 가라앉으려 할 때, 마호메드가 곡선 모양의 칼을 꺼내 다우선에 고정한 밧줄을 잘랐다. 다음 순간 우리는 다우선이 있던 위치에서 폭풍우가 오기 직전에 빠져나갈 수 있었다.

"하느님 제발!" 나는 비명을 질렀다. "레오는 어디에 있지? 레오! 레오!"

"도련님이 사라졌어요, 선생님, 신이시여 그를 도우소서!" 조브가 내 귀에 대고 고함쳤다. 하지만 분노한 돌풍 속에서 그의 목소리는 마치 속삭임처럼 작게 들렸다.

나는 고통스럽게 두 손을 꽉 움켜잡았다. 레오는 익사하고 내가 살아남아서 그를 애도하다니.

"조심하세요!" 조브가 소리쳤다. "파도가 또 와요!"

나는 몸을 돌렸다. 두 번째 거대한 파도가 우리를 덮치는 중이었다. 차라리 물에 빠져 죽으면 좋겠다는 생각이 반쯤 들었다. 기묘한 황홀감에 사로잡힌 채, 나는 끔찍하게 돌진하는 파도를 바라보았다. 몰아치는 폭풍우의 분노 때문에 달은 지금 거의 모습을 감추었지만 아주 약한 빛이 집어삼킬 듯 밀려드는 파도의 물마루를 비추었다. 거기에 뭔가 검은 것, 잔해가 있었다. 이제 파도가 우리를 덮치고 보트는 거의 물로 가득하였다. 그러나 밀폐형 격실로 건조된 보트는 물을 헤치고 마치 백조처럼 두둥실 떠올랐다, 하늘이여, 그 발명자를 축복하소서! 거품과 혼란을 뚫고서 나는 파도에 실린 검은 물체가 내게 곧장 오는 것을 보았다. 그것을 지켜내기 위해 오른팔을 뻗었고 내 손이 또 다른 팔 가까이 갔을 때, 전력을 다해 누군가의 손목을 움켜잡았다. 나는 대단히 힘이 센 남자이고 잡아야 할 것이 왔으나, 파도에 흔들리는 몸뚱어리의 무게와 압력 때문에 거의 팔이 뽑혀나갈 지경이었다. 만약 파도가 몇 초만 더 몰려들었다면 손을 놓쳤거나 나도 함께 쓸려갔을 것이다. 하지만 파도는 무릎까지 차오른 물만 남기고 물러갔다.

"물을 퍼내야 해요! 퍼내야 해요!" 조브는 미친 듯 물을 퍼내면서 소리 질렀다.

하지만 나는 지금 당장 물을 퍼낼 수가 없었다. 달이 사라지고 칠흑 같은 어둠만 남았을 때, 아주 연한 빛이 내가 움켜잡았던 남자, 지금은 보트 바닥에 반은 누워있고 반은 물에 떠 있는 이의 얼굴을 비쳤다.

그는 레오였다. 죽었는지 살았는지 모르지만, 레오가 죽음의 바로 그 아가리로부터 파도에 실려 되돌아온 것이다.

"물을 퍼내야 해요! 퍼내요!" 조브가 외쳤다. "안 그러면 우린 가라앉을 거예요"

나는 좌석 아래 고정해 놓은 커다란 양동이의 손잡이를 낚아챘고, 우리 세 사람은 살아남기 위해 필사적으로 물을 퍼냈다. 맹렬한 폭풍이 휩쓸자 보트는 이리저리 흔들렸다. 바람과 폭풍우와 후려치는 물보라 때문에 앞이 거의 보이지 않았고 정신을 차리기 힘들었다. 그러나 모두 절망의 난폭한 흥분 속에서 필사적으로 일했다. 절망조차 흥분할 수 있다니. 1분! 3분! 6분! 보트가 가벼워지기 시작했고 새로 몰려온 파도는 없었다. 오 분 정도 더 지나자 보트의 물은 거의 사라졌다. 그런 다음, 갑자기 무시무시한 허리케인의 비명 위로 더 둔탁하고 더 깊은 소리가 왔다.

오, 하늘이여! 진정으로 엄청난 파도였다!

그 순간 모습을 다시 드러낸 달이 돌풍의 뒤쪽을 비추었다. 바다의 찢긴 가슴 저 너머에 거친 빛의 화살이 쏟아졌다. 우리 앞쪽으로 반 마일쯤 떨어진 곳에 하얀 거품 줄이, 그런 다음 입을 벌린 검은 공간이, 그런 다음 다른 하얀 거품 줄이 보였다. 거대한 파도였다, 그 울음소리는 점점 커졌고, 우리가 마치 한 마리 제비처럼 파도에 얹혀 천천히 하강할 때 더욱 선명하게 들려왔다. 파도가 몰려온 그곳에 눈처럼 하얗게 솟구치는 물보라가 부글부글 들끓었고 구르릉거리며 공격하는 모습이 번뜩이는 지옥의 이빨처럼 보였다.

"키를 잡아, 마호메드!" 내가 아랍어로 외쳤다. "어떻게 하든 빠져나가야 해!" 그와 동시에 나는 노를 움켜쥐고 바깥쪽으로 내밀면서 조브에게 따라 하라고 손짓했다.

마호메드는 고물 쪽으로 기어 올라가 키를 잡고, 정겨운 캠강에서 조그만 보트를 가끔 탄 것밖에 없는 조브는 힘들게 노를 바깥으로 내밀었다. 다음 순간 보트 머리 부분이 가까이 다가온 하얀 거품을 향하여 곧장 뛰어들어 경주마의 속도로 물살을 갈랐다. 우리 바로 앞쪽 파도의 첫 줄이 오른쪽이나 왼쪽 파도보다 조금 얇아 보였고, 훨씬 더 깊은 물의 공간이 있었다. 나는 몸을 돌려 그곳을 가리켰다.

"네 목숨을 걸고 키를 잡아, 마호메드!" 내가 소리 질렀다. 그는 능숙한 키잡이로, 이 험난한 해안에 도사린 위험에 대해 잘 알고 있었다. 키를 움켜잡은 마호메드가 육중한 몸을 앞으로 내밀며 공포의 거품 덩어리를 어찌나 노려보는지 크고 둥그런 눈동자가 머리통에서 튀어나올 것 같았다. 파도에 실려 보트 머리가 우현으로 돌았다. 만약 우현에 50야드까지 다가온 파도와 부딪힌다면 우리는 틀림없이 가라앉게 될 것이다. 뒤틀리면서 솟구치는 거대한 파도였다. 마호메드는 자기 앞쪽 좌석에 발을 단단히 대었고, 그가 키를 잡아당길 때 힘을 주자 그의 몸무게가 실린 밤색 발가락들이 마치 손가락처럼 벌어지는 것이 보였다. 보트가 약간 돌아갔으나 충분하지 않았다. 나는 조브에게 후진하라고 고함치면서 힘들게 노를 움직였다. 배가 조금 말을 듣나 싶었으나 이미 늦었다.

맙소사, 우리는 파도 속에 있었다! 다음 순간 말로 표현할 엄두조차 낼 수 없을 정도로 심장이 터질 듯한 흥분이 몰려들었다. 내가 기억할 수 있는 것은 비명 지르는 거품 바다뿐, 거기서 성난 파도가 마치 대양의 무덤에서 나온 복수의 유령처럼 여기저기 사방에서 솟구쳤다. 우리가 오른쪽으로 돌았을 때 우연인지 혹은 마호메드의 능숙한 실력인지 모르지만, 또 하나의 파도가 덮치기 전에 보트 머리 부분이 다시 제 방향을 잡았다. 다시 한 번, 괴물 같은 놈이었다. 우리는 그것을 지나갔거나 혹은 타고 넘었는데 사실상 넘었다기보다는 지나갔고, 그런 다음 아랍인의 입에서 터져 나온 거칠고 광기 서린 비명과 함께 우리는 이를 악무는 파도 사이를 빠져나와, 바다의 입구의 상대적으로 누그러진 물살 속으로 들어갔다.

그러나 우리는 다시 물에 반쯤 잠겼는데, 반 마일도 채 안 되는 곳에서 두 번째 파도가 덮쳐왔다. 또 한 번 미친 듯이 물을 퍼 냈다. 다행히도 이제 폭풍우가 거의 지나갔고, 달빛이 밝게 빛나자 바다로 반 마일 이상 들어온 암석투성이 곶과 연달아 몰려오는 두 번째 파도가 모습을 드러냈다. 어쨌든 파도가 암석 발치 부근에서 부글부글 끓어올랐다. 아마도 산마루가 바다로 뻗어 나와 수심이 얕은 곳에서 곶이 이루어지고 암초가 생성되었을 것이다. 우리에게서 1마일 이상 떨어지지 않은 곳에 이 곶의 끝부분이자 신기하게 생긴 봉우리 하나가 있었다. 우리가 두 번째로 보트에 밀려든 물을 거의 퍼냈을 무렵, 내게는 진정 다행스럽게도, 레오가 눈을 뜨고서 침구가 침대에서 떨어졌다고 하더니 이제 교회에 갈 시간이라고 말했다. 나는 그에게 눈감고 조용히 있으라고 타일렀는데, 그는 상황을 조금도 알아차리지 못한 채 시키는 대로 했다. 하지만 교회라는 단어를 듣자 케임브리지의 안락한 내 방이 떠올랐고 돌아가고 싶다는 아련한 바람이 솟구쳤다. 그곳을 떠나오다니, 내가 얼마나 바보였단 말인가? 이후로도 점점 더 간절한 마음으로 그런 생각을 여러 번 하게 되었다.

그러나 지금, 또다시 우리는 파도 밑으로 쏠려 들어갔는데, 그나마 바람이 잦아들면서 속도가 줄었고, 우리를 이끄는 것은 해류 혹은 조수(이후에 조수로 바뀌었다)뿐이었다.

그 순간 아랍인은 알라신을, 내 입에서는 경건한 절규가, 조브에게서는 불경한 단어가 튀어나오면서 우리는 다시 파도 속으로 들어갔다. 그런 다음 우리가 마침내 탈출할 때까지 전체적으로 비슷한 장면이 되풀이되었으나, 너무 난폭하지는 않았다.

마호메드의 능숙한 조종술과 밀폐된 격실이 우리 생명을 구했다. 오 분만에 우리는 내가 말했던 곳 주변을 상당히 빠른 속도로 표류했는데, 너무나 기진맥진하여 우리가 할 수 있는 일이라곤 뱃머리를 똑바로 유지하는 것뿐이었다.

우리는 바람이 불지 않는 곳에 도착할 때까지 조수를 타고 떠다녔고, 그런 다음 갑자기 속도가 느려지더니 움직이지 않는 것으로 보아 마침내 고여있는 물에 도달한 듯싶었다. 폭풍우가 완전히 지나간 뒤 맑게 갠 하늘만 남았다. 곶은 스콜 때문에 발생한 거센 파도를 가로막아주고, 광포하게 강을 거슬러 몰아치던(지금 우리는 강어귀에 있다) 조수가 느려졌기에 우리는 고요히 떠다닐 수 있었고, 달이 지기 전 보트의 물을 그럭저럭 말끔히 퍼내어서 이제는 조금 배다운 모습을 갖추게 되었다. 레오는 죽은 듯 잠을 잤는데, 나는 그를 깨우지 않는 게 현명하다고 생각했다. 그가 물에 젖은 시트에서 자는 것은 사실이지만, 지금은 무척 따스한 밤인 데다 나도(그리고 조브도) 대단히 원기 왕성한 체력의 남자에게 그게 큰 문제가 될 거로 생각하지 않았다. 게다가 우리는 마른 것을 가지고 있지 않았다.

곧 달은 이울고 우리만 남아 물 위를 떠다니면서, 아픈 사연을 가슴에 담은 여인네처럼 숨을 깊이 몰아쉬며 그동안 겪었던 모든 것을, 탈출하던 모든 순간을 되새김질했다. 조브는 뱃머리에 자리를 잡고 마호메드는 키 앞에서 제자리를 지켰고, 레오가 누워 있는 곳에 가까운 보트 한가운데에 나는 앉아있었다.

달이 사랑스러운 자태로 천천히 내려가, 신방으로 들어간 달콤한 신부처럼 사라지자, 긴 베일 같은 그림자가 별들이 수줍은 듯 고개를 내민 하늘에 드리워졌다. 하지만 이내 동쪽에서 시작된 화려한 광채 앞에서 별빛도 바랬고, 그런 다음 새벽의 떨리는 발자국들이 갓 태어난 짙푸른 하늘을 가로질러 다급히 다가오면서 자신의 자리에 있던 행성들을 뒤흔들었다. 고요한 바다는 점점 더 고요해지고, 가슴에 품은 부드러운 안개처럼 고요히, 환상에 불과한 잠의 화환이 상처투성인 정신을 품어 슬픔을 잊게 하듯 고통을 달래주었다. 동쪽에서 서쪽까지 여명의 천사가 질주하며 이 바다에서 저 바다로, 이 산 정상에서 저 산 정상으로 두 손으로 빛을 흩뿌렸다. 이제 막 무덤을 부수고 나온 정령처럼, 햇살은 완벽하고도 찬란하게, 어둠을 쫓아내고, 계속해서 고요한 바다 위로, 나지막한 해안 위로, 저 너머 늪지와 산 위로, 평화로이 잠든 사람들 위로, 슬픔으로 잠을 깬 사람들 위로, 악한 자와 선한 자 위로, 살아있는 자와 죽은 자 위로, 넓은 세상과 거기에서 숨 쉬고 숨 쉬어 왔던 모든 것 위로 뻗어 나갔다.

경이로울 정도로 아름다운 광경이라, 너무나 충만할 정도로 빼어났기에 되려 서글펐다. 떠오르는 태양, 지는 태양! 거기에 인류의 상징과 전형이 있다, 인류가 지녀야 할 모든 것이 있다. 상징과 전형, 그렇다, 세속적인 시작 그리고 역시 끝. 그날 아침 내가 특별히 뼈저리게 깨달은 바가 있었다. 오늘 우리를 향해 떠오른 그 태양은 지난밤 함께 항해했던 열 여덟 명에게는 져버린 것이다. 우리가 알고 있던 열 여덟 명에게는 영원한 일몰이었던 셈이다!

그들과 함께 사라진 다우선은 이제 바위와 해초 사이에서 이리저리 휩쓸렸고, 그렇게나 많은 사람이 거대한 죽음의 대양 위를 떠돌고 있다! 살아남은 것은 우리 네 사람뿐이었다. 그러나 우리가 죽은 자들과 함께할 언젠가 태양은 떠오를 그때 다른 이들은 그들의 영광스러운 햇살을 보게 될 것이고, 아름다움 속에서 커지는 슬픔을 맛보고, 솟구치는 생명으로 충만한 감정 속에서 죽음을 꿈꾸게 보게 되리라!

그것이 인간의 운명이기에.

제5장

에티오피아인의 머리

마침내 지엄한 태양의 전령들이 구석구석 숨어버린 어둠을 찾
아내어 쫓아내는 본연의 임무를 완수했다. 그런 다음 대양의 침
대에서 찬란하게 솟아오른 태양이 햇볕과 따스함으로 대지를
한껏 적셨다. 나는 배 옆에 찰랑거리는 부드러운 물결소리를 들
으며 일출을 바라보았다. 이제 느릿느릿 떠내려간 배는 갖가지
위험으로 우리를 기진맥진하게 한 그 곳 끝부분의 기이한 바위
혹은 봉우리에 도달했는데, 그 모습이 나와 장엄한 태양 사이에
찍힌 하나의 얼룩처럼 시야를 가로막았다. 하지만 바위 뒤쪽에
서 점차 강렬해지는 빛을 받아 가장자리가 불타올라 보일 때까
지 아무 생각 없이 바라보던 순간, 나는 높이가 약 80피트에 두
께가 약 150피트인 그 봉우리 끝부분이 가장 기괴하고 무서운
표정을 짓는 흑인 머리와 얼굴 모습이라는 사실을 깨닫고 화들
짝 놀랐다. 의심할 여지가 없었다. 두꺼운 입술과 통통한 뺨, 뭉
툭한 코가 타오르는 듯한 배경과 대조되어 선명하게 드러났다.
또한, 수천 년 동안 비바람에 씻겨 형성되었음 직한 둥근 머리뼈
가 있었고, 그 위로 수북이 자라난 잡초와 이끼가 세상을 비추는

햇살 아래 거대한 흑인의 머리털처럼 보이면서 완벽한 형태를 이루었다. 분명 기괴한 모습이었다. 너무 기묘하여 나는 지금 그것이 단순히 자연의 장난이 아니라 유명한 이집트의 스핑크스처럼 거대한 인공 기념물이라고 믿는다. 지금은 사라진 어떤 부족이 항구로 다가오는 적에게 내보이기 위해 자신들의 도안에 맞는 암석을 골라 경고와 저항의 상징으로써 만들어 놓았을 것이다. 불행히도 육지나 바다 모든 방향에서 접근하기 힘들다는 점을 고려하면, 우리는 그런 추측이 맞는지 아닌지 확인할 길이 없었으며, 그 당시에는 관심을 쏟아야 할 다른 일들이 있었다. 우리가 나중에 보게 될 사실에 비추어 생각하면 나 자신은 그것이 인공적으로 만들어진 것이라고 믿지만, 그게 맞든 아니든, 그 바위는 아주 오랜 세월 동안 서서 요동치는 바다 건너 저 멀리까지 시무룩하게 바라보았을 것이며, 이천 년 전에 혹은 그 이전에 바로 이집트 공주이자 레오의 아주 머나먼 조상인 칼리크라테스의 아내인 아메나르타스가 바로 그 악마 같은 얼굴을 응시했을 것이고, 내가 확신하는바 바로 그곳에서 바위는 그녀와 우리 시대의 차이만큼 수많은 세월이 더 흘러서 우리를 망각하게 될 때까지 서 있게 될 것이다.

"어떻게 생각하나, 조브?" 나는 보트 가장자리에 앉아있는 충실한 조수에게 물었다. 조브는 햇살을 가능한 한 많이 받으려고 했고 대체로 대단히 가련한 표정이었다. 나는 붉게 타오르고 악마 같은 바위를 가리켰다.

"오, 하느님 맙소사, 선생님," 조브가 이제 그 물체를 처음으로 알아본 다음 대답했다. "악마가 자신의 초상화를 그려달라고 돌 위에 앉아있는 거로 생각해요."

나는 웃음을 터뜨렸고 그 웃음소리에 레오가 잠에서 깼다.

"여기 좀 보세요," 그가 말했다, "내게 무슨 문제라도 있나요? 온몸이 뻣뻣해요. 다우선은 어디에 있죠? 브랜디를 좀 주세요."

"네 몸이 완전히 굳어버리지 않았다는 걸 감사해야 할 거다, 얘야." 내가 대답했다. "다우선은 침몰했고 거기에 탔던 사람들도 모두 가라앉았어. 우리 네 명만 제외하고 말이야. 게다가 네가 살아난 건 정말 기적이었어." 이제 날이 충분히 밝아서, 조브가 브랜드를 찾기 위해 상자를 뒤지는 동안, 나는 그에게 간밤의 모험에 대해 말해주었다.

"오, 하느님 맙소사!" 그가 힘없이 말했다. "우리가 살아남도록 선택하시다니!"

그때 브랜디가 나왔고 우리 모두 그것을 쭉 들이켰으며 그렇게 할 수 있다는 것에 충분히 감사했다. 햇살도 점차 강해지기 시작하여 다섯 시간 이상 물에 젖어 한기가 뼛속까지 스며든 몸을 녹여주었다.

"와우," 레오가 술병을 내려놓으며 숨을 몰아쉬었다. "글에서 나온 '에티오피아인의 머리처럼 조각한 암석' 머리 모양의 바위네요."

"그래," 내가 말했다. "저기 있다."

"그렇다면," 그가 대답했다. "모든 것이 사실이었어요."

"꼭 그렇게 볼 수는 없어," 내가 대답했다. "우리는 저 바위가 여기에 있다는 것과 네 아버지도 보았다는 것을 안다. 하지만 글에 나온 것과 같은 머리 모양 바위라고 말하긴 힘들어. 혹은 만약 그렇다고 해도 그것으로 증명되는 건 하나도 없다고."

레오는 자신만만하게 나를 보며 미소를 지었다. "의심 많은 유대인이시군요, 호레이스 아저씨," 그가 말했다. "살아있는 자는 보게 되리니."

"바로 그렇게 될 거다," 내가 대답했다. "지금 아마도 우리가 모래톱을 가로질러 강어귀로 들어왔다는 것을 알게 될 거야. 노를 잠시 멈춰, 조브. 의논해서 내릴 지점을 찾아야만 해."

비록 해안 주변에 길게 깔린 희뿌연 안개가 아직 걷히지 않아서 정확한 넓이를 알기 힘들었지만, 우리가 들어온 강어귀는 아주 넓은 것 같지 않았다. 거의 모든 동아프리카의 강 입구에는 상당히 큰 모래톱이 있기에 의심할 여지 없이, 바람이 해안으로 불고 썰물 때가 되면 보트를 몇 인치 움직이는 것도 불가능했다. 그러나 아직은 그럭저럭 나아갈만했고 배에는 물이 거의 들어오지 않았다. 이십 분만에 어느 정도는 우리의 노력으로, 약간 변덕스럽기는 했으나 어느 정도는 강한 바람의 힘에 실려서 모래톱을 어렵지 않게 건넜고, 배를 댈 만한 장소로 거의 다가갔다. 그때쯤 햇살이 안개를 흡수하여 불쾌감을 느낄 정도로 무더웠고, 우리는 약 반 마일 떨어진 곳에 조그만 강어귀를 보았는데, 그곳 방죽은 질퍽한 늪지였으며 진흙 속에 누워 있는 수많은 악어가 마치 나무토막처럼 보였다. 하지만 우리보다 약 1마일 앞쪽은 단단한 육지처럼 보였기에 그쪽으로 보트를 몰았다.

십오 분 정도 지난 후, 넓고 반짝이는 잎과 목련종의 꽃—물 위로 늘어지듯 핀 꽃은 흰색이 아니라 장미색이었다[8]—이 달린 아름다운 나무에 보트를 매고서 우리는 배에서 내렸다.

일을 끝내고 옷을 벗은 뒤 목욕을 했고, 옷가지와 보트 속 물건들을 말리기 위해 햇살 아래 늘어놓자 아주 빠르게 말랐다. 태양을 피해 쉴 곳을 찾아 나무 아래로 들어간 우리는 육·해군 조합매점에서 잔뜩 사두었던 '파이산두' 저장식품으로 맛난 아침 식사를 준비했고, 그 전날 허리케인 때문에 다우선이 침몰하기 전에 보트로 옮겨놓은 것이 행운이었다며 요란하게 축하의 말을 주고받았다. 식사를 마칠 무렵 옷이 거의 마르자, 우리는 상쾌한 기분을 만끽하며 서둘러 옷을 입었다. 사실 다른 이들을 죽음으로 몰아넣었던 공포의 모험을 하는 동안, 지치고 약간 멍이 든 것을 제외하곤 우리는 모두 상태가 괜찮은 편이었다. 레오가 거의 익사할 뻔했던 것은 사실이지만 스물다섯 살의 젊고 혈기 왕성한 스포츠맨에게 그리 큰 문제는 아니었다.

아침 식사 후 주변을 살펴보기 시작했다. 우리는 넓이 2백 야드, 길이 5백 야드 정도 되는 마른 땅 위에 서 있었는데, 한쪽 면 옆으로 강이 흐르고 다른 세 면은 눈길이 닿는 곳까지 무한정 펼쳐진 황량한 늪으로 둘러싸였다. 이 길쭉한 땅은 강 수면이나 늪지보다 약 25피트 정도 올라와 있었고, 사실상 어디를 보아도

---

8   목련의 일종으로 분홍색 꽃을 피운다. 원산지는 인도의 시킴이며 매그놀리아 캠벨리(Magnolia Campbellii)라고 불린다.—편집자

사람의 손으로 만든 것이 분명했다.

"여긴 부두예요," 레오가 단정 짓듯 말했다.

"말도 안 돼," 내가 대답했다. "만약 이곳에 사람이 산다고 해도, 대체 어떤 바보가 야만인들의 땅에다, 그것도 이런 무시무시한 늪지 한가운데 부두를 만든다는 말이지?"

"이곳이 언제나 늪지는 아니었고 사람들도 언제나 야만인이 아니었을지 모르죠." 그는 우리가 서 있는 강가의 가파른 방죽 아래를 내려다보며 심드렁하게 말했다. "저길 보세요," 그는 전날 밤 허리케인에 뽑혀나간 목련 나무 하나를 가리키며 말을 이었다. 그 나무는 강물로 이어지는 방죽 가장자리에서 자라던 것으로 뿌리 옆으로 땅이 움푹 패 있었다. "저건 석조 공사의 흔적이 아닌가요? 만약 아니라고 해도 아주 비슷해요."

"말도 안 돼," 나는 되풀이해서 말했고, 우리는 가파른 경사를 기다시피 내려가 뽑힌 뿌리와 방죽 사이에 섰다.

"어때요?" 그가 말했다.

그러나 이번에 나는 아무런 대답도 하지 않았다. 그저 휘파람만 불었다. 흙이 파여나간 그곳에는 의심할 여지 없이 단단한 돌이 박힌 커다란 덩어리들이 밤색 시멘트로 연결되어 있었는데, 그 부분은 내가 가진 사냥용 칼로 긁어도 흠집조차 낼 수 없을 정도로 단단했다. 그게 전부가 아니었다. 드러난 돌벽 아래쪽 흙에 뭔가가 보였는데 내가 손으로 흙을 털어내니 지름 1피트 정도에 약 3인치 두께의 거대한 돌 고리가 드러났다. 나는 깜짝 놀랐다.

"상당히 큰 배들이 정박했던 부두처럼 보이는데요, 그렇지 않나요, 호레이스 아저씨?" 레오는 신이 난 표정으로 히죽 웃었다.

나는 또다시 '말도 안 돼'라고 말하고 싶었지만, 그 단어가 목에 걸려 나오지 않았다. 석조 고리가 자신을 대변하고 있었다. 과거 어느 시점에 배들이 그곳에 정박했고 이 돌벽은 견고하게 건설된 부두의 잔해라는 것이 분명했다. 어쩌면 뒤편 늪지 아래 묻혀있는 도시 일부일지 모른다.

"그 이야기 속에 뭔가 있는 것처럼 보이기 시작하는데요, 호레이스 아저씨," 의기양양한 레오가 말했다. 불가사의한 흑인의 머리나 그와 같게 기묘한 석조 공사의 흔적을 떠올리면서, 나는 직접 대답하지 않았다.

"아프리카 같은 곳에는," 내가 말했다. "오래전에 사라지고 잊힌 문명의 흔적이 아주 많아. 이집트 문명의 연대를 아는 사람은 없고 파생된 문명이 있을 가능성이 크지. 그리고 바빌론인, 페니키아인, 페르시아인을 비롯해 온갖 종류의 사람들이 있는데 정도 차이는 있지만 모두 발달한 문명을 지녔어. 요즘 모든 이들이 '원하는' 유대인은 말할 것도 없고. 그들 가운데 어떤 민족이 이곳에 식민지나 무역중개소 같은 것을 두었을 가능성이 있어. 킬와에서 영사가 소개해 준 페르시아 도시를 생각해봐. 땅에 묻혀버린 그 도시 말이야."[9]

---

9   킬와 근처 아프리카 동쪽 해안, 잔지바르에서 약 4백 마일 남쪽으로, 최근 파

"그럴지도 모르죠." 레오가 말했다. "하지만 전에는 다르게 말씀하셨어요."

"글쎄, 이제 무엇을 해야 하지?" 나는 화제를 슬쩍 돌렸다.

아무도 대답하지 않았으므로, 우리는 늪지 가장자리로 가서 자세히 보았다. 분명 끝이 없는 듯했고, 온갖 종류의 물새 떼가 휴식을 취한 뒤 날아오르는 바람에 때로는 하늘을 제대로 볼 수 없었다. 이제 점점 더 높이 떠오른 태양은 습지의 표면과 거품 낀 물웅덩이로부터 독기와 병균투성이의 수증기를 끌어모았다.

"두 가지는 나에게 확실하구나," 나는 당황스럽게 주변을 바라보는 세 사람을 향해 말했다. "첫 번째는 저길 건너갈 수 없다는 것"(나는 늪지를 가리켰다), "그리고 두 번째는 만약 우리가 여기서 멈춘다면 열병으로 죽을 거라는 것."

"그건 맞는 말이에요, 선생님," 조브가 말했다.

"그렇지. 그렇다면 우리가 선택할 방법은 두 가지야. 하나는 배의 방향을 되돌려, 구명보트를 타고 항구를 찾는 것인데 분명히 위험한 방법일 거야. 그리고 다른 하나는 강을 거슬러 올라가

도에 침식된 절벽이 있다. 그 절벽 꼭대기에 페르시아인들의 무덤은 아직도 읽을 수 있는 비문으로 추정컨데 적어도 7세기 전의 것이다. 그 무덤들 아래에 도시의 흔적이 남아있다. 그보다 더 아래에는 더 오래된 도시의 흔적이 있고 더 내려오면 세번째 층이 있고 거기에는 거대하고 알려지지 않은 고대 도시의 잔존물이 남아있다. 최근에는 제일 아래 도시 밑에서 유약 바른 질그릇들이 일부 발견되었는데 오늘날 그 해안에서 이따금씩 찾아낼 수 있는 것과 비슷하다. 나는 지금 그것이 존 컬트경*의 소유라고 믿는다.―편집자.
  * 존 컬트 경(1832―1922) 데이비드 리빙스톤의 동료이자 아프리카 탐험가. 진지바르의 총독(1863―1887년)―역자

면서 우리가 어디 있는지 알아보는 거지"

"아저씨가 어떤 방법을 택할지 모르겠지만," 레오는 말하고 나서 입술을 굳게 다물었다. "하지만 나는 강을 거슬러 올라가는 쪽을 택하겠어요."

조브는 기가 막힌다는 듯 흰 눈알을 굴리며 신음을 토해냈고 아랍인은 "알라신이여"라고 중얼거리면서 끙끙거렸다. 내 의견을 보자면, 우리가 악마와 심해 사이에 끼어있어서 어디로 가든 크게 다를 바 없다는 쪽이었다. 하지만 사실 나는 레오만큼이나 앞으로 나아가고 싶었다. 거대한 흑인 머리 바위와 석조 부두는 부끄러워 숨기고 싶을 정도로 내 호기심을 자극했고, 어떤 대가를 치르더라도 그것을 할 각오가 되어 있었다. 따라서 조심스럽게 돛을 달고 보트를 정리하고 라이플총을 꺼낸 다음 우리는 출발했다. 다행히도 바람이 바다에서 해안 방향으로 불어주어서 돛을 올릴 수 있었다. 사실상, 그 이후에 바람은 일반적으로 일출 후 몇 시간은 해안 쪽으로 불고 일몰에는 다시 바다 쪽으로 분다는 사실을 알아냈고, 여기에 설명을 덧붙이자면, 이슬이 내리고 밤이 되어 대지가 식으면, 뜨거운 공기가 상승하고 태양열에 의해 다시 더워질 때까지 찬바람이 바다로부터 밀려든다는 것이다. 적어도 이곳에서는 그게 법칙인 듯했다.

호의적인 바람을 타고 서너 시간 정도 즐겁게 강을 거슬러 올라갔다. 우리가 18m 혹은 21m 길이의 보트를 타고 하마 떼를 지나갈 때, 하마들은 몸을 들어 올리면서 무시무시한 포효를 토해냈다. 조브는 두려워했고, 솔직히 고백하자면 나도 무서웠다.

우리는 난생처음 하마 떼와 마주친 것인데, 지칠 줄 모르는 하마의 호기심으로 판단하건대, 우리 역시 그들이 처음으로 만난 백인이었을 것이다. 하마가 호기심을 충족하기 위해 보트로 뛰어오를지 모른다는 생각을 한두 번쯤 한 것도 사실이었다. 레오는 총을 쏘려고 했지만 나는 초래될 결과가 두려워 그를 만류했다. 우리는 진흙투성이 방죽에서 일광욕을 즐기는 악어 수백 마리와 수천 마리나 되는 물새 떼를 보았다. 새 몇 마리를 사냥했다. 그중에는 야생 거위도 있었는데, 날개에 날카롭게 구부러진 며느리발톱이 달려있고 두 눈 사이에 사 분의 삼 인치가량으로 또 하나가 자라나기도 했다. 그런 새는 처음 사냥해보는 터라 '돌연변이'인지 혹은 희귀종인지 모른다. 후자의 경우라면 동식물학자들의 관심을 많이 받을 것이다. 조브는 '유니콘 거위'라는 이름을 붙여주었다.

정오 무렵 태양은 더욱 뜨겁게 달아올랐고, 강물을 빨아들인 습지에서 나오고 태양에 의해 발산된 악취는 정말로 끔찍해서, 우리는 말라리아 예방을 위해 얼른 키니네를 꿀꺽 삼켰다. 이내 미풍마저 완전히 멈추었고, 이런 열기 속에서 무거운 보트를 저어 강을 거슬러 오르는 것은 말도 안 되는 일이었으므로, 기꺼이 버드나무의 일종으로 보이는 강가의 나무 군락 그늘로 들어가 고통에서 한숨 돌리고 해질녘까지 거기에 누워 가쁜 숨을 가다듬었다. 우리는 앞쪽으로 탁 트인 강물을 보면서 그쪽으로 노를 저어 간 다음에 밤을 지낼 준비를 하기로 했다. 하지만 보트를 매 놓은 줄을 풀려는 순간, 아름다운 영양 한 마리가 눈에 들어왔다. 앞으로 구부러진 커다란 뿔과 둔부에 하얀 줄무늬가 그려진 영양이 50야드도 채 떨어지지 않는 버드나무 아래 숨어있는 우리를 보지 못한 채, 물을 마시려고 강으로 내려왔다. 제일 먼저 눈치챈 사람은 레오였다. 열렬한 스포츠맨이자 몇 달 동안이나 커다란 사냥감에 목말라 있던 그는 순간적으로 긴장하며 세터 사냥개처럼 영양에게 눈길을 주었다. 사태를 파악한 나는 그에게 근거리용 엽총을 건넨 동시에 나도 총을 잡았다.

"지금이야," 내가 속삭였다. "놓치면 안 돼."

"놓치다뇨!" 그는 자신만만하게 중얼거렸다. "내가 집중하는 한 절대 놓치지 않아요."

레오는 총을 들었고 밤색과 흰색 털이 섞인 영양은 물을 모두 마신 뒤 고개를 들고 강 건너를 바라보았다. 늪지를 가로질러 형성된 조그만 언덕 혹은 산등성이는 짐승들이 주로 다니는 길이 되었고, 그 위에 해질녘 하늘을 배경으로 서 있는 영양에게서 특유의 아름다움이 풍겨 나왔다. 내가 백 살까지 산다고 해도 그토록 황량하면서도 매혹적인 광경은 절대로 보지 못할 것이고, 그 모습은 뇌리에 깊이 각인되었다. 좌우로는 죽음을 품은 외로운 늪지가 눈길이 닿을 수 있는 곳까지 거침없이 뻗어있고, 그저 중간중간에 토탄 섞인 검은 웅덩이가 거울처럼, 저물어가는 붉은 태양 빛을 반사할 뿐이었다. 우리 앞뒤로 느리게 흐르는 강이 펼쳐지는데, 그 끝자락이 석호 주변 무성한 갈대 사이에서 얼핏 보이고, 석호 위로는 연한 미풍이 그림자를 살살 흔들 듯, 길게 드리워진 석양의 햇살이 노닐고 있었다. 서쪽으로는 거대한 붉은 공이 되어 가라앉는 태양이 더욱 크게 보이다가 이제 안개 자욱한 수평선 아래로 사라지고, 왜가리와 물새의 무리가 드넓은 창공을 가득 메우면서, 일렬이나 사각 혹은 삼각대형을 이루며 금빛과 타는 듯 붉은 핏빛의 얼룩이 되어 저 높이 날아갔다. 현대식 영국 보트를 탄 현대 영국인 세 명은 거기와 조화를 이루지 못했고, 헤아릴 수 없는 황량함에 충격을 받은 듯 살피기만 했다. 그리고 앞쪽으로는 고결한 수사슴의 자태가 붉은 하늘을 배경 삼아 뚜렷하게 보였다.

탕! 사슴은 힘차게 도약했다. 레오의 총알이 빗나갔다. 탕! 바로 사슴을 향해 다시 한 번, 이제는 내가 나설 차례였다. 비록 사슴은 화살처럼 달려나가 1백 야드 이상 멀어졌으나 나는 반드시 쏘아 맞혀야 했다. 어이쿠! 다시, 다시, 또다시! "자아, 네 설욕을 해준 셈이야, 명사수 레오." 나는 가장 예의 바른 스포츠맨의 가슴에서 최상의 순간에 솟구치는 옹졸한 자만심을 애써 억누르며 말했다.

"이런 빌어먹을, 그래요." 레오가 씩씩거렸다. 그런 다음 그의 매력 중 하나인 미소를 짓자 잘생긴 얼굴은 빛처럼 환해졌다. "용서하세요, 아저씨. 축하드려요. 정말로 멋진 한 발이었고 내 것은 엉망이었다고요."

우리는 보트에서 내려 총알이 척추를 관통하여 죽어 돌처럼 굳은 수사슴을 향해 달려갔다. 십오 분 이상 매달려서 죽은 사슴을 씻고 제일 좋은 부위의 고기를 들고 갈 수 있을 만큼 잘라서 챙겨놓고 보니, 햇살은 거의 사라져 우리는 석호 같은 공간으로 겨우 배를 저어갈 정도였고, 그 안에 늪지 속 움푹 팬 공간이 있는데 거기서부터 강이 확장되었다. 희미한 빛이 사라질 때쯤 우리는 석호 가장자리에서 약 30길 정도 떨어진 곳에 닻을 내렸다. 해변으로는 갈 엄두가 나지 않았다. 그곳에서 야영할 만큼 마른 땅이 있는지도 알 수 없고 늪지에서 뿜어나오는 유독한 수증기가 두려워서 우리는 물 위에 있는 편이 더 자유로울 것으로 생각했다. 그래서 우리는 등불을 켜고, 가능한 제일 나은 방법으로 저장한 고기로 저녁 식사를 만든 다음 잠잘 준비를 했으나 이내 잠자기는 글러 먹었다는 사실을 깨달았다. 불빛 때문인지 혹은 수천 년을 기다려온 백인 남자의 낯선 체취 때문인지는 알 수 없으나, 지금까지 보았거나 책에서 읽었던 것보다 훨씬 피에 굶주리고 집요하며 몸집이 큰 모기 수만 마리의 공격을 받고 있다는 사실은 확실했다. 구름처럼 몰려온 모기떼가 왱왱거리고 윙윙거리고 물어대는 바람에 우리는 거의 미칠 지경이었다. 담배 연기는 모기들을 더욱 자극하여 활동적으로 만들 뿐인 듯싶었고, 마침내 머리부터 발끝까지 담요를 덮고 앉아 그 속에서 계속 박박 긁고 구슬땀을 흘리며 서서히 지쳐갔다. 그리고 그때, 갑자기 으르렁대는 사자의 표효가 적막을 깨며 천둥처럼 깊게 울려 퍼졌고 그다음에 약 60야드 정도 떨어진 갈대밭에서 어슬렁대는 두 번째 사자의 울음이 들려왔다.

"나는 말이에요," 레오가 담요에서 고개를 쑥 내밀면서 말했다, "우리가 저 방죽 위로 가지 않은 게 천만다행인 것 같아요, 아재." (레오는 가끔 좀 더 허물없는 호칭으로 나를 부르곤 했다)

"빌어먹을! 모기가 내 코를 물었어요." 레오의 머리가 다시 담요 속으로 쏙 사라졌다.

잠시 후 달이 떠올랐고, 방죽 위의 사자들이 내는 갖가지 다양한 울음소리가 강물을 넘어 우리가 있는 곳까지 울려 퍼졌음에도 불구하고 우리는 절대 안전하다고 생각하면서 꾸벅꾸벅 졸기 시작했다.

내가 포근한 담요 은신처에서 고개를 내민 이유는 잘 모르겠다. 아마도 모기들이 담요를 뚫고 나를 물었기 때문이었을 것이다. 어쨌든 내가 그렇게 했을 때 두려움이 가득한 조브의 속삭임을 들었다.

"오, 맙소사, 저길 봐요!"

즉시 우리는 고개를 돌렸고, 달빛 아래에서 본 것은 다음과 같았다. 해안 가까운 곳 강물 표면에서 둥그런 파장 두 개가 점점 더 넓어지고, 그 중심부에 움직이는 검은 물체가 보였다.

"저게 뭐지?" 내가 물었다.

"그 빌어먹을 사자들이에요, 선생님," 조브는 개인적인 두려움과 습관적인 경외감과 그럴 수밖에 없는 공포가 뒤섞인 목소리로 대답했다. "우리를 자-잡아먹으려고 이-이쪽으로 헤엄쳐 오는 중이에요." 그는 불안에 떨며 말까지 더듬었다.

내가 다시 보았으나 의심할 여지가 없었다. 흉포하게 이글거리는 눈동자를 볼 수 있었다. 조금 전 죽인 영양의 냄새 혹은 우리의 체취 중 어느 것에 이끌렸는지 모르지만, 배고픈 야수들은 실제로 우리가 있는 곳을 향해 맹렬한 기세로 다가오는 중이었다.

레오의 손에는 이미 총이 들려있었다. 나는 사자들이 더 가까이 올 때까지 기다리라고 말하면서 내 총을 잡았다. 우리에게서 약 15피트 정도 떨어진 곳에 수심이 약 15인치쯤 되는 얕은 지점이 있는데, 암사자가 먼저 올라와 몸을 흔들며 물기를 털어내면서 으르렁거렸다. 그 순간 레오가 발사한 총알이 암사자의 벌어진 입을 관통하여 뒷목으로 나왔고 사자는 첨벙거리는 소리와 함께 물속으로 고꾸라져 죽었다. 또 다른 한 마리이자 완전히 장성한 수사자는 두 발자국 정도 뒤쪽에 있었다. 수사자가 앞발을 땅 위에 올려놓는 순간, 뭔가 이상한 일이 벌어졌다. 영국에서 연못 속 창꼬치가 조그만 물고기를 잡아먹을 때처럼 물속이 소란스러웠다. 물론 그것보다는 천 배 정도 더 광포하고 크긴 했지만 말이다. 갑자기 사자가 흉포하게 으르렁대며 땅으로 뛰어오르려고 했으나 검은 무엇인가가 사자를 끌어당겼다.

"알라신이여!" 마호메드가 외쳤다. "악어가 사자 다리를 물었어요!" 아니나다를까, 그랬다. 우리는 번뜩이는 이빨 달린 긴 주둥이와 그 뒤쪽으로 이어진 파충류의 몸뚱어리를 볼 수 있었다.

그런 다음 충격적인 장면이 이어졌다. 사자가 가까스로 땅 위로 올라서긴 했지만, 악어는 몸을 반쯤 세우고 반쯤 헤엄을 치면서도 그 뒷다리를 물고 있었다. 수사자는 대기가 진동할 만큼 크게 포효하더니 잔혹하면서도 비명 같은 으르렁거림과 함께 몸을 돌려 악어 머리를 앞발로 움켜잡았다. 악어는 몸을 뒤흔들었고, 우리가 나중에 알았는데, 한쪽 눈이 찢겼고, 악어가 몸을 약간 돌리자마자 사자가 그 목을 물었으며, 두 마리의 야수는 엎치락뒤치락하면서 무섭게 몸부림쳤다. 움직임을 모두 볼 수는 없었지만, 우리가 다음에 본 것은, 상황이 바뀌어서 머리통이 피범벅이 된 악어가 강철같은 주둥이로 사자의 엉덩이 바로 윗부분을 문 채 앞뒤로 마구 흔드는 모습이었다. 고문당하는 야수는 분노로 울부짖으며 비늘로 덮인 적의 머리를 미친 듯 할퀴고 물어뜯었고 뒤 발톱을 그나마 부드러운 악어의 목 부분에 고정한 뒤 찢으려고 했다.

그런 다음 갑자기 최후의 순간이 왔다. 사자의 머리가 악어의 등 위로 풀썩 쓰러지더니 무서운 신음을 토해내며 죽었고, 1분 정도 꼼짝 않던 악어는 죽은 사자를 입에 문 채 서서히 몸을 옆으로 뉘었다. 나중에 우리는 악어 역시 절반이나 물어뜯겼다는 것을 알게 되었다.

이 죽음의 결투 장면은 경이로우면서 충격적이었으며 그런 것을 목격한 사람은 거의 없을 것으로 생각한다. 그리고 이처럼 끝났다. 모든 것이 종결되었지만 마호메드는 계속 주변을 경계했고 우리는 모기들이 허락하는 한 애써 조용하게 나머지 밤을 보냈다.

제6장

초기 그리스도교 의례

다음 날 아침 우리는 동이 트자마자 일어나 상황이 허락하는 정도로만 몸을 씻은 뒤 출발 준비를 했다. 우리가 서로의 얼굴을 볼 수 있을 만큼 날이 밝았을 때 내가 웃음을 터뜨렸다는 사실을 말해야겠다. 조브의 통통하고 편안한 얼굴은 모기에 물려 원래 크기보다 거의 두 배로 부어올랐고 레오의 상태도 그리 다르지 않았다. 사실상 세 사람 가운데 가장 괜찮은 사람이 나였는데 아마도 가무잡잡한 내 피부가 억세기 때문이거나 영국을 떠난 이래 원래 무성한 수염이 그냥 자라도록 내버려둔 탓에 얼굴 상당 부분이 털로 덮여 있었기 때문일 것이다. 그러나 비교적 말끔하게 면도를 했던 두 사람은 적들에게 더 넓은 활동 면적을 내어준 셈이었다. 마호메드의 경우, 모기들은 참된 신자의 맛이 무엇인지 깨달았는지 그를 건드리지 않았다. 나는 그다음 주 내내 우리의 피맛이 아랍인과 비슷했으면 하고 얼마나 바랐는지!

통통 부어오른 입술이 허용하는 한에서 실컷 웃고 났을 무렵 해가 완전히 떠올랐고, 아침 미풍이 바다로부터 불어와 습지의 진한 안개 사이로 바람길을 내면서 여기저기 안개를 몰아대며 거대하고 폭신폭신한 증기 덩어리를 만들어냈다. 우리는 항해를 시작했는데, 먼저 죽은 두 마리 사자와 악어를 본 후에, 물론 날가죽을 보존할 도구가 없어서 벗기지 못하고서, 석호를 통과하여 건너편의 강을 따라 훨씬 깊숙이 나아갔다. 정오가 되자 미풍이 멈추었고, 다행스럽게도 우리는 텐트를 치고 불을 피우기에 적당한 마른 땅을 찾아내어 그곳에서 야생 오리 두 마리와 영양의 고기 일부를 구웠는데, 아주 식욕을 돋우는 방법은 아니었지만, 그럭저럭 만족스러웠다. 나머지 영양고기는 길게 잘라 햇볕에 말려서 육포를 만들었는데, 나는 이를 보어인들의 육류 보존법이라고 믿는다. 이 반가운 마른 땅 위에서 우리는 해질녘까지 머물렀고, 그날 밤도 전날처럼 모기들과 전쟁을 벌이면서 보냈지만 별다른 문제는 없었다. 그다음 하루 이틀 정도는 특별한 모험 없이 그럭저럭 지나갔다. 예외가 있다면 기이하리만치 우아하지만, 뿔 없는 수사슴을 사냥했다는 것과 다양한 종류의 활짝 핀 수련을 보았다는 것 정도였다. 수련 중 일부는 푸른색으로 대단히 아름다웠으나 녹색 머리를 지닌 하얀 물 구더기가 꽃잎을 먹어치우는 통에 온전한 꽃은 거의 찾아볼 수 없었다.

모험에 나선 지 닷새째 되는 날—적어도 그때까지는 날짜를 셀 수 있었는데—우리가 해안에서 서쪽으로 135마일에서 140마일쯤 나아갔을 때 첫 번째 중요한 사건이 발생했다. 그날 아침 항상 불어오던 바람이 열한 시 무렵 약해져서 보트를 조금 더 이끈 후, 우리는 그 강과 약 50피트 넓이로 쪽 뻗은 다른 강이 만나는 지점에서 지쳐버린 나머지 멈춰야 했다. 이 지역에선 거의 모든 나무가 강둑을 따라 있는데, 몇몇 나무들이 지금 손에 닿을 듯 가까이 있어, 우리는 그 아래에서 휴식을 취한 다음 곧바로 그곳 물기 없는 땅에 내려 강을 따라 조금 걸어가면서 주변을 살폈고, 식량을 비축하기 위해 물새 두어 마리를 사냥했다. 우리는 50야드도 채 가기 전에 구명선으로 강 끝까지 거슬러 올라간다는 희망을 버려야 한다는 사실을 깨달았는데, 우리가 멈춰선 곳 위쪽으로 2백 야드도 못 가서 수위가 6인치를 넘지 못할 정도로 얕은 여울과 진흙 방죽들로 이어졌기 때문이었다. 물이 질 퍽대는 막다른 골목이었다.

뒤돌아 다른 강의 방죽을 따라 걸으면서 우리는 여러 징조를 보며 곧 결론에 도달했으니, 이곳은 강이 아니라 고대의 운하였다. 우리가 몸바사 위쪽에서 보았던 것처럼, 잔지바르 해안에서 타나 강과 오즈를 연결하여, 배가 타나 강 입구를 가로막은 위험한 모래톱을 피해 강을 내려와 오즈로 들어가고 다시 바다에 도달할 수 있게 했던 것이다. 우리 앞에 있는 운하는 인류 역사상 아주 오래전에 인간의 손으로 만들어진 것이 분명했고, 그렇게 땅을 파헤친 결과는 한때 배를 예인하던 통로였고 아직도 솟아오른 방죽의 형태로 남아있었다. 여기저기 패이거나 함몰된 곳을 제외하곤, 이들 단단한 진흙 방죽 간의 거리는 일정했고 수위도 비슷해 보였다. 지금은 물이 거의 없거나 아예 말라버린 상태여서 운하 표면은 잡초가 무성했으며 물새나 이구아나 혹은 다른 벌레들이 지나가며 생긴 것으로 추정되는 작은 통로마다 담수가 조금 고여있을 뿐이었다. 이제는 우리가 강을 거슬러 올라갈 수 없다는 것이 확실해졌기에 운하를 따라가거나 바다로 되돌아가는 수밖에 없었다. 여기서 멈출 수는 없었다. 그랬다가는 이 음울한 늪지에서 열병으로 죽을 때까지 뜨거운 햇살에 구이가 되거나 모기떼에 뜯어먹힐 테니까.

"음, 이젠 정말로 한판 붙어야 할 것 같군." 내가 말했다. 다른 이들도 다양한 표현법으로 내 말에 동의했으니, 레오는 세상에서 가장 재미있는 농담이라고 생각하는 듯했고, 조브는 예의 바르지만 칠색 팔색한 표정이었으며, 마호메드는 선지자를 향해 기도하면서 이교도들과 그들의 여행 및 사고방식에 대한 불만을 적나라하게 드러냈다.

따라서 해가 저물자마자, 호의적인 바람이 불 거라는 기대를 전혀 혹은 조금도 하지 않은 채 우리는 출발했다. 대단히 힘들긴 했지만 처음 한 시간 정도는 그럭저럭 노를 저었다. 그러나 잡초가 너무 무성해서 더 이상 나아갈 수 없게 되자 배를 끌기 위해 우리는 가장 원시적이고 힘든 방법을 사용할 수밖에 없었다. 두 시간 동안 마호메드와 조브 그리고 두 사람을 능가할 만큼 힘이 센 내가 보트를 끌며 힘들게 나아가는 동안, 레오는 뱃머리에 앉아 마호메드의 칼로 배 앞쪽으로 감겨드는 잡초를 쳐냈다. 어둠이 깔렸을 때 우리는 몇 시간 정도 휴식을 취하면서 모기떼와 즐거이 싸움을 벌이다가 자정 무렵 비교적 시원한 밤 시간을 이용하기 위해 다시 나섰고, 동틀 무렵 세 시간 정도 쉬었다가 다시 한 번 출발하여 열 시경까지 나아갔으나, 천둥 번개를 동반한 비가 억수처럼 내리는 바람에 그다음 여섯 시간을 사실상 물속에서 보냈다.

그다음 나흘의 여정에 대해 자세히 묘사할 필요는 없다고 생각한다. 그저 힘든 노동과 열기, 절망, 모기로 점철되어 내 인생에서 가장 끔찍했던 시간이었다고 말할 수밖에 없다. 끝없이 펼쳐진 늪지를 통과하는 동안 할 수 있는 일이라고는 우리가 가져갔던 키니네와 하제를 계속 복용해서 열병과 죽음을 피하고, 겪을 수밖에 없는 끝없는 고난을 그저 감내하는 것뿐이었다. 운하를 거슬러 올라간 지 사흘째 되는 날 우리는 늪지의 증기 사이로 희미하게 모습을 드러낸 둥근 언덕을 보았고, 나흘째 저녁 야영을 하면서 보니 그 언덕은 약 520마일에서 530마일 떨어진 곳에 있는 것 같았다. 이제 우리는 완전히 지쳤고 물집투성이 손으로는 보트를 단 1야드도 끌고 가지 못할 것 같았기에, 우리가 할 수 있는 최선의 일이라곤 황량하고 무시무시한 이곳 늪지에 누워 죽음을 기다리는 것뿐이었다. 끔찍한 상황이었고, 어떤 백인도 이런 경험은 하지 못할 것이다. 지치고 또 지친 나는 보트 속으로 쓰러지듯 들어가 잠을 청하면서 결국 섬뜩한 땅에서 죽음으로 끝장나게 될 미친 짓에 뛰어든 나의 어리석음에 통렬한 저주를 퍼부었다. 밀려오는 잠으로 서서히 빠져들면서, 나는 그날부터 두세 달 후 이 보트와 불행한 선원들의 모습이 어떨지 떠올렸던 것을 기억한다. 판자의 틈이 벌어지고 악취 나는 물로 반쯤 찬 보트는 그곳에 있을 거고, 안개 실은 바람이 배를 흔들 때, 악취 나는 물이 썩어가는 우리의 뼈를 적시겠지, 그것이야말로 이 배의 최후이자 불가사의한 이야기와 자연의 비밀을 쫓던 자들의 최후가 될 것이다.

이미 내 귀에는, 말라 비틀어진 뼈에 넘실대는 물소리 그리고 뼈들끼리 부딪히는 소리, 혹은 내 두개골이 마호메드의 두개골로 굴러가고 그의 것이 내 것을 향해 굴러오는 소리가 들리는 것 같았다. 마침내 마호메드의 척추뼈가 꼿꼿이 일어나더니 구멍이 휑한 눈으로 나를 노리면서, 그리스도교의 하수인인 내가 진실한 신자의 안식을 방해한다며 비웃는 입으로 나에게 저주를 퍼부었다. 얼른 눈을 뜬 나는 끔찍했던 꿈을 떠올리며 몸을 떨었다. 다음 순간 안개 깔린 어둠에서 번뜩이는 커다란 눈동자 두 개가 나를 내려다보고 있었는데, 그것이 꿈이 아니라는 것을 깨닫자 몸이 부들부들 떨렸다. 나는 허겁지겁 일어나면서 공포와 혼란 속에서 연거푸 비명을 지르니, 다른 이들도 잠과 공포에 취한 채 비틀거리며 몸을 일으켰다. 그러자 차가운 강철이 번뜩하더니 거대한 창이 내 목에 닿았고, 그 뒤로 잔인하게 번뜩이는 창들이 보였다.

"조용히 해," 누군가 아랍어로 혹은 아랍어가 많이 섞인 어떤 방언으로 말했다. "이곳에서 물 위를 떠다니는 그대는 누구인가? 대답하지 않으면 죽을 거다." 그런 다음 내 목에 닿은 날카로운 강철에 힘이 들어가고 차가운 한기가 몸 전체에 흘렀다.

"우리는 여행자들이고 우연히 이곳에 오게 되었습니다." 나는 아랍어로 가능한 또박또박 대답했고, 내 말을 이해했다는 듯그 남자는 고개를 돌리고 뒤에 우뚝 선 커다란 형체를 보며 말했다. "아버지, 죽일까요?"

"피부색이 무엇이냐?" 깊은 목소리가 울렸다.

"흰색입니다."

"죽이지 마라." 대답이었다. "태양이 네 번 뜨기 전 '절대 권위의 그녀'께서 내게 명령하셨다. '백인이 온다. 만약 백인이 오거든 죽이지 마라.' 그들을 '절대 권위의 그녀'의 땅으로 들어오게 하라라고 말씀하셨다. 그들을 데려간다. 그들이 가져온 물건들도 가져간다."

"따라와." 그 사내가 말하면서 나를 보트에서 반쯤은 이끌고 반쯤은 질질 끌어내렸고, 그렇게 하는 동안 내 동료들도 다른 사내들에게 끌어내리러 왔다.

방죽에는 오십 명가량이 모여있었다. 불빛 속에서 내가 알아낼 수 있는 것은 그들은 거대한 창으로 무장했고, 키는 무척 크고 체격이 좋았으며, 피부색은 비교적 옅고 몸통 한가운데 두른 표범 가죽을 제외하고는 벌거벗었다는 사실 뿐이었다.

이내 레오와 조브가 끌려와 내 옆에 섰다.

"대체 이게 뭐죠?" 레오가 눈을 비비면서 말했다.

"오, 맙소사, 선생님, 정말 큰 일이에요." 조브가 갑자기 외쳤다. 바로 그 순간 소란이 일어나더니 마호메드가 비틀거리며 우리 사이에 섰는데 그 뒤로 창을 높이 든 검은 형체가 뒤따랐다.

"알라신이여! 저를 보호하소서! 저를 보호하소서!" 마호메드가 저들로부터는 희망이 거의 없다는 것을 느끼며 외쳤다.

"아버지, 검은 놈입니다," 한 목소리가 말했다. "'절대 권위의 그녀'께서 검은 놈에 대해 무엇이라 말씀하셨나요?"

"아무 말씀 안 하셨지만 그를 죽이지 마라. 자 이리로 오너라, 아들아."

그가 앞으로 나서자 커다란 검은 형체의 몸이 앞으로 기울더니 뭔가를 속삭였다.

"네, 네" 다른 이가 소름이 끼칠 정도로 음산한 목소리로 킬킬거렸다.

"백인 세 명은 거기에 있나?" 검은 형체가 물었다.

"네, 있습니다."

"그들을 위해 준비한 것을 가져와라, 그리고 아이들을 시켜서 물에 떠 있는 것에서 가지고 갈 수 있는 물건들은 모두 가져가도록 하라."

남자들이 일인용 가마—네 사람은 가마를 메고 두 사람은 예비로 따라왔다—처럼 보이는 것을 어깨에 메고 서둘러 앞으로 달려왔을 때, 그는 거의 말을 하지 않았는데, 그건 우리를 거기에 태우라고 신속하게 암시하는 것 같았다.

"자아!" 레오가 말했다. "그토록 오랫동안 우리 자신을 운반하느라고 고생했는데 이제 누군가가 우리를 운반해서 간다니 대단한 축복이군요."

레오는 항상 낙천적이었다.

다른 방법이 없었으므로 모두 각각 배당된 가마를 타는 것을 본 다음 나도 몸을 쑤셔 넣듯 가마에 올라탔는데, 상당히 편안하다는 사실을 알게 되었다. 식물 섬유로 천을 짜서 만든 듯했고 몸동작에 따라 이리저리 늘어났으며 위에서 아래까지 댄 지지

대가 머리와 목을 편안하게 받쳐주었다.

　내가 간신히 자리를 잡자, 가마꾼들은 단조로운 노래에 발걸음을 맞추며 흔들흔들 빠르게 걸어갔다. 삼십 분 정도 가만히 누운 채 우리가 겪었던 놀라운 경험에 대해 되새겼고, 기적 같은 일일 터이나 만약 내가 사교적인 저녁 식사 자리를 마련하여 이런 이야기를 한다면 케임브리지의 저명하고 훌륭한 구닥다리 친구들이 내 말을 믿을 수 있을지 궁금했다. 지금 나는 선량하고 학식 높은 사람들을 구닥다리라고 불렀지만, 비난 혹은 무시하려는 의도는 아니다. 그러나 내 경험에 의하면 그들은 대학에서조차 변화를 거부하고 고집스럽게 항상 같은 길만 가려는 경향을 보였다. 나 자신도 정체된 면이 있긴 했으나 최근 내 사고의 범위는 훨씬 더 넓어졌다. 자아, 나는 누워서 생각에 잠겼고 이 모든 사건의 결말에 대해 궁금해하다가 마침내 잠이 들었다.

　아마도 일곱 혹은 여덟 시간쯤 잤을 것이다. 다우선이 침몰하던 날 밤 이래 처음으로 제대로 된 휴식을 취한 기분이었는데, 깨어보니 해가 중천에 떠 있었고 아직도 시간당 4마일 정도의 속도로 가는 중이었다. 가마 지지대에 기발하게 고정된 얇은 커튼을 통해 살펴보면서 나는, 우리 일행이 늪지가 끝없이 펼쳐진 지역을 통과했고 지금은 사발 모양 언덕을 향해 풀이 무성한 평지를 지나고 있다는 사실을 알고 한시름 놓았다. 우리를 데려가는 자들이 아무것도 알려주지 않았기 때문에 운하에서 봤던 것과 같은 언덕인지 아닌지 알 수 없었는데, 그 이후에도 알아낼 수 없었다. 그다음에는 내 가마를 메고 가는 사내들을 흘깃 보왔다. 체격은 건장했고 키는 대부분 6피트가 넘었으며 피부색은 누르스름했다. 전체적인 인상은 동아프리카 소말리족과 유사했으나 곱슬머리가 아닌 숱 많은 검은 머리를 어깨까지 늘어뜨렸다는 점은 달랐다. 얼굴을 보자면 매부리코에 대부분 아주 잘생긴 편이었고 특히 치아가 고르고 아름다웠다. 하지만 그들의 잘생긴 외모에도 불구하고 그토록 사악한 인상을 주는 사람들은 본 적이 없을 정도였다는 사실을 불현듯 깨달았다. 얼굴에 각인된 차갑고 음울하며 무자비한 표정이 마음에 걸렸으며 몇몇 경우는 몸이 오싹할 지경이었다.

또 한가지, 그들은 한 번도 웃어본 적이 없는 사람들 같다는 생각이 뇌리를 스쳤다. 때때로 아까 말했던 그 단조로운 노래를 불렀으나, 그렇지 않을 때는 대부분 침묵을 지켰고, 음울하고 사악한 표정이 웃음으로 밝아진 적은 단 한 번도 없었다. 이들은 대체 어떤 종족이란 말인가? 아랍어 방언을 사용하긴 했어도 아랍인이 아니라는 점은 확실했다. 한가지 예로, 피부색이 너무 검거나 훨씬 누르스름했다. 부끄러운 말이지만 나는 그들을 보면서 원인 모를 공포가 밀려드는 것을 느꼈다. 내가 그런 생각에 골몰하고 있을 때 다른 가마 하나가 내 옆으로 다가왔다. 커튼이 드리워진 그 가마 속에는 거친 아마포로 만든 듯한 흰색 가운으로 헐겁게 몸을 감싼 노인이 앉아있었으며, 그 순간 나는 그가 방죽에서 '아버지'라는 호칭으로 불렸던 검은 형체라고 결론지었다. 그는 풍채 좋은 노인으로, 하얀 수염 두 갈래는 가마의 양편에 그 끝을 걸쳐놓을 정도로 길었다. 매부리코와 뱀처럼 날카로운 눈동자를 지녔으나, 현명함과 냉소가 얼굴 전체에 가득하여 글로 표현하기 힘들었다.

"깨었는가, 낯선 자여?" 그가 깊고 낮은 목소리로 물었다.

"그렇습니다, 어르신." 나는 이 노령의 '사악함의 대부'에게 환심을 사야 한다고 확실히 느끼면서 공손히 대답했다.

그는 아름다운 흰 수염을 쓰다듬으며 희미한 미소를 지었다.

"그대가 어디서 온 것인지 모르지만," 그가 말했다, "우리 말을 조금 아는 곳에서 왔고, 거기서도 자손들에게 예의를 가르친 모양이군, 이방의 젊은이여. 그대는 무엇 때문에 이방인의 발이 거의 닿지 않는 이 땅에 왔는가? 인생에 싫증이 난 것인가?"

"우리는 새로운 것을 찾으려고 왔습니다." 나는 대담하게 대답했다. "낡은 것이 지겹습니다. 미지의 것을 찾아 바다로 나온 것이죠. 존경하옵는 어르신, 우리 종족은 죽음을 두려워하지 않습니다, 만약 죽기 전에 조금이라도 새로운 지식을 알게 된다면 말입니다."

"흠!" 노인이 말했다, "사실일 수 있지, 반박하기에도 성급하고. 그렇지 않다면 나는 그대의 말이 거짓이라고 말해야 하니까, 젊은이. 하지만 나는 '절대 권위의 그녀'께서 자네가 바라는 바를 들어주실 것이라고 감히 말하겠네."

"'절대 권위의 그녀'는 누구십니까?" 나는 호기심이 발동했다.

노인은 가마꾼들을 홀깃 본 다음 싱긋 웃으며 대답했는데, 그 웃음을 보자 나는 피가 심장으로 쏠리는 기분이 들었다.

"분명코, 낯선 곳에서 온 젊은이여, 그대는 곧 알게 될걸세.

만약 그분이 '육신으로' 그대를 만나보고자 하신다면 말이지."

"육신이라고요?" 내가 되물었다. "그게 무슨 뜻인가요?"

그러나 노인은 음산하게 웃을 뿐 더 이상 대답하지 않았다.

"어르신의 부족은 무엇이라 부릅니까?" 내가 물었다.

"내 부족은 아마해거(바위의 민족)라고 불린다네."

"만약 감히 여쭙는다면, 어르신의 존함은 어떻게 되십니까?"

"나는 빌랄리라네."

"저희는 어디로 가는 거지요, 어르신?"

"이제 곧 알게 될 터이네." 노인이 가마꾼들에게 손짓하자 뛰다시피 앞으로 나아갔고, 한쪽으로 늘어진 다리로 짐작건대 조브가 탄 가마로 향했다. 하지만 조브에게서 많은 것을 알아내지 못한 것이 분명했다. 얼마 안 가 노인의 가마꾼들이 레오가 탄 가마 쪽으로 종종걸음치는 것을 보았기 때문이었다.

그리고 그 후, 별다른 일이 일어나지 않는 터라, 나는 가마의 부드러운 흔들림에 굴복당하여 다시 잠 속으로 빠져들었다. 나는 무척 지친 상태였다. 깨어나서 보니 용암으로 형성된 협곡을 지나가는 중이었고, 양옆 절벽에는 아름다운 나무들과 꽃이 만개한 관목들이 자라고 있었다.

얼마 안 가 모퉁이가 나오고 그곳을 돌아서자 아름다운 광경이 눈앞에 펼쳐졌다. 지름 4~6마일가량의 거대한 녹색 사발 형태의 지형이 보였는데 그 모습은 로마 원형극장과 비슷했다. 거대하게 움푹 팬 지형 가장자리는 덤불이 무성한 암벽이었으나 그 중심부는 비옥한 목초지대로 거대한 나무들이 여기저기 자라고 시냇물들이 구불구불 흘렀다. 이 풍요로운 평원에 방목된 동물은 염소와 소였고, 양은 한 마리도 보이지 않았다. 처음에는 이 기묘한 장소가 무엇인지 짐작할 수 없었다. 하지만 이내 이곳은 아주 오래된 사화산 중심부였고 그 후로 호수가 생겼다가 무슨 이유인지 모르게 마침내 물이 말라버렸을 것이라는 생각이 퍼뜩 들었다. 그리고 여기서 말하건대, 이 지형 그리고 훨씬 더 크지만 다른 조건은 비슷한 지형을 보았던 경험을 근거로 내가 내린 결론이 옳다고 믿으며, 곧 그걸 설명할 기회가 있을 터이다. 하지만 나를 어리둥절하게 만든 것은 염소와 소 떼를 돌보는 사람들은 여기저기 보였지만 주거지는 안 보인다는 사실이었다. 그들은 대체 어디서 사는 것일까? 나는 궁금했고, 그런 호기심은 이내 채워질 수밖에 없었다. 가마 행렬은 왼쪽으로 돌아섰고 분화구의 가파른 면을 따라 반 마일 정도 간 다음 멈췄다. 노인이자 소위 '양아버지'인 빌랄리가 가마에서 나왔고 나와 레오와 조브도 따라 내렸다. 가장 먼저 내 눈에 띈 것은 불쌍한 아랍인 동료 마호메드가 완전히 지쳐 바닥에 누워 있는 모습이었다. 그에게는 가마가 제공되지 않았기에, 그 먼 거리를 걸어올 수밖에 없었고, 출발 당시에도 이미 기진맥진했던 만큼 지금은 완전히 탈진 상태였다.

주변을 둘러보니 우리가 멈춘 장소는 거대한 동굴 입구의 평지였고, 거기에다 구명보트에 있던 물건들을 쌓아놓았다. 심지어 노와 돛까지 있었다. 동굴 주변에 우리를 데려온 사내들이 서 있고 다른 이들도 비슷한 모습이었다. 모두 키가 크고 모두 잘생겼으나 피부의 검은 정도는 각기 달라서 마호메드만큼 짙은 사람도 있고 중국인처럼 누르스름한 사람도 있었다. 허리에 두른 표범 가죽을 제외하곤 벌거벗었고 제각기 커다란 창을 들었다.

그들 가운데 여인들도 있었다. 표범 가죽 대신 몸집 작은 붉은 사슴의 가죽을 다듬어서 입었는데 상당히 진한 색깔이었다. 전체적으로 볼 때 크고 검은 눈과 단아한 얼굴을 지닌 아름다운 모습으로, 흑인처럼 뽀글대는 게 아닌 곱슬곱슬한 머리카락을 지녔고 검은색에서 밤색에 이르는 모든 조합의 색깔을 볼 수 있었다. 극히 일부가 빌랄리가 입은 것과 비슷한 누런 아마포 가운을 입었는데, 나중에 우리가 보겠지만, 이는 옷이라기보다는 계급의 표시였다. 외모에서 풍기는 인상은 남자들처럼 오싹한 것은 아니었고 드물기는 하지만 가끔 미소를 짓기도 했다. 우리가 내리자마자 사람들이 주변으로 몰려들어 호기심 어린 표정으로 우리를 살펴보았으나 감정의 동요는 없었다. 하지만 레오의 큰 키와 건장한 체격, 그리스 조각 같은 얼굴이 마침내 그들의 주의를 끌었고, 그가 사람들을 향해 공손하게 모자를 들어 올렸을 때 곱슬곱슬한 금발이 드러나자 동경의 한숨이 여기저기 새어 나왔다. 그것으로 끝난 게 아니었다. 그를 머리끝에서 발끝까지 찬찬히 살펴본 후, 가장 아름다운 젊은 여인이 그의 앞으로 걸어 나왔다. 가운 차림에 밤 갈색 머리카락을 지닌 그녀는 매력적이고 당찬 자세로 조용히 레오의 목에 팔을 두르더니 몸을 내밀면서 그의 입술에 키스했다.

나는 레오가 즉시 창에 찔릴 것으로 생각하며, 한숨을 쉬었고, 조브가 소리를 질렀다. "막돼먹은 여자네—저런, 절대 안돼!" 레오는 약간 놀라 보였고, 그런 다음 우리가 초기 그리스도교의 관습을 따르는 지역에 들어온 것이 분명하다고 한마디 하면서, 침착하게 여인을 포옹했다.

무슨 일이 벌어질 것 같은 나머지, 나는 다시 한숨을 몰아쉬었다. 그러나 놀랍게도, 몇몇 젊은 여인들이 짜증을 내긴 했지만 나이 든 여인들과 사내들은 살짝 미소를 지었을 뿐이었다. 우리가 이 특이한 종족의 관습을 이해하게 되었을 때 수수께끼가 풀렸다. 세상의 거의 모든 미개 종족의 관습과는 정반대로, 아마해거족 여자는 남자와 완전히 평등했을뿐더러 어떤 제약에 의해 남자에게 구속되지 않았다. 후손은 모계혈통으로만 이어지고 유럽인들이 자신의 가계에 자부심을 느끼는 것처럼 이들도 오래되고 우월한 여자 조상의 혈통을 자랑스럽게 생각한 반면에, 아버지에 대해서는 관심을 두거나 인정하지 않았고, 심지어 남자 혈통이 완전히 알려진 경우에도 마찬가지였다. 그들이 '촌락'이라고 부르는 일족마다 명목상의 아버지가 선출되는데, 이들은 '아버지'라는 직위 아래 구성원들을 직접 다스린다. 예를 들면 빌랄리는 모두 합쳐 칠천 명으로 이루어진 이 '촌락'의 아버지였고, 그를 제외하고는 누구도 그런 호칭을 사용할 수 없었다. 어떤 여자가 남자에게 호감을 느끼게 되면 그녀는 먼저 공개적으로 그를 포옹하며 애정을 표시했다. 마치 우스테인이라 불리는 아름답고 대단히 날쌘 젊은 여인이 레오를 포옹한 것처럼 말이다. 만약 남자가 다시 키스하면 그녀를 받아들인다는 의미였고 그 관계는 둘 중 하나가 싫증 날 때까지 지속하였다. 하지만 나는 남편을 바꾸는 일이 예상보다 그리 자주 일어나지 않는다는 사실을 밝히고자 한다. 그로 인한 분쟁도 없었고, 적어도 남자들 간에서는 그랬으며 아내가 애인이 생겨서 그를 떠나게 되면, 마치 우리가 소득세나 결혼법을 논쟁의 여지가 없는 것 혹은 공동체의 선을 위한 것으로 받아들이듯 전체 상황을 인정했는데, 하지만 그들이 특별히 무례한 경우에는 당사자에게 개별적으로 불만을 표시한다.

특정한 곳에서 옳고 적절한 것으로 인식된 도덕성이라고 해도 다른 곳에서 그르고 부적절한 것으로, 그리고 허용 범위의 문제로 취급하여, 이 문제에 대한 인간의 관습이 나라마다 얼마나 다양한지 관찰하는 것은 대단히 흥미롭다. 하지만 반드시 이해해야 하는 것은, 모든 문명화된 국가에서 의례가 도덕성의 기준이라는 것이 자명했고, 심지어 우리의 교회법에 따른다고 해도 아마해거족의 이 관습은 전혀 부도덕한 것이 아니었다. 공개적인 포옹의 교환은, 우리가 알듯이, 결혼 예식에 해당하기 때문이다.

제7장

우스테인이 노래하다

입맞춤 의례가 끝났을 때—그건 그렇고, 젊은 여인 중 누구도 그런 방식으로 나를 다정하게 애무하지 않은 반면, 칭찬할 만한 조브의 경고에도 불구하고 한 여인이 조브 주변을 맴돌았는데—빌랄리가 앞으로 나오더니 우리에게 동굴로 들어가라고 친절하게 손짓해서 우리는 그쪽으로 갔다. 우리만 가고 싶다고 우스테인에게 암시를 주었지만 우스테인은 아랑곳하지 않고 따라왔다.

다섯 발자국도 못 가서, 우리가 들어간 이 동굴은 자연의 작품이 아니라 사람의 손으로 판 것이 분명하다는 생각이 들었다. 지금까지 본 바에 의하면 길이는 약 1백 피트, 넓이는 약 50피트 정도이며 천장이 무척 높았으며 대성당 복도와 상당히 비슷했다. 가장 커다란 통로가 약 12피트나 15피트마다 다른 통로로 열려있는데, 내 짐작으론 작은 방으로 연결되는 것 같았다. 동굴 입구에서 50피트 정도 들어가면 빛이 엷어지고 그 지점에 불을 피워놓았는데, 빛은 주변의 음산한 벽에 거대한 그림자를 드리웠다. 빌랄리는 거기에서 멈추더니 사람들이 우리에게 줄 음식을 가져올 것이니 앉으라고 말했고, 우리는 앞에 깔린 가죽 카펫에 웅크리고 앉아 기다렸다. 이내 어린 소녀들이 갓 끓인 염소 고기와 질그릇에 담은 신선한 우유, 구운 옥수수를 들고 왔다. 우리는 거의 굶어 죽기 직전이었고, 나는 내 평생 그토록 만족스러운 식사를 한 적이 없었다. 진실로, 앞에 놓인 음식을 하나도 남김없이 싹싹 먹어치웠다.

우리가 식사를 마쳤을 때 다소 음울한 주인장인 빌랄리가 아무 말 없이 우리가 먹는 모습을 바라보다가 일어나서 일장연설을 하기 시작했다. 그는 경이로운 일이 일어났다고 했다. 그 누구도 암벽 민족의 나라에 백인 이방인이 들어온 일을 알 거나 들어본 적이 없다고 했다. 드물기는 하지만 가끔 흑인들이 이곳에 왔는데, 그들로부터 피부색이 자신들보다 훨씬 흰 사람들이 배를 타고 바다를 항해하지만 이곳에 도착한 적은 없었다는 말을 들었다. 하지만 우리가 보트를 끌고 운하를 거슬러 올라가는 것을 보았고, 그가 솔직하게 털어놓길 어떤 이방인도 이곳에 들어오는 것은 불법으로 간주하여 즉시 우리를 죽이라고 명령했는데, 그때 '절대 권위의 그녀'에게서 우리를 살려서 이곳으로 데려오라는 명령을 받았다고 말했다.

"실례합니다만, 어르신," 내가 이 지점에 끼어들었다, "제가 이해한 바로는, 만약 '절대 권위의 그녀'께서 멀리 떨어진 곳에 기거하시는데 우리가 온 것을 어떻게 알아내셨을까요?"

빌랄리는 몸을 돌려 그곳에 우리만 있다는 사실을 확인하고서—젊은 여성인 우스테인은 그가 말을 시작했을 때 그곳에서 나갔기 때문이다—그리고 원인 모를 미소를 지으며 다시 입을 열었다.

"그대가 사는 곳에는 눈이 없어도 볼 수 있고 귀가 없어도 들을 수 있는 사람이 없는가? 아무것도 묻지 말게. 그녀는 알고 계신다네."

나는 이 말에 어깨를 으쓱했고, 그는 계속해서 우리를 어떻게 할 것인지에 대해 더 이상의 지시가 없었고 상황이 이러하여, 그는 '절대 권위의 그녀'를 알현하여 무엇을 원하는지 알아볼 참이라고 했는데, 일반적으로 아마해거의 여왕은 '하이야' 혹은 단순히 그녀라고 간략하게 불린다고 했다.

내가 얼마나 걸리겠느냐고 묻자 그는 서둘러가면 닷새째 되는 날에 돌아오겠지만, 그녀가 계신 곳에 가려면 수 마일이나 뻗은 습지를 지나야 한다고 말했다. 그런 다음 그는 자신이 없는 동안 우리가 편안히 지내도록 해줄 것이며, 개인적으로 우리가 마음에 들어서 그녀로부터 듣게 될 대답이 우리의 목숨을 지속시키는 데 호의적인 것일 거라 진실로 믿지만, 동시에 그게 의심스럽다는 생각을 숨기고 싶지 않노라고 말하면서, 그 이유로는 할머니의 삶 동안에 그리고 어머니의 삶 동안에, 자신의 삶 동안에 그곳에 들어온 모든 이방인은 자비 없이, 그리고 들으면 우리의 가슴이 서늘해질 방법으로 죽음을 맞이했다고 했다. 그것이 모두 그녀의 명령에 따라 이루어졌으며 적어도 그는 그렇게 생각한다고 했다. 어쨌든 그녀는 이방인들을 구하기 위해 간섭한 경우는 한 번도 없었다.

"왜 하지만 어떻게 그런 일이 일어날 수 있습니까? 어르신은 연로하시고, 지금 말한 시간대는 틀림없이 삼 세대 이전입니다. 그녀가 어떻게 당신 할머니 시대의 초기에 누군가를 죽이라고 명령할 수 있었다는 건가요? 그녀 자신이 태어나기 전인데 말입니다." 내가 말했다.

그는 다시 미소를 지었다—아까와 비슷하게 희미하고 기묘한 미소였다, 인사를 깊숙이 하고서 더 이상 대답 없이 떠났고 닷새 동안 그를 보지 못했다.

그가 떠났을 때 우리는 상황을 논의했는데, 나는 대단히 걱정스러웠다. 불행한 이방인을 무자비하게 처형하라고 명령한 게 분명한 '절대 권위의 그녀', 줄임말로 그녀라 불리는 불가사의한 여왕의 이야기가 마음에 걸렸다. 레오 역시 그런 이야기에 기가 죽었으나, 빌랄리가 언급한 그녀의 나이와 권력을 증거로 제시하며, 틀림없이 그녀가 질그릇 조각 글에 그리고 아버지의 편지에 언급된 여왕이라고 의기양양하게 지적하며 자신을 위로했다. 나는 그 당시 일어난 모든 일에 너무 당황한 상태여서 제시한 의견이 말도 안 된다고 논쟁할 마음의 여유가 없었고, 그래서 밖에 나가 목욕하자고 제안했고 침울하게 우리 모두 그게 필요하다고 했다.

그런 이유로 이 음울한 종족 중에서도, 촌락의 아버지가 떠난 이래 우리를 돌볼 소임을 맡은 듯한, 유난히 음울한 중년 사내에게 우리의 뜻을 전달하고서, 단체로 파이프에 불을 붙였다. 동굴 바깥에는 우리를 보려고 상당수의 사람이 모여있었는데 연기가 뿜어나오자 그들은 우리를 위대한 마법사라고 부르면서 이리저리로 흩어졌다. 사실상 담배 연기가 무엇보다도 가장 큰 인상을 심어주었으며 심지어 총보다도 효과가 좋았다.[10] 그 이후 우리는 힘찬 샘물을 근원으로 하는 강으로 가서, 비록 우스테인을 포함한 몇몇 여인네가 심지어 그곳까지 따라오겠다며 고집을 부렸지만, 비교적 평화로이 목욕을 즐겼다.

우리의 원기회복을 도운 목욕을 마칠 때쯤 날이 저물기 시작했고, 커다란 동굴로 돌아왔을 때 이미 해가 진 뒤였다. 이제 동굴 안에는 여러 개의 모닥불이 피어올라, 그 주변으로 사람들이 가득 모여들었고, 붉게 타는 모닥불과 천장 및 벽 이곳 저곳에 걸어놓은 등불에 의지하여 저녁을 먹었다. 투박한 질그릇으로 만든 등(燈)은 모양이 제각각이었는데 그중 몇 개는 상당히 우아했다. 가장 크다는 등은 붉은 질그릇 항아리로 만든 것으로, 지방에 열을 가해 투명하게 녹인 기름이 가득했고, 단지 위를 덮은 둥글고 얇은 나뭇조각을 관통하여 갈대 심지가 꽂혀 있는데, 이런 종류의 등불은 심지가 모두 타면 불을 되살릴 방법이 없어서 계속해서 주의 깊게 살펴야 했다. 한편 자그마한 손 등불 역시 흙을 구워 만들기는 했지만, 거기에 쓰이는 심지는 야자수 껍질 혹은 다양한 양치류 줄기로 만들었다. 이 심지는 등불 윗부분의 단단하고 얇은 나뭇조각에 난 둥근 구멍에 집어넣고 타들어 갈 때마다 위로 잡아당길 수 있었다.

10　아프리카의 거의 모든 지역에서와 마찬가지로 우리는 이곳에서 자생하는 담배를 찾아냈다. 비록 이 식물의 다른 효능에 대해서는 알지 못했지만 아마 해거족은 이를 등불 심지 혹은 치료 목적으로도 사용했다. — L.H.H

우리는 한동안 앉아서 음울한 사람들이 그들만큼이나 음울한 침묵 속에서 저녁을 먹는 모습을 지켜보다가, 마침내 그들을 바라보는 것과 돌벽 위에서 거대하게 움직이는 그림자에 싫증이 나서, 나는 우리의 새 담당자에게 잠자리에 들고 싶다고 말했다.

그는 말없이 일어나 예의 바르게 내 손을 잡더니 등불을 앞세우며 아까 동굴 중앙에서 보았던 작은 통로로 안내했다. 우리가 다섯 걸음 정도 갔을 때 통로가 갑자기 넓어지면서, 자연석을 파내서 만든 약 8제곱피트의 조그만 방이 나왔다. 이 방 한쪽에는 지면에서 약 3피트 올라온 곳에 선실 침상길이의 석판이 있었는데, 안내자는 거기에서 자라는 몸짓을 해 보였다. 창문도 환기구도 없었고 가구도 없었다. 자세히 살펴본 다음 나는 상당히 충격적인 결론을 내렸으니(그 이후 내가 꽤 옳았다는 것이 밝혀졌다) 그곳은 원래 산자의 침실이 아닌 죽은 자의 무덤으로 사용된 곳이고 석판은 시체 안치를 위한 것이었다. 그런 생각을 하자 나도 모르게 몸을 떨었으나 어디선가는 잠을 자야 했으므로 나는 감정을 애써 억누르고 담요를 가져오기 위해 보트에서 들고 온 물건들을 쌓아둔 곳으로 갔다. 거기에서 비슷한 장소로 안내된 조브와 만났는데, 그는 거기서 머물지 않겠다고 했고 그 방을 보기만 해도 공포가 몰려왔다고 말하면서 마치 자신이 죽어 할아버지의 벽돌무덤에 묻히는 기분이어서 내가 허락한다면 함께 자고 싶다고 했다. 물론 내게 너무나 반가운 부탁이었다.

그날 밤은 대체로 편안하게 지나갔다. 무덤 같은 주변 환경이 유발한 것이 틀림없긴 했으나, 개인적으로는 내가 산채로 매장당하는 끔찍한 악몽에 시달렸기 때문에, '대체로'라고 표현할 수밖에 없다. 동이 트자 우리는 요란한 나팔 소리에 깨어났다, 나중에 알게 된 바에 의하면 아마해거족 젊은이가 기상나팔용으로 속이 빈 코끼리 엄니에 구멍을 뚫어 만든 것이었다.

그 소리를 알아듣고 우리는 일어나 세수하러 시냇물에 갔다 왔고, 그 뒤에 식사가 나왔다. 아침 식사 때 젊지 않은 한 여인이 앞으로 나서더니 공개적으로 조브에게 입을 맞추었다. (잠시 부도덕을 밀쳐두면) 그것은 지금까지 내가 보았던 것 중에 가장 웃기는 장면이었다. 점잖은 조브의 절망스런 공포와 혐오를 절대 잊을 수 없을 것이다. 그가 열일곱 명이나 되는 대가족에서 자라서, 나와 마찬가지로 조브는 여성혐오자였고, 나와 레오가 보고 있는 상황에서, 또한, 자신의 어떠한 허가도 없이 공개적으로 포옹당했다는 사실을 깨달았을 때, 그의 얼굴에 나타난 감정은 상당히 복합적이고 고통스러워서 말로 표현하기 힘들었다. 그는 벌떡 일어나 서른 살쯤 된 풍만한 여자를 밀어냈다.

"절대, 안돼!" 그는 숨을 몰아쉬었고 만약 가만히 있다간 그 여자가 다시 포옹할 거로 생각하는 것 같았다.

"내게서 떨어져! 가버려, 이 바람둥이야!" 그는 소리를 지르며 아침을 먹던 나무 숟가락을 들고 여자의 얼굴 앞에서 위아래로 흔들어댔다. "용서하세요, 신사분들, 난 저 여자에게 아무 짓도 안 했어요. 오, 주여! 저 여자가 다시 내게로 와요. 여자를 잡아줘요, 할리 선생님! 제발요! 난 이거 못 참는다고요! 정말로요! 예전에 이런 일은 한 번도 일어난 적이 없어요, 절대로요. 내 성격으로는 있을 수 없는 일이에요!" 그는 더 이상 말을 잇지 못하고 동굴 아래쪽을 향해 있는 힘껏 내달렸고, 이번에 아마해거 족들이 웃음을 터뜨린 것을 보았다. 하지만 그 여자는 웃지 않았다. 그와 반대로 화가 잔뜩 나서 곤두서 있는 듯했고, 다른 여자들의 조롱 앞에서 분노는 더욱 커져갔다. 그녀는 글자 그대로 소리를 지르면서 부들부들 떨고 있었다, 나는 그 모습을 보면서 조브가 양심을 여리고[11]에 두었으면 하고 바랐는데, 그의 칭송받을 만한 도덕적 행동이 우리의 목구멍을 위험에 빠뜨렸다는 느낌을 받았기 때문이었다. 그 뒤에 벌어진 일을 보면 그 짐작이 옳았다.

그 여인이 물러가자 조브는 잔뜩 긴장한 채 돌아와 경계하는 시선으로 근처에 있는 모든 여자를 살펴보았다. 나는 사람들에게 조브가 유부남이며 가정문제로 대단히 불행한 경험을 해서 이곳에 오게 되었고, 여자들을 보기만 해도 두려워한다고 설명했다, 그러나 그들은 침묵으로 일관했고, 비록 여자가 퇴짜맞는 상황을 재미나게 보았음에도 불구하고 여자들은 훨씬 교양있는 자매들의 행동양식에 따라 조브의 행동을 '촌락' 전체에 대한 무시로 받아들인 듯했다.

아침 식사 후 우리는 산책을 하면서 아마해거족의 가축과 경작지를 살펴보았다. 소는 두 종류여서 하나는 크고 말랐으며 뿔

11   팔레스타인의 옛 수도.—역주

은 없지만 질 좋은 우유를 생산했고, 다른 하나는 붉은색 품종이며 작고 살이 통통하여 최상급 고기를 제공했으나 우유 생산에는 적합지 않았다. 후자의 품종은 노픽 레드폴 품종과 비슷했으나, 단지 뿔이 머리 앞쪽으로 구부러졌고, 때로는 그 뿔이 머리뼈를 찌르지 못하도록 잘라버릴 정도였다. 염소는 털이 길며 식용으로만 사용되었으며 적어도 우유 짜는 광경은 보지 못했다. 아마해거족의 농사는 극단적인 원시 형태였고, 쇠를 녹여 만든 가래로 모든 것을 해냈다. 가래는 커다란 창의 머리처럼 생겼으나 발을 올려놓는 부분이 없었기 때문에 땅을 팔 때 힘이 많이 들었다. 하지만 이는 모두 남자들의 몫으로, 거의 모든 미개 종족들의 관습과는 반대로 여자들은 노동에서 완전히 면제되었다. 내가 어디선가 언급했던 것처럼, 그러면서도 아마해거 여자들의 권리는 확고했다.

처음에 우리는 특이할 정도로 말을 하지 않는 이 별난 종족의 기원과 관습이 무척 궁금했다. 그다음 나흘 동안은 별일 없이 지나갔고, 그렇게 시간이 흐르면서 레오의 여자 친구이자 그림자처럼 따라다니는 우스테인에게 몇 가지 정보를 알아냈다. 적어도 그녀가 아는 한, 기원이라고 할 수 있는 것은 없었다. 하지만 그녀가 알려준 바에 따르면, 그녀가 사는 거주지 근처는, 코르라고 불리는데, 석조 건물과 기둥이 많이 있고, 현자들은 그곳이 한때 사람들이 살았던 거주지였다고 했다. 따라서 이들은 그 사람들의 후손임을 시사했다. 하지만 망령들이 출몰하기 때문에, 거대한 폐허 근처에는 아무도 갈 엄두를 내는 사람은 없었고 그저 멀리서 바라만 볼 뿐이었다. 그녀가 듣기에 다른 비슷한 폐허들은 그 지역 여기저기에, 즉 습지 위로 산이 솟은 곳이라면 어디든지 있다고 했다. 또한, 그들이 사는 동굴들은 암벽을 파내어 만든 것으로 아마도 그 도시를 건설한 같은 자들의 솜씨일 터였다. 아마해거족에게는 문자화된 법률은 없고 관습이 있지만, 법률만큼 구속력이 강했다. 만약 누군가가 관습을 어기면 '촌락'의 아버지의 명령에 따라 죽게 된다고 했다. 내가 어떻게 사형되느냐고 묻자 그녀는 미소만 지었고, 곧 보게 될 거라고 했다.

하지만 그들에겐 여왕이 있다. 그녀가 그들의 여왕이며, 이삼 년에 한 번 정도 매우 드물게 모습을 드러내는데, 죄인들에게 형을 선고하기 위해 올 때 커다란 망토를 온몸에 둘러서, 그녀의 얼굴을 제대로 본 사람은 아무도 없었다. 시중드는 자들은 귀머거리와 벙어리여서 어떤 말도 전할 수 없었지만, 그녀는 지금까지 존재했던 어떤 여자보다도 아름다웠다고 한다. 또한 그녀가 불멸의 존재이며 만물을 통제하는 힘을 지녔다는 소문이 있지만, 우스테인은 그것에 대해 아무런 말도 할 수 없었다. 그녀가 믿는 건, 여왕이 가끔 남편을 선택하는데 여자아이가 태어나자마자, 그때까지 다시는 볼 수 없던 그 남편은 사형에 처한다는 소문이 었다. 그런 다음 여자아이는 어머니가 사망하여 거대한 동굴에 묻히면 그 뒤를 이어 여왕이 된다는 것이다. 그러나 어떤 이야기도 확실하지 않았다. 단지 그녀는 나라 전체를 통해 복종을 받았고 명령에 이의를 제기하면 죽음이 뒤따랐다. 호위병은 있지만, 정규군은 없었으며, 그녀에 대한 불복종은 곧 죽음이었다.

나는 그곳 땅의 규모가 얼마인지 그리고 얼마나 많은 사람이 여기에 사는지 물었다. 그녀는 여왕이 사는 큰 '촌락'을 포함하여 이와 비슷한 열 개의 '촌락들'이 있고, 모든 '촌락'은 동굴들속에서 사는데, 동굴들은 고지대인 이곳과 비슷하며 거대한 늪지 여기저기에 점점이 있으며, 비밀통로로 연결되어 있다고 대답했다. 종종 '촌락들' 사이에 싸움이 벌어지지만 그녀가 멈추라고 말하면 즉시 복종했다. 그런 싸움이나 늪지를 건널 때 생기는 열병이 거주자의 수가 급증하는 것을 막아주었다. 그들은 다른 종족과 교류하지 않았으며 근처에 살거나 거대한 늪지를 빠져나갈 수 있는 종족은 하나도 없었다. 한때 거대한 강(아마도 잠베지 강인듯)이 있는 방향에서 어떤 군대가 그들을 공격하려고 했지만, 늪지에서 길을 잃었고 도깨비불을 적의 야영지로 착각하여 밤에 그리로 가려다가 절반 정도가 익사했다. 나머지는 싸움도 못 해보고 열병과 식량부족으로 죽었다. 그녀는 길을 잘 아는 사람이 아니면 습지를 통과하는 것은 절대 불가능하다고 말했고, 내 생각으로도, 만약 그들이 우리를 데려오지 않았다면 결코 이곳에 들어오지 못했을 것이다.

진짜 모험이 시작되기 전에 휴식같이 찾아온 나흘 동안, 우리는 우스테인에게서 이것을 포함하여 많은 것을 알게 되었으며, 짐작할 수 있듯이, 그것들은 우리에게 여러 가지로 생각할 거리를 주었다. 모든 것이 엄청나게 특이해서 거의 믿을 수 없을 정도였고, 가장 기묘한 사실은 지금까지의 상황이 질그릇 조각에 쓰인 고대의 글귀와 어느 정도 부합한다는 것이었다. 그리고 이제 온갖 소문으로 둘러싸이고 두려움과 아름다움의 존재이며 삼인칭이지만 내게는 근사한 이름인 그녀라고 통칭하는 불가사의한 여왕이 존재했다. 전체적으로 보아 나는 파악하기 힘든 상황이었고 그건 레오도 마찬가지였다. 물론 레오의 경우, 모든 것이 말도 안 된다고 끈질기게 주장하는 나를 보며 상당히 의기양양했지만 말이다. 조브는 오래전부터 논리적인 해답을 찾기를 포기하고 그저 모든 것을 상황에 맡겨버렸다. 아랍인 마호메드는 정중한 대우를 받기는 했지만 아마해거족의 태도는 냉담하고 모욕적이었으며, 알 수 없는 이유로 그는 벌벌 떨면서 지냈고 온종일 동굴 구석에 쭈그리고 앉아 알라신과 선지자에게 자신을 보호해달라고 기도했다. 내가 다그쳐 묻자, 이 종족은 인간이 아니라 악마이며 이곳은 악귀가 들린 땅이기 때문에 두렵다고 대답했다. 내가 맹세하는바, 그 이후 한두 번 정도는 그의 말에 전적으로 동의하고 싶었다. 시간이 흘렀고, 빌랄리가 떠난 후 나흘째 되는 날에 일이 벌어졌다.

우리 세 사람과 우스테인은 잠자기 전에 동굴 안 모닥불에 둘러앉아 있었다. 그때 갑자기 아무 말 없이 생각에 잠겼던 그 여인이 일어다더니 레오의 금발에 손을 얹고 그를 향해 말했다. 지금까지도 눈을 감으면, 당당하고 섬세한 그녀의 자태에 짙은 그림자와 붉은빛이 번갈아 비추던 모습을 떠올릴 수 있다. 그녀는 일어섰고, 그것은 내가 본 것 중 가장 기괴하고 열광적인 장면으로, 무거운 짐이 된 생각과 예언을 운율에 실어 전달했으니 그 내용은 다음과 같다.

그대는 나의 선택, 처음부터 그대를 기다렸기에!

그대 아름다운 사람아, 그 누가 그대처럼 빛나는 황금빛 머리카락과 새하얀 살결을 지닐 수 있으리?

그 누가 이토록 강인한 팔을 가지고, 그 누가 이토록 사내다울 수 있으리?

그대 눈은 하늘이요, 눈빛은 별들이라네.

완벽하고 행복한 그대의 얼굴, 내 심장은 그대를 향해 달려가네.

아, 내 눈이 그대를 향할 때 나는 진정 그대를 원한다네—

내가 그대를 취할 때— 오 사랑스러운 그대여

그대를 꼭 끌어안아, 해악이 그대를 향해 다가오지 못하게 하리.

아, 나의 머리카락으로 그대의 머리를 감싸, 뜨거운 햇살이 그대에게 닿지 못하게 하리,

나의 모든 것은 그대의 것이고 그대는 모두 나의 것이라.

시간이 사악한 날과 함께 애쓰기 전까지, 시간은 작은 공간 하나를 향해 그렇게 흘러간다네.

그날 무슨 일이 닥칠 것일까? 아아 슬프도다! 나의 사랑이여, 나는 모른다네!

하지만 나 이제 더 이상 그대를 볼 수 없어—나는, 나는 어둠 속에 길을 잃었네.

훨씬 더 강한 그녀가 그대를 취하리니, 오, 우스테인보다 더 아름다운 그녀여.

하지만 그대는 돌아서서 나를 부르고 그대의 눈동자는 어둠 속

을 헤매리니.

그러나, 이제 그녀는 아름다움으로 승리하고 그대를 공포의 장소로 끌고 간다네.

그 이후 아! 그 이후 나의 사랑하는——

이제 이 비범한 여인은 리듬에 맞추어 횡설수설 읊조리던 말을, 아니 노래를 멈추었다. 무슨 의미인지 전혀 알 수 없었고 번쩍거리는 여자의 눈은 자기 앞에 드리워진 짙은 그림자를 응시했다. 다음 순간 마치 흐릿한 공포를 보려고 애쓰는 듯이, 공허하고 공포에 질린 눈빛으로 변했다. 그녀는 레오의 머리에서 손을 들어 올려 어둠 속을 가리켰다. 우리 모두 쳐다보았지만, 아무것도 볼 수 없었다. 그러나 그녀는 무언가를 보았고, 혹은 보았다고 생각했다, 강인한 정신력을 지닌 그녀가 소리 없이 의식을 잃고 쓰러질 정도로 영향을 끼친 무엇인가를.

이 놀라운 젊은 여인에게 조금씩 마음을 열어가던 레오는 강한 두려움과 공포에 사로잡혔고, 나는 정말 솔직히 말하면 미신적인 두려움을 느꼈다. 모든 광경이 오싹했다.

하지만 이내 그녀는 의식을 회복했고 발작하듯 몸을 떨며 일어나 앉았다.

"그게 무슨 의미인가요, 우스테인?" 레오가 물었다. 몇 년 동안 가르친 덕분에 그의 아랍어 실력은 상당히 좋았다.

"아무것도 아니랍니다," 그녀는 애써 미소를 지으려고 노력했다. "우리 종족의 관습대로 당신을 위해 노래를 불렀을 뿐이에요. 분명코 다른 의미는 없어요. 아직 일어나지도 않은 것에 대해 어떻게 말할 수 있겠어요?"

"무엇을 본 건가요, 우스테인?" 나는 날카로운 눈길로 그녀를 보았다.

"아무것도 아니에요," 그녀가 다시 대답했다. "아무것도 못 봤어요. 그러니 묻지 마세요. 내가 왜 괜한 걱정을 안겨주겠어요?" 그런 다음 우스테인은 문명사회에서든 미개사회에서든 한 여인이 나타낼 수 있는 가장 부드러운 표정으로 레오를 보더니 두 손으로 그의 머리를 감싸 안고 마치 엄마가 하듯 이마에 입술을 맞추었다. "내가 당신을 떠날 때, 내가 선택한 분이여, 당신이 손을 내밀어도 나를 찾지 못하는 밤이 오면 나와 같이한 시간을 떠올려 주세요. 비록 나는 당신의 발을 씻어줄 자격이 없지만, 당신을 너무나 사랑하니까요. 이제 우리 사랑을 나누고 우리에게 주어진 것을 취하며 행복을 느껴요. 무덤 속에서는 사랑도 따스함도 입술의 감촉도 없기 때문이니까요. 과거에 했던 쓰디쓴 추억뿐이겠지요. 오늘 밤은 우리의 것이니, 내일 일어날 일에 대해 어찌 알겠어요?"

제8장

잔치, 그리고 그 이후!

어떤 광경이 직접 무언가를 드러낸다기보다 무언가를 제시하고 앞날에 대한 조짐 같았기에 목격한 사람에게 깊은 인상을 준 그 놀라운 일이 벌어진 다음 날, 우리는 그날 저녁 우리를 위한 잔치가 벌어진다는 말을 듣게 되었다. 나는 우리가 검소한 사람들이고 잔치에는 별 신경을 쓰지 않는다고 말하면서 사양하려고 최선을 다했지만 돌아오는 건 불만스러운 침묵뿐이어서 그냥 입을 다물고 있는 것이 낫다고 생각했다.

그에 따라 해가 지기 전, 나는 모든 것이 준비되었다는 말을 듣고 조브와 함께 동굴 안으로 들어갔고 그곳에서 늘 그렇듯 우스테인을 동반한 레오를 만났다. 두 사람은 어디론가 산책하러 갔기 때문에 그때까지 잔치 계획에 대해서 알지 못했다. 우스테인이 그 말을 듣는 순간 나는 그녀의 아름다운 얼굴에 떠오른 공포를 보았다. 그녀는 돌아서서 지나가는 한 남자의 팔을 잡고 다급하게 뭔가를 물었다. 그가 대답하자 안심이라는 듯 표정이 약간 누그러졌지만, 완전히 만족스러운 것 같지 않았다. 그다음 순간, 우스테인이 지휘권을 가진 남자에게 항의하려 하자, 그는 그녀에게 화를 내며 말했고, 그녀를 밀어냈다가 마음이 바뀐 듯 그녀의 팔을 잡아 모닥불에 둘러앉은 다른 남자와 그사이에 앉게 했는데, 나는 순순히 따르는 그녀의 행동에 나름의 이유가 있을 것이라고 감지했다.

동굴 속 모닥불은 그날 밤 평상시보다 더 크게 타올랐으며, 커다란 원을 그리며 둘러앉은 곳에는 서른다섯 명가량의 남자 그리고 두 명의 여자, 즉 우스테인과 조브가 성서에 나옴 직한 역할을 하면서 피했던 그 여자가 모여있었다. 남자들은 습관대로 침묵을 지키며 제각기 뒤쪽 벽에 만들어 놓은 창 거치대에 커다란 창을 세워둔 채 앉아있었다. 한두 사람만이 내가 말했던 누르스름한 아마포 가운을 입었고 나머지는 표범 가죽만을 몸 가운데에 둘렀다.

"이게 무슨 일이죠, 선생님?" 조브가 의심스럽다는 듯 말했다. "우리를 축복하시고 구하소서, 또 저 여자가 있군요. 이제는 분명 내가 그녀를 부추길 의사가 없음을 보였으니 나를 쫓아올 수 없을 거예요. 저 사람들을 보면 소름이 돋아요, 전부 말이지요. 그건 사실이에요. 저런, 보세요, 저들이 마호메드에게도 저녁을 먹겠느냐고 묻네요. 저기, 내게 집적댔던 여자가 대단히 친절하고 예의 바르게 그에게 말을 건네는군요. 글쎄요, 나에게 하는 게 아니라 정말 다행이에요, 그것뿐이에요."

우리가 본 것은 문제의 여인이 일어나더니, 구석진 곳에서 확연히 공포에 질린 표정으로 벌벌 떨며 알라신을 부르고 있는 가련한 마호메드를 데려오는 모습이었다. 그때까지 그에게 따로 음식이 제공되었는데, 그건 익숙하지 않은 대접 탓이기에 만약 다른 이유를 위해서가 아니라면, 그는 오고 싶어 하지 않았다. 어쨌든 덜덜 떨리는 다리로 다부지고 큰 몸통을 겨우 지탱하는 것으로 보아, 그가 느끼는 엄청난 두려움을 알 수 있었고, 그가 따라오는 것도 손을 잡아끄는 여자의 애교보다는 거대한 창을 든 채 뒤에 서서 야만적인 힘을 보여주는 거대한 아마해거족 남자 때문이라고 생각했다.

"글쎄," 나는 조브와 레오에게 말했다. "정말 이런 상황이 마음에 들지 않지만, 우리는 사태를 잘 파악해야 할 것 같아. 권총들 가지고 있나? 만약 그렇다면 장전을 해놓는 것이 좋을 것 같아."

"가지고 있어요, 선생님," 조브가 콜트식 자동권총을 톡톡 쳤다. "하지만 레오 도련님은 사냥 칼뿐이에요. 물론 상당히 큰 것이긴 하지만요."

우리는 두고 온 무기를 가지고 올 시간이 없을 것 같아, 대담하게 앞으로 나가 등을 동굴 한쪽으로 향한 채 일자로 나란히 앉았다.

우리가 앉자마자, 곡식을 갈아서 만든 발효 액체가 질그릇 단지에 담겨 손에서 손으로 건네졌는데, 맛은 그리 나쁘지 않았으나, 위장을 자극했다. 원료는 인디언 옥수수가 아닌 줄기에 송이송이 자라는 조그만 밤색 곡식으로 아프리카 남부의 카피르 수수와 유사했다. 액체가 담겨 전달된 항아리 역시 호기심을 불러일으켰는데, 아마해거족이 사용하던 수많은 항아리와 비슷했고, 이에 관해서도 설명해야 할 것 같다. 이 항아리들은 고대 제조법으로 만들어졌으며 크기도 무척 다양했다. 어떤 것도 이 지역에서 수백 년, 아니 수천 년 동안 만들어질 수 없는 것들이었다. 항아리들이 있을 만한 장소를 꼽는다면 아마 돌무덤 정도일 것인데 이집트인들이 죽은 자의 장기를 담았던 것과 비슷했고, 아마도 이 지역의 예전 거주자들과 어떤 관련이 있었을 것이다. 하지만 레오는 에스투리아인의 암포라처럼 죽은 자의 영혼이 사용하도록 놓아둔 것이라는 의견을 내놓았다. 대부분 양쪽 손잡이가 달려있고, 높이가 거의 3피트에 달하는 것도 있으며 거기에서 몇 인치씩 줄어들면서 크기도 다양했다. 형태도 다양했고, 모두 대단히 아름답고 우아했다. 칠흑 같은 검은색 항아리에 광택은 없고 약간 거칠었다. 표면에 상감기법으로 새겨넣은 사람의 모습은 지금까지 보았던 고대의 항아리보다 더 아름답고 생생했다. 일부 그림은 사랑의 행위를 표현했는데 아이들 그림처럼 선이 단순했고 현대의 취향으로 볼 때 조금 불편할 정도로 묘사가 자유분방했다. 그 외에 춤추는 여인들이나 사냥 장면을 표현한 것도 있었다. 예를 들어 그때 우리가 마시는 데 사용한 항아리의 한쪽 면에는 창으로 수컷 코끼리를 공격하는 용맹한 남자들을 흰색으로 그려놓았고, 다른 면에는 약간 미숙한 솜씨로 달려가는 영양을 향해 활을 쏘는 사냥꾼의 모습이 있었는데 내 눈에는 일런드 혹은 얼룩영양으로 보였다.

이것은 위태로운 상황에서 하는 여담이지만, 상황과 비교하면 그리 길다고 말할 수 없는 이유는 상황 자체가 워낙 길게 이어졌기 때문이다. 가끔 항아리를 전달하고 불에 나무토막을 던져넣는 행동을 제외하면 아무런 일도 벌어지지 않았다. 아무도 말하지 않았다. 완벽한 침묵이 흐르는 가운데 앉아서 널름거리는 불길과 일렁이는 항아리 등불이 드리운 그림자를 응시했다(그나저나 이 항아리는 고대의 것이 아니었다). 우리와 모닥불 사이의 공간에는 커다랗고 짧은 손잡이가 네 개 달린 나무 쟁반이 놓여있는데, 푸줏간 쟁반과 아주 비슷하고, 단지 속을 움푹하게 파내지 않았다. 쟁반 옆에는 긴 손잡이가 달린 커다란 쇠 집게가 있었고 모닥불 건너편에도 비슷한 것이 있었다. 어쨌든 나는 그 쟁반과 함께 있는 집게가 마음에 들지 않았다. 나는 거기에 앉아서 물건을 보고 침묵 속에서 빙 둘러 앉아있는 사납고 침울한 표정의 남자들을 바라보았다, 그리고 모든 것이 대단히 기묘하다고, 생각했고, 우리가 이 두려움을 주는 사람들의 지배 아래에 있다고 생각했는데, 어쨌거나 이들의 정체가 거의 베일에 싸여있기에 더욱 무시무시하게 느껴졌다. 내가 생각했던 것보다 더 좋은 사람이거나 훨씬 나쁠 수 있었다. 나는 그들이 나쁜 쪽일 것 같아 두려웠고 내 짐작은 틀리지 않았다. 나는 이것이 정말 이상한 잔치라고 생각했는데, 사실상 바르메시데스 가문의 잔치[12]처럼 먹을 것이 전혀 없었기 때문이었다.

마침내 내가 최면에 걸린 것 같다고 느끼기 시작했을 때 뭔

---

12   아라비안나이트에 나오는 바그다드의 한 가문. 거지들에게 상상의 음식을 주었다고 하는 데서 유래된 것으로 빈말로 은혜를 베푸는 사람들을 지칭할 때 사용함.—역주

가가 움직였다. 아무런 경고도 없이, 저쪽에 앉아있던 한 사내가 커다랗게 외쳤다.

"우리가 먹을 고기는 어디에 있는가?"

그러자 둥그렇게 앉아있던 모든 사람이 오른팔을 모닥불 쪽으로 뻗으며 낮은 목소리로 대답했다.

"고기가 곧 나올 것이다."

"염소 고기인가?" 아까 그 사내가 말했다.

"그건 뿔 없는 염소이고, 염소 이상이고, 우리가 그것을 죽일 거다." 그들은 한목소리로 대답하고 몸을 반쯤 돌려 일제히 오른손으로 창을 움켜잡더니, 그런 다음 동시에 다시 놓았다.

"황소인가?" 그 사내가 다시 말했다.

"그것은 뿔 없는 황소이고 황소 이상이며 우리는 그것을 죽일 거다."라고 대답했고, 그들은 창을 다시 움켜잡았다가 다시 놓았다.

그런 다음 모든 것이 멈췄는데, 마호메드 옆에 있는 여인이 그의 뺨을 어루만지고 친근하게 이름을 부르며, 광포한 눈동자로 벌벌 떨고 있는 그를 위아래로 훑어보는 모습을 보면서 나는 공포로 머리카락이 쭈뼛 섰다. 내가 왜 그 광경을 보고 겁을 먹은 건지 알 수 없었으나 우리 모두 끔찍할 정도로 두려움을 느꼈고 특히 레오는 더욱 그랬다. 어루만지는 여자의 손길은 뱀처럼 징그러웠고 치러야 할 섬뜩한 의식의 일부 같았다.[13] 나는 마

------

13 우리가 나중에 알게 된 바에 의하며, 그 목적은 희생자가 사랑과 선망의 대상인 척하여 상처받은 감정을 달래어 행복하고 만족하는 마음 상태에서 죽도록 하기 위함이었다. —L. H. H.

호메드의 갈색 피부가 공포로 하얗게 질리는 것을 보았다.

"요리할 고기가 준비되었나?" 그 목소리가 더욱 다급하게 물었다.

"준비되었다, 준비되었다."

"요리할 항아리는 뜨겁게 달구어졌는가?" 대화가 계속 이어지면서, 날카로운 목소리가 동굴의 가장 깊숙한 곳에서 고통스럽게 메아리쳤다.

"항아리는 뜨겁다. 항아리는 뜨겁다."

"오 맙소사!" 레오가 소리쳤다. "그 비문을, '이방인의 머리에 항아리를 씌우는 사람들'이라는 글귀를 떠올려봐요."

레오의 말이 나오고 우리가 미처 움직이거나 제대로 알아차리기 전에, 거구의 남자 두 명이 벌떡 일어나 기다란 쇠집게를 잡아채더니 모닥불 한가운데에 집어넣었다. 그리고 마호메드를 쓰다듬던 여인이 갑자기 속곳에서 올가미를 꺼내 그의 어깨까지 씌우고 세게 잡아당기는 동안 옆에 있던 남자들이 그의 다리를 붙잡았다. 집게를 든 두 남자가 한 번 들썩하자, 불꽃이 이쪽저쪽 돌 바닥 위로 흩날렸고, 커다란 항아리가 들어 올려져 허연 열로 달궈졌다. 순식간에 단 한 번의 동작으로, 그들은 마호메드가 몸부림치는 곳으로 다가섰다. 마호메드는 미친 사람처럼 몸을 비틀면서 절망적으로 비명을 질러대서, 올가미로 묶고 다리를 붙잡고 있음에도 불구하고 악마처럼 다가선 이들은 붉게 달구어진 항아리를 머리에 씌우는, 놀라울 정도로 끔찍한 목적을 쉽게 달성할 수 없었다.

나는 공포의 고함을 지르며 벌떡 일어나 권총을 끄집어내,
마호메드를 어루만졌고 이제는 움켜잡고 있는 사악한 여자를
향해 발사했다. 총알이 등에 박혀 그녀는 죽었는데, 지금까지도
그렇게 하길 잘했다고 생각한다. 나중에 알고 보니 그녀가 조브
에게 받은 모욕에 복수하기 위해 아마해거족의 식인관습을 이
용하여 모든 일을 계획했던 것이다. 그 여자가 죽어 넘어질 때,
마호메드의 몸이 초인적인 힘으로 고문자들에게 벗어나 공중으
로 뛰어 오르더니, 두렵고 경악하게도, 그녀의 시신 위로 떨어졌
다. 내 권총의 육중한 총알이 양쪽의 몸을 관통하여 살인녀를 쓰
러뜨리면서, 그녀의 희생양을 일백 배나 더 끔찍한 죽음에서 구
해주었다. 무시무시하긴 했으나 대단히 자비로운 사건이었다.

한순간 모두 놀라 가만히 있었다. 아마해거족들은 총소리를
이전에 들어본 적이 없는 데다 그 효과를 보고 경악했다. 그러나
우리와 가까이 있던 남자가 정신을 차리더니 창을 잡고 가장 가
까이 있는 레오에게 달려들려고 했다.

"달아나!" 나는 소리 지르며, 예를 보여준다는 듯 걸음아 날
살리라 하며 잽싸게 동굴 위쪽으로 달려갔다. 가능했더라면 동
굴 바깥으로 나갔을 터이지만, 그쪽에는 남자들이 있었고 게다
가 동굴 입구에는 하늘을 배경으로, 사람들이 모여든 것이 보
였다. 따라서 나는 동굴 위쪽으로 향했고 조브와 레오가 따라
왔고, 그 뒤로 수백 명이나 되는 식인종들이 쫓아오면서 여자
의 죽음에 분노를 쏟아냈다. 한 번에 껑충 뛰어 나는 엎어진 마
호메드의 몸을 뛰어넘었다. 그의 몸을 넘어갈 때 근처의 붉게

달구어진 항아리에서 나오는 열기를 다리에서 느꼈고, 아직 숨이 완전히 끊어지지 않았는지 희미한 불빛 속에서 손이 떨리는 것을 볼 수 있었다. 동굴 위쪽에는 3피트 정도 혹은 그 정도 크기에 깊이 8피트 정도의 판석이 있었는데, 밤에 커다란 등불 두 개를 놓아두었다. 그 판석이 의자로 사용된 것인지 혹은 굴착공사를 지휘하던 연단으로 사용한 것인지, 적어도 그 당시에는 몰랐다. 어쨌든 우리 세 사람은 그곳에 도착했고 판석 위로 뛰어올라, 할 수 있는 한 맹렬하게 목숨을 걸고 싸울 준비를 했다. 순식간에 우리의 발뒤꿈치를 바싹 쫓아 몰려온 한 무리의 사람들이 우리가 고개를 돌려 그들을 마주 보았을 때 뒤에 있었다. 조브는 판석의 왼쪽, 레오는 중앙, 나는 오른쪽에 섰다. 우리 뒤에는 등불이 있었다. 레오는 몸을 앞으로 내밀어, 그림자들의 긴 선을 내려다보았는데, 그 선은 모닥불과 등불에서 멈췄고, 등불을 통해 심지어 살인자가 되려는 자들의 조용한 형상들이 자신들의 창에 반사된 빛과 함께 이리저리 일렁거렸고, 그들의 분노는 불도그의 분노처럼 고요하였다. 그 외에 보이는 것은 어둠 속에서 여전히 화가 난 듯 달아오른 붉은 항아리뿐이었다. 레오의 눈동자가 기이하게 번쩍이더니 잘생긴 그의 얼굴이 돌처럼 굳었다. 오른손에는 육중한 사냥 칼을 들었다. 그는 거기에 달린 끈을 손목 위로 약간 올리더니 팔을 벌려 나를 다정하게 포옹했다.

"잘 가요, 내 친구," 그가 말했다. "가장 친한 친구였고—내게는 아버지 이상이었어요. 우리는 이 악당들을 이길 수 없을 겁니다. 얼마 안 가 우리를 죽인 다음 먹어치우겠죠. 잘 가세요. 내가 당신을 이런 일에 끌어넣었으니, 용서해 주시길. 잘 가요, 조브."

"하느님 뜻이 이루어지기를" 내가 말했고, 이를 악물며 죽음을 맞이할 준비를 했다. 그 순간 조브가 소리를 지르면서 권총을 들고 발포했는데, 겨냥했던 사람은 아니었으나 어쨌든 한 남자를 맞췄다. 사실상, 조브의 표적은 늘 안전했다.

그들이 물밀듯 몰려왔고, 나 역시 할 수 있는 한 빠르게 총을 쏘면서 살펴보았는데 조브와 내가 탄창이 바닥날 때까지 죽이거나 치명상을 입힌 사람은 그 여자를 제외하고 다섯 명 정도였다. 그러나 총알을 다시 장전할 시간이 없었고 그들은 아직도 무시무시한 모습으로 다가오는 중이었으며, 그들은 몰랐겠지만 우리는 총을 영원히 쏠 수 없는 노릇이었다.

거구의 남자가 판석 위로 뛰어 올라왔다. 레오는 강인한 팔로 그를 내리친 다음 사냥 칼로 단번에 해치웠다. 나 역시 같은 방법으로 한 명을 해치웠으나, 조브가 휘두른 주먹은 빗나갔고 나는 건장한 아마해거 남자가 조브의 허리를 잡고서 판석 아래로 끌어당기는 것을 보았다. 가죽끈으로 단단히 매여있지 않던 조브의 칼이 손에서 떨어졌는데, 어떤 행운이 일어난 건지는 몰라도 돌 사이에 손잡이가 끼어 칼날이 위로 서는 바람에, 거기로 넘어진 아마해거족 남자의 몸에 칼날이 관통했다. 이후 조브에게 무슨 일이 벌어졌는지 확실하지 않지만, 미국인들이 말하듯 '기절한 척' 죽은 남자의 몸 위에 엎어져 있었던 것 같다. 나는 곧 남자 두 명과 사투를 벌이게 되었지만, 다행히 그들은 창을 뒤에 남겨둔 채였고, 난생처음으로 자연이 내게 부여한 엄청난 육체적 힘의 도움을 받을 수 있었다. 나는 단검처럼 크고 무거운 사냥 칼로 한 남자를 베었는데, 힘이 너무 세서 날카로운 쇠 칼날이 두개골을 눈까지 갈라놓았고, 그가 너무 갑자기 옆으로 쓰러져 칼이 손에서 빠져나갔다.

그런 다음 다른 두 명이 내게 달려들었다. 그들이 오는 것을 본 나는 두 팔을 그들 각각의 허리에 휘감고 동굴 바닥으로 함께 넘어져, 데굴데굴 굴러갔다. 그들은 강인한 사내였으나 나는 분노로 거의 제정신이 아니었고, 가장 점잖은 사람이 공격당할 때 마음에 스며드는 지독한 살인의 욕구를 느낀 데다 삶과 죽음이 한순간에 뒤바뀔 수 있는 상황이었다. 나는 팔로 두 악마를 감고 그들의 갈비뼈가 으스러질 때까지 힘을 주었다. 그들은 뱀처럼 몸을 뒤틀며 몸부림을 쳤고 주먹으로 나를 치고 할퀴어댔지만 나는 계속 힘을 주었다. 그곳에 등을 대고 누워 있었기에, 그들의 몸으로 위에서 찔러오는 창을 막아내며 그들의 생명을 천천히 으스러뜨렸다. 그리고 그렇게 하면서 이상한 생각이겠지만, 케임브리지의 정 많은 대학 총장(평화단체의 일원이다)과 동료들이 투시력으로 피의 게임을 하는 나를 본다면 무슨 말을 할지 생각했다. 곧 공격자들이 정신을 잃어가면서 몸부림도 거의 멈췄고 숨을 쉬지 못하고 죽어가는 중이었으나 그 속도가 너무 느려서 그들을 놓아줄 수 없었다. 내가 힘을 빼면 그들은 다시 살아날 것이다. 다른 악당들은 어두운 그림자 속에 누운 우리

세 사람을 보고 모두 죽었다고 생각했는지 어쨌든 별것 아닌 이 비극적 사건에 끼어들지 않았다.

나는 고개를 돌렸고, 끔찍한 몸부림의 고통 속에서 숨을 몰아쉬며 누워있을 때 이제 돌 위에서 내려와 환한 등불의 빛을 받은 레오의 모습을 볼 수 있었다. 그는 아직 두 발로 굳게 서 있었으나 수사슴을 공격하는 늑대 떼처럼 그를 쓰러뜨리려고 안간힘을 쓰는 폭도들에 둘러싸여 있었다. 그들 머리 위로 빛나는 머리카락으로 둘러싸인 아름답고 창백한 레오의 얼굴이 보였고(그의 키는 6피트 2인치였다), 그가 한때는 보기에 섬뜩하고 화려한 힘과 필사적인 절망을 무기로 싸우는 것을 나는 보았다. 그는 칼로 한 남자를 베었는데, 그들과 너무 가까운 나머지 뒤섞여 있어서 아마해거족들은 커다란 창을 사용할 수 없었고, 그들에게는 칼이나 막대기가 없었다. 그 사내가 쓰러지고, 그런 다음 어찌 된 일인지 레오가 손에 든 칼을 빼앗겨 무방비 상태가 되었으며 나는 이제 끝났다고 생각했다. 그러나 아니었다. 레오는 죽을 힘을 다해 그들을 뿌리치더니 자신이 방금 죽인 사내를 허공으로 높이 들어 올려 폭도들을 향해 집어 던졌고 그 충격과 무게로 인해 대여섯 명이 쓰러졌다. 그러나 이내 두개골이 부서진 한 명을 제외하곤 모두 일어나 다시 한 번 그에게 덤벼들었다. 그런 다음 천천히 엄청난 힘과 몸부림 속에서 늑대들은 사자를 물고 늘어졌다. 레오는 그래도 정신을 차리고 주먹으로 한 사람을 쓰러뜨렸으나 한 사람이 그렇게 많은 사람을 그토록 오랫동안 상대할 수 없었고 마침내 참나무 토막이 넘어지듯 그는 돌 바닥 위로 쓰러졌으며 꼼짝달싹 못 하게 되었다. 그들은 레오의 팔과 다리를 붙잡았고 마침내 그의 몸이 드러났다.

"창을 가져와," 누군가 소리쳤다—"멱을 따버릴 창과 피를 담을 그릇을 가져와!"

나는 창을 가지러 오는 남자를 보고 눈을 질끈 감았을 뿐, 레오를 돕기 위해 몸을 움직일 수 없었다. 점점 힘이 빠지는 데다 내가 잡고 있던 두 사내도 아직 숨이 완전히 끊어지지 않았으며 심한 현기증이 덮쳐왔다.

그런 다음 갑자기 뭔가 소란이 벌어졌고 나는 마지못해 눈을 뜨고 살인자들이 있는 곳을 보았다. 우스테인이 자신의 몸을 던져 레오를 감싸고 목에 팔을 감았다. 그들은 그녀를 끌어내리려고 했지만, 그녀는 레오를 다리로 감고 마치 불도그처럼, 아니 나무에 감긴 덩굴식물처럼 매달려서 둘을 떼어놓을 수 없었다. 그러자 그들은 그녀를 피해 창으로 레오의 옆구리를 찔렀으나 그녀가 어떻게 막은 것인지 그는 상처만 입었다.

마침내 그들의 인내심이 바닥났다.

"둘 다 한꺼번에 찔러버려," 누군가 말했다. 끔찍한 잔치에서 질문을 외쳤던 그 목소리였다. "결혼했다는 증거가 될 테니."

그런 다음 나는 무기를 든 사내가 그렇게 하려고 몸을 세우는 것을 보았다. 나는 허공에서 차가운 쇠가 번뜩이는 것을 보았고 다시 한 번 눈을 감았다.

바로 그 순간, 한 남자의 천둥 같은 목소리가 동굴 속으로 메아리치며 울려 퍼지는 것을 들었다.

"멈춰라!"

그런 다음 나는 정신을 잃었다. 그 순간 죽음의 마지막 망각으로 빨려 내려가는 나의 모습이 캄캄한 의식 사이로 스쳐 지나갔다.

제9장

작은 발

다시 눈을 떴을 때, 나는 끔찍한 잔치가 벌어졌던 모닥불에서 그리 멀지 않은 곳, 동물 가죽 깔개 위에 누워있었다. 근처에는 아직 인사불성인 것이 분명한 레오가 누워있고, 우스테인의 큰 형상이 그를 굽어보며 옆구리에 깊게 난 상처를 차가운 물로 씻고 아마포로 감아주었다. 그녀 뒤쪽으로 동굴 벽에 기대어 앉은 조브는 다치지 않았지만, 멍투성이에다 겁에 질린 상태였다. 이리저리 흔들리는 모닥불 건너편에, 살기 위한 끔찍한 몸부림 속에서 우리가 죽여야만 했던 자들의 시신이, 완전히 기진맥진해서 쓰러져 자는 사람처럼 누워있었다. 숫자를 세어보니 그 여자 외에 열두 명으로, 내 손에 의해 죽음을 맞이한 불쌍한 마호메드가 들쑥날쑥 누운 시선들 제일 끝에 자리했고, 그 옆에는 그을린 항아리가 있었다. 시신 왼편에는 살아남은 식인종들이 팔을 뒤로 묶인 뒤, 다시 둘씩 짝지어 묶인 채 앉아있었다. 그 악한들은 부루퉁하고 무관심한 표정으로 항복했지만, 그 상황을 받아들일 수 없다는 분노가 침울한 눈동자 속에서 번뜩였다. 이들 앞에 서서 할 일을 지시하는 사람은 다름 아닌 우리의 친구 빌랄리였는데, 피곤해 보이긴 했지만 풍성하게 늘어진 수염이 있어 특히 가부장적이었고, 마치 소 도살 작업을 감독하는 사람처럼 침착하고 냉정했다.

그는 즉각 몸을 돌리더니 앉아있는 나를 보고는 다가와서, 최대한 예의를 갖추어 몸이 회복되었을 거라 믿는다고 격려했다. 나는 지금 당장 몸이 회복되었는지 잘 모르겠으며 그저 온몸이 아프다고 대답했다.

그런 다음 그는 몸을 수그리더니 레오의 상처를 살펴보았다.

"상처가 심하군," 그가 말했다. "하지만 창이 장기를 훼손하지 않았으니 회복될 거라네."

"돌아와 주셔서 정말 감사합니다, 어르신," 내가 대답했다. "조금만 늦었더라도 우리는 모두 회복될 수 없는 지경이 되었을 겁니다. 어르신 촌락의 저 악마들이 우리 하인을 죽인 것처럼 우리를 죽였을 테니까요." 내가 마호메드를 가리켰다.

노인은 이를 악물었고, 나는 그의 눈동자가 평소와 달리 적의가 번뜩이는 것을 보았다.

"두려워 말게, 젊은이," 그가 대답했다. "저들에 대한 복수가 이루어질 거야. 지금까지 들어본 적이 없을 정도로 뼈에 붙은 살이 뒤틀릴 거야. 그녀에게 보내질 것이고 그분은 자신의 위대함에 걸맞은 복수를 할 것이네. 저 남자는," 그는 마호메드를 가리켰다. "그대에게 말하니, 저 남자는 저들 하이에나 같은 놈들이 맞이할 죽음에 비하면 자비롭게 죽은 것이라네. 어떻게 이런 일이 벌어졌는지 말해주게."

나는 간단하게 자초지종을 설명했다.

"오, 그랬군," 그가 대답했다. "그대가 본 것처럼, 젊은이, 여기에는 이 지역으로 들어오는 이방인을 항아리로 죽여서 먹는 관습이 있다네."

"말도 안 되는 환영법이군요." 나는 힘없이 대답했다. "제가 사는 곳에서는 이방인들을 즐겁게 해주고 음식을 줍니다. 근데 여기서는 이방인을 먹고, 즐거워하는군요."

"관습이지," 그는 어깨를 으쓱하며 대답했다. "나 자신은 그게 사악한 행위라고 생각하네, 사실 그럴 것이," 그가 잠시 후 덧붙였다. "나는 이방인들의 맛을 좋아하지 않아. 특히 그들이 늪지를 헤매고 들새를 잡아먹은 이후에는 말이지. '절대 권위의 그녀'가 자네들을 살려두라고 명령을 내리실 때, 검은 남자에 대해선 아무런 말이 없어서 저 하이에나 같은 무리가 그의 살에 눈독을 들였던 것이라네, 그대가 정당하게 죽인 그 여자가 검은 남자에게 달구어진 항아리를 씌우자고 끌어들인 거지. 글쎄, 저들은 대가를 치르게 될 거네. 저들은 무섭게 분노한 그녀 앞에 서는 것보다는 차라리 빛을 못 보는 게 더 나을 거야. 자네들 손에 죽은 자들이 되려 행복한 거라네."

그가 말을 이었다. "아, 그대의 싸움은 용맹스러운 싸움이었네. 그대는 아는가, 원숭이 비비처럼 긴 팔로, 저기에 쓰러진 두 놈의 갈비뼈를 마치 달걀을 깨트리듯 으스러뜨렸다는 것을? 사자 같은 저 젊은이가 홀로 많은 놈들에 대항한 것은 진정 아름다운 저항이었네, 즉석에서 세 놈을 죽였고 저기 저놈은"—그는 여전히 조금 꿈틀대는 몸을 가리켰다—"곧 죽을 테지. 두개골이 갈라졌거든. 나머지는 상처를 입었네. 정말 용맹한 싸움이었어, 그대와 저 젊은이는 이로써 내 친구가 되었네. 나는 멋진 싸움이 좋거든. 하지만 말해보게, 내 아들 비비여, 인제 보니 자네 얼굴에 수염이 많아서 정말 비비처럼 보이는구려, 어떻게 저들 몸에 구멍을 내어 죽일 수 있었는가? 큰소리가 나고 그들이 죽었다고 들었는데, 그럼 그 소리를 얼굴에 맞아 쓰러진 건가?"

내가 가능한 한 화약 성분을 간략하게 잘 설명하자—나는 대단히 피곤했지만, 만약 설명하지 않는다면 강력한 권한을 지닌 어른의 감정을 상하게 할 것이 두려워서였다—그는 즉시 죄수 중 하나를 상대로 시범을 보여달라고 제안했다. 그는 한 명 정도는 아무것도 아니니 그에게 매우 흥미로운 일일뿐더러 내게는 복수할 기회가 될 거라고 말했다. 내가 직접 복수를 하는 것이 아니라 법과 상위의 권력에 맡기는 것이 우리의 관습이라고 냉정하게 대답했을 때, 그런 것에 대해 알 길이 없는 그는 매우 놀랐다. 하지만 내가 회복되어 우리와 함께 사냥을 나가면 그가 직접 사냥감을 잡을 수 있을 거라고 덧붙였고, 그는 새로운 장난감을 약속받은 아이처럼 기뻐했다.

그때 조브가 약간 남은 브랜디를 입에 흘려 넣은 것이 효과를 내어, 레오가 눈을 떴고, 우리의 대화는 거기서 중단되었다.

그 이후 우리는 의식이 반쯤 돌아온 레오를 조브와 용감한 여성 우스테인의 도움을 받아 침대로 안전하게 옮길 수 있었는데, 만약 내가 우스테인에게 키스를 하면 화를 낼 것이라고 걱정하지 않았더라면, 자신의 목숨을 던지면서까지 나의 사랑하는 아들 레오를 구해준 용기에 보답고자 그녀에게 키스했을 거다. 하지만 완벽하게 이해되지 않을 경우, 우스테인은 그런 자유분방한 행동을 받아줄 수 있는 여성이 아니어서, 나는 그 마음을 애써 접어야 했다. 잠시 후 멍들고 구타당했지만, 며칠 만에 이방인 가슴 속에 스며든 안도감을 만끽하며 나의 조그만 무덤으로 기어 올라갔다. 그날 밤 일어난 사건에서 나를 보호해 준 섭리가 있어서, 그 잠자리가 사실상 무덤이 아닌 것을 절절한 마음으로 자연의 섭리에 감사드린 다음에야 몸을 눕힐 수 있었다. 우리가 겪었던 그 끔찍한 날보다 더 겪었거나 거기서 헤어 나온 사람은 거의 없을 것이다.

나는 환경이 좋을 때도 잠을 설치는 편인데, 겨우 잠이 든 후에 꾸었던 그 날 밤 꿈도 그리 유쾌한 것은 아니었다. 불쌍한 마호메드가 붉게 달구어진 항아리를 피하려고 몸부림치는 끔찍한 모습이 꿈속에 자주 출몰했고, 그 배경에는 베일에 싸인 낯선 형체가 언제나 배회했는데, 가끔 몸에 감은 천을 벗는 듯이 보일 때는 사랑스럽게 피어나는 여성의 완벽한 몸매를, 다시 히죽 웃는 하얀 해골을 드러내었고, 가려졌다 드러났다를 반복하면서 불가사의하면서도 의미 없는 말을 중얼거렸다.

"살아있는 것은 죽게 되고 죽은 것은 절대 죽지 않으리, 영혼의 윤회 속에서는 삶도 죽음도 무가치하기 때문이라네. 아아, 모든 만물은 불멸이네, 때로는 잠들고 잊히겠지만."

마침내 아침이 되었으나 나는 일어나기에 온몸이 너무 뻣뻣하고 쓰셨다. 일곱 시쯤 얼굴이 썩은 사과색인 조브가 심하게 다리를 절면서 다가와, 레오는 잘 잤지만, 아직 매우 약한 상태라고 했다. 두 시간 후 빌랄리(조브는 그를 '숫염소'라고 불렀으며, 사실 그의 하얀 수염 때문에 인상이 비슷했고, 혹은 좀 더 친근하게 빌리라고 불렀다)도 왔는데, 손에 든 등불 때문에 그의 그림자가 조그만 방의 천장 높이까지 드리워졌다. 나는 잠을 자는 척했지만, 실눈을 뜨고 냉소적이지만 잘생긴 그의 늙은 얼굴을 살펴보았다. 그는 매처럼 날카로운 눈으로 나를 응시하면서 하얗고 풍성한 수염을 쓰다듬었는데, 그건 런던 이발사라면 누구든 일 년에 1백 파운드라도 지급하고 광고로 활용하려 들 만큼 탐나는 수염이었다.

"아하!" 나는 그가 중얼거리는 소리를 들었다(빌랄리는 혼자 중얼대는 습관이 있다), "못생겼어, 다른 한 명은 잘생겼는데, 원숭이 비비라는 별명이 딱 맞는다니까. 그런데 이 사람이 마음에 들어. 내 나이에 어떤 남자에게 호의적인 감정이 들다니 이상하지만 말이야. 속담에는 이런 말이 있지. '모든 남자를 믿지 말고, 네가 절대 믿지 못하는 남자는 죽여라. 여자로 말할 것 같으면, 여자로부터 도망쳐라. 그들은 사악하기 때문이며 결국 너를 망치게 될 것이다.' 맞는 속담이고 특히 마지막 부분은 특히 그래. 아주 오래전부터 내려온 속담일 텐데. 그런데도 나는 이 비비가 좋군. 그리고 어디에서 그런 기술을 배웠는지 궁금하고, 그녀도 그에게 마법을 걸지 않으실 거야. 불쌍한 비비! 그렇게 싸웠으니 기진맥진하겠지. 그가 깨지 않도록 가야겠어."

나는 그가 돌아서서 발뒤꿈치를 든 채 살금살금 걸어 입구 가까이 갈 때까지 기다렸다가 그를 불렀다.

"어르신," 내가 말했다. "당신이십니까?"

"그렇다네, 내 아들, 나야. 그대를 귀찮게 하고 싶지 않군. 하지만 자네가 괜찮은지 살펴보고 그대를 죽이려고 했던 자들이 지금은 그녀에게 가는 중이라는 말을 해주려고 온 거라네. 그녀가 그대에게도 오라고 했지만 아직은 그럴 수 없는 것 같아."

"그렇지요," 내가 말했다. "우리가 조금 더 회복할 때까지는 어려울 것 같습니다. 하지만 낮이 되면 훨씬 나아지겠죠, 어르신. 이 장소가 마음에 들지 않습니다."

"아, 그렇겠지," 그가 대답했다. "슬픔이 배어있는 곳이라네. 내가 젊었을 때 아름다운 여자의 몸이 지금 자네가 있는 곳에 누워있었던 것이 기억나네, 그래, 바로 그 석판에 말이야. 여자는 너무나 아름다워서 나는 등불을 든 채 살금살금 들어와 그녀를 바라보곤 했지. 만약 여자의 손이 차갑지 않았다면 그냥 잠든 상태여서 어느 날 깨어날 거로 생각했을 정도로, 하얀 가운을 입은 그녀의 모습은 아름답고 평화로웠다네. 진실로 하얀 피부였고, 금발 머리카락이 거의 발끝까지 닿을 정도였어. 그녀가 있는 곳에는 아직도 그런 무덤이 많이 있는데, 그들은 내가 모르는 어떤 방법을 사용하여 사랑하는 자들에게 심지어 죽음이 닥칠 때조차 부패의 손길에서 벗어나도록 해놓았네. 그래, 나는 매일매일 이곳에 왔고 여자를 바라보았는데, 이방인이여 비웃지 말게나, 그때 나는 어리석은 청년이었고, 한때는 생명을 담고 있었으나 더 이상 그럴 수 없는 그 여자를 사랑한다고 생각했다네. 나는 그녀가 누운 곳으로 기어 올라가 차가운 얼굴에 입을 맞추었고 그녀가 살던 시대 이후로 얼마나 많은 남자들이 살고 죽었는지, 이미 오래전에 지나간 날에 누가 그녀를 사랑하고 포옹했는지 생각했다네. 그리고 나의 비비여, 내가 생각하기에 나는 그 죽은 자에서 지혜를 배웠다네, 생명의 짧음과 죽음의 길이를, 태양 아래 만물은 어떻게 하나의 길을 가고 영원히 잊히는지를 배웠네. 나는 그렇게 골똘히 생각했고, 그런 지혜가 시신에서 흘러 들어오는 것 같았는데, 눈치 빠르고 성급했던 어머니가 내가 변한 것을 눈치채고 나를 몰래 따라와 이 아름다운 백인 여자를 보고 내가 마법에 걸렸다고 믿고 두려워하셨다네. 절반은 두려움에서, 절반은 분노에 찬 어머니가 죽은 여인 옆쪽 벽에 걸린 등불을 잡아채, 여자의 머리카락에 불을 붙였어, 그러자 그녀의 몸은 대단히 맹렬하게 탔어, 심지어 발까지 타들어 갔지, 그렇게 훌륭하게 보존된 시신은 불에 타기 정말 좋은 상태였거든.

보게나, 젊은이여, 그녀의 몸이 타면서 나온 연기가 아직 저기 천정에 있다네."

나는 미심쩍은 듯 위를 보았는데, 그곳 묘실 천정에 약 3피트 정도 되는 크기로 기이하게 반질거리는 그을린 지국이 분명히 있었다. 의심할 여지 없이, 수십 년이 지나면서 이 작은 동굴의 옆면은 닦아낼 수 있었으나 천정에 있는 얼룩은 아직도 남아 있고 그것이 무언지는 사뭇 명확했다.

"여자는 불탔다네." 그가 깊은 생각에 잠겨 말을 이었다, "발

부근까지 타들어 갔을 때 나는 불이 붙은 뼈를 잘라내어 양발을 구해냈고 아마포에 싸서 저기 석판 아래에 숨겨놓았지. 확실해, 나는 마치 어제 일처럼 생생하게 기억하네. 만약 누구도 그것들을 찾아내지 못했다면 지금 이 시각까지도 그 자리에 있을 거야. 사실 그때 이후 요즘까지 나는 이 방에 들어오지 않았거든. 그대로 있게나, 내가 살펴볼 테니." 그는 무릎을 꿇고 긴 팔로 석판 아래 깊숙한 곳을 더듬었다. 곧 그의 표정이 밝아졌고, 탄성과 함께 먼지를 뒤집어쓴 무엇인가를 끌어내어 바닥에 대고 털어냈다. 덮고 있던 해진 헝겊을 벗겼을 때 놀랍게도 내 눈앞에 아름답고 거의 하얀 여자의 발이 드러났는데, 마치 방금 놓아둔 것처럼 생기있고 완전한 형태였다.

"이걸 보게나, 젊은이, 비비여," 그가 슬픈 목소리로 말했다. "나는 그대에게 진실을 말했네, 아직 발이 남아있다네. 가져가서 보게나."

나는 죽음의 차디찬 조각을 손에 받아들고 등불에 비추어 보면서, 경이로움과 두려움, 매혹이 뒤섞여 형언 불가의 감정이 북받쳐 오르는 것을 느꼈다. 그것은 대단히 가벼웠다. 아마 살아있을 때보다 훨씬 더 가볍다고 말할 수 있으며, 연한 아로마 향이 배어있기는 하지만 살결은 아직도 생생했다. 줄어들지도 쭈글쭈글하지도 않았고, 혹은 이집트 미라처럼 거무튀튀하거나 눈에 거슬리는 모습도 아니었으며 죽던 그 날처럼 완벽하게 남아있으니 방부처리 기술의 승리라고 할 수 있을 것이다.

불쌍한 작은 발! 나는 수천 년 동안 그 자리를 지켰던 판석 위에 그것을 내려놓은 다음, 잊힌 문명의 장관과 화려한 행사를 통해, 처음에는 명랑한 아이로, 그런 다음 수줍은 처녀로, 마지막으로 완벽한 여인으로 받들어진 그 아름다운 미녀가 누구일지 생각했다. 어떤 생명의 전당에서 이 부드러운 발걸음 소리가 울려 퍼졌고, 결국에는 어떤 용기를 내어 먼지투성이인 죽음의 길을 달려내려 갔단 말인가! 흑인 노예가 대리석 바닥에서 잠든 조용한 밤에, 여인의 생명을 훔친 자는 누구이며, 그 훔치는 소리를 들은 자는 누구였단 말인가? 아름답고 조그만 발! 여인의 아름다움을 향해 자존심 강한 정복자도 마침내 고개를 숙였을 것이고, 귀족과 왕의 입술이 보석으로 장식된 순백의 그녀에게 닿았을 것이다.

나는 과거의 유물을 주인의 수의 조각이 명백한 낡은 아마포로 싼 다음, 육·해군 구매조합에서 사들인 직사각형 여행 가방 속에 넣어 보관했는데, 진실로 이상한 결합이라는 생각이 들었다. 그런 다음 빌랄리의 도움을 받아 절뚝거리면서 레오를 보러 갔다. 그는 아주 심하게 멍이 들었으며, 지나치게 하얀 피부였기에 나보다 더 상태가 나빠 보였고, 옆구리 상처에서 피가 흐른 탓에 창백하고 약해 보였는데, 그런데도 귀뚜라미처럼 명랑했고, 아침 식사를 달라고 했다. 조브와 우스테인은 그럴 요량으로 막대기를 떼어낸 들것에 그를 앉힌 다음, 빌랄리의 도움을 받아서 동굴 입구의 그늘진 곳으로 갔다. 전날 밤에 일어난 살육의 흔적이 지금은 모두 사라진 그곳에서 우리는 아침 식사를 했고 그 날을, 그다음 이틀 대부분을 보냈다.

사흘째 되는 날 아침, 조브와 나는 기력을 거의 회복했다. 레오 또한 많이 나아져서 나는 여러 번 간곡하게 부탁하는 빌랄리의 말에 항복하여 당장 신비로운 그녀가 산다는 코르로 향해 떠나기로 했으나, 살짝 아물기 시작한 레오의 상처가 조금만 움직여도 금세 다시 벌어질까 봐 걱정되었다. 만약 그렇게 하지 않을 때는 우리에게 어려움이나 위험이 닥칠 거라는 의심이 들어, 사실상 눈에 띄게 불안해하며 출발하자는 빌랄리가 아니었다면, 나는 떠나는 데 찬성하지 않았을 것이다.

제10장

추측

우리가 마침내 떠나기로 한 지 한 시간도 채 되지 않아서 가마 다섯 대가 동굴 앞으로 왔으니, 가마마다 가마꾼 네 명과 보충 인력 두 명이 딸렸고, 짐을 호위하고 운반할 무장한 아마해거족 오십 명도 함께 왔다. 물론 가마 세 대는 우리가 탈 것이고 나머지 하나는 우리와 함께 가는 빌랄리의 것이라는 말을 듣고 나는 순간적으로 안심했고, 다섯 번째는 아마 우스테인이 탈 것이라고 짐작했다.

"우스테인도 우리와 함께 갑니까, 어르신?" 나는 이것저것 총괄적으로 지휘하는 빌랄리에게 물었다.

그는 어깨를 으쓱 올리면서 대답했다—

"그녀가 원한다면. 이곳에서는 여자들이 원하는 대로 한다네. 우리는 여자들을 숭배하고 그들에게 양보하는데, 여자들이 없으면 세상이 지속하지 않기 때문이야. 생명의 근원이니까."

"아하," 한 번도 생각해본 적이 없는 문제가 마치 섬광처럼 뇌리를 스쳤다.

"우리는 여자를 숭배해," 그가 말을 이었다. "여자들을 참아낼 수 없는 지경에 이를 때까지는 말이지," 그가 덧붙였다. "세대가 두 번 정도 지나갈 때마다 그런 일이 발생한다네."

"그럼 당신들은 무엇을 하나요?" 내가 궁금해서 물었다.

"그다음에는," 그가 슬쩍 미소를 지으며 대답했다. "우리가 들고일어난다네. 젊은 여자들에게 본보기로 나이 든 여자를 죽여서 남자의 힘이 더 세다는 것을 보여주는 거야. 내 불쌍한 아내도 삼 년 전에 그렇게 죽었어. 매우 슬픈 일이지만, 그대에게 솔직히 말하건대 그 이후 내 인생이 더 행복해졌다네. 나이 덕분에 젊은 여자들의 관심에서 벗어날 수 있으니까."

"간단히 말하자면," 나는 미개한 아마해거족들에게 알려졌을 리가 없는 유명인사의 말을 인용하여 응답했다. "책임은 적고 자유를 더 누릴 수 있는 자리를 찾으셨군요."

처음에 내 아랍어가 신통치 않은 탓인지 그는 내 말을 이해하지 못하다가 마침내 알아들었다.

"그래, 그렇지," 그가 말했다. "이제 알겠네. 그러나 대부분 '책임 있는 자'들이 죽임을 당했고, 적어도 그들 중 일부는 그랬어, 바로 그런 이유로 지금은 나이 든 여자가 많지 않아. 글쎄, 자초한 일이야. 저 처녀의 경우는—" 그가 엄숙하게 말을 이었다. "무슨 말을 해야 할지 모르겠네. 용감한 처녀이고 저 사자(레오)를 사랑해. 그대도 저 아이가 어떻게 그의 몸에 매달려 목숨을 구했는지 보았겠지. 게다가 우리 관습에 의하면 그와 결혼한 것이니 그가 가는 곳이라면 어디든 따라갈 권리가 있어. 단—" 그가 의미심장하게 덧붙였다. "그녀께서 안 된다고 말하지 않는 한 말이야. 그녀의 말씀은 모든 권리에 우선하니까."

"만약 그녀가 그녀에게 그에게서 떠나라고 말하는데도 거부한다면, 그럼 어떻게 되는 겁니까?"

"만약에 말이지," 그는 어쩔 수 없다는 듯 어깨를 으쓱했다. "허리케인이 나무에 휘어지라고 했는데 만약 나무가 거부한다면 무슨 일이 벌어지겠나?"

그런 다음 대답을 기다리지 않은 채 그는 돌아서서 자신의 가마로 걸어갔고 십 분도 채 안 되어 우리는 모두 길을 가고 있었다.

움푹 팬 사발 모양의 화산평원을 가로지르는 데 한 시간 이상 걸렸고, 그 건너편 경사면을 오르는 데 다시 반 시간 정도가 걸렸다. 하지만 일단 그곳에 도달하자 아름다운 광경이 눈에 들어왔다. 우리 눈앞에 경사진 목초지가 펼쳐지고 가시 많은 나무가 군데군데 모여 자랐다. 대략 9마일 또는 10마일 떨어진 완만한 경사로 바닥에 있는 어두침침한 습지를 볼 수 있었는데, 그 위로 악취 풍기는 수증기가 도시의 스모그처럼 떠돌았다. 가마꾼들은 어렵지 않게 경사로를 내려갔고, 정오 즈음 우리는 황량한 습지 가장자리에 도착했다. 그곳에서 잠시 멈추고서 점심을 먹은 다음 구불거리는 길을 따라 질척대는 늪을 가로질렀다. 주변 지리에 익숙지 않은 눈으로는 수중 생물들과 새들이 만들어 놓은 길과 현재의 길을 구별하기 힘들었기에 가마꾼들이 어떻게 길을 찾았는지 아직도 내게는 수수께끼로 남아있다. 선두에 선 두 사내가 긴 장대로 이따금 앞쪽 땅을 찔렀는데 그 이유인

즉슨, 토양의 특성이 내가 알지 못하는 이유로 인해 자주 바뀌어서, 얼마 전에 안전하게 건넌 곳도 그다음 달에는 수렁으로 변해 사람을 집어삼키기 때문이었다. 한 번도 본 적이 없을 정도로 황량하고 암울한 장소였다. 수 마일씩 이어지는 수렁에서 달라지는 점이라고는 상대적으로 단단한 땅에서 밝은 녹색을 띤 길쭉한 부분과 키가 큰 골풀이 가장자리에서 자라는 깊고 느린 웅덩이뿐이었고, 골풀 사이에서 해오라기가 요란하게 울고 개구리들은 시끄럽게 계속 울어댔다. 늪은 한없이 펼쳐졌고 이따금 열병을 머금은 수증기가 끼어들어 시야를 가릴 뿐이었다.

이 거대한 늪에서 최적의 생명체는 물새들과 그 먹잇감들뿐이고, 양쪽 모두 개체 수는 엄청났다. 거위와 학, 오리, 쇠오리, 검둥오리, 도요새, 물떼새 무리가 온통 우리 주변으로 몰려들었고 상당수가 나로서는 처음 보는 종류이고 막대기로 탁 쳐서 잡을 수 있을 만큼 대단히 유순했다. 새들 가운데 특히 내 눈에 들어온 것은 깃털 색이 아름다운 도요새였는데 몸 크기나 날아오르는 모습을 보면 영국 도요새보다는 누른도요를 연상시켰다. 웅덩이에는 작은 악어 혹은 커다란 이구아나가 서식하는데 빌랄리가 알려준 바에 의하면 물새를 잡아먹는다고 했고, 또한 무시무시한 검은 물뱀도 우글거리는데 코브라나 아프리카 독사처럼 치명적이지는 않지만 물리면 대단히 위험하다고 했다. 황소개구리 또한 몸집이 매우 컸고 그와 비례해서 목소리도 우렁찼으며 조브가 '머스켓 총잡이'라고 불렀던 모기떼도 우리가 강을 건널 때보다 더 지독스럽게 우리를 괴롭혔다. 하지만 늪지에서 가장 최악으로 꼽히는 것은 떠다니는 썩은 식물의 끔찍한 악취로서, 가끔은 엄청나게 위압적이었고 숨을 쉴 때마다 말라리아 병균이 잔뜩 서린 공기를 들이마셔야 했다.

우리가 그곳을 거의 통과하여 2에이커 정도의 둔덕에 도착할 때쯤 마침내 태양이 장려한 고독 속으로 사라졌고, 빌랄리가 선언하길, 질퍽대는 황야 한가운데 작은 오아시스처럼 자리한 그 마른 땅에서 야영하게 될 거라고 했다. 하지만 야영이라고 해도 대단히 간략한 과정이어서, 사실상 마른 갈대를 줍고 우리가 가져온 나무토막으로 겨우 모닥불을 피운 뒤 둘러앉은 정도였다. 그런데도 우리는 할 수 있는 한 최선을 다했고 습지의 악취와 숨 막히는 더위 속에서도 식욕이 나서 음식을 먹었는데, 이곳 저지대는 몹시 더웠고 때때로 이상하리만큼 한기가 돌았다. 그런 더위에도 불구하고, 우리는 모기들이 그 연기를 싫어한다는 사실을 알아챘기에 즐거운 마음으로 모닥불 가까이 있었다. 얼마 안 가 담요를 덮어쓰고 잠을 자려고 했으나 다른 불편함은 모두 접어둔다고 해도, 황소개구리를 비롯하여 저 높은 하늘에 떠서 경고라도 하듯 놀라우리만큼 크게 울어대는 수백 마리의 도요새 떼 때문에 잠자는 것은 거의 불가능했다. 나는 몸을 돌려 옆에 누워 꾸벅꾸벅 조는 레오를 바라보는데, 발갛게 달아오른 그의 얼굴이 마음에 걸렸다. 그리고 흔들리는 모닥불에 다른 쪽편에 누워있는 우스테인이 가끔 일어나 팔꿈치에 몸을 기댄 채 걱정스러운 표정으로 레오를 살피는 것이 보였다.

하지만 내가 그를 위해 해줄 수 있는 것은 없었고, 우리는 이미 상당량의 키니네를 먹었는데, 그것은 우리에게 주어진 유일한 방지책이었다. 그래서 나는 누운 채 반짝거리는 수천 개의 별이 반짝이는 점이 되어 거대한 창공에 흩뿌려지는 것을 바라보았다. 그 점 하나하나가 하나의 세상이라니! 인간 자신이 얼마나 하찮은 존재인지 깨닫도록 만드는 이 얼마나 장엄한 광경인가! 나는 이제 더 이상 생각을 포기했다. 무한을 붙잡기 위해, 이 천체에서 저 천체로 성큼성큼 걸어가는 조물주와 힘을 겨루며 그의 발자국을 뒤쫓아 그의 작품에서 그의 의도를 추론하려고 고군분투하던 나의 정신은 너무 쉽게 지쳐버렸다. 우리는 그러한 것들을 알아낼 도리가 없다. 앎은 강한 자의 것, 우리는 미약했다. 너무 많은 지혜는 불완전한 인간의 시야를 가려버릴 것이고, 너무 강한 힘은 우리를 도취시켜, 그 무게를 이기지 못한 연약한 인간 이성은 무너지고, 우리 자신을 깊은 허영심에 빠트려 죽여버릴 것이다. 인간의 흐릿한 관찰로 자연의 서책을 끊임없이 해석하며 얻어 축적된 지식으로, 우리가 한 것은 과연 무엇을 위한 것인가? 창조주의 존재 혹은 자기 자신을 넘어선 지적인 목적의 존재에 대하여 너무 자주 질문을 쏟아놓은 것은 아니었을까? 진실은 베일에 싸여있으니, 우리가 태양을 응시할 수 없듯 조물주의 영광을 응시할 수 없기 때문이다. 그건 우리를 파괴할 것이다. 완전한 지식은 여기 있는 인간을 위한 것이 아닌 것이, 인간은 스스로 능력을 과대평가하지만 사실상 너무나 보잘것없기 때문이다. 그릇은 이내 채워지고, 만약 그 빛나는 구체들의 회전을 관장하는 형언 불가하고 고요한 지혜 중 천분의 일과 그것들을 회전하게 하는 그 힘이 압박한다면, 그릇은 산산이 부서져 내릴 것이다. 아마 다른 공간과 시간에서는 그렇지 않을 수 있겠지만, 그 누가 알 수 있으랴? 이곳에서 육체를 지니고 태어난 수많은 인간은 고통과 시련을 견디며 운명이 날려 보낸 덧없는 물방울, 그것을 즐거움이라 부르며 만약 물방울이 터지기 전 잠시 손에 내려앉으면 감사하는 그 물방울 움켜잡으려 하고, 비극이 막을 내리고 그의 시간이 사라져야 할 때, 인간은 알지 못하는 곳으로 초라하게 사라진다.

누워 있는 내 몸 위에서 불멸의 별들이 반짝이고, 발치에서는 늪지에서 태어난 장난꾸러기 불꽃들이 수증기 속에서 뛰놀고 대지를 갈망하며 이리저리 굴러다닐 때, 나는 무엇이 인간이며 어느 날 무엇이 될지에 대한 유형과 이미지에 대해 생각했으니, 만약 살아있는 어떤 힘이 인간과 그런 운명을 정했다면 이것 또한 규정해야 한다. 오, 가끔 잠깐이나마 도달하는 심장의 저 높은 수준에 기대어 오랫동안 휴식을 취했으면! 오, 감옥에 갇힌 영혼의 날개를 흔들어 풀어주어 저 높은 곳을 향해 솟구치게 할 수 있다면, 거기서부터, 다리엔의 가장 아찔한 봉우리에서 창공을 보는 여행자들처럼, 우리는 고귀한 사고의 영적인 눈으로 무한함의 저 깊은 곳을 들여다볼 수 있을 것이다!

이 세속의 옷을 벗어 던진다는 것, 이 세속적인 생각들과 비참한 욕망을 영원히 벗어던진다는 것은 어떤 것일까. 저들 도깨비불처럼, 우리가 통제할 수 없는 힘들에 의해 더 이상 이리저리 흔들리지 않을 것이고, 혹은 만약 우리가 그것들을 이론적으로 조절할 수 있다면, 우리는 때때로 우리 본질의 본질적 요구에 의해 복종하도록 추동될 것이다! 맞다, 그것들을 벗어던지고, 세상의 지저분하고 골치 아픈 장소에서 벗어나는 것이며, 내 위에서 환히 빛나는 별들처럼, 우리의 더 밝은 자아 속에서 영원히 둘러싸여 휴식하는 것, 마치 저 둥글고 환한 발광체 속에서 불이 희미하게 빛나듯 그것은 지금도 우리 안에서 빛나고, 모든 진실과 아름다움이 나오며, 보이진 않으나 둘러싸여 있는 좋음인 희망의 저 드넓은 영광에 우리의 하잘것없음을 내려놓는다!

그날 밤 이와 같은 수많은 생각이 머릿속을 스쳐 지나갔다. 때때로 우리 모두에게 고뇌를 안겨주는 것들이다. 내가 고뇌라고 한 것은, 아아 슬프도다, 사색은 오직 사색의 부질없음을 측정해 줄 뿐이다. 지독히 고요한 공간에서 우리의 연약한 절규가 무슨 소용이 있겠는가? 인간의 흐릿한 지능으로 별들로 가득한 하늘의 비밀을 읽을 수 있겠는가? 어떤 해답이라도 찾아낼 수 있을까? 아니, 절대로 아니다. 그저 메아리와 환상만 찾을 뿐. 그래도 우리는 아직 해답이 있을 것이라 믿고, 언젠가 새로운 여명이 얼굴을 붉힌 채 우리가 견딘 밤의 길을 따라올 것이라 믿는다. 우리는 그것을 믿으니, 왜냐하면 거기에 비친 아름다움은 무덤의 지평선 아래에서부터 심지어 심장 속에서 지금까지도 계속 빛나 오르기 때문이며, 우리는 이를 희망이라 부른다. 희망이 없다면 우리는 도덕의 죽음에 고통받게 될 것이고, 희망의 도움으로 우리는 아직 천국을 향해 기어오를 것이다, 혹은 최악의 상황에, 희망이 단지 우리를 절망에서 건지기 위한 친절한 조롱으로 증명된다면, 영원한 잠의 심연 속으로 부드럽게 내려앉아라.

그런 다음 우리가 결심한 힘든 일과 그것은 얼마나 무모한 짓이었는지, 그런데도 수 세기 전 질그릇 조각에 쓰인 내용과 딱 맞아떨어진 것은 얼마나 이상한가를 생각하기 시작했다. 자신만큼이나 기이한 부족을 다스리면서 잃어버린 문명의 흔적 한가운데 거주하는 여왕, 이 놀라운 여인은 과연 누구일까? 불멸의 생명을 준다는 불기둥 이야기는 무슨 의미일까? 어떤 흐름 혹은 정수가 있어, 육체의 성벽을 강화해 한없이 기나긴 세월 동안 부패의 포격과 파괴에 저항토록 한다는 말인가? 사실일 리 없지만 가능할 수도. 불쌍한 내 친구 빈시가 말했듯이 생명의 무한정한 지속이란, 생명의 생산과 생명의 일시적인 지속만큼 경이로운 것이 아닐 수 있다. 만약 그게 사실이라면 그다음은? 그것을 찾아낸 사람은 의심할 여지 없이 세상을 지배할 수 있을 게다. 세상의 모든 부를 축적할 수 있고, 모든 권력, 권력이 되는 모든 지혜를 손에 넣을 거다. 평생 예술이나 과학에 헌신할 수 있을 것이다. 자아, 만약 그렇다면, 그리고 이 그녀가 진실로 불멸의 존재라면, 한순간도 그렇게 믿는 것은 아니었으나, 진정 그러하다면, 만물 위에 군림할 수 있는데도 이런 인육을 먹는 사회의 어두운 동굴에 남아있는 이유는 무엇일까? 분명 의문이 생길만한했다. 모든 내용이 터무니없으며, 그 글이 작성된 미신의 시대에나 성립할 수 있는 이야기였다. 어쨌든 분명한 건 내가 불멸의 생명을 얻으려고 시도하지 않을 거란 사실이었다. 사십 년 남짓 세상에 존재하면서 너무나 많은 걱정과 실망, 아무도 모르는 쓰라림을 맛보았고 그런 상태를 무한히 연장하고 싶은 마음은 전혀 들지 않았다. 그래도 내가 비교적 행복한 삶을 누렸다고 생각하는데도 말이다.

그런 다음, 이승에서의 생애를 과도하게 연장하는 것보다 짧게 끝낼 가능성이 훨씬 많은 지금 이 순간에, 나는 마침내 간신히 잠을 청했고, 이 묘사를 읽는 사람은, 만약 그렇게 할 사람은, 그 사실에 대단히 고마워할 것이다.

동틀 무렵 내가 다시 잠에서 깨었을 때 호위병과 가마꾼들은 짙은 아침 안개 사이를 유령처럼 움직이며 떠날 채비하는 중이었다. 모닥불은 거의 꺼져 있고, 일어나 기지개를 켜던 나는 축축한 새벽의 한기 속에서 사지가 덜덜 떨리는 것을 느꼈다. 그런 다음 레오를 보니, 그는 머리를 감싸 쥔 채 일어나 앉았는데 얼굴은 붉고 눈은 번쩍거렸으며 동공 주변이 누르스름했다.

"자아 레오," 내가 말했다, "기분이 어때?"

"곧 죽을 것만 같아요." 그는 쉬어버린 목소리로 대답했다. "머리가 깨질 것 같고 몸이 덜덜 떨리고 너무 아파요."

나는 휙 하고 휘파람을 불었고, 혹은 만약 휘파람을 불지 않았다면 그럴 생각이었으니, 레오가 열병에 걸린 것이다. 나는 조브에게 가서 다행히 그때까지 상당량 남아있는 키니네를 달라고 하다가 조브도 역시 그리 좋은 상태가 아닌 것을 알았다. 등의 통증과 어지러움을 호소하였고, 자기 몸을 가누기도 힘들어 보였다. 이런 상황에서 할 수 있는 유일한 일은 그들 둘에게 키니네 10알을 복용하게 하는 것이고, 나도 예방 차원에서 조금 먹었다. 내가 빌랄리를 찾은 후 상황을 설명하고 동시에 어떻게 해야 가장 좋을지 물었다. 그는 나와 함께 와서 레오와 조브(그나저나 그는 둥근 얼굴과 작은 눈을 가진 통통한 조브에게 '돼지'라는 별명을 붙였다)를 살펴보았다.

"아하," 그는 다른 사람들이 주변에 없을 때 말했다. "열병이군! 내 생각은 그래. 사자의 상태가 좀 심하지만 젊으니 살아남을 걸세. 돼지의 경우는 아주 심한 게 아니라네. 소(小)열병인데 등에 통증을 느끼면서 시작되고 체지방을 타고 퍼질 거야."

"그들은 계속 갈 수 있을까요. 어르신?" 내가 물었다.

"그렇기는 하나, 가야만 하네. 여기에 머물면 저들은 확실히 죽게 될 테니. 그리고 지면보다는 가마 위에 있는 것이 더 나을 걸세. 만약 모든 것이 순조롭게 진행된다면 오늘 밤 무렵에는 습지에서 벗어나 상쾌한 공기를 마시게 될 거야. 자아, 저들을 가마에 태우고 출발함세. 이런 아침 연무 속에 서 있는 것은 대단히 나빠. 가면서 뭘 좀 먹을 수 있을 테지."

우리는 그의 말에 따랐고 나는 무거운 마음을 갖고 다시 한 번 이상한 여정에 올랐다. 처음 세 시간 동안은 모든 것이 예상대로 진행되었고, 그런 다음 사고가 발생하여, 행렬을 이끄는 덕망있는 친구 빌랄리와 함께 하는 즐거움을 영원히 잊어버릴 뻔했다. 우리는 위험한 수렁을 지나가는 중인데 때때로 가마꾼들은 무릎까지 푹푹 빠지는 곳이었다. 사실상 가마꾼 네 명과 보충 인력 두 명이 있다고 해도, 그들이 어떻게 우리가 가고 있는 질퍽질퍽한 진창을 무거운 가마를 맨 채 갈 수 있는지 내게는 수수께끼였다.

곧, 우리가 더듬거리고 바둥거리며 나아갈 때, 날카로운 비명이 들려오고, 여기저기 외침이 터져 나오더니 마침내 엄청난 물소리가 나면서 전체 행렬이 멈춰 섰다.

나는 가마에서 뛰어내려 앞으로 달려갔다. 약 20야드 앞에 내가 말했던 음침하고 시꺼먼 웅덩이 가장자리가 있었고, 그 사고가 발생하던 당시 우리는 경사가 심한 방죽 길을 따라가던 중이었다. 경악하게도 빌랄리의 가마가 그 웅덩이 위에 떠 있는데 노인의 자취는 어디에도 보이지 않았다. 독자의 이해를 돕기 위해 무슨 일이 일어났는지 당장 설명해야 할 것 같다. 빌랄리의 가마꾼 한 명이 불행히도 일광욕 중인 뱀을 밟는 바람에 발목을 물렸고, 당연히 그는 막대를 놓쳤으며 방죽 아래로 굴러떨어지지 않으려고 필사적으로 가마를 움켜잡았다. 결과는 예상한 대로였다. 가마꾼들이 놓쳐버린 가마는 방죽 가장자리 너머로 넘어졌고, 빌랄리와 뱀에 물린 사내는 함께 진흙 웅덩이로 굴러떨어졌다. 내가 웅덩이로 갔을 때 두 사람은 보이지 않았으며 그 불행한 가마꾼의 모습은 이후 다시 볼 수 없었다. 무언가에 머리를 부딪쳤는지 혹은 진흙 속에 빨려 들어갔던지 혹은 뱀독으로 몸이 마비되었을지 모른다. 어쨌든 그는 사라졌다. 그러나 빌랄리의 경우 모습은 보이지 않았으나, 떠 있는 가마가 들썩거리는 것으로 보아, 천과 커튼에 뒤엉켜 있어서, 어디에 있는지는 확실했다.

"저기다! 저기 아버지가 계신다!" 한 사내가 말했으나 그를 구하기 위해 손가락 하나 까딱하지 않았고 다른 사람들도 마찬가지였다. 그들은 그냥 서서 웅덩이만 바라보았다.

"저리 비켜, 짐승만도 못한 놈들!" 나는 영어로 소리 지른 다음 모자를 벗어 던지고 몸서리가 날 만큼 끔찍한 웅덩이 속으로 뛰어들었다. 두어 번 손을 휘젓자 천 아래에서 몸부림치는 빌랄리가 있는 곳에 도달했다.

어떻게 했는지 기억나지 않지만 어쨌거나 나는 그를 끌어내서, 담쟁이덩굴을 뒤집어쓴 술의 신 바쿠스처럼, 녹색 점액이 뒤덮인 덕망 높은 그의 머리가 물 위로 모습을 드러냈다. 나머지는 쉬웠다. 뛰어난 이성을 지닌 빌랄리는 물에 빠진 사람들이 자주 그렇듯 내게 무작정 매달리지 않았고, 진흙 때문에 힘이 들긴 했지만 나는 그의 팔을 잡은 채 방죽으로 끌어올 수 있었다. 우리가 연출한 광경은 전무후무할 정도로 지저분했다. 익사 직전에 이르렀던 빌랄리는 기침을 쏟아놓았고 진흙과 녹색 점액을 뒤집어쓴 데다 그의 아름다운 수염에서는 마치 기름을 막 바른 중국인의 변발처럼 물기가 뚝뚝 떨어졌으나, 그의 모습은 거의 초인이었고 여전히 장엄했고 위압적이었다.

"개만도 못한 놈들," 그가 입을 열 수 있을 만큼 회복되자마자 가마꾼들을 향해 말했다. "너희들은 나를 버려뒀다. 네놈들 아버지가 익사하도록 말이지. 만약 여기 이방인, 나의 젊은이 비비가 아니었다면 나는 물에 빠져 죽었을 테지. 잘 기억하겠다." 그는 물기가 어린 반짝이는 눈으로 그들을 똑바로 응시했으며,

그들은 무표정한 얼굴을 하려고 노력했음에도 불구하고 나는 그들의 심기가 불편하다는 사실을 알 수 있었다.

"그리고 젊은이여," 노인은 내 손을 잡으며 말을 이었다. "좋을 때나 나쁠 때나 그대는 나의 친구일세. 그대는 내 목숨을 구했어. 언젠가 내가 그대의 목숨을 구할 때가 올 거야."

우리는 할 수 있는 한 몸을 닦고 가마를 건져낸 다음, 익사한 사내를 제외하고 계속 길을 갔다. 그가 인기가 없는 사람인지 혹은 무관심하고 이기적인 기질 때문인지는 알 수 없으나, 그의 일을 나누어 해야만 하는 사람들을 제외하곤 갑자기 사라진 그 사내를 위해 슬퍼하는 사람은 아무도 없다는 것을 말하고 넘어가고자 한다.

제11장

코르 평원

해가 저물기 약 한 시간 전, 우리는 한없이 기쁘게도 거대한 늪지에서 벗어났고, 계속 이어진 구릉 가운데 완만히 솟아오른 언덕에 도착했다. 우리는 첫 번째 구릉 마루 이쪽 면에서 멈추고 밤을 보냈다. 나는 제일 먼저 레오의 상태를 살폈다. 아침보다 더 심해진 데다 더욱 걱정스러운 건, 구역질이 시작되어 동이 틀 무렵까지 계속되었다는 사실이었다. 나는 잠시도 눈을 붙이지 못한 채, 지금까지 본 사람 중에 가장 상냥하고 지칠 줄 모르는 간호사인 우스테인을 도와 레오와 조브를 보살폈다. 그런데도 이곳의 공기는 너무 뜨겁지 않아 따스하고 온화했으며 모기도 없었다. 또한, 도시를 덮은 우중충하고 짙은 연무와 같은 늪안개보다 우리가 높이 있었고, 도깨비불만 여기저기서 반짝거렸다. 따라서 비교적 안락한 환경이었다고 말할 수 있을 것이다.

다음 날 아침 해가 뜰 즈음 레오는 심각한 어지러움과 자신의 몸이 반으로 갈라지는 환상에 시달렸다. 나는 대단히 쓰라린 마음으로 이런 열병의 마지막 증세에 대해 우려하기 시작했다. 아아! 나는 열병의 끝이 어떤 것인지 지금까지 너무 많이 들었다. 그때 빌랄리가 와서 내게 계속 가야만 한다고 했고, 만약 레오가 안정을 취할 곳에 도착하여 열두 시간 내로 적절한 치료를 받지 못한다면 그의 생명은 하루나 이틀을 버티지 못할 거라고 말했다. 그의 말에 동의할 수밖에 없었기에, 우리는 그를 가마에 태운 뒤 출발했고, 우스테인은 레오 옆에서 걸어가며 파리를 쫓아내면서 그가 바닥으로 굴러떨어지지 않도록 보살폈다.

해가 뜨고 반 시간 정도 지난 뒤 앞에서 말했던 둔덕 꼭대기에 도착했을 때, 아름다운 광경이 눈앞에 펼쳐졌다. 우리 아래로 파릇파릇한 풀과 사랑스러운 나뭇잎과 꽃들이 풍성하게 자라났다. 그 뒤로 저 멀리, 내가 판단할 수 있는 한, 우리가 서 있는 곳에서 약 18마일 떨어진 평원 위에 우뚝 솟은 특이한 산이 자리했다. 이 거대한 산의 밑은 풀이 무성한 경사면처럼 보이지만, 관찰한 바로는, 평지에서 약 5백 피트 높이 지점에 대단히 험준하고 가파른, 약 천이백 혹은 천오백 피트 높이의 암벽이 있었다. 화산 활동으로 생긴 것이 분명한 그 산은 둥근 형태였고, 물론 일부만 볼 수 있어서 정확한 크기를 추정하기 힘들었으나 대단히 크다는 사실은 분명했다. 나중에 알아낸 바에 의하면 넓이가 50 제곱 마일을 넘었다. 평지에서부터 홀로 우뚝 선 장엄함을 필두로, 자연이 만든 이 거대한 성채보다 더 웅장하고 인상 깊은 것을 본 적이 한 번도 없었고 앞으로도 없을 것 같다. 바로 그 고독에 장엄함이 더해지고 솟구친 절벽들은 하늘에 입을 맞추는 듯했다. 전반적으로 말하면, 넓고 평평한 흉벽(胸壁)이 양털 구름에 싸여있었다.

나는 그물침대에 꼿꼿이 앉아 평원 건너편의 장엄하고 설레는 광경을 바라보았고 빌랄리가 나의 기분을 눈치챈 듯 가마를 옆에 대었다.

"'절대 권위의 그녀'가 거주하시는 궁전을 보게!" 그가 말했다, "저런 왕좌에 앉은 여왕을 본 적이 있는가?"

"아주 멋집니다, 어르신," 내가 대답했다. "그런데 어떻게 들어갑니까? 절벽을 기어 올라가기가 힘들 것 같습니다."

"자네에게 보여주겠네. 이제 우리 아래에 펼쳐진 평원을 보게. 어떻게 생각하나? 그대는 현명한 남자일세, 자아 말해보게."

내가 보니 풀로 덮여있긴 했지만, 그 산 밑부분까지 선을 그은 것처럼 곧장 이어진 길이 보였다. 양옆으로는 높은 방죽이 있고 여기저기 끊어지긴 했어도 대체로 잘 이어진 모습을 보니 조금 어리둥절했다. 누군가가 길옆에 제방을 쌓아놓은, 정녕 이상한 광경이었다.

"글쎄요, 어르신," 내가 대답했다, "길인 것 같군요. 그게 아니면 강바닥이라고 말했어야 하고요." 나는 특이하게 직선으로 잘린 부분을 살펴보면서 덧붙였다. "혹은 운하일지도 모르겠군요."

그 전날 웅덩이에 빠졌지만, 상태가 더 악화하지 않은 빌랄리가 점잖게 고개를 끄덕이며 대답했다.

"그대 말이 맞네, 젊은이. 그건 우리 이전에 여기서 살던 사람들이 물을 운반하려고 파놓은 수로라네. 이거 하나는 확실하지. 우리가 향해 가고 있는 거대한 산의 암석 부분까지는 한때 거대한 호수였어. 그러나 예전 사람들은 내가 전혀 모르는 놀라운 기술을 사용하여 산의 단단한 암벽을 깎아 물길을 만들고, 심지어 호수 바닥까지 깎았네. 하지만 먼저 그들은 평원을 가로지르는 수로를 만들었지. 그런 다음 마침내 물이 쏟아져 나오고, 물을 받기 위해 만든 수로를 따라 내려가고 평원을 지나 둔덕 뒤쪽 낮은 땅에 도달하는데, 거기에서 아마 우리가 가로질렀던 늪지가 우연히 생긴 거라네. 그리고 호수의 물이 모두 빠졌을 때, 아까 말한 그 사람들은 강바닥에 엄청난 도시를 건설했지만, 바닥엔 고르라는 이름과 폐허만 남았지, 세월이 흐르면서 만들어진 동굴과 도로를 그대가 앞으로 보게 될 거라네."

"그럴 수도 있겠지요," 내가 대답했다. "하지만 만약 그렇다고 해도 어째서 빗물이나 샘물로 그 호수에 물이 다시 차오르지 않는 건가요?"

"그렇지, 그들은 대단히 현명했네, 호수를 청결하게 유지하기 위해 배수구를 설치했어. 오른쪽으로 강이 보이나?" 그는 4마일 정도 떨어진 곳에서 평원을 구불구불 가로지르며 멀어져 가는 상당히 큰 물줄기를 가리켰다. "저게 배수구라네, 그건 이 좁은 길이 지나는 산을 통과해서 나오게 되어 있어. 처음에는 아마 물이 이 운하로 흘러내려 갔을 터이나, 나중에는 사람들이 물길을 돌린 후에는 그곳을 도로로 사용했지."

"그렇다면 이 배수로를 제외하고, 거대한 산으로 들어가는 또 다른 입구는 없나요?" 내가 물었다.

"있지," 그가 대답했다. "힘이 들긴 하지만 소 떼와 사람이 걸어서 갈 수 있는 곳이라네, 그러나 그건 비밀이네. 그대가 일 년을 두고 찾아도 절대 찾아내지 못할 거야. 일 년에 딱 한 번 사용해. 가축 떼를 살찌우기 위해 산의 경사면으로 몰고 갈 때 말이야."

"그녀도 항상 그곳에 거주합니까?" 내가 물었다, "혹은 때로 저 산 이외의 곳에서 오십니까?"

"아니지, 그녀가 계신 곳이 바로 그분의 거주지일세."

우리는 이제 거대한 평원을 향해 순조로이 가고 있고 나는 즐거운 마음으로 다양한 아름다움을 뽐내는 아열대 꽃들과 나무들을 살펴보았는데, 나무들은 한 그루씩 혹은 기껏해야 서너 그루가 함께 자랐으니, 대부분 컸고 외관으로 보아 상록수인 참나무의 일종인 듯했다. 또한, 야자수가 많이 있었으며, 그중 몇몇은 1백 피트가 넘기도 하였고, 양치식물들은 내가 본 가운데 가장 크고 아름다운 것으로, 그 주변에는 보석이 박힌 꿀빨이새와 커다란 나비들이 무리 지어 날아다녔다. 코뿔소가 내려오자, 모든 종류의 사냥감들이 나무들 사이에서 어슬렁거리거나 길고 풍성한 풀 사이에서 움츠렸다. 코뿔소와 버펄로 떼, 일런드영양, 콰가, 대형 영양, 세상에서 가장 아름다운 수사슴을 볼 수 있었고, 조그마한 사냥감은 언급할 수 없을 정도로 대단히 많았으며, 우리가 다가가자 타조 세 마리가 마치 돌풍 앞의 하얀 표류물처럼 날렵하게 질주했다. 사냥감이 너무 많아서 나는 마침내 더는 참기 힘들었다. 속사 총은 너무 크고 무겁기에 사냥용 단신 총 마티니를 지니고서 가마를 타고 가고 있었는데, 아름답고 통통한 일런드영양이 참나무에 몸을 비비는 모습을 보고, 가마에서 뛰어내려 포복으로 기어 가능한 한 가까이 다가갔다. 내가 약 80야드 전방까지 다가갔을 때, 영양은 고개를 돌려 나를 보더니 달아날 준비를 했다. 수사슴은 나와 측면으로 있어서, 나는 총을 들어 사슴의 어깨 아래를 겨냥하여 발사했다. 그리 많지 않은 경험에도 불구하고 이보다 깨끗이 명중시킨 적도, 훌륭하게 잡은 적도 한 번도 없었으니, 거대한 수사슴의 몸이 허공으로 솟구치다가 떨어져죽었다. 멈춰 서서 지켜보던 가마꾼들이 무슨 말을 중얼거렸는데, 이는 무슨 일이 일어나도 절대 놀라지 않는 이 음울한 사람들이 보여준 특별한 찬사였으며, 몇몇 호위병들은 짐승의 고기를 잘라내기 위해 즉시 달려갔다. 나도 그리로 달려가고 싶었으나 일생 내내 그렇게 영양을 잡은 사람처럼 아무것도 아니라는 듯 가마를 향해 어슬렁거리며 걸어갔고, 이 모든 것을 수준 높은 마법으로 간주한 아마해거족이 나에 대한 평판이 몇 단계 껑충 올리는 것을 느꼈다. 그렇지만, 사실은 지금까지 한 번도 야생 상태의 일런드영양을 본 적이 없었다. 빌랄리는 잔뜩 흥분한 채 나를 맞이했다.

"아주 근사했네, 젊은이 비비여," 그가 외쳤다. "아주 멋져! 못생긴 것은 맞지만, 그대는 정말 대단한 사람이야. 만약 내 눈으로 보지 않았다면 절대 믿지 못했을 거야. 그리고 내게 그런 방법으로 짐승 잡는 법을 가르쳐준다고 말한 적이 있지?"

"물론입니다, 어르신," 나는 기분 좋게 대답했다. "그건 아무것도 아닙니다."

하지만 동시에 '나의 아버지' 빌랄리가 총을 쏘기 시작하면 나는 지체 없이 몸을 바싹 낮추거나 나무 뒤로 숨어야겠다고 굳게 마음먹었다.

이 조그만 사건 이후 해 저물기 한 시간 반 전까지는 아무 일 없이 지나갔고, 그때 우리는 내가 이미 설명했던 화산작용으로 치솟은 거대한 산의 그림자 아랫부분에 도달했다. 엄숙하고 장엄한 그 모습은 말로 표현하기 힘들었고, 벼랑에서 벼랑으로 이어지면서 꼭대기가 구름으로 가려질 정도로 높이 솟구친 짙은 밤색 절벽을 향해, 인내심 많은 가마꾼들은 고대의 물길을 따라 힘들게 나아갔다. 내가 말할 수 있는 것은, 엄청나게 고독하고 근엄하며 거대한 분위기에 완전히 사로잡혔다는 것뿐이다. 마침내 위에서부터 서서히 다가오는 그림자들이 경사로의 빛을 삼킬 때까지, 우리는 계속 햇살 환한 길을 따라 올라갔고, 이내 우리는 암석을 깎아 만든 곳을 통과하기 시작했다. 경이로운 노력의 성과 속으로 점점 더 깊이 들어갔는데, 나는 그 길을 닦기 위해 틀림없이 수천 명이 몇 년 동안 동원되었다고 말해야겠다. 사실상, 발파용 폭약이나 다이너마이트 없이 어떻게 이런 일을 해낼 수 있었는지 지금까지 상상하기 힘들다. 그것은 이 야생의 땅이 지닌 불가사의 중 하나로 남아 있다. 내가 그저 추측할 수 있는 것은 마치 수천 년 동안 수만 명의 포로를 동원하여 만든 이집트의 기념물처럼, 아주 오래전 이곳에 거주하던 코르 민족이 바위를 파내어 길과 거대 동굴을 만들었다는 사실뿐이다. 하지만 과연 어떤 민족이었을까?

마침내 우리가 절벽 표면에 도달하여 어두운 터널 입구를 들여다보았을 때, 철도 건설이라는 막중한 책임을 맡은 19세기의 기술자들이 떠올랐다. 이 터널로부터 상당한 물줄기가 흘러나왔다고 했다. 앞에서 내가 언급하지는 않았으나, 사실상 우리는 단단한 암벽을 깎아 만든 길이 시작하는 지점까지 물줄기를 따라온 셈이고, 물길은 앞에서 이미 설명했듯 오른쪽으로 멀리 흘러가는 강이 되었다. 이 길의 절반은 물이 흐르는 수로로 만들었고 나머지 절반은 도로로 사용하기 위해 약 8피트 정도 높게 만들었다. 하지만 그 길의 끝부분에서 물길의 방향이 바뀌었고 평원을 가로지른 후 자체의 수로를 따라갔다. 동굴 입구에서 행렬이 멈춰선 뒤 사람들이 가지고 온 질그릇 등불에 불을 붙이는 동안, 빌랄리가 가마에서 내린 후, 산 내부로 향하는 비밀통로가 알려지지 않게 하려고, 예의 바르지만 단호한 어조로 그녀의 명령에 따라 눈을 가려야 한다고 알려주었다. 나는 물론 이에 흔쾌히 동의했으나, 힘든 여정에도 이제 많이 회복되었음에도 조브는 이것이 '달구어진 항아리' 의식의 전 단계일지 모른다고 생각하여 꺼림칙하게 여기는 것 같았다. 하지만 내가 여기에는 항아리도 없고, 내가 아는 한 그것을 달굴 모닥불도 없다고 알려주자 조금 안심하는 듯했다. 불쌍한 레오는 몇 시간이나 뒤척거리다가 마침내 잠이 들었는데 자는 것인지 인사불성인지는 알 수 없으나, 어쨌든 그의 눈은 가릴 필요가 없었다. 아마해거족은 어느 것이나 사양하지 않고 옷을 만드는데, 그 일부인 누런 아마포 조각으로 내 눈을 단단히 싸맸다. 나중에 알게 된 바에 의하면 그 천은 묘지에서 가져온 것이며 나도 한눈에 원주민의 솜씨가 아니라고 생각했다. 천을 붕대처럼 감아 뒤통수에서 매듭을 지었고 미끄러지는 것을 방지하기 위해 끝을 아래로 내려 턱밑에서 묶었다. 우스테인도 눈을 가렸는데 그녀가 우리에게 비밀통로를 알려줄지 모른다는 우려 때문인 듯했다.

이 일이 끝나자 우리는 다시 출발했고, 이내 가마꾼들의 울려 퍼지는 발소리와 한정된 공간 속에서 울려 퍼지는 물소리가 점점 커지는 것으로 보아, 우리가 거대한 산의 내부로 들어왔다는 것을 알았다. 어디인지도 모르는 암석의 죽은 심장으로 들어간다고 생각하자 섬뜩했다, 그러나 그 당시에 나는 그런 기분에 익숙했고 이제는 어떤 일이든 잘 대비하였다. 따라서 나는 가만히 누워서 가마꾼의 철벅대는 발소리와 물 흐르는 소리에 귀를 기울이며 나 스스로가 그 상황을 즐기는 중이라고 믿으려 애썼다. 얼마 안 가 사내들은 우리가 구명보트에서 잡혔던 첫날 밤에 들었던 음울한 가락을 흥얼거렸는데, 종이에 표현할 수 없는 그 목소리를 듣자 기분이 이상했다. 잠시 후 공기가 대단히 무겁고 답답해지기 시작했다, 정말 너무 그래서 나는 숨이 막힐지도 모른다고 생각했을 정도였다, 그런 다음 마침내 가마의 방향이 확 바뀌고, 또 한 번 그리고 또 한 번 바뀐 다음 흐르는 물소리가 그쳤다. 그 후 공기는 다시 맑아졌으나 우리는 계속 돌면서 나아갔기에 눈을 가린 나는 당황스러웠다. 우리가 이 길로 도망쳐야 할 때 필요할 지도를 머릿속에서 그려 보려고 했지만 말할 필요도 없이 완전히 실패했다. 다시 삼십 분 정도 지나가고, 갑자기 나는 우리가 외부로 나왔다는 것을 깨달았다. 눈가리개 사이로 빛을 볼 수 있었고, 얼굴에 신선한 공기를 느낄 수 있었다. 몇 분 뒤 행렬은 멈췄고, 빌랄리가 우스테인에게 눈가리개를 벗고 우리 것도 벗겨주라고 지시하는 것을 들었다. 그녀가 올 때까지 기다리지 않고, 나는 직접 눈가리개를 풀고서 밖을 내다보았다.

내가 예상한 대로 우리는 절벽을 곧장 통과하여 그 반대편의 돌출한 면 바로 아래 서 있었다. 제일 처음 주목한 것은 절벽의 이쪽 부분은 대단히 높지 않아서 약 5백 피트 정도라는 사실이었다. 또한, 지금 서 있는 장소는 암석으로 둘러싸인 거대한 사발 모양이며 우리가 처음에 머물렀던 곳과 아주 다르지 않았으나 크기는 열 배 정도 더 커서, 반대편 절벽의 험준한 선을 겨우 분간할 수 있었다. 천연 요새인 평원 대부분은 경작지였고 일정 구역에 돌벽을 쌓아서 흩어져 있는 소 떼와 염소 떼가 그곳으로 들어오는 것을 막아 놓았다. 여기저기 무성한 풀 언덕이 있고, 중심부 쪽으로 몇 마일 떨어진 곳에 거대한 유적지의 흐릿한 선이 보인다고 생각했다. 당시에는 무언가를 둘러볼 시간이 없었는데, 우리가 이미 익숙해진 자들과 비슷했지만, 말수가 더 적은 아마해거족 무리가 순식간에 우리를 둘러싸서 가마에 누워있는 사람의 시야를 가렸기 때문이었다. 그런 다음 갑자기, 손에 크림색 지휘봉을 든 여러 우두머리의 지휘 아래 많은 수의 무장 병력이 우리를 향해 달려왔고, 내가 알 수 있는 것은 그들은 마치 굴에서 나온 개미들처럼 절벽에서 나왔다는 사실이었다. 이들과 여러 우두머리는 모두 표범 가죽옷을 입었고 나는 그들이 그녀의 호위병이라고 추측했다.

그들의 대장이 빌랄리에게 다가와 크림색 지휘봉을 이마에 대고 경례를 하더니 내가 알아들을 수 없는 몇 가지 질문했고, 빌랄리가 대답하자 호위대 전체가 돌아서더니 절벽의 측면을 따라 행진을 시작했으며 우리가 탄 가마 행렬은 그 뒤를 따랐다. 반 마일 정도 간 후, 우리는 높이 60피트에 넓이 80피트가량 되는 거대한 동굴 입구에서 다시 한 번 멈췄는데, 여기서 빌랄리는 마침내 내려오더니 조브와 나에게도 내리라고 했다. 물론 레오는 너무 아파서 그렇게 할 수 없었다. 나는 가마에서 내렸고 우리는 거대한 동굴로 들어갔는데, 저물어가는 햇살이 안쪽까지 상당히 멀리 들어왔고, 빛이 닿지 않는 곳에는 희미한 등불을 켜 놓았으니, 마치 텅 빈 런던 거리의 가스등처럼 헤아릴 수 없는 먼 곳까지 등불의 행렬이 이어졌다. 처음 시야에 들어온 것은 얇은 부조 조각으로 덮인 벽면이었는데, 그림을 보자면 항아리들을 보고 내가 묘사한 것과 유사해서, 주로 사랑 행위이고, 그런 다음 사냥, 처형 그림 그리고 뜨겁게 달군 항아리를 머리에 씌워 범죄자를 고문하는 장면인데 초대자의 그 즐거운 관행이 어디에서 유래한 것인지 보여주었다. 싸움 장면과 뛰거나 레슬링하는 장면은 많으나, 전쟁 조각은 거의 없는 것으로 보아, 이 부족은 지리적으로 고립된 상황이나 자신들의 엄청난 군사력으로 인해 외부의 공격을 많이 받지 않았다고 결론 내릴 수 있었다. 그림 사이에 낯선 글자가 새겨진 돌기둥이 있었는데 어쨌든 그리스어나 이집트어, 히브리어, 아시리아어가 아니라는 점은 확실했다. 내가 알고 있는 문자보다는 중국의 한자와 유사했다. 동굴 입구 근처의 그림이나 글은 거의 닳아 없어졌지만, 안으로 들어가면 마치 조각가가 막 일을 끝낸 그 날처럼 말끔하고 온전한 상태로 남아 있었다.

다수의 호위병은 동굴 입구에서 더는 들어가지 않았고 정렬한 채 서서 우리가 지나가도록 했다. 하지만 우리가 들어갔을 때 하얀 가운을 입은 한 남자가 공손히 절을 하며 맞이했으나 말은 한마디도 하지 않았는데, 나중에 보니 그는 벙어리였기에 그리 놀라운 일이 아니었다.

거대한 동굴 오른쪽으로 들어가면, 입구에서 약 20피트 떨어진 지점에서 제일 큰 동굴의 오른쪽과 왼쪽 양 방향의 바위를 뚫어 만든 작은 동굴 혹은 넓은 회랑 같은 곳이 나타났다. 왼쪽 회랑 앞에 보초 두 명이 서 있고, 정황으로 보아 그녀의 거처로 들어가는 입구라고 생각했다. 오른쪽 회랑 입구는 지키는 사람이 없었고, 벙어리 사내가 우리에게 그쪽으로 가라는 손짓을 했다. 등불을 켜놓은 그 복도를 따라 조금 걸어가자 방 입구가 나왔는데 겉보기에는 잔지바르 산 깔개와 비슷한 풀로 엮은 커튼이 문가에 드리워져 있었다. 벙어리 하인은 거기에서 또 한 번 정중하게 절을 하고 물러서더니, 물론 단단한 암석을 깎아 만든 상당히 커다란 방으로 안내했는데, 절벽 면에서부터 뚫은 환기 갱으로 빛이 들어오는 것을 보니 내심 기뻤다. 방에는 돌 침상과 목욕물이 가득 찬 항아리들, 아름답게 무두질한 표범 가죽 담요가 있었다.

우리는 여전히 깊은 잠에 빠진 레오를 그곳에 남겨두었고 우스테인도 함께 남았다. 나는 벙어리 하인이 그녀를 날카로운 시선으로 보는 것을 눈치챘는데 마치 '그대는 누구이며 누구의 명령으로 이곳에 온 것인가?'라고 묻는 것 같았다. 그런 다음 그는 우리를 비슷한 방으로 안내했고, 그 방은 조브가 사용하기로 했으며, 빌랄리와 나는 그다음에 보여준 두 개의 방을 각각 차지했다.

제12장

그녀

레오를 살펴본 후 조브와 내가 가장 먼저 한 일은 몸을 씻고 깨끗한 옷으로 갈아입은 것으로, 다우선이 침몰한 이래 한 번도 옷을 갈아입지 못하고 같은 옷을 입고 지냈기 때문이었다. 앞서 말한 대로, 다행히 우리의 개인 물품 대부분은 구명보트에 옮겨졌고, 안전하게 보관되어 짐꾼들이 그것을 여기까지 옮겨놓았다. 물론 상당량의 물건이 부족민과의 물물교환이나 선물로 사용되며 사라지긴 했지만 말이다. 옷은 대부분 신축성 좋고 질긴 회색 플란넬 천으로 만들어서 이런 지역을 여행하는 데에 안성맞춤이었는데, 노퍽 재킷과 셔츠, 바지의 무게는 4파운드에 불과하여 조금만 무거워져도 부담스러운 열대지역의 기후에 딱 맞았고, 따스하며 햇살에도 잘 견디고, 갑작스러운 온도 변화에서 오는 한기도 잘 막아주었다.

나는 '세수와 몸치장'의 편안함과 그 깨끗한 플란넬의 편안함을 결코 잊지 못할 것이다. 비누 한 개만 있으면 그런 즐거움을 누릴 수 있었으나, 그것까지는 갖고 있지 않았다.

나중에 알아낸 바에 의하면 아마해거족은, 흙을 지저분하다고 여기지 않았으며 그을린 흙덩어리를 씻는 데 사용하였는데, 상당한 정도로 비누를 대체하긴 했지만 익숙해질 때까지는 만지는 것도 꺼림칙했다.

내가 옷을 입고, 머리를 빗고, 빌랄리가 '원숭이 비비'라고 불러도 할 말이 없을 만큼 덥수룩한 검은 수염을 다듬고 났을 때, 이상하리만큼 배가 고팠다. 그래서 아무런 인기척이나 소리 없이 조금도 미안해하지 않고 방 입구에 드리운 커튼을 획 젖혔는데, 그때 또 다른 벙어리 소녀가 오해할 여지가 조금 생기지 않을 만큼 분명한 몸짓으로, 입을 벌리고 입안을 가리키며 음식이 준비되어 있다고 알려주었다. 나는 자연스레 소녀를 따라 아직 가본 적 없는 옆방으로 갔고, 그곳에서 조브가 대단히 당황해하며 금발 머리 벙어리 소녀에게 이끌려오는 것을 보았다. 조브는 이전에 여인이 자신에게 집적거렸던 일을 잊지 못했기에, 여자들이 다 그런 의도로 다가오는 것으로 의심했다.

"이곳 여자들은 다 비슷한가 봐요, 선생님" 그가 변명하듯이 말했다. "품행이 단정치 않아요."

이 방은 침실용 동굴과 비교하면 두 배 정도 컸고, 나는 그곳을 보자마자 원래는 식당으로 또는 아마, 죽음의 사제를 위해 방부 처리하던 방으로 사용했을지 모른다고 생각했다. 암벽을 파내어 만든 동굴이 거대한 지하 묘지와 별다를 바가 없었고, 거기엔 우리를 둘러싸고 있는 유물을 오랜 세월에 걸쳐 만들고 절멸한 위대한 종족의 유해가, 견줄 바 없는 완벽한 기술로 보존되어 영원히 감추어져 있었다. 이 특이한 바위 방의 면마다, 넓이

3피트에 높이 6피트 크기로 자연석을 파내어 만든 길고 단단한 암석 테이블이 있었는데, 밑부분이 바닥의 일부인 듯 붙어있었다. 이들 테이블은 벽을 약간 파냈거나 안쪽으로 조각되어 있어서, 그것들과 약 2피트 정도 떨어진 동굴 벽면을 따라 의자용으로 놓아둔 돌 선반에 사람이 앉으면 무릎이 들어갈 공간을 제공했다. 또한, 테이블과 의자는 햇빛과 공기 순환을 위한 암벽 구멍 바로 아래까지 가지런히 놓여있었다. 하지만 처음에 몰랐지만, 조심스럽게 살펴보다가 그것들 사이의 차이를 발견했으니, 동굴 왼쪽에 있는 테이블 중 한 개는 식사가 아닌 시신 방부처리를 위한 것임이 분명해 보였다. 석판 위 얇게 눌린 자국 다섯 개가 사람 형상을 닮았는데, 약간 떨어진 위치에 머리를 두는 곳과 목을 받쳐주기 위한 작은 가교가 있고, 눌린 곳 각각은 크기가 달라서 성인 남자부터 작은 아이까지 다양한 몸에 맞게 되어 있었으며, 액체를 빼내기 위해 일정한 간격으로 구멍을 뚫어놓은 것을 보면 의심할 여지가 없었다. 만약 좀 더 확실한 증거가 필요할 경우, 위쪽 벽을 보면 된다. 왜냐하면, 그 방 전체를 이룬 조각들이 마치 조각했던 그 날처럼 생생하게 보존되었기 때문이며, 수염이 긴 어느 노인의 죽음과 시신 방부처리, 매장을 생생하게 표현했고, 아마 이 지역에 살았던 고대의 왕이나 귀족이었다고 짐작할 수 있었다.

첫 번째 그림은 그 남자의 죽음을 표현했다. 그는 침상에 누워 막 숨을 거둔 상태로, 침상 모서리에는 짧고 구부러진 다리 네 개가 있고 그 끝에는 마치 음표처럼 보이는 손잡이가 달려있었다. 그 둘레로 머리카락을 등 뒤로 길게 풀어헤친 여인들과 아이들이 모여 슬피 울고 있었다. 두 번째는 방부처리 하는 장면으로 패인 테이블 위에 벌거벗은 시신을 뉘어놓았는데, 우리 앞에 있는 것과 비슷한 것으로 보아 사실상 같은 테이블인듯했다. 세 남자가 일하는 중으로, 한 명은 감독하고, 한 명은 와인 여과기처럼 끝이 뾰족한 깔때기를 들고서 절개한 가슴 쪽 정맥에 고정한 것이 분명해 보였으며, 세 번째 사람은 시신 위에서 다리를 벌리고 서서 커다란 병을 손에 들고 액체를 깔때기 안으로 정확하게 부어 넣는 중이었다. 조각된 장면을 보며 궁금했던 것은 깔때기를 잡은 남자와 액체를 붓는 남자 모두 코를 움켜잡은 모습으로, 내 짐작으로는 시신의 악취나, 혹은 좀 더 가능성 있는 추측으로는 망자의 정맥에 부어 넣는 뜨거운 액체의 냄새를 피하려는 것 같았다. 세 명 모두 눈구멍을 낸 기다란 아마포 천으로 얼굴을 감싼 이유도 알고 싶었으나 설명하기 힘들었다.

세 번째 벽화는 죽은 자의 매장을 표현했다. 거기에 남자가 차갑고 딱딱한 채, 굳은 아마포 가운을 입고, 우리가 처음 머무르면서 내가 침대로 사용한 것과 같은 석판 위에 누워있었다. 머리와 발 부근에 등불이 켜져 있고, 옆에는 내가 앞에서 설명한 아름다운 항아리들이 놓여있는데 식량을 가득 넣어둔 것 같았다. 작은 방에는 조문객 그리고 수금과 비슷한 악기를 연주하는 음악가들이 가득했으며 시신의 발 근처에 천을 들고 서 있는 한 남자는 시선을 덮으려고 준비하는 것 같았다.

이들 벽화는 예술적 측면으로만 보아도 매우 훌륭하였기에,

나의 장황한 설명에 대해 사과하지 않으련다. 또한, 나는 그것을 보면서 상당히 놀랐는데, 완전히 사라진 부족의 장례 절차가 신중하고 정확하게 표현되었기 때문이고, 심지어 그때조차도 케임브리지에 있는 몇몇 골동품 애호가 친구들에게 이렇게 훌륭한 유물들을 설명할 기회가 나에게 주어진다면 그들은 대단히 부러워할 것으로 생각했다. 진실한 증거가 이 역사적 내용을 하나하나 뒷받침하고 있어서 내가 도저히 꾸며낼 수 없는데도, 그들은 내가 허풍을 떨고 있다고 말할 것이다.

본론으로 되돌아가자. 부조로 되어 있다는 것을 언급하지 않았던 이 벽화들을 급히 살피자마자, 우리는 끓인 염소 고기, 신선한 우유, 밀로 만든 케이크, 이 모든 것이 깨끗한 나무접시에 담긴 훌륭한 상차림 앞에 자리를 잡았다.

음식을 먹은 후 조브와 나는 불쌍한 레오의 상태를 살펴보기 위해 돌아갔고, 빌랄리는 그녀의 명령을 듣기 위해 기다려야 한다고 말했다. 레오의 방에 도착하자, 우리는 그의 상태가 매우 나쁘다는 사실을 알았다. 그는 혼수상태에서 깨어나 완전히 미친 사람처럼 케임브리지의 보트경기에 대해 마구 떠들며 폭력적인 경향도 보였다. 정말로, 우리가 방에 들어갔을 때 우스테인이 그를 제압하고 있었다. 나는 그에게 말을 걸었고 내 목소리를 듣자 조금 진정하는 듯싶었다. 어쨌든 그가 훨씬 조용해져서 키니네를 먹일 수 있도록 설득할 수 있었다.

나는 한 시간 정도 레오와 함께 있었던 것 같다. 어쨌든 주변이 너무 어두워서 가방에 담요를 덮어 즉석에서 만든 베개와 금발 머리를 희미하게 구별할 정도였는데, 그때 갑자기 빌랄리가 거만한 태도로 그녀가 나를 만나고 싶어 한다면서, 그런 영광은 극소수의 사람만 받는다고 덧붙였다. 내가 냉정하게 경의를 표시하자 그는 조금 움찔한 것 같았으나, 그 당시에는 그녀가 아무리 절대적이고 불가사의한 존재라 해도, 음울하고 야만적인 여왕을 알현한다고 황송할 마음이 아니었으며, 특히 내 머릿속에는 사랑하는 레오와 그의 생명에 대한 걱정이 가득했기 때문이었다. 하지만 나는 일어나 그를 따라갔고, 그때 뭔가가 바닥에서 반짝거리는 것을 보고 집어 들었다. 독자들은 아마도 둥근 원과 거위 한 마리, '라의 아들' 혹은 '태양신의 아들'을 의미하는 신기한 상형문자 스카라베가 질그릇 조각과 함께 은세공함에 들어있었던 사실을 기억할 것이다. 레오는 조그만 스카라베를 커다란 금반지에 끼워 넣고 가문의 표징으로 사용하겠다고 했는데, 지금 내가 집은 것이 바로 그 반지였다. 내 짐작으로는 열에 들뜬 레오가 자신도 모르게 반지를 빼내 돌 바닥에 던져버린 듯했다. 그냥 두면 잃어버릴 것 같아서 내 새끼손가락에 끼워 넣고, 조브와 레오 곁에 있는 우스테인을 남겨둔 채 빌랄리를 따라갔다.

우리는 통로를 지나, 커다란 복도용 동굴을 가로질러 건너편에 짝을 이루는 통로에 도달했는데, 그 입구에는 호위병 둘이 조각상처럼 서 있었다. 그들은 다가간 우리를 향해 고개를 숙인 다음 긴 창을 이마에 대며 경례했고 호위대장들은 크림색 지휘봉을 들어 경례했다. 그들 사이를 지나가니 우리 숙소와 이어지는 회랑과 상당히 유사한 곳이 나타났고, 굳이 비교해서 말하자면 이곳에만 불을 환하게 밝혀 놓았다. 몇 걸음 더 걸어가자, 남자 둘과 여자 둘, 벙어리 네 명이 우리를 맞이하며 몸을 깊게 숙여 인사한 다음 여자들은 우리 앞에 서고 남자들은 뒤에 서서 대열을 만들었고, 우리의 행렬은 이 순서대로 계속 나아가면서 우리 방에 걸린 것과 비슷한 커튼이 처진 문을 여러 개 지나갔는데, 나중에 알고 보니 그곳은 그녀에게 시중을 드는 벙어리 하인들의 방이었다. 몇 걸음 더 가자 나온 문은 왼쪽의 다른 문과는 달리 막다른 방처럼 보였다. 여기에는 이전보다 더 흰색, 아니 노란색 가운을 입은 호위병 두 명이 서 있었는데, 그들 또한 우리에게 절하고 경례했고, 우리에게 묵직한 커튼을 통과하여 40피트 길이에 넓이도 상당한 커다란 대기실로 들어가도록 했는데, 그곳에서는 여덟에서 열 명 정도의 젊고 잘생긴 금발 여자들이 방석에 앉아 상아 바늘로 수를 놓는 중이었다. 그들도 귀머거리이자 벙어리였다. 등불이 환하게 밝혀진 커다란 방 저편 끝에 있는 또 다른 문에는, 우리 방 앞에 있는 것과는 사뭇 다른 동양풍의 무거운 태피스트리로 막아놓았고, 출중한 미모를 지닌 벙어리 소녀 두 명이 서서 대단히 겸손한 복종의 표시로 두 손을 교차시킨 채 머리를 가슴까지 굽혔다. 우리가 다가가자 소녀들은 팔을 뻗어 커튼을 걷었다. 이때 빌랄리가 호기심을 끄는 행동을 했다. 모든 면에서 덕망이 높은 노신사 빌랄리가 손과 무릎을 땅에 대고 볼품없는 자세로, 길고 하얀 수염이 땅에 끌리는 것도 개의치 않고 뒤쪽 방을 향해 기어가기 시작했다. 나는 늘 하던

대로 두 발로 서서, 그의 뒤를 따라갔다. 그는 어깨너머로 고개를 돌려, 사태를 감지했다.

"몸을 낮추게, 젊은이, 어서 낮추게. 손과 무릎을 땅에 대게. 우리가 그녀를 알현하는데 만약 겸손한 태도를 보이지 않는다면 그녀는 분명 그대가 서 있는 자리에 벼락을 내리실 거라네."

나는 멈췄고 두려움을 느꼈다. 사실상, 나도 모르게 무릎이 떨렸으나 차분한 생각이 도움을 주었다. 스스로 질문하길, 영국인인 내가 왜 별명뿐 아니라 실제로 원숭이가 된 것처럼 어떤 미개 부족의 여자를 알현하기 위해 무릎을 꿇어야 할까? 만약 내 생명 혹은 안위가 좌지우지된다고 확신하지 않는 한 그렇게 할 수 없고, 하지 않을 것이다. 만약 한번 무릎을 꿇으면 항상 꿇게 될 것이고 열등함을 인정하는 꼴이 될 것이다. 따라서 머리를 조아리는 행위에는 영국인의 배타적인 선입견—소위 우리의 편견과 그것을 부추기는 상당량의 상식—으로 무장하고, 나는 빌랄리를 따라 대담하게 걸어갔다. 우리가 들어간 방은 대기실보다 훨씬 작았으며, 벽에는 문 앞에 드리운 것과 같은 제품의 커튼이 걸려있었는데, 대기실에 앉아 있는 벙어리 처녀들이 천을 길게 짠 다음 꿰매어 붙인다는 사실을 곧 알게 되었다. 또한, 방 여기저기에 상아가 박힌 흑단류의 아름다운 장의자가 몇 개 놓여있고, 바닥에는 태피스트리라기보다는 러그가 깔렸었다. 방 제일 윗부분에 벽감처럼 보이는 곳이 있고, 커튼이 쳐져 있지만, 빛은 들어왔다. 그곳에 우리 외에는 아무도 없었다.

나이 든 빌랄리는 고통스럽게 천천히 동굴을 기어가지만,

나는 가능한 가장 위엄 있는 걸음으로 그의 뒤를 따라갔다. 그
러나 그건 내 실수였다. 뱀처럼 꿈틀대며 기어가는 노인을 따
라 위엄 있게 걷는 것 자체가 처음부터 불가능했으며, 그런 다
음 아주 천천히 가기 위해서 나는 걸을 때마다 다리 한쪽을 든
채 몇 초 동안 기다리거나, 연극에서 형장으로 향하는 메리 여
왕처럼 한 걸음마다 완전히 멈춰 서야만 했다. 빌랄리는 나이가
많아서 시간이 오래 걸렸다. 바로 뒤에서 걸어가는 나는 순전히
빨리 가도록 도와주기 위해 그를 발로 걷어차고 싶다는 충동을
여러 번 느꼈다. 돼지를 시장으로 몰고 가는 아일랜드 사람처럼
야만족의 여왕 앞으로 나아가는 꼴이 좀 우스꽝스러웠지만 지
금 우리가 딱 그런 모습이라는 생각을 하자마자 웃음이 피식 새
어 나왔다. 그 위험스러운 반응을 가리기 위해 나는 요란스럽게
코를 푸는 척했고, 늙은 빌랄리는 공포에 질린 채 어깨너머로
고개를 돌리더니 창백한 얼굴로 나를 보면서 중얼거렸다. "오,
나의 불쌍한 비비!"

마침내 커튼에 도달했고, 여기서 빌랄리는 죽은 듯 양손을
앞으로 쭉 내민 채, 배를 바닥에 바싹 붙였고, 나는 무엇을 해야
할지 몰라 주변을 둘러보기 시작했다. 하지만 얼마 안 가 커튼
너머에서 나를 지켜보는 누군가의 시선을 분명하게 느꼈다. 그
인물이 누구인지 볼 수 없었으나 나는 남자 혹은 여자의 눈길을
느꼈으며, 더 나아가 내 신경이 이상할 정도로 곤두섰다. 이유는
모르지만, 그저 두려웠다. 이곳은 이질적인 장소였고 화려한 커
튼과 은은하게 빛나는 등불에도 불구하고 쓸쓸해 보였는데, 마

치 깜깜한 거리보다 가로등 하나가 켜진 거리가 더욱 고독하게 보이는 것처럼 방 안의 장식품이 외로움을 더욱 강조하는 것 같았다. 너무나 고요한 방, 빌랄리는 마치 죽은 사람처럼 묵직한 커튼 앞에 엎드려 있고 그곳에서 향기가 새어 나와 둥근 천정에 깃든 어둠을 향해 날아올랐다. 시간이 조금씩 흘러갔지만, 생명체의 조짐도 커튼의 움직임도 없었다. 그러나 미지의 눈길이 나를 살살이 살폈고 이름 모를 공포가 이마에 식은땀이 송골송골 맺힐 때까지 밀려드는 것을 느꼈다.

마침내 커튼이 흔들리기 시작했다. 그 뒤에 누가 있을까? 어떤 벌거벗은 야만족의 여왕인가, 아련한 동양의 미인인가, 혹은 오후의 홍차를 즐기는 19세기 젊은 숙녀인가? 전혀 짐작되지 않았으나 만약 그들 셋 중 하나를 보더라도 그리 놀라지 않을 것 같았다. 사실 이제 더 놀랄 일도 없었다. 커튼이 흔들리더니 주름 사이로 길고 가느다란 손가락과 분홍색 손톱이 있는, 세상에서 가장 아름답고 하얀 손(눈처럼 하얀)이 불쑥 나타났다. 그 손이 커튼을 잡고 옆으로 밀어낼 때 지금까지 들어본 가운데 가장 부드러우면서도 은구슬처럼 낭랑한 목소리가 들려왔다. 내게는 시냇물의 속삭임 같은 목소리였다.

"이방인이여," 목소리는 아랍어로 말했으나 아마해거족의 말보다 더 순수하고 더 고전어에 가까웠다, "이방인이여, 무엇 때문에 그대는 그리도 두려워합니까?"

내심 두려웠지만 아무렇지도 않은 듯한 표정을 짓고 있는 나는 여왕의 질문을 듣고 조금 놀랐다. 하지만 내가 적당한 대답을 생각해내기 전에 커튼이 열리고 기다란 형체가 우리 앞에 섰다. 내가 형체라고 표현한 이유는 몸뿐 아니라 얼굴까지도 하얗고 하얀 부드러운 천으로 가려놓아서 처음 보면 언뜻 수의에 싸인 시신이 떠올랐기 때문이었다. 사실상 얇은 천 아래로 분홍빛 살이 어렴풋하지만, 분명히 보이는 데에도 불구하고 그런 생각이 떠오른 이유는 나도 알 수 없었다. 아마도 천을 감싼 방식 때문인데, 우연히 혹은 일부러 그랬을 가능성이 더 컸다. 어쨌든 나는 유령 같은 모습을 보고 전례 없는 두려움을 느끼며 기묘한 무언가가 나타났다고 생각하자 머리카락이 쭈뼛거렸다. 하지만 미라처럼 붕대를 감은 그 형체는 난생처음 보는 아름다움이 온몸에 배였으며, 뱀처럼 우아하고 늘씬한 여인이라는 사실을 분명하게 알 수 있었다. 한 손 혹은 발을 움직이자 그 파문이 물결처럼 번져나갔고 그녀는 고개를 숙이지 않았지만, 약간 앞으로 기울였다.

"그대는 왜 그렇게 두려워하는 겁니까, 이방인이여?" 달콤한 목소리가 다시 물었다—가장 부드러운 음악 선율처럼, 내 심장을 움켜잡고 끄집어내는 듯한 목소리였다. "내게서 남자에게 두려움을 안겨주는 것이 있나요? 그렇다면 남자들이 이전과 다르게 변했나 봅니다!" 여왕은 요염한 태도로 몸을 돌려, 한쪽 팔을 들어 올리니, 이에 그녀의 모든 아름다움과 하얀 가운 위로 굽이치며 샌들 신은 발까지 내려오는 풍성한 검은 머리카락이 드러났다.

"당신의 아름다움이 제게 두려움을 안겨줍니다, 여왕이시여," 나는 겸손하게 대답하면서도 내가 무슨 말을 하고 있는지조차 몰랐다. 하지만 아직도 바닥에 납작 엎드려 있는 빌랄리는 그 대답을 듣고 중얼거렸다. "잘했네, 비비, 잘했어."

"남자들은 아직도 거짓말로 우리 여자들을 달래는 방법을 알고 있는 것 같군요, 이방인이여," 여왕은 대답하면서 웃음을 터뜨렸는데 마치 멀리서 들려오는 은 종소리 같았다. "내가 마음의 눈으로 그대의 심중을 읽기 때문에 그대는 두려워하는 겁니다. 하지만 한 여자로서 나는 그대의 거짓말을 용서하지요. 예의 바른 대답이니까요. 그리고 이제 그대가 어떻게 동굴에서 사는 자들의 땅인, 늪지와 사악함, 죽은 자들의 그림자로 덮인 땅으로 오게 되었는지 말해봐요. 그대는 무엇을 보기 위해 왔습니까? 어찌하여 그대들의 생명을 '절대 권위의 그녀'의 손에, '하이야'의 손에 완전히 내맡기게 되었나요? 또한, 내가 사용하는 언어를 어떻게 알게 되었는지 말해보세요. 이건 고대 언어이며, 고대 시리아어의 사랑스러운 자식입니다. 그것이 아직 세상에 살아있습니까? 그대는 내가 동굴과 죽은 자들 가운데 거주하며, 인간의 일에 대해 알지 못하고 또한 알려고도 하지 않는다고 봅니다. 이방인이여, 나는 기억과 같이 살아왔고, 내 기억들은 내 손으로 파낸 무덤 속에 있답니다. 사람의 자식은 스스로 만든 악의 길로 향한다고 했기 때문이지요." 여왕의 아름다운 목소리가 떨리면서 새처럼 부드러운 음색이 조금 갈라졌다. 그녀는 갑자기 바닥에 넙죽 엎드린 빌랄리를 보고 뭔가를 떠올리는 듯했다.

"하! 그대가 거기에 있었군, 늙은 자여. 그대의 촌락에서 사악한 일이 벌어진 이유를 말하거라. 내 손님들을 공격한 것 같은데. 아, 무지막지한 그대의 아이들이 한 사람을 잡아먹으려고 뜨거운 항아리를 씌어 거의 죽게 했고, 다른 이들도 죽음을 피하려고 용감하게 싸웠다고 하던데, 심지어 나조차 육체에서 한 번 떠나간 생명을 다시 불러올 수 없거늘. 무슨 일이었나, 늙은 자여? 나의 복수를 받을 자들을 위해 그대가 무슨 말을 하겠는가?"

그녀의 목소리는 분노와 함께 점점 커지면서 분명하고 차갑게 돌벽에 울려 퍼졌다. 나는 얇은 천 안에 감추어진 채 번뜩이는 그녀의 눈동자를 보았다고 생각했다. 두려움이 없는 사람이라고 믿었던 빌랄리는 불쌍하게도 그녀의 말에 공포에 질린 채 벌벌 떨었다.

"오, 하이야! 오 그녀이시여!" 그는 허연 고개를 바닥에서 들지 못한 채 말했다. "오, 그녀이시여, 위대하고 자비로우신 분, 저는 언제나 당신에게 복종하는 하인입니다. 그건 제가 계획한 것도 저의 잘못도 아닙니다. 오, 그녀이시여, 제 아이들이라고 불리는 사악한 놈들의 짓입니다. 여왕님의 손님인 '피그'에게 모욕을 당한 한 여자가 꾸민 짓으로, 그들은 이 지역의 고대 관습에 따라 살진 검둥이 이방인을 잡아먹으려고 했습니다. 그는 당신의 손님으로 이곳에 온 '비비'와 병든 '라이온'과 동행한 자이며 당신께서는 검은 자에 대해 아무 말씀도 하시지 않았다고 생각했으니까요. 그러나 비비와 라이온은 그들이 무슨 짓을 하려는지 알고 그 여자를 죽였고 항아리의 공포로부터 자신들의 하인을 구해냈습니다. 그런 다음 그 사악한 자들, 즉 구덩이 속에 사는 악마의 자식들은 피에 대한 욕망으로 미쳐버려서 라이온과 비비, 피그를 죽이려고 덤벼들었습니다. 그러나 그들은 용감하게 싸웠습니다. 오, 하이야! 그들은 남자답게 싸우고 많은 이를 죽이면서 버티고 있을 때, 제가 도착해서 그들을 구했고 악행을 저지른 놈들을 위대한 당신의 심판을 받게 하려고 코르로 보냈습니다. 오, 그녀이시여, 그들이 이곳에 있습니다."

"아, 늙은 자여, 그건 알고 있다. 내일 내가 대회당에서 그들을 심판할 것이니 두려워 말라. 그리고 내키지는 않으나 그대를 용서하지. 그대의 촌락을 수천 배 더 잘 다스리는지 지켜보겠노라. 가거라."

빌랄리는 놀랄 만큼 민첩하게 일어나 흰 수염이 땅에 닿도록 머리를 조아리며 절을 한 다음 이곳에 올 때처럼 다시 기어서 커튼 사이로 사라졌고 나는 두려운 존재이나 세상에서 가장 매혹적인 여인과 단둘이 남게 되었다.

제13장

베일을 벗은 아샤

"이제," 그녀가 말했다, "가버렸군. 턱수염 허연 늙은 바보 같으니! 오, 인간이 평생 습득하는 지식이란 게 얼마나 보잘것없는지요. 그는 물을 담듯 지식을 담았지만 마치 물처럼 손가락 사이로 새어나갑니다. 게다가 그의 손이 이슬에 젖었을 뿐인데도 바보들은 '봐라, 그는 현명한 사람이다!'라고 말합니다. 그렇지 않나요? 그런데 그들이 당신을 어떻게 부르나요? 그는 '비비'라고 하던데." 여왕은 웃었다. "하지만 저 미개한 자들은 상상력이 부족해서 닮은 짐승 이름을 붙이지요. 당신이 사는 곳에서는 당신을 어떻게 부릅니까, 이방인이여?"

"그들은 저를 할리라고 부릅니다, 여왕이시여," 내가 대답했다.

"할리," 그녀는 조금 힘들게 그러나 매력적인 악센트를 주어 발음했다. "'할리'가 무슨 의미인가요?"

"할리는 가시가 많은 나무입니다." 내가 말했다.

"그래요, 그대는 가시 많은 나무와 같은 인상입니다. 강하고, 못생겼지만 만약 내가 잘못 짚은 게 아니라면 골수까지 정직하고 단단해서 의지할 수 있는 사람이군요. 또한, 성찰하는 사람

198   그녀

입니다. 오, 할리, 거기에 서 있지 말고 나와 함께 안으로 들어가 내 옆에 앉아요. 당신은 저 노예들처럼 내 앞에서 기어가지 않았습니다. 나는 저들의 숭배와 공포에 넌덜머리가 난답니다. 때때로 그들이 짜증스러울 때 나는 장난삼아 불호령을 내리고 하얗게 질리는 얼굴을, 심지어 심장까지도 얼어붙는 모습을 본답니다." 그녀는 상아처럼 하얀 손으로 커튼을 옆으로 밀어내어 나를 불러들였다.

그곳에 들어서자 몸이 떨려왔다. 진정 대단한 여인이었다. 커튼 안쪽에는 가로 12피트 세로 10피트 정도의 우묵한 공간이 있고 과일과 소다수가 담긴 탁자와 장의자가 놓여있었다. 그 끝쪽에 세례반처럼 생긴 돌 그릇에는 맑은 물이 가득 담겨 있었다. 앞서 설명했던 아름다운 그릇으로 만든 등불에서는 환하고 부드러운 빛이 새어 나왔고 공기와 커튼에는 은은한 향기가 배어있었다. 그녀의 풍성한 머리카락과 하얀 옷에서도 향기가 발산되는 것 같았다. 나는 작은 방에서 어찌할 바를 모르며 서 있었다.

"앉으세요," 그녀가 장의자를 가리켰다. "그대는 나를 두려워할 이유가 없습니다. 만약 그런 이유가 있었다면 내가 그대의 목숨을 빼앗았을 터이니 두려움도 그리 오래가지 않았을 겁니다. 따라서 마음을 가볍게 하세요."

나는 물그릇과 가까운 의자 끝부분에 앉았고 그녀는 다른 한쪽 끝에 부드럽게 앉았다.

"자아, 할리," 그녀가 말했다. "어떻게 그대는 아랍어를 사용하게 되었습니까? 이것은 나의 모국어이고, 나는 태생이 아라비아인데, 심지어 '알 아랍 알 아리바'(아랍인 중의 아랍인)이기 때문이며, 아버지는 카탄의 아들 아랍이고, 나는 행복한 야만의 고대 도시 오잘에서 태어났습니다. 그런데 그대의 말투는 우리가 사용했던 말투와 좀 다르군요. 함야르 부족의 음악처럼 부드러운 억양이 부족합니다. 순수성이 사라지고 질이 낮아진 아마해거족처럼 언어란 역시 변하는 것 같군요. 그들과 말할 때 나는 다른 말을 씁니다."[14]

"저는 그 언어를 배웠습니다." 내가 대답했다. "몇 년 걸렸습니다. 또한, 이집트를 비롯해 곳곳에서 이 언어를 사용합니다."

"아직 사용하고 있다면 이집트가 아직 있습니까? 지금 왕좌에 앉은 파라오는 누구입니까? 아직도 페르시아의 왕 오쿠스의 자손입니까, 혹은 오쿠스의 시대보다 훨씬 이후인 아케메네스 왕조입니까?"[15]

"페르시아인은 거의 이천 년 전에 이집트에서 물러났고, 그

---

14   카탄의 아들 아랍은 아브라함 시대보다 몇 세기 전에 살았던 인물로서 고대 아랍민족의 아버지였고 그의 이름에 따라 국가 명은 '아라바'가 되었다. 여왕이 자신을 '알 아랍 알 아리바'라고 했으니, 의심할 여지 없이 아브라함과 하갈의 아들 이스마엘의 후손이며 '알 아랍 알 모스타레바'로 알려진 귀화 아랍인과 달리 순수 아랍 혈통이라고 강조하고 있다. 코르 방언은 깔끔하고 명료한 아랍어로 불렸으나 함야르 방언은 근원이 되는 고대 시리아어에 더 가깝다. —L.H.H.

15   아르텍서레스 3세로 알려진 오쿠스는 페르시아의 왕으로, 이집트인들을 무자비하게 쳐부순 다음 31대 왕조의 첫 번째 파라오가 되었다. 그는 기원전 343년부터 338년까지 이집트를 통치했고, 그의 대신 중 한 명인 내시바고아스에게 살해당했다. 아샤는 오쿠스와 그의 후손들을 아케메네스인이라 칭했는데, 그녀가 알고 있던 페르시아가 아케메네스 왕조이기 때문이었다.

이후 프톨레마이오스 왕조와 로마인들, 그 외 많은 왕조가 나일 강을 지배하며 번성한 다음 다시 저물어갔습니다." 나는 겁에 질린 채 대답했다. "여왕께서는 페르시아의 왕 아르타크세르크세스를 어떻게 아십니까?"

여왕은 웃음을 터뜨릴 뿐 대답하지 않았고, 나는 또다시 등골이 오싹해지는 것을 느꼈다. "그리고 그리스" 그녀가 말했다, "아직도 그리스가 있습니까? 아, 나는 그리스 사람들을 사랑합니다. 맹렬하고 변덕스러운 기질을 지니긴 했지만 아름답고 영리한 사람들이었지요."

"네," 내가 말했다. "그리스가 있습니다. 지금은 그저 하나의 민족이 아닌 그 이상이랍니다. 하지만 오늘날의 그리스는 과거의 모습이 아니며 그들 스스로 과거의 그리스를 조롱하고 있답니다."

"그렇군요! 히브리인들은 아직도 예루살렘에 있나요? 현명한 왕이 세운 신전은 서 있나요? 만약 그렇다면 그들은 그곳에서 어떤 신을 숭배하나요? 그들이 그토록 커다란 목소리로 선포하고 예언했던 구세주가 와서, 땅을 다스립니까?"

"유대인들은 분열되어 떠났고, 그 자손들은 세상 곳곳에 흩어졌습니다. 그리고 예루살렘은 더는 [권력의 중심이] 아닙니다. 헤롯이 세운 신전은──"

"헤롯이라고요!" 그녀가 말했다. "들어본 적이 없습니다만 계속해보세요."

"로마인들이 그 신전을 불태웠고 독수리들이 그 폐허 위로 날아다녔으며 고대 유대가 있던 지역은 이제 황무지가 되었습니다."

"그래요, 그래서요! 대단한 사람들이었는데, 그 로마인들은 종말을 향해 곧장 내달렸지요—아, 마치 운명처럼 종말을 향해 쏜살같이, 혹은 먹잇감을 본 독수리처럼!—평화를 뒤에 남겨놓은 채 말입니다."

"솔리투디넴 파키운트, 파켐 아펠란트"[16] 내가 제안했다.

"오, 그대는 라틴어도 할 줄 아는군요!" 여왕이 놀라면서 말했다. "그 오랜 세월이 흐른 후 들으니 내 귀에 약간 낯설기는 하지만 그대의 억양은 로마인들에 견주어도 손색이 없군요. 그 글귀는 누가 쓴 것인가요? 모르긴 해도 훌륭한 사람이 쓴 게 분명합니다. 내가 세상의 지식이라는 물에 손을 담근 학식 있는 사람을 발견한 듯합니다. 그대는 그리스어도 알고 있습니까?"

"네, 여왕님, 그리고 히브리어도 조금 알지만, 말은 잘하지 못합니다. 그것들은 이제 모두 죽은 언어들이지요."

"그녀"는 손뼉을 치면서 어린애처럼 즐거워했다. "솔직히 당신은 못생긴 나무지만 지혜의 열매를 키우고 있군요. 오, 할리" 그녀가 말했다. "하지만 나는 유대인들을 증오합니다. 그들에게 나의 철학을 가르쳤을 때 나를 '이교도'라고 불렀기 때문입니다. 그들의 구세주가 와서 세상을 다스립니까?"

16　그들은 황무지를 만들어놓고 그것을 평화라고 불렀다(Solitudinem faciunt pacem appellant). 타키투스(AD 56 ~ AD 117 로마의 역사가 · 웅변가 · 정치가)의 《아 그리콜라》에서 —역주

"그들의 구세주는 왔습니다," 내가 공손하게 대답했다. "하지만 가난하고 비천한 모습으로 왔고 그들은 그를 거부했습니다. 그들은 그를 채찍질하고 십자가에 못 박았습니다만 그의 말씀과 행적은 계속 살아있습니다. 그는 신의 아들이었고, 지금은 비록 세상의 제국은 아닐지언정 이 세상의 절반을 다스리고 있습니다."

"오, 그 광포한 늑대들," 여왕이 말했다. "여러 신과 감각을 쫓는 자들—욕심 많고 파벌로 분열된 자들. 나는 아직도 그들의 시꺼먼 얼굴을 기억합니다. 그들이 구세주를 그렇게 십자가에 못 박았다고요? 그래요, 그들이라면 당연히 그럴 수 있지요. 살아있는 성령의 아들이라는 것은 그들에게 아무 가치도 없으니까요. 만약 진정 그가 구세주였다면, 그건 차차 이야기해 봅시다. 만약 화려하고 권위 있는 모습으로 오지 않았다면 그들은 어떤 신이 와도 무시했을 겁니다. 선택된 민족, 그들이 여호와라 부르는 신의 사람, 바알 신의 사람, 아스토레스 여신의 사람, 이집트의 수많은 신의 사람—그 거만하고 탐욕스러운 민족, 그들에게 부와 권력만 가져다준다면 어떤 것도 마다치 않을 겁니다. 그들은 구세주가 초라한 모습으로 왔기 때문에 그렇게 십자가에 못 박았고—이제는 전 세계로 뿔뿔이 흩어졌다. 그렇군요, 만약 내 기억이 맞는다면 한 선지자가 그렇게 될 거라고 예언했지요. 자아, 갈 테면 가라지요—그들은 내 마음을 아프게 했어요. 유대인들 때문에 내가 세상을 사악한 시선으로 보게 되었고, 이 황무지로, 그들보다 이전 시대 사람들의 땅으로 나를 내몰았지요. 내가 예루살렘에서 그들에게 지혜를 가르치곤 했을 때 나에게 돌을 던졌답니다. 그래요, 허연 수염의 위선자들과 랍비들은 신전 문 앞에서 내게 돌을 던지도록 사람을 선동했지요! 보세요, 그날의 흉터가 여기 남아 있어요!" 여왕은 갑자기 둥근 팔을 둘러싼 얇은 천을 걷어 올리더니 우유처럼 흰 피부에 난 조그만 붉은색 자국을 가리켰다.

나는 겁에 질려 움츠러들었다.

"용서하십시오, 오, 여왕이시여," 내가 말했다. "하지만 저는 혼란스럽습니다. 유대인의 구세주가 골고다 언덕에서 십자가에 매달린 이래 거의 이천 년이 흘렀습니다. 그런데 어떻게 여왕께서는 그보다 앞서 유대인들에게 철학을 가르칠 수 있었습니까? 여왕님은 한 여성이지, 영혼이 아닙니다. 어떻게 한 여인이 이천 년을 살 수 있습니까? 어찌하여 저를 우롱하십니까, 오, 여왕이시여."

그녀는 긴의자에 등을 기대었고, 나는 보이지 않는 눈이 다시 한 번 내 마음속을 깊이 들여다보는 것을 느꼈다.

"오, 사람아!" 마침내 입을 연 그녀는 일부러 천천히 말했다. "세상에는 아직 그대가 알지 못하는 많은 것들이 있는 것 같습니다. 그대는 바로 저 유대인들이 그랬듯이 아직도 만물이 죽는다고 믿습니까? 내 그대에게 말합니다, 진실로 죽는 것은 없습니다. 죽음 따위는 없지요. 그저 변화라는 것만이 있지요. 보십시오." 여왕은 암석 벽에 새겨진 조각을 가리켰다. "이 위대한 종족의 마지막 후손이, 그들 종족을 멸망시킨 역병으로 숨지기 전에, 그림을 돌에 새긴 이래 이천 년이 세 번 흘렀지만, 그들은 죽지 않았습니다. 지금도 그들은 살아있습니다. 아마 그들의 혼령들이 지금 이 시각에 우리를 향해 몰려듭니다. 때때로 나에게는 확실하여, 내 눈은 그들을 볼 수 있습니다.

"그럴 수도 있겠지만, 이 세상 사람들 눈에 그들은 죽었습니다."

"네, 한동안은 그렇지요. 하지만 이승에서조차 그들은 태어나고 또 태어납니다. 그렇습니다, 나, 그래요, 나, 아샤[17]—그게 내 이름입니다, 이방인이여—내가 그대에게 말하나니, 나는 지금 사랑했던 이가 다시 태어나길 기다리며, 그가 나를 찾아낼 때까지 여기에 머물러 있는 것이며, 그는 분명히 이곳에 올 것을 알고 있기에, 이곳, 바로 이곳에서만 그가 나를 받아들일 것입니다. 그대는 왜, 모든 권력을 쥔 내가, 그대들이 찬미하는 그리스 여인 헬레네보다 더 아름다운 내가, 지혜로운 솔로몬 왕보다 더 넓고 깊은 지혜를 지닌 내가, 온 세상의 비밀을 알고 모든 것을 마음대로 움직이는 내가, 심지어 그대가 죽음이라고 부르는 변화마저 뛰어 넘은 내가, 왜 짐승보다 미천한 야만인들과 이곳에서 살고 있다고 생각하십니까, 이방인이여?"

"제가 알 까닭이 없지요," 나는 겸손하게 말했다.

"내가 사랑하는 사람을 기다리기 때문입니다. 나의 인생이 어쩌면 사악하다고 하겠죠, 난 모릅니다—무엇이 악이고 무엇이

---

17   아샤(assha)라고 발음한다.—L.H.H.

선인지 누가 말할 수 있겠습니까?—심지어 내가 죽을 수 있다면 나는 그렇게 죽는 게 두렵습니다, 그가 있는 곳에 가서 그를 찾아내는 나의 시간이 오기 전에는 그렇게 할 수가 없습니다. 우리 사이에 내가 오를 수 없는 벽이 존재하는데, 나는 그것이 두렵기 때문입니다. 또한, 별들이 영원히 방황하는 그 엄청난 공간 속에서 찾아 헤매다가는 길을 잃기에 십상이지요. 그러나 그날이 올 것입니다. 어쩌면 오천 년 이상의 시간이 지나가고, 시간의 지하 봉안당 속으로 사라지고 녹을 때가 그날일 겁니다, 마치 작은 구름이 어두운 밤 속으로 사라지는 것처럼, 혹은 어쩌면 내일이라도 나의 사랑하는 이가 다시 태어나 어떠한 인간의 계획보다 더 강력한 규율에 따라 그가 나를 만났던 이곳에서 나를 알아볼 것이며, 비록 그에게 진 나의 죄에도 불구하고 그의 마음은 분명코 나를 향해 부드럽게 열릴 것입니다. 오, 비록 그가 나를 다시 알아보지 못한다고 해도 아름다운 나의 모습을 보고 나를 사랑할 것입니다."

나는 한동안 망연자실하여 아무런 대답도 할 수 없었다. 정신을 차릴 수 없을 만큼 압도당했기 때문이었다.

"만약 그렇다고 해도, 여왕이시여," 내가 마침내 말했다, "만약 인간이 계속 다시 태어난다고 해도 그건 같은 사람이 아닙니다. 만약 당신이 진실을 말씀하신다면요." 이 지점에서 여왕의 눈매가 날카롭게 변했고, 나는 여왕의 숨겨진 눈의 광채를 다시 한 번 느꼈다. "당신은," 나는 서둘러 말을 이었다. "불멸입니까?"

"그렇습니다," 여왕이 말했다. "절반은 우연히, 절반은 배움에 의해 세상의 가장 커다란 비밀 중 하나를 알아내어서 그리되었습니다. 내게 말해보세요, 이방인이여. 생명은 존재합니다. 따라서 왜 생명이 얼마간이라도 연장될 수 없다는 건가요? 생명의 역사 속에서 1만 년 혹은 2만 년 혹은 5만 년이란 시간이란 무엇입니까? 비바람이 1만 년을 몰아쳐도 산을 한 치도 깎아내지 못하는 이유는 무엇인가요? 이 동굴은 2천 년 동안 조금도, 전혀 변하지 않았습니다. 짐승과 짐승으로서의 인간만이 변했습니다. 그 문제에 관해 신기한 게 없고 그대는 이해할 수 있어야만 합니다. 생명은 경이롭습니다, 그렇지만 조금밖에 연장되지 못하는 생명은 경이롭지 않지요. 자연은 인간과 마찬가지로 살아 움직이는 영혼을 지니며, 자연의 자식인 인간, 그 영혼을 찾을 수 있는 인간, 그에 숨을 불어넣어 그 생명과 더불어 살아가게 합니다. 인간은 영원히 살지 못합니다, 자연이 영원하지 않기 때문이죠, 자연 자체는 반드시 죽습니다, 마치 달의 본성이 죽듯이 말입니다. 나는 자연 자체가 반드시 죽는다고 했습니다만, 그것보다는 다시 살아날 수 있는 시간까지 잠을 자거나 변화하는 것이겠죠. 그러나 자연은 언제 죽을까요? 아직은 아니라고 생각해요, 자연이 살아있는 동안 자연의 모든 비밀을 알고 있는 인간은 자연과 더불어 살게 될 겁니다. 내가 모든 비밀을 알지는 못하지만, 나보다 앞서간 사람보다 좀 더 알고 있답니다. 자아, 그대에게 이 일은 엄청난 불가사의임을 잘 알기에 그런 것으로 지금 그대의 정신을 압박하지 않을 겁니다. 다음에 그럴 기분이 들면 더 말해드리지요. 물론 그럴 날이 없을지도 모르지만 말이에요. 그런데 그대가 이 땅으로 오고 있다는 사실을 어떻게 알았는지, 불에 달군 항아리에서 어떻게 구해냈는지 궁금하지 않은가요?"

"오, 여왕이시여, 그렇습니다." 나는 기운이 쭉 빠진 채 대답했다.

"그렇다면 저 물 표면을 보십시오." 여왕은 수반을 가리킨 다음 몸을 앞으로 내밀더니 그 위로 손을 내밀었다.

나는 일어나서 바라보았고, 순간 물이 검게 변했다. 그런 다음 맑아지고, 나는 내 인생에서 이제껏 어떤 것을 보았을 때처럼 뚜렷이 보았다―내가 본 것은 끔찍한 운하에 떠 있는 우리의 보트였다. 바닥에는 레오가 잠든 채 누워있는데 모기를 막기 위해 덮어놓은 담요 때문에 얼굴은 보이지 않았고, 나와 조브, 모하메드는 보트를 방죽에 대는 중이었다.

나는 겁에 질린 채 뒷걸음치면서, 정확하게 전체 장면―이건 실제로 일어난 장면이었다―을 알아보았기에 이건 마술이라고 소리쳤다.

"아니, 아닙니다, 할리," 여왕이 대답했다. "이건 마술이 아니에요. 마술이란 무지를 이용해서 꾸며낸 것이지요. 마술과 같은 것은 없어요, 자연의 비밀에 대한 지식은 있지만요. 이 물은 나의 거울입니다. 자주는 아니지만, 내가 보고자 하는 모습을 소환하면 그 위로 지나갑니다. 따라서 나는 그대가 과거에 한 일을 보여줄 수 있습니다. 만약 그것이 이 지역에서 한 일이고, 내가 알고 있는 일이거나 혹은 물 표면을 응시하는 그대가 알고 있는 일이라면 말이지요. 그대가 보고 싶어 하는 얼굴이 있는 경우, 그대의 마음이 물 표면에 투영될 것입니다. 나는 아직도 모든 비밀에 대해 알지 못해서—미래를 읽을 수 없습니다. 그러나 이건 아주 오래된 비밀이며 내가 찾아낸 것은 아니지요. 아라비아와 이집트의 주술사들이 몇백 년 전에 그것을 알아냈습니다. 하루는 오래된 운하—약 이천 년 전에 내가 건넜죠—가 우연히 떠올라서, 다시 보고자 했습니다. 그래서 내가 보았는데, 거기에 보트를 보았고 세 남자가 걸어가는 것과 얼굴은 보이지 않지만 우아한 자태의 젊은이가 보트에서 자는 것을 보고서 그대들을 구하라는 명령을 내렸습니다. 그럼 이제 안녕히 가십시오. 아니, 잠깐만요, 그 젊은이—라이온—에 대해 말해주십시오. 그 늙은이가 그를 그렇게 부르더군요. 나는 그를 지켜보았는데, 그대 말처럼 열병이 들었고 또한 싸움 중에 상처를 입었지요."

"그의 병이 위중합니다." 내가 슬프게 대답했다. "그에게 해주실 수 있는 게 없습니까? 많은 것을 알고 계시는 여왕이여!"

"물론 할 수 있지요. 나는 그를 낫게 할 수 있습니다만 왜 그토록 슬프게 말씀하는 건가요? 그대는 그 젊은이를 사랑합니까? 어쩌면 그대의 아들일지도?"

"제 양아들입니다, 여왕님. 그를 이리로 데려올까요?"

"아닙니다. 열병에 걸린 지는 얼마나 되었습니까?"

"오늘이 사흘째입니다."

"좋아요, 하루 더 지켜보도록 합시다. 어쩌면 자신의 힘으로 떨치고 일어날 수 있습니다. 나의 약은 생명의 근원을 뒤흔드는 것이기 때문에 내가 치료해주는 것보다 그게 낫습니다. 하지만 내일 밤까지, 병이 그를 죽음으로 몰아가려고 할 때까지, 나을 기미가 없으면 내가 가서 그를 치료하지요. 가만있어요, 누가 그를 돌보고 있지요?"

"저의 백인 조수입니다. 빌랄리는 그를 피그라고 부릅니다만. 또한," 이 부분에서 나는 약간 주저했다. "우스테인이라는 어여쁜 원주민 여자가 있습니다. 그녀가 처음 그를 보았을 때 다가와 포옹을 했는데 그 이후 줄곧 그의 곁에 머무르고 있습니다. 당신의 부족에서 전해지는 관습이라고 합니다."

"내 부족이라고! 그런 말씀은 하지 마십시오," 여왕은 서둘러 대답했다. "그 노예들은 나의 부족이 아닙니다. 그저 내가 구원되는 그 날까지 내 명령을 수행하는 개들일 뿐입니다. 그리고 그들의 관습은 나와 상관없는 것이지요. 또한, 나를 여왕이라고 부르지 마십시오—나는 그런 직함과 아첨에 넌덜머리가 났습니다—나를 아샤라고, 과거의 메아리이자 달콤한 소리인 그 이름으로 부르십시오. 우스테인에 대해, 나는 잘 모릅니다. 혹시 내 신경을 거슬렸던 여인인지, 내가 경고하였던 여인인지 잘 모르겠군요. 자, 그녀가—그냥 이곳에 있어요, 내가 보겠습니다." 그녀는 몸을 수그리고 물그릇 위로 손을 젓더니 그 속을 뚫어지게 들여다보았다. "보세요," 그녀가 조용히 말했다. "저 여인입니까?"

나는 물속을 보았고 평온한 표면 위로 우스테인의 품위 있는 얼굴 윤곽선이 떠올랐다. 그녀는 몸을 앞으로 구부렸고, 풍성한 밤색 머리채를 오른쪽 어깨 위로 늘어뜨린 채 한없이 부드러운 표정으로 아래쪽 무언가를 바라보는 중이었다.

"그렇습니다," 내가 소리를 낮추어 대답했다. 범상치 않은 광경 앞에서 또다시 머릿속이 혼란스러웠다. "그녀가 잠을 자는 레오를 바라보는군요."

"레오! 라틴어로 '사자'를 의미하지." 야샤는 생각에 잠긴 목소리로 말했다. "그 늙은이가 이번에는 별명을 잘 붙인 셈이군요. 그런데 이상하네," 그녀가 혼잣말로 중얼거렸다. "아주 이상해. 그런 일이—그러나 이건 있을 수 없는 일이야!" 그녀는 황급히 물그릇 위쪽으로 손을 한 번 더 내저었다. 물은 어두워졌고 이미지는 나타났을 때처럼 조용히 신비롭게 사라졌다. 그리고 다시 한 번 등불이, 그저 등불만이 살아있는 맑은 거울 위 평온한 표면을 비추었다.

"그대가 돌아가기 전에 내게 묻고 싶은 것이 있습니까, 할리?" 그녀가 잠시 생각에 잠긴 후 말했다. "그대가 이곳에 살아야만 한다면 정말 힘든 일생이 될 터이지요. 저 부족은 교양 없는 야만인이니까요. 나는 그런 것 때문에 힘들지는 않지요, 내가 먹는 음식을 보십시오." 그녀는 작은 탁자에 놓인 과일을 가리켰다. "내 입으로 들어가는 것은 과일—과일과 밀가루 빵 그리고 약간의 물뿐입니다. 나는 시녀들에게 그대의 시중을 들라고 명령해놓았지요. 그대도 알다시피 그 아이들은 벙어리에 귀머거리예요, 따라서 가장 안전한 하인들입니다, 그들의 표정과 손짓을 읽을 수 있는 사람을 제외하고는요. 나는 그들을 그렇게 길렀습니다—그렇게 되기까지 몇 세기가 걸렸고 어려움도 많았지요.

하지만 마침내 내가 이겼습니다. 그 전에 한 번 성공한 적이 있긴 했지만, 그 종족은 너무 추하게 생겨서 그냥 죽어 사라지도록 내버려 두었습니다. 그러나 지금은 그대가 보는 것처럼 이들은 그렇지 않아요. 한때 거인 종족도 사육했는데 얼마 후 자연이 더는 돌보지 않아 사멸되었습니다. 그대는 내게 묻고 싶은 것이 있습니까?"

"네, 한 가지 있습니다, 아샤." 내가 대담하게 말했지만, 의도만큼 용감하게 보인 것 같지는 않았다. "당신의 얼굴을 보고 싶습니다."

그녀는 웃음을 터뜨렸고 그것은 마치 종소리처럼 울렸다. "잘 생각하세요, 할리," 그녀가 말했다. "깊게 생각하십시오. 당신은 그리스 신화를 알고 있을 것 같은데요. 너무나 대단한 아름다움, 미의 여신 아르테미스의 나신을 보았기 때문에 비참하게 죽어간 악타이온이라는 인물이 나오지요? 만약 내가 그대에게 내 얼굴을 보여준다면 그대 또한 비참한 최후를 맞을 수 있습니다. 아마 무력한 욕망이 그대의 심장을 먹어 치울 것입니다. 왜냐하면, 내가 그대를 위한 사람이 아니라는 것을 아십시오—나는 남자를 위한 여자가 아닙니다, 과거에 존재했고 아직 오지 않은 단 한 남자를 제외하면 말이지요."

"그럴 터이지만, 아샤," 내가 말했다, "나는 당신의 아름다움을 겁내지 않습니다. 꽃이 이울듯 덧없는 여인의 아름다움에 제 마음을 두지 않습니다."

"아니, 그대가 틀렸습니다." 그녀가 말했다. "그것은 이울지 않습니다. 나의 아름다움은 내가 존재하는 한 영원합니다. 그래도 만약 그대가 원한다면, 오, 경솔한 인간이여, 그렇게 될 겁니다. 하지만 이집트 침입자들이 수망아지에 올라타듯이, 열정이 그대의 이성에 올라타 그대가 원치 않는 곳으로 가도 나를 탓하지 마세요. 베일을 벗은 내 모습을 본 남자는 그의 마음속에서 나를 지우지 못합니다. 그래서 저들 야만인을 대할 때도 나는 베일을 쓰는 것입니다. 저들이 내 신경을 건드리면 죽일 수밖에 없으니까요. 그래도 보겠습니까?"

"보겠습니다." 호기심에 압도당한 채 대답했다.

그녀는 하얗고 둥근 팔—예전에 한 번도 나는 본 적이 없다—을 천천히, 아주 천천히 들어 올렸고 머리카락 아래에 있는 몇 개의 매듭을 풀었다. 그런 다음 순식간에 수의 같은 기다란 천이 땅바닥으로 떨어지고 나의 눈이 그녀의 몸을 따라 움직였다. 몸에 살짝 걸친 하얀 가운은 완벽하고 여왕다운 형체를, 생명 이상의 생명과 인간 이상의 뱀의 어떤 우아함이 있는 본능을 보여주었다. 조그만 발에는 황금 단추가 달린 샌들을 신고 있었다. 발목은 모든 조각가가 이제껏 꿈꾼 모습보다 더 완벽했다. 허리 부근에는 하얀 가운이 두 마리 황금 뱀 허리띠로 고정되었고, 그 위로 그녀의 우아한 자태가 사랑스럽고 순수한 선을 이루며 부풀어 올랐다가, 팔짱을 끼고 있는 부분에서 멈추면서, 봉긋하고 눈처럼 하얀 가슴이 드러났다. 나는 눈을 들어 그녀의 얼굴을 보았고—조금도 과장 없이—앞이 안 보일 만큼 눈이 부시고 너무 놀란 나머지 뒤로 물러섰다. 천상의 존재들의 아름다움에 대해 들은 적이 있는데 지금 바로 내 눈앞에 있었다. 오직 이 아름다움이 끔찍할 정도로 사랑스럽고 순수한데도, 사악했다—적어도 당시에는 악처럼 나를 후려쳤다. 내가 그것을 어찌 묘사할 수 있겠는가? 그럴 수 없다—단순히, 불가능하다! 내가 본 것을 묘사할 수 있는 자는 이 세상 사람이 아닐 것이다. 어쩌면 나는 한없이 깊고 부드러운 검은색의 변화하는 커다란 눈망울과 발그레한 얼굴, 넓고 고결한 이마, 그 위를 살짝 덮은 머리카락, 섬세하고 올곧은 용모에 대해 말할 수 있을지 모른다. 그러나 아름다움에도, 모든 것이 빼어나게 아름다움에도 불구하고, 그녀의 사랑스러움은 거기에 있지 않았다. 만약 어떤 특정한 장소가, 확연히 보이는 장엄함 속에, 여황제의 우아함 속에, 여신만이 지니는 부드러운 힘 속에 깃들어 있다고 말할 수 있다면, 살아있는 후광처럼 환한 얼굴에서 그 빛을 발했다. 예전에는 어떤 아름다움이 그토록 숭고할 수 있는지 짐작조차 못 했다—그런데도 그 숭고함은 어둠의 숭고함이었다—영광은 천상의 것이 아니었다—그런데도 눈부시게 장엄했다. 내가 보고 있는 것은 정녕 서른이 되지 않은 젊은 여인의 얼굴이며, 완벽한 건강미 넘치고 막 피어나는 성숙한 아름다움을 자랑했으나, 말할 수 없는 경험의 흔적이, 슬픔과 열정에 대한 깊은 체험의 흔적이 엿보였다. 뺨에 보조개를 만드는 사랑스러운 미소조차 이 죄와 슬픔의 그림자를 모두 가려주지 못했다. 심지어 초롱초롱하게 빛나는 눈동자 속에서도, 위엄 있는 태도에서도 빛을 발하며 이렇게 말하는 것 같았다. '나를 보아라, 과거와 현재의 어떤 여자보다 사랑스러운 나를, 불멸이며 반(半)신인 나를 보아라, 기억은 오랜 세월 내 옆에서 떠돌고, 열정이 손을 내밀어 나를 이끄니—나는 악을 행했다, 그리고 오랜 세월 슬픔을 맛보았고, 오랜 세월 악을 행했고, 나의 구원이 올 때까지 나는 슬퍼하리라.'

나는 저항할 수 없는 강력한 힘에 이끌려 여왕의 반짝이는 눈동자를 보게 되었고, 거기서 흘러나온 전류에 당황하여 반쯤 눈이 멀었다.

여왕은 웃음을 터뜨렸다—오, 얼마나 아름다운 선율인가! 그녀는 승리의 여신 비너스에게 칭찬받았을 승화된 교태 어린 태도로 나를 향해 조그만 머리를 끄덕였다.

"경솔한 인간이여!" 여왕이 말했다. "악타이온처럼, 그대는 그대의 의지를 갖췄노라. 그리고 조심할지니, 악타이온처럼 그대 역시 자신의 열정에 물어뜯기고 갈가리 찢겨 비참하게 죽을 수 있으리라. 나 역시, 할리, 순결한 여신이며 어떤 남자에게도 흔들리지 않습니다. 오직 한 사람만 예외이나, 그 사람은 당신이 아닙니다. 자아, 이제 충분히 보았습니까?"

"저는 천상의 아름다움을 보았고 눈이 멀었습니다." 나는 속삭이듯 겨우 대답하고 손으로 내 눈을 가렸다.

"그러게요! 내가 무어라 말했습니까? 아름다움은 번개와 같아서 사랑스럽지만—특히 나무를 쓰러뜨린답니다. 오, 할리!" 그녀는 다시 고개를 끄덕이며 웃음을 터뜨렸다.

갑자기 여왕의 웃음소리가 뚝 끊겼고 나는 손가락 사이로 기이하게 변하는 그녀의 표정을 보았다. 그녀의 커다란 눈동자에 어린 무서운 공포가 그녀의 어두운 영혼 깊숙한 곳에서 솟아오른 엄청난 희망을 보며 갈등하는 것 같았다. 사랑스러운 얼굴은 굳어버리고 우아하고 하늘거렸던 몸이 꼿꼿하게 경직되었다.

"아니," 여왕은 반쯤 속삭이는 듯, 반쯤 숨을 몰아쉬듯, 공격 직전의 뱀처럼 고개를 뒤로 젖히며 말했다—"이럴 수가, 그대 손에 있는 스카라베는 어디에서 났습니까? 대답하세요, 그렇지 않으면 생명의 영혼으로 지금 이 자리에서 그대를 죽여버릴 터이니!" 그러더니 나를 향해 가볍게 한 발자국 다가선 그녀의 눈동자에서는 너무나 기묘한 빛이 번뜩여서—내게는 마치 불길처럼 보였다—나는 그녀 앞쪽 바닥으로 쓰러졌고 공포에 젖어 말을 더듬었다.

"진정하세요," 여왕이 갑자기 태도를 바구어 아까처럼 부드럽게 말했다. "내가 그대를 두려움에 떨게 했군요! 나를 용서하세요! 하지만 가끔, 오 할리, 거의 무한한 정신일지라도 바로 그 유한의 느림에 참을성이 없어져서, 순수한 짜증으로 인해 내 힘을 사용하고픈 욕구가 들어서—거의 그대를 죽일 뻔했습니다. 하지만 나는 기억합니다—. 그러나 그 스카라베—스카라베에 관해서!"

"제가 주웠습니다," 내가 다시 간신히 일어나면서 겨우 목구멍을 울리는 소리로 말했다. 사실상 그 순간 너무 당황한 나머지 그 반지를 레오가 있는 동굴에서 주었다는 것 외에는 아무것도 기억이 나지 않았다.

"대단히 이상한 일이군요," 그녀가 말했다. 평범한 여인처럼 갑자기 떨고 동요하는 그 모습은 이토록 무시무시한 여성에게 어울리지 않았다—"하지만 그것과 같은 스카라베를 알고 있습니다. 그건—내가 사랑하는 남자의 목에—걸려 있었지요." 그녀는 작은 소리를 내며 울기 시작했고, 그 모습을 본 나는 아무리 오랜 세월을 살아왔다고는 하지만 그녀 역시 한 사람의 여자라는 사실을 깨달았다.

"이것은," 여왕이 말을 이었다. "분명 그와 비슷한 것이겠지만 지금까지는 이처럼 똑같은 스카라베를 본 일이 없답니다. 거기에는 사연이 담겨있고 그 주인은 그것을 매우 중요하게 여겼답니다.[18] 하지만 내가 알고 있는 그것은 반지에 끼워진 것이 아니었습니다. 이제 가보세요, 할리, 그리고 만약 할 수만 있다면 아샤의 아름다움을 본 것을 잊도록 하십시오." 그녀는 몸을 돌리고 장의자에 풀썩 앉아 쿠션에 얼굴을 묻었다.

나는 비틀거리며 나왔고 어떻게 내가 묵고 있는 동굴로 돌아왔는지 기억할 수 없었다.

---

18   명망과 학식이 높은 이집트학 학자에게 흥미롭고 정교하게 손질된 스카라베, '태양신 라의 아들'을 보여주었을 때 그는 난생처음 보는 모양이라고 대답했다. 그의 의견에 따르면, 비록 이집트 왕족에게 주어지곤 했으나 반드시 왕가의 왕관이나 이름이 새겨진 파라오의 소장품인 것은 아니라고 했다. 불행히도 이 특별한 스카라베에 얽힌 사연은 알아내지 못했지만 나는 아메나르타스 공주와 그녀의 연인이자 이시스 신의 사제로서 서약을 어긴 칼리크라테스의 비극적 사랑과 관련이 있다고 믿어 의심치 않는다. —편집자

제14장

지옥의 영혼

거의 밤 열 시가 되어서야 나는 침상에 몸을 눕히고 흩어진 정신을 가다듬으며 내가 보고 들은 것을 떠올렸다. 그러나 좀 더 곰곰이 생각해보려고 노력해도 소용이 없었다. 내가 미쳤거나, 술에 취했거나, 꿈을 꾸었거나, 가장 엄청나고 정교하게 포장된 농간에 놀아난 것일까? 어떻게 내가, 이성적 인간이자 우리 시대의 탁월한 과학적 사실에 대해 친숙한 내가, 유럽에서 초자연이라는 이름으로 이루어지는 모든 마법적 행위를 절대로 믿지 않던 내가 짧은 순간에 어떻게 이천 년 이상 살았다는 한 여인과 이야기를 나누었다고 믿을 수 있단 말인가? 그것은 인간의 경험과 상반되며 절대적으로 완전히 불가능했다. 짓궂은 장난이 분명했다. 하지만 만약 장난이라면 나는 무엇을 해야 하나? 물 표면에 떠오른 장면에 대해, 까마득한 과거와 놀랍도록 친숙하지만, 그 뒤에 일어난 역사에 대해 완전히 무지한 그녀에 대해 또 무어라 말해야 할까? 놀랍도록 두려운 그녀의 사랑스러움은 또 무엇이란 말인가? 어쨌든 이것은 명백한 사실이고 세상의 경험을 넘어서는 것이다. 오로지 죽을 운명을 지니고 태어난 여성이 그런 초자연적 광채를 지닐 수 없었다. 어쨌든 한 가지 면에서는 그녀가 옳았으니, 그러한 아름다움을 목격한 남자는 안전하지 않다는 점이다. 나는 그러한 문제에 대해 상당히 단련된 사람으로, 파릇파릇한 젊은 시절에 겪은 한 번의 고통스러운 경험을 제외하고, 성별 중 연약한 쪽(나는 때때로 이 표현은 부적절하다고 생각한다)을 거의 생각하지 않고 지냈다. 그러나 이제는 대단히 두렵게도 여왕의 눈부시게 아름다운 눈동자를 결코 잊을 수 없다는 사실을 알게 되었다. 아아! 여왕의 바로 그 마력은, 공포를 안겨주고 범접하기 힘들게 하지만, 그만큼 강력한 매력으로 나를 끌어당겼다. 이천 년의 연륜과 함께 놀라운 권력을 쥐고 흔들며 죽음을 떨쳐버릴 수 있는 비밀을 아는 여자라면 사랑에 빠질 가치가 확실히 있었다. 하지만 슬프도다! 그녀가 그럴만한 가치가 있고 없고를 떠나, 스스로 판단컨대 그런 문제에 조예가 깊지 않은 내가, 대학의 연구원이자 여성혐오로 잘 알려진 내가, 존경받는 중년 남자인 내가 하얀 피부의 마법사에게 속절없이 빠져들었다는 사실이 문제였다. 말도 안 돼, 진정 말도 안 되는 일이다! 그녀는 내게 분명히 경고했지만 나는 그걸 무시했다. 여자의 베일을 걷기 위해 남자를 자극한 치명적인 호기심에 저주를, 그 모습을 보도록 만든 자연적인 충동에 저주를! 이는 우리가 당한 불행의 절반—아니 절반 이상을 불러온 원인이었다. 여자는 홀로 살아가며 또한 행복한데도, 왜 남자는 홀로 살아가는데 만족하며 행복할 수 없는가? 그들은 아마 행복하지 않을 것이고, 우리 또한 그렇지 않을 거라고 난 확신할 수 없다. 여기에

멋들어진 애정 사건이 벌어졌다. 내가, 이 중년의 나이에 현대의 키르케에게 희생된 셈이었다! 그러나 그녀는 현대의 여성이 아니며, 적어도 그녀 자신이 그렇게 밝혔다. 거의 본래의 키르케만큼이나 오래전부터 살아온 여성이었다.

나는 머리를 쥐어뜯으며 의자에서 펄쩍펄쩍 뛰었고, 뭔가 하지 않으면 미쳐버릴 것만 같았다. 스카라베에 대해 여왕이 한 말은 대체 무엇일까? 그것은 레오의 스카라베였고 거의 25년 전 빈시가 내 방에 놓고 간 오래된 철제상자에서 나온 것이다. 그러면 결국, 모든 이야기가 사실이고 질그릇 조각 위에 쓰인 내용이 위조되었거나 혹은 오래전에 잊힌 어떤 미치광이가 꾸며낸 것이 아니란 말인가? 만약 그렇다면 레오가 여왕이 기다린다는 바로 그 남자―죽었으나 환생한 그 사람이란 말인가! 말도 안 되는 소리! 모든 것이 뒤죽박죽이었다! 사람이 다시 태어난다는 이야기를 도대체 누가 믿는단 말인가?

그러나 만약 한 여인이 이천 년 동안 존재할 수 있다면 이것 또한 가능할 거다―사실 어떠한 것도 불가능하지 않을 터이다. 어쩌면 나 자신도, 아마, 잊힌 다른 자아의 환생이거나, 길게 이어지는 조상 전래의 자아들의 마지막일지 모른다. 불화여, 영원하여라! (vive la guerre!) 안될 것도 없지 않은가? 그저, 불행히도 내 전생의 모습을 기억할 수 없을 뿐이었다. 너무나 터무니없는 생각을 하던 나는 웃음을 터뜨렸고, 동굴 벽에 새겨진 엄숙한 표정의 전사를 가리키며 큰 소리로 말을 외쳤다. "누가 알겠는가, 오랜 친구여?―어쩌면 내가 자네의 현생일지. 빌어먹을! 내가 자네였고 자네는 나일지도," 그런 다음 나는 자신의 바보 같은 생각을 조롱하며 웃음을 터뜨렸고, 내 웃음소리는 유령 같은 전사가 유령 같은 웃음소리를 내기라도 하는 것처럼 둥근 천정을 따라 쓸쓸하게 울려 퍼졌다.

그다음 레오의 상태를 살펴보지 않았다는 사실을 깨닫고서, 나는 침상 옆에서 타오르는 등불을 집어 들고 신발을 벗은 채 복도를 살금살금 내려가 레오가 자는 동굴 입구로 갔다. 새어 들어온 밤공기에 커튼이 부드럽게 흔들리는 모습은 마치 혼령의 손이 천을 끌어당겼다가 놓는 것처럼 보였다. 나는 봉안당 같은 방으로 슬쩍 들어가 주변을 살펴보았다. 장의자에 누운 레오가 희미한 불빛 속에서 보였는데, 그는 열에 들뜬 채 몸을 뒤척거리며 자는 중이었다. 그의 곁에는 반쯤 바닥에 눕고 반쯤 장의자에 몸을 기댄 우스테인이 있었다. 한 손으로 레오의 손을 꼭 잡고 그녀 역시 꾸벅꾸벅 졸고 있는데, 두 사람의 모습은 아름다운, 아니 애처로운 한 폭의 그림처럼 보였다. 불쌍한 레오! 뺨은 타는 듯 벌겋고 눈 밑에는 검은 그림자가 드리워진 데다 가쁘게 숨을 몰아쉬었다. 그는 많이, 아주 많이 아팠다. 그가 죽을 수도 있고 이 세상에 나 홀로 남을 수 있다는 무서운 공포가 또다시 나를 휩쓸었다. 그러나 만약 그가 살아남는다면 아샤를 사이에 두고 나와 경쟁자가 될 수 있을 것이다. 만약 레오가 바로 그 남자가 아니라고 해도, 중년이며 추하게 생긴 내가 젊고 아름다운 레오와 어떻게 대적하겠는가? 글쎄, 하늘에 고맙게도 나의 분별력은 죽지 않았다. 그녀가 아직 나의 분별력을 완전히 죽여버린 것은 아니었다. 그리고 나는 그곳에 서서 마음속 전지전능한 신을 향해 나의 아이이며 아들 이상인 그가 살 수 있게 해달라고, 남자로서 나와 대적하게 될지라도 그를 살려 달라고 기도했다.

그런 다음, 갈 때처럼 소리 없이 돌아왔으나 아직 잠을 이룰 수 없었다. 사랑하는 레오가 위중한 병으로 누워있는 모습과 상념이 불안감을 한층 가중했을 뿐이었다. 나의 지쳐버린 육체와 팽팽하게 긴장한 정신이 나의 모든 상상력을 깨우고 초자연적인 활동력을 부여했다. 방 안의 모습과 환상, 영감이 놀랄 만큼 생생하게 떠다녔다. 대부분이 기괴하기 이를 데 없고 일부는 섬뜩했으며 일부는 과거의 잔해 속에 묻혀있다가 불려온 묵은 생각과 감정이었다. 그러나 그것들 아래위로 기묘한 여인의 형체가 맴돌았고, 그녀의 황홀한 아름다움에 대한 기억이 그 사이로 번져 나왔다. 동굴 위아래 쪽으로, 나는 성큼성큼 걸어 다녔다—위아래로.

갑자기 이전에 눈치채지 못했던 돌벽에 난 좁은 구멍이 눈길을 사로잡았다. 등불을 들어 올리고 살펴보니 구멍은 통로로 연결되어 있었다. 우리가 처한 그런 상황에서, 나는 어딘지 알지 못하는 누군가의 침소로 침입 가능한 통로가 있다는 게 그리 유쾌하지 않다는 것 정도는 충분히 분별할 수 있었다. 만약 통로가 있다면, 우리가 잠자는 사이 누군가 들어올 수도 있다는 의미였다. 한편으로는 어디로 이어지는지 보기 위해, 한편으로는 뭔가 해야 한다는 불안한 마음을 달래기 위해, 나는 그 통로를 따라갔다. 이것은 돌계단으로 이어졌고, 거기를 내려갔다. 그 끝에 또 다른 통로 혹은 암석을 파낸 터널이 나왔는데, 내가 판단하기엔 이것은 우리 방 입구와 연결된 회랑 아래로 이어지고, 거대한 중앙 동굴을 가로질렀다. 나는 계속 걸었다. 무덤처럼 조용했으나, 설명할 수 없는 어떤 감각 혹은 끌어당기는 힘에 이끌려 걸었는데 양말만 신은 발은 반질반질한 돌 바닥에 소리하나 내지 않았다. 약 50야드 정도 갔을 때 오른쪽으로 꺾어지는 또 다른 통로가 나왔고 여기에서 나에게 기묘한 일이 벌어졌다. 한 줄기 바람이 휙 불어와 등불을 꺼버렸고, 그 신비한 장소 가장 깊은 곳 완벽한 어둠 속에 나 홀로 남게 되었다. 터널이 양 갈래로 나누어진 것을 확인하기 위해 두어 걸음 앞으로 걸어갔는데, 어둠 속에서 방향을 바꾸다가 길을 잃을 것 같은 두려움에 사로잡혀 발걸음을 멈추고 생각에 잠겼다. 내가 무엇을 해야 할까? 내게는 성냥이 없었다. 칠흑 같은 어둠을 헤치며 먼 길을 되돌아가는 것도 끔찍하고, 밤새 내내 거기에 서 있을 수도 없었으니, 만약 그렇게 한다고 해도 암벽 속으로 한참 들어온 이곳은 대낮에도 한밤중처럼 어두울 것이므로 도움이 되지 않을 것이다. 나는 뒤를 돌아보았다―시야도 소리도 없었다. 나는 어둠에 싸인 앞쪽을 응시했다. 저 멀리, 희미한 불빛 같은 것이 분명히 보였다. 어쩌면 등불을 켤 수 있는 동굴일지 몰랐다―어쨌든 알아볼 필요가 있었다. 힘들지만 천천히, 나는 손으로 벽을 짚으면서 나아갔는데, 구덩이 속으로 넘어질 것을 염려하여 걸음을 완전히 내딛기 전에 바닥에 발을 살짝 대어보았다. 서른 걸음에―커튼 사이로 일렁거리는 환한 빛을 보았다! 오십 걸음에—손에 잡힐 듯 가까워졌다! 육십 걸음에—오, 맙소사!

나는 커튼 앞에 섰고, 촘촘하지 못한 천 사이로 그 작은 동굴 안쪽을 똑똑히 볼 수 있었다. 온통 무덤처럼 보이는 방 한가운데 모닥불이 허연 불꽃을 내며 연기 없이 타올랐다. 진정, 왼쪽으로 3인치 이상 되는 높이의 돌 선반이 있고 그 위에 시신 같은 물체가 놓여 있었는데, 어쨌든 하얀 천을 덮어놓아 시신처럼 보였다. 오른쪽에도 비슷한 선반에 수놓은 천이 덮여 있었다. 모닥불 위로 한 여인의 형체가 몸을 수그렸다. 그녀는 시신을 마주 보고 나오는 평행선 방향으로 있었고, 수녀복 같은 검은 망토로 몸을 가리고 있었다. 마치 명멸하는 불꽃을 응시하는 것 같았다. 갑자기, 내가 무엇을 해야 할지 생각하는 순간에, 그 여인은 절망의 기운이 서린 급작스러운 동작으로 벌떡 일어나 검은 망토를 벗어 던졌다.

그것은 바로 그녀였다!

그녀가 베일을 벗었을 때 내가 보았던 바로 그 옷차림으로, 가슴 깊게 팬 하얀 가운에 머리가 두 개 달린 뱀 허리띠를 둘렀고 아까처럼 풍성한 검은 머리채가 찰랑거리며 등 뒤로 흘러내렸다. 그러나 그녀의 얼굴이 내 시선을 사로잡았는데, 이번에는 눈부신 아름다움이 아니라 마음을 사로잡는 공포의 힘 때문이었다. 여전히 아름다웠으나, 분노, 눈먼 열정, 지독한 복수심이 떨리는 얼굴에 그리고 치켜든 눈의 극심한 고통 속에 나타나 형언할 수 있는 정도를 넘어섰다.

그녀는 한동안 양손을 머리 높이 올린 체 꼼짝도 하지 않고 서 있었고, 그때 하얀 가운이 황금 허리띠까지 흘러 내려 눈부실 정도로 아름다운 그녀의 몸이 드러났다. 주먹을 꽉 쥐고 서 있는 그녀의 표정이 끔찍하도록 사악하게 변해갔다.

갑자기, 만약 그녀가 나를 발견한다면 어떤 일이 벌어질까 그런 생각이 들자, 현기증이 일어나는 것 같았다. 하지만 만약 내가 거기에 있다간 틀림없이 죽게 된다는 사실을 알았다고 해도, 나는 완전히 매료되었기 때문에 몸을 움직일 수 없었을 것이다. 그러나 나는 위험하다는 것은 알고 있었다. 그녀가 내 인기척을 듣거나, 커튼 너머로 나를 보거나, 심지어 내가 재채기를 하거나, 마법으로 누군가 엿보고 있다는 사실을 알아차린다면— 나는 순식간에 파멸할 것이다.

그녀가 주먹 쥔 손을 옆으로 내린 다음 다시 머리 위로 올렸고, 내가 살아있고 명예로운 남자인 것과 마찬가지로, 하얀 불길은 그 손을 따라 거의 천정까지 솟구치면서 그녀 자신의 몸 위에, 그리고 암벽 위에 새겨진 모든 문양 위에 격렬하고 섬뜩한 빛을 던졌다.

상아처럼 하얀 팔이 다시 내려왔고 그녀가 아랍어로, 아니 쉬익 거리며 말하자 나는 피가 얼어붙고 순간 심장이 멎었다.

"그 여자에게 저주를 내려라, 그녀는 영원히 저주받아라."

팔이 내려왔고 불길도 가라앉았다. 팔을 다시 들어 올리자 커다란 불길이 널름대며 따라 솟구쳤고, 또다시 가라앉았다.

"그 여자의 기억을 저주하라—이집트인의 기억을 저주하라."

다시 한 번 올라가고 다시 한 번 내려왔다.

"그 여자를 저주하라, 나일 강의 아름다운 딸을 저주하라, 그녀가 아름답기 때문이니라."

"그 여자를 저주하라, 그녀의 마법이 나를 능가하기 때문이니라."

"그 여자를 저주하라, 내가 사랑하는 남자를 막아서기 때문이니라."

불길이 다시 가라앉고 줄어들었다.

그녀는 손을 눈앞까지 들어 올리고 속삭임이 아닌 큰소리로 외쳤다.

"저주가 무슨 소용인가?—그 여자가 이겼고 가버렸다."

그런 다음 끔찍한 기운을 좀 더 몰아 다시 시작했다.—

"그 여자가 있는 그곳에서 그녀를 저주하라. 나의 저주가 그녀에게 도달하여 안식을 방해할지니

수많은 별이 뜬 창공을 가로질러 그녀를 저주하라. 그녀의 그림자마저 저주를 받게 하라

나의 힘으로 그곳에서조차 그녀를 찾아내게 하라

그녀가 그곳에서조차 나의 저주를 듣게 하라, 그녀 스스로 어둠 속에 몸을 숨기도록 하리라

그녀가 절망의 구덩이 속으로 들어가게 하라, 내 언젠가 그녀를 찾아낼 것이기에"

불길은 다시 줄어들었고 또다시 그녀는 손으로 자신의 눈을 가렸다.

"소용없는 짓이야—아무 소용없어," 그녀가 울부짖었다. "그 누가 잠든 이들에게 손을 댈 수 있단 말인가? 내게도 불가능한 일인걸."

그런 다음 그녀는 다시 한 번 악마의 의식을 시작했다.

"환생하는 그녀를 저주하라. 저주받은 채 태어나게 하라.

환생하는 시간부터 죽음이 찾아들 때까지 온전히 저주받게 하라,

오, 그 여자가 저주를 받게 하라.

그리하여 나의 복수로 그녀를 압도하고 완전히 파괴하리라."

저주는 계속되었다. 치솟다가 가라앉는 불길이 그녀의 분노한 눈동자에 투영되었다. 낮게 중얼거리는 끔찍한 저주의 주문, 내가 글로는 도저히 표현할 수 없을 정도로 무서운 그 주문은 벽을 타고 흐르다가 조그만 메아리가 되어 사라졌고, 맹렬한 불길과 짙은 어둠이 암석 선반에 길게 누운 하얗고 무시무시한 형체를 번갈아 비추었다.

마침내 그녀는 지친 듯 하던 것을 멈추었다. 돌 바닥에 몸을 던진 채, 얼굴과 가슴 위로 흘러내린 아름답고 풍성한 머리채를 흔들면서 가슴이 미어지는 절망의 고통 속에서 애절하게 흐느끼기 시작했다.

"이천 년을," 그녀가 중얼거렸다—"이천 년을 견디며 기다렸어. 하지만 한 세기가 천천히 흘러 다음 세기가 되고, 시간이 또 다른 시간에 자리를 내어주어도 기억의 상처는 아물지 않고 희망의 빛은 더는 빛나지 않아. 오! 내 열정이 내 심장을 갉아먹고,

내 죄가 언제나 내 앞에 있는 상황에서, 이천 년을 살아왔어! 오, 나를 위해 삶이 망각을 가져올 수 없기를! 오, 과거에 있었고, 지금 다가오고, 언제나 다가오는 지쳐버린 세월이여, 영원하고 끝없기를!

사랑하는 이여! 사랑하는 이여! 사랑하는 이여! 어찌하여 그 이방인은 이런 식으로 당신을 내게 데려온 것입니까? 오백 년 동안 나는 이렇게 고통을 받지 않았지요. 오, 만약 당신께 죄를 지었다면 그 죄를 씻어낼 수 없는 건가요? 모든 것을 소유했으나 당신이 없으면 아무것도 갖지 못한 나에게 당신은 언제 돌아올 건가요? 내가 할 수 있는 게 무엇이 있나요? 무엇이? 무엇이? 무엇이 있나요? 어쩌면 그 여자가―그 이집트 여인이 당신이 있는 곳에서 당신과 함께 나의 기억을 조롱하겠지요. 오오, 왜 당신을 죽인 내가 당신과 함께 죽지 못했던고? 아아, 나는 죽을 수 없다니! 슬프도다! 슬프도다!" 그녀가 바닥에 몸을 내던지며 하도 슬프게 흐느껴서 그녀의 심장이 터졌을 거라고 내가 생각할 정도였다.

갑자기 그녀가 울음을 뚝 그치고 일어나 옷매무시를 가다듬고 긴 머리채를 성급히 뒤로 획 넘기고서 돌 선반 위에 누운 형체로 걸어갔다.

"오, 칼리크라테스여," 그녀가 소리쳤고 그 이름을 듣자 내 몸에 전율이 흘러내렸다. "고통스럽더라도 나는 당신의 얼굴을 다시 보아야 합니다. 나 자신의 손으로 죽인―그 얼굴을 본 지 한 세대가 지났어요." 그녀는 떨리는 손가락으로 돌 선반 위 형체를 덮은 천의 끝부분을 잡고 잠시 멈추었다. 마치 자기 생각마저 끔찍하다는 듯 그녀는 두려움 섞인 목소리로 다시 중얼거렸다.

"내가 당신을 일으키지요." 그녀는 분명히 그 시신을 향해 말했다. "그러면 옛날처럼 당신은 내 앞에 서 있게 되겠지요? 나는 그렇게 할 수 있어요." 그녀가 천으로 덮인 시신 위로 두 손을 내미는 동안, 표정은 쳐다보기에 무서울 정도로 굳어있으며 눈동자는 멍하니 한 곳을 응시했다. 커튼 뒤에 있는 나는 공포로 오그라들며 머리카락이 쭈뼛 섰고, 지금의 상황이 환상인지 사실인지조차 말하기 어려웠으나, 나는 덮개 아래 고요히 누워있는 형체가 가볍게 흔들리고 마치 잠자는 사람이 숨을 쉬는 것처럼 들썩이기 시작했다고 생각했다. 갑자기 그녀가 팔을 거두어들였고, 시신의 움직임도 멈춘 것 같았다.

"이게 무슨 소용이겠어요?" 그녀가 우울하게 말했다. "영혼을 다시 불러낼 수 없는데, 살아있는 척하면 무슨 소용이 있을까요? 아무리 당신이 내 앞에 서 있어도 나를 알아보지 못하고, 내가 시키는 대로만 할 수 있다면요. 당신 안에 있는 생명은 나의 생명이지, 당신의 것이 아니지요, 칼리크라테스여."

한동안 그녀는 거기에서 곱씹으면서 있다가 몸을 던져 시신 옆에 무릎을 꿇고 천에 입술을 대더니 슬피 울기 시작했다. 이 두렵고도 신비한 여인이 죽은 자를 향해 열정을 쏟아내는 광경을 보자 오싹해서—사실 지금까지 보았던 그 무엇보다도 무서웠으므로 더 바라볼 수 없었기에, 나는 돌아서서 조용히 걷기 시작했으나, 칠흑처럼 어두운 통로에서 걸을 때마다 다리가 후들 후들 떨렸고 지옥에 있는 영혼을 본 것처럼 심장이 마구 뛰었다.

발을 헛디디면서도 어떻게 해야 할지 아무것도 생각나지 않았다. 나는 두 번 넘어진 후, 양쪽으로 나누어진 통로로 들어섰는데 다행히도 내가 실수로 길을 잘못 들었다는 사실을 깨달았다. 이십 분 정도 길을 따라 천천히 내려가다, 아까 내려갔던 조그만 계단을 반드시 지나야 한다는 사실이 마침내 떠올랐다. 그렇게 완전히 기진맥진하고 거의 죽을 만큼 공포에 질린 나는 돌 바닥에 쓰러져 의식을 잃었다.

내가 정신을 차렸을 때 뒤쪽 통로로 스며든 희미한 빛을 보았다. 그곳으로 천천히 가, 나는 남몰래 들어온 연한 새벽빛에 의지하여 조그만 계단을 찾아내었다. 계단을 올라간 뒤 나는 안전하게 숙소로 돌아왔고 침상에 몸을 눕히자마자 깊은 잠 속으로 아니, 인사불성의 상태로 빠져들었다.

제15장

아샤가 판결을 내리다

다음으로 기억나는 사실은 내가 눈을 떴고 이제 열병의 공격에서 완전히 벗어난 조브를 보았다는 것이다. 그가 외부에서 동굴로 들어오는 햇빛을 받으며 서서, 솔이 없어서 솔질은 못했지만 내 옷을 털고 단정하게 개서 돌 침상 발치에 놓아두었다. 일을 마친 뒤 그는 여행용 가방에서 화장품 손가방을 꺼내 언제라도 내가 사용할 수 있게 열어 두었다. 처음에는 그것을 침상 발치에 놓았다가 내가 발로 차버릴 것 같아 걱정되어, 그것을 바닥에 깔린 표범 가죽 위에 올려놓고 두어 걸음 뒤로 물러나 괜찮은지 살펴보았다. 그게 만족스럽지 않아서, 그는 여행 가방을 닫더니 세로로 세워 침상 발치에 기대어 놓고 그 위에 화장품 가방을 올려놓았다. 그런 다음 세숫물이 가득 찬 항아리들을 들여다보았다. "오!" 나는 그가 중얼거리는 소리를 들었다. "이 불쾌한 장소에 따뜻한 물이 없다니. 이 불쌍하기 그지없는 인간들은 서로 잡아먹을 때만 불을 사용하는군." 그는 한숨을 푹 내쉬었다.

"무슨 문제가 있나, 조브?" 내가 말했다.

"용서하세요, 선생님." 그가 머리를 만지면서 말했다. "선생님이 주무신다고 생각했고, 지금도 더 자고 싶은 얼굴이세요. 얼굴을 보면 밤새 힘든 일을 한 사람처럼 보여요."

나는 대답으로 끙하는 소리를 냈다. 사실상 나는 너무 힘든 밤을 보냈고 다시는 그런 일을 겪지 않기를 바랐다.

"레오의 상태는 어떤가, 조브?"

"상당히 비슷해요, 선생님. 만약 상태가 곧 좋아지지 않는다면 결국 버텨내지 못할 것 같아요. 대충 상황이 그렇습니다. 그리고 그 야만족 우스테인은 마치 세례받은 그리스도교인처럼 도련님에게 최선을 다하고 있어요. 한시도 곁을 떠나지 않고 그를 돌보고 있어요. 그런데 내가 끼어들려고 하면, 그 여자 얼굴이 끔찍해져요, 머리카락이 곤두서는 것 같고 알 수 없는 말로 주문과 욕설을 퍼부어요. 적어도 표정을 보면 분명 저주를 하고 있다는 생각이 들어요."

"그래서 어떻게 했나?"

"그녀에게 꾸벅 인사를 한 다음에 이렇게 말했어요. '젊은 아가씨, 나는 당신의 지위가 뭔지 모르겠고 인정할 수도 없어요. 말해 두지만 내게는 병들어 꼼짝도 못 하는 주인을 위해 해야 할 의무가 있고 내가 손가락 하나 까딱할 수 없는 그 순간까지 그 일을 해야 합니다'라고요. 그러나 그녀는 조금도 귀를 기울이지 않고 저주와 욕설을 더욱 심하게 퍼부었어요. 지난밤에 그녀는 입고 있던 잠옷 같은 것에서 날이 구부러진 칼을 꺼내 들어서, 저는 권총을 뽑아 들었어요. 우리는 서로에게 무기를 겨눈 채 방을 빙글빙글 돌다가, 마침내 그녀가 웃음을 터뜨렸어요.

신앙심이 돈독한 남자가 그런 야만인 여자를, 아무리 그녀가 아름다워도, 상대하는 것이 그리 좋은 일이 아니지요. 그러나 어떤 인간도 찾아낼 수 없는 것을 찾겠다고 이런 곳에 오는 바보라면 이 정도는 견뎌야겠지요." (여기서 조브는 '바보'라는 단어를 강조했다.) "이건 우리에 대한 심판이에요, 선생님—이건 제 의견이에요. 그리고 제 의견으로는요, 심판이 아직 절반도 이루어진 게 아니며, 그게 끝나면 우리도 끝장날 것이고 유령들과 시체들과 같이 이 불쾌한 동굴 속에서 영원히 머무를 거에요. 자아 이제 선생님 저는 레오 도련님의 수프를 준비하기 위해 가야만 해요. 만약 그 야생고양이 같은 여자가 비켜준다면 말이지요. 그리고 9시가 넘었으니까 선생님도 일어나셔야 할 것 같아요."

조브의 언급은 나처럼 힘든 하룻밤을 보낸 사람에게 격려되긴 힘들었고, 게다가 무거운 진실이 담긴 말이었다. 종합적으로 생각해보면 우리가 있는 곳에서 탈출하는 것은 거의 불가능했다. 레오가 회복된다고, 그럴 리는 없지만, 여왕이 우리를 놓아준다고 해도, 그녀가 어느 순간 화가 나서 우리에게 '불벼락'을 내리지 않는다고 해도, 아마해거족들이 우리에게 뜨거운 항아리를 뒤집어씌우지 않는다고 해도, 어떤 인간이 고안하거나 만든 것보다 더 강력한 무적의 요새를 형성한 습지가 여러 아마해거족 촌락 주변으로 40마일 뻗어 있고, 엄청나게 넓게 미로처럼 얽혀있어서 길을 찾기란 거의 불가능했다. 아니, 할 수 있는 일은 단 하나—그냥 부딪쳐보는 것뿐이었다. 나의 의견을 피력하자면, 신경이 잔뜩 곤두서 있음에도 불구하고 나는 이 기묘한 이야기에 지대한 관심을 두게 되어 심지어 그 호기심을 채우기 위해 내 인생을 통째로 바쳐야 한다고 해도 더 좋은 것을 요구하지 않을 작정이었다. 아샤 같은 경이로운 여자의 매력에 완전히 사로잡힌 남자가 어떻게 그녀에 대해 살펴볼 기회가 눈앞에 펼쳐졌는데 참을 수 있겠는가? 그 일에 뒤따르는 공포마저 매력으로 작용했고, 게다가 심지어 지금 이 벌건 대낮에 제정신으로 생각했을 때조차도 여왕은 내가 결코 잊을 수 없는 매력을 지닌 여자였다. 심지어 전날 밤 목격한 끔찍한 광경조차 그런 어리석은 생각을 몰아내지 못했고, 내가 그것을 인정할 수밖에 없어서 슬프다! 그때부터 지금 이 시각까지 그 생각은 떠나지 않았다.

옷을 입은 후 나는 식당 혹은 시신 방부처리실이라 부르는 게 더 맞는 곳으로 들어갔고 이전처럼 벙어리 소녀들이 가져온 음식을 먹었다. 식사 후에는 불쌍한 레오를 보러 갔는데 제정신이 아니었고 심지어 나조차 알아보지 못했다. 나는 우스티인에게 그가 어떤 상태인 것 같으냐고 물었지만, 그녀는 그저 고개만 저으며 울기 시작했다. 희망이 꺾인 게 분명했다. 거기서, 그게 가능하다면, 나는 그녀를 데려와 레오를 보게 해야겠다고 마음먹었다. 분명히 레오를 낫게 해줄 거다—확실히 그녀는 자기가 할 수 있다고 말했다. 내가 그 방에 있는 동안 빌랄리가 들어왔고 그 또한 머리를 가로저었다.

"오늘 밤을 넘기지 못할 것이네," 그가 말했다.

"절대로 그런 일은 없을 겁니다, 어르신," 내가 대답하고 나서 무거운 마음을 안고 돌아섰다.

"절대 권위의 그녀가 그대에게 오라고 하셨네, 비비여," 노인은 우리가 커튼 처진 곳에 도달하자마자 말했다. "하지만 오, 젊은 이, 조심하게. 어제 자네가 기어가지 않았을 때 나는 그녀가 불벼락을 내릴 것이 분명하다고 생각했거든. 지금부터 그녀는 대회랑에서 자네와 라이온을 공격했던 자들에게 판결을 내릴 걸세. 따라오게나, 젊은이. 어서."

나는 그를 따라 통로를 내려갔다. 우리가 거대한 중앙 동굴에 도착하여, 많은 아마해거족들이 서둘러 모여드는 것을 보았는데, 가운을 입은 이들도, 간단히 표범 가죽만 걸친 이들도 있었다. 우리는 인파에 섞여 한없이 이어질 것 같은 거대한 동굴을 걸어 올라갔다. 돌벽들은 모두 정교한 조각으로 덮여 있고 스무 걸음 정도마다 오른쪽으로 열린 통로들이 보였는데, 빌랄리가 말해준 바에 의하면 '이전에 살던 사람들'이 암벽을 파서 만든 무덤으로 이어졌다. 지금은 아무도 무덤에 가지 않는다고 말했을 때, 나는 내 앞에 펼쳐진 고고학적 연구 기회를 생각하며 대단히 기뻤다고 솔직히 말하겠다.

마침내 우리가 도착한 동굴 가장 안쪽에는 맹렬한 공격을 받았던 장소와 아주 흡사한 연단이 있었는데, 그곳 연단은 종교의식이나 특히 죽은 자의 매장과 관련된 의식이 거행될 때 제단으로 사용했던 것이 틀림없었다. 빌랄리는 나에게 이들 연단 양옆으로 난 통로는 시신으로 가득한 또 다른 동굴들로 이어진다고 알려주었다. "사실 말이지만," 그가 덧붙였다. "이 산 전체에 시신이 가득하고 대부분 완벽한 형태로 남아있다네."

연단 앞으로 남녀를 불문하고 수많은 사람이 모였고 아무리 웃긴 희극배우라고 해도 오 분 안에 우울해질 것 같은 특유의 우울한 표정으로 뭔가를 응시했다. 연단 위에는 검은 나무에 상아를 새겨 넣어 대충 만든 의자가 놓여 있는데, 자리는 짚으로 되어있고 나뭇조각으로 만든 발판이 의자에 붙어있었다.

갑자기 "하이야! 하이야!(그녀! 그녀!)"라는 외침이 터진 뒤 관중 무리 전체가 일제히 바닥에 엎드렸고, 개별적으로나 집단적으로나 죽어 움직이지 않는 듯 그 자세로 꼼짝하지 않는 바람에 나는 마치 대학살의 유일한 생존자인 양 홀로 서 있었다. 그러는 동안 호위병들이 왼쪽 통로에서 나와 종대로 행진하여 연단 양옆으로 길게 늘어섰다. 그다음에는 스무 명의 남자 벙어리들과 여자 벙어리들이 등불을 들고 나왔고, 그다음 머리부터 발끝까지 하얀 천을 휘감은 형체인 그녀가 모습을 드러냈다. 그녀는 연단에 올라 의자에 앉더니 내게 그리스어로 말했는데, 아마도 그녀의 말을 다른 사람들이 알아듣지 못하게 하려는 것 같았다.

"이리로, 할리," 그녀가 말했다, "내 발치에 앉아서 내가 그대를 죽이려고 했던 자들에게 내리는 정의의 심판을 구경하십시오. 내 그리스어가 절뚝거리는 사람처럼 들려도 용서하길. 그 언어의 소리를 들은 지가 너무 오래되어서 혀가 굳고 발음하기가 힘듭니다."

나는 절을 하고 연단으로 올라가 그녀 발치에 앉았다.

"잠은 잘 잤습니까, 할리?" 그녀가 물었다.

"제대로 못 잤습니다, 아샤!" 나는 솔직하게 대답하면서 어쩌면 내가 어떻게 밤을 지새웠는지 그녀가 알고 있을지 모른다는 두려움을 느꼈다.

"그렇군요," 그녀가 살짝 웃으며 말했다. "나 역시 잠을 설쳤 답니다. 지난밤에 꿈을 꾸었는데 아마 그대가 그 꿈을 내게 보낸 것 같군요, 할리."

"어떤 꿈이었나요, 아샤?" 내가 무심하게 물었다.

"그 꿈은," 그녀가 재빨리 대답했다, "내가 미워하고 또 사랑 하는 사람에 대한 것이었답니다." 그런 다음 대화 내용을 돌리려 는 듯 여왕은 호위대장을 향해 아랍어로 말했다. "그놈들을 내 앞으로 데려오너라."

호위병과 하인들은 엎드리지 않고 서 있었기 때문에, 대장은 몸을 깊이 숙여 절을 한 다음 부하들을 데리고 오른쪽 통로로 들어갔다.

그런 다음 침묵이 흘렀다. 그녀가 천으로 감싼 머리를 손에 기댄 채 깊은 생각에 빠져 있는 동안 앞에 있는 군중들은 배를 바닥에 붙이고 계속 넙죽 엎드린 채 한쪽 눈으로 우리를 훔쳐보 려고 고개만 살짝 돌렸다. 그들의 여왕이 공개석상에 나타나는 일은 매우 드물어서, 그들은 불편함과 심지어 더 큰 위험을 감수 하면서까지 그녀를, 아니, 나를 제외한 살아있는 인간이 그녀의 얼굴을 본 적이 없으므로, 그저 옷자락이라도 볼 기회를 잡으려 고 했다. 마침내 불빛이 흔들리며 통로를 따라 발소리가 점점 다 가오더니, 종렬을 이룬 호위병과 더불어, 스무 명 남짓 살인 미 수 생존자가 나타났는데, 그들 본래의 음침한 표정 위에 야만적인 심장을 가득 채운 공포가 잔뜩 서려 있었다. 그들은 연단 앞까지 왔고 관중들처럼 바닥에 몸을 던져 엎드리려고 했으나 그녀가 막았다.

"아니다," 그녀가 가장 부드러운 목소리로 말했다. "서 있거라. 나는 너희가 서 있기를 간절히 바란다. 이제 너희는 엎어져 있는 것도 지겨울 시간이 곧 다가올 것이니라." 그녀가 감미롭게 웃었다.

나는 파멸을 맞게 될 사악한 자들이 공포로 움찔하는 것을 보면서 동정심을 느꼈다. 몇 분, 아마 이삼 분이, 아무런 일 없이 지나가는 동안, 그녀가 머리를 조금씩 움직이는 것으로 보아—물론 우리는 그녀의 눈동자를 볼 수 없었기에—죄인들을 하나씩 천천히 주의 깊게 살피는 것 같았다. 마침내 그녀는 입을 열어 조용하고 신중하게 나를 향해 말했다.

"나의 손님이여, 그대의 나라에서는 '가시 많은 나무'라고 불리는 자여, 저들을 알아보겠습니까?"

"네, 여왕님, 대부분 알아볼 수 있습니다," 내가 대답할 때 그들의 성난 시선을 보았다.

"그렇다면 내가 들었던 이야기가 사실인지 말해보세요."

이렇게 명을 받아, 나는 식인 축제와 불쌍한 우리 하인이 당한 고통에 대해 가능한 한 간략하게 말했다. 죄인이나 관중이나 심지어 그녀 자신도 완벽한 침묵 속에서 이야기를 경청했다. 내가 말을 끝냈을 때 아샤는 빌랄리의 이름을 불렀고 그는 바닥에 엎드린 채 고개만 들고 나의 증언이 맞다고 확인해 주었다. 더 이상의 증거는 없었다.

"너희도 들었겠지," 그녀는 한참 있다가 차갑고 단호하게 말했다. 평소와는 사뭇 다른 말투였다―진심으로 말하지만, 그 순간의 상황과 절묘하게 어우러지는 그녀의 음성이야말로 이 경이로운 여성이 소유한 가장 뛰어난 능력 중 하나였다. "무슨 할 말이 있겠는가, 불온한 아이들아, 벌을 받아야 마땅하겠지?"

한동안 아무런 대답이 없더니 마침내 가슴이 넓고 건장하며 날카로운 눈매를 지닌 우울한 표정의 중년 남자가 입을 열고서, 그들이 받은 명령은 백인에게 해를 입히지 말라는 것이지 흑인 하인에 대해서는 아무런 지시가 없었다고, 따라서 이제는 죽은 여자가 선동하여 그들은 고대로부터 내려온 명예로운 관습에 따라 그에게 달군 항아리를 씌워서 적절한 절차에 따라 먹으려 했다고 했다. 또한, 백인에 대한 공격은 우발적인 분노로 생긴 일이며 모두 깊이 뉘우치고 있다고 말했다. 그는 자비를 베풀어 달라고, 혹은 최소한 그들을 늪지로 추방해서 살고 죽는 것을 운에 맡기도록 해달라고 애원하며 말을 끝냈으나 자비가 내려질 것이라고 기대하는 표정은 아니었다.

정적이 흐르고, 깜박거리는 등불로 인해서 빛과 그림자가 암벽 위에 넓은 문양을 그려 넣는 가운데, 이 불경한 땅에서 내가 목격한 것 중 가장 기묘한 이 장면 전체에 짙은 침묵이 내려앉았다. 연단 앞 땅바닥에는 관중들이 긴 대열을 이루며 송장처럼 엎드려 있고 제일 뒷부분은 어둑한 배경과 뒤섞여 보이지 않았다. 길게 뻗어 나간 관중 무리 앞에는 무관심한 표정으로 자연스러운 공포심을 애써 덮어 보려는 죄인의 무리가 있었다. 오른쪽과 왼쪽으로 거대한 창과 단검으로 무장한 흰옷을 입은 호위병들이 있고, 남녀 벙어리 하인들이 서서 호기심 어린 눈으로 상황을 지켜보았다. 그리고 사랑스러움과 경이로운 힘이 후광처럼 빛을 내며, 아니 그것보다는 보이지 않는 빛을 발산하는 듯, 베일 쓴 백인 여성이 나를 발치에 앉혀놓은 채 거친 의자에 앉아 모든 이들을 내려다 보고 있었다. 그녀가 형벌을 결정하는 동안, 나는 베일에 가려진 그녀의 형체가 이토록 두렵게 느껴진 적이 없었다.

마침내 때가 되었다.

"못되고 교활한 놈들," 그녀가 낮은 목소리로 시작했으나 점점 힘이 실려 마침내 동굴이 울릴 만큼 커졌다. "인간의 살을 먹는 놈들, 너희는 두 가지 죄를 지었다. 첫째, 백인 이방인을 공격하고 그들의 하인을 죽이려고 했으며, 그 한 가지만으로도 죽음을 면치 못할 거다. 그런데 그게 전부가 아니지. 너희는 감히 내 명령을 어겼다. 나의 하인이자 너희 촌락의 아버지인 빌랄리를 통해 내 명령을 내리지 않았더냐? 내가 이들 이방인을 호의로 대접하라고 명령했는데 너희는 이들을 죽이려고 들었고 이들이 인간의 한계를 넘어선 용감함과 힘을 보이지 않았다면 너희들은 이들을 잔인하게 살해했겠지? 너희가 어릴 때부터 그녀의 법은 절대 불변의 법이며 조금이라도 어기는 자는 파멸을 면치 못한다고 배우지 않았더냐? 내 입에서 나온 가벼운 말 한마디가 곧 법이 아니더냐? 어릴 때부터 너희 아비들이 그것을 가르치지 않았더냐? 거대한 동굴이 네놈들 몸 위로 무너지고 혹은 태양의 여정이 멈추게 되길 비는 것이 네놈들의 생각에 따라 내 마음이 변하거나 형량이 변할 것이라고 바라는 것보다 더 낫다는 것을 모르더란 말이냐? 너희는 잘 알고 있을 것이다, 이 못된 놈들아. 그러나 너희들은 사악하고 또 골수까지 사악하니, 봄날 샘물이 솟구치듯 악독함이 네놈들에게서 솟아오르는구나. 내가 아니더라도 너희는 죽어 없어질 터, 너희 자신의 악행이 서로를 파멸시키기 때문이라. 그리고 지금 너희가 저지른 일 때문에, 나의 손님들을 죽음으로 몰아가려 했기 때문에, 더 나아가 감히 내 명령에 복종하지 않았기 때문에, 너희는 죽음을 면치 못할 것이다. 너희를 고문의 동굴[19]로 보내어 고문관들에게 넘길 것이며, 내일 태양이 저물 때까지 살아있는 자는 너희가 내 손님의 하인을 죽이려 했던 바로 그 방법으로 죽게 될 터이다."

그녀가 말을 마친 후, 두려움 가득한 중얼거림이 동굴 내부로 번지기 시작했다. 자신들이 처하게 될 끔찍스러운 운명에 대해 인지하자마자 특유의 냉담한 표정은 사라졌고 땅바닥에 몸을 던지며 보기에도 무서울 정도로 울며불며 자비를 구걸했다.

---

19 이후에 나는 코르에 거주했던 고대인의 유산인 이 끔찍한 장소를 보게 되었다. 그 동굴에 있는 것이라고는 고문관들의 임무 수행을 돕기 위해 다양한 위치에 놓아둔 석판뿐이었다. 대부분이 다공석이었고 희생자들의 혈흔이 스며들어 거무스레한 얼룩이 많이 남아있었다. 동굴 한가운데에는 화로가 놓일만한 장소가 있는데 항아리를 달구기 위한 구멍이 보였다. 그러나 이 동굴에서 가장 끔찍한 것은 석판마다 새겨진 조각인데, 거기에다 가능한 고문의 형태를 표현하였다. 어떤 것은 너무나 끔찍하여 독자를 위해서 그 모습을 묘사하지 않을 생각이다. —L. H. H.

나 역시 아샤를 보면서 그들의 목숨을 살려주거나 적어도 덜 끔찍한 방법으로 그들의 운명을 징벌해 달라고 부탁했다. 하지만 여왕은 단호했다.

"할리," 그녀가 다시 그리스어로 말했다. 솔직히 말하자면 나는 언어에 관한 한 그 누구보다도 실력을 갖춘 학자로 인정받았음에도 여왕의 말을 알아듣기가 다소 어려웠는데, 그건 억양이 달랐기 때문이었다. 당연한 말이지만, 아샤는 고대의 억양으로 말한 반면 우리는 전통적이며 현대적 억양에 따라 발음을 배웠던 것이다―"할리, 그럴 수가 없습니다. 만약 내가 저 늑대들에게 자비를 보여준다면, 저들 사이에 있는 그대의 생명은 하루도 위험합니다. 그대는 저들을 모릅니다. 저들은 피를 핥아 먹는 호랑이들이며 심지어 지금도 그대의 목숨에 눈독을 들이고 있지요. 그대는 내가 저들을 어떻게 다스리는지 생각해보았나요? 내게는 1개 연대의 호위병만 있으니, 따라서 무력으로 다스리는 게 아닙니다. 공포로 다스리는 거지요. 나의 제국은 상상력의 산물입니다. 한 세대에 한 번 정도 나는 이렇게 고문으로 죄인들을 죽입니다. 내가 잔인하다거나 저리도 천한 것에 복수한다고 생각하지 마십시오. 저런 것들에 복수한다고 내가 무슨 이득을 보겠습니까? 할리, 아주 오래 산 사람에겐 흥미 둘 곳을 제외하고 아무런 열정도 없습니다. 내가 노여움에 휩싸여 혹은 기분이 거슬려서 저들을 죽인다고 여길 터이나 그렇지 않습니다. 그대는 하늘에 뜬 조그만 구름이 아무 이유 없이 이리저리 떠다닌다고 보았겠지만, 그 뒤에서 거대한 바람이 불며 가야 할 방향을 정하고 있지요. 나도 마찬가지예요, 할리. 내 기분과 변덕은 갑자기 돌변하는 작은 구름이지만 그 뒤에는 나의 목적이라는 거대한 바람이 불고 있답니다. 아니, 저들은 죽어야 할 뿐 아니라 내가 말한 그 방법으로 죽어야 합니다." 그녀는 갑자기 호위대장을 향해 말했다.

"내 명령대로 거행하라!"

제16장

코르의 무덤

죄인들이 물러간 후, 아샤가 손을 내젓자 관중들은 몸을 돌리더
니 마치 흩어진 양 떼처럼 동굴 아래로 기어나가기 시작했다. 그
들은 연단에서 상당히 떨어진 지점에서 일어나 걸어나갔고, 파
멸을 앞둔 죄인들도 함께 나갔기에, 벙어리 하인들과 몇몇 호위
병들을 제외하면 여왕과 나만 남게 되었다. 이것을 좋은 기회로
여긴 나는 그녀에게 레오의 상태가 심각하니 그를 보러 와 달라
고 부탁했다. 그러나 그녀는 그런 열병에 걸린 사람들은 저물녘
이나 동틀 무렵 외에는 죽지 않는다면서 그날 밤이 되기 전까지
는 죽지 않을 것이기에 당장 가지 않겠다고 말했다. 또한, 자신
이 치료하기 전에 병이 가능한 한 많이 진행되도록 하는 편이
낫다고 덧붙였다. 따라서 내가 나가려고 일어나는데, 그때 그녀
가 내게 따라오라고 명하면서, 자신이 말한 대로 동굴 속 놀라운
광경을 보여주겠노라고 했다.

　나는 거절하고 싶었지만 그녀의 치명적인 매력에 단단히 사
로잡혀 있었으므로 그럴 수 없었다. 그녀는 의자에서 일어나 벙
어리 하인들에게 손짓한 후 연단에서 내려왔다. 그러자 등불을

든 소녀 네 명 중 둘은 앞쪽에, 둘은 우리 뒤에 섰고 나머지 하인 들과 호위병은 물러갔다.

"이제," 그녀가 말했다. "이곳의 놀라운 광경을 보러 가야지 요, 할리? 이 거대한 동굴을 잘 보세요. 이와 같은 것을 본 일이 있나요? 이 동굴을 비롯해 다른 많은 동굴은 한때 이 평원 위 도시에 살았던 사람들이, 지금 모두 죽고 없지만, 손으로 파낸 것입니다. 코르족은 대단히 훌륭하고 경이로운 사람들이 틀림 없답니다. 그들은 이집트인들처럼 이승보다 저승에 대한 생각 을 더 많이 했지요. 그대는 이 동굴과 그 모든 통로를 만들기 위 해 얼마나 많은 세월 동안 얼마나 많은 인력이 필요했다고 생각 합니까?"

"수만 명일 터이지요." 내가 대답했다.

"그래요, 할리, 이들은 이집트인들보다 더 오래전에 살았던 사람들입니다. 나는 단서가 담긴 그들의 비문을 조금 읽을 수 있 었는데, 여기를 보십시오, 이것은 그들이 파낸 마지막 동굴 중 하나였답니다." 그녀는 뒤쪽 암벽을 향해 몸을 돌리고 벙어리 시 녀에게 등불을 들어 올리라고 손짓했다. 연단 뒤쪽으로 손에 상 아 봉을 든 채 의자에 앉아있는 노인의 그림이 새겨져 있었다. 나는 그것을 보자마자 우리가 음식을 먹었던 장소에 시신 방부 처리 과정을 표현한 그림 속 남자와 상당히 닮았다는 생각이 뇌 리를 스쳤다. 아샤가 재판할 때 앉았던 것과 똑같이 생긴 그 의 자 아래에 쓰인 짧은 비문의 문자는 이미 앞에서 말한 바 있지 만, 충분히 묘사할 수 있을 만큼 기억나지 않는다. 내가 알고 있는 글자 가운데 중국 한자와 가장 비슷하다고 말할 수 있겠다. 아샤가 조금 힘들게 띄엄띄엄 읽긴 했지만, 그 내용을 큰 소리로 번역해주었다. 내용은 다음과 같다.

코르 제국의 도시건설 후 4259년이 되는 해, 이 동굴(또는 무덤)이 코르 황제 티스노의 명령에 따라 완공되었고, 이곳 사람들과 노예들은 삼 대에 걸쳐 장래의 시민들을 위한 무덤을 만들기 위해 힘들게 일했노라. 천상의 축복이 이들의 업적에 내리고 무적의 황제이자 초상화의 주인인 티스노가 다시 깨어나는 날까지 행복하고 편안히 잠들게 할 것이며[20] 그와 함께 깨어나 고개를 조아리게 될 그의 백성과 하인들 역시 깊은 휴식을 취하게 되리라.

"보셨지요, 할리," 그녀가 말했다, "이 민족이 도시를 세웠고 그 잔재가 평원 너머에 아직 남아있습니다. 이 동굴이 완성되기 사천 년 전에 말이지요. 나는 이것을 이천 년 전에 처음 보았는데 지금까지 그대로 있습니다. 그러니 이 도시가 얼마나 오래된 것인지 짐작할 수 있겠지요! 이제 나를 따라오세요. 멸망의 시기가 도래했을 때 이들 위대한 민족이 어떻게 망했는지 보여주겠습니다." 그녀는 동굴의 중앙 통로를 따라가다가, 바닥에 커다란 맨홀로 이어지는 둥근 돌이 있는 지점에서 멈췄는데, 마치

---

20   미래 상태에 대한 믿음을 나타내는 듯한 이 구절은 대단히 깊은 인상을 남겼다. ─편집자

런던 보도에서 철판으로 공간을 메워두는 것처럼 석탄으로 채워져 있었다. "보입니까?" 그녀가 말했다. "말해보세요, 이게 무엇입니까?"

"저는 모르겠습니다," 내가 대답했다. 그녀는 (입구 쪽 방향을 보면서) 동굴 왼쪽으로 건너갔고 벙어리 시녀에게 등불을 들어 올리라는 신호를 보냈다. 벽 위에는 붉은색 염료로 써넣은 글자들이 있었는데 이는 코르 황제 티노스의 조각 아래 새겨진 것과 비슷했다. 글자는 아직 알아볼 수 있을 만큼 선명해서, 그녀는 내게 계속하여 번역해주었다. 내용은 다음과 같다.

나, 코르의 대신전 사제, 주니스는 코르 제국이 건국된 이후 4803년이 되는 해에 이 무덤의 벽에 글을 쓰노라. 코르 제국은 무너졌도다! 제국의 연회장에서는 화려한 축제가 더는 열리지 않을 것이고, 제국은 다시는 세상을 지배하지 못할 것이며, 제국의 범선이 세상과 교역을 위해 출항하지 않을 것이니라. 코르 제국이 멸망했도다! 코르 제국이 이룬 엄청난 업적과 모든 도시, 건설하고 만든 모든 항구와 운하는 늑대, 부엉이, 야생 백조 그리고 장차 나타날 야만족이 차지하게 될 것이라. 달이 스물다섯 번 나오기 전, 구름이 코르 제국 수백 개의 도시 위를 덮었고, 그 구름에서 나온 역병이 사람들을, 젊은이나 늙은이나 할 것 없이, 한 명 한 명 쓰러뜨려, 이제 남은 사람이 없도다. 젊은이와 늙은이, 부자와 가난한 자, 남자와 여자, 왕자와 노예, 모든 이가 검게 변해 죽었노라. 역병은 사람을 죽이고 또 죽였고 낮이나 밤이나 멈

추지 않았으며 역병에서 도망친 이들은 굶주려 죽었도다. 죽은
자가 너무 많아 코르의 자손들은 다시는 고대의 의식에 따라 보
존될 수 없으니, 그들은 동굴 바닥에 난 구멍을 통해 동굴 아래
거대한 구덩이로 던져졌도다. 그런 다음 마침내 이 위대한 민족
중 살아남은 자들이자 세상의 빛은 해안을 따라 내려가 배를 타
고 북쪽으로 나아갔노라. 그리고 나, 이 글을 쓰는 사제 주니스
는 다른 도시에 아직 남은 자가 있는지 알 수 없으나, 인간이 만
든 위대한 도시의 마지막 생존자일 것이다. 나는 죽기 전 절망 속
에서 이 글을 쓰니, 코르 제국이 이제는 존재하지 않기 때문이며,
아무도 신전에서 절을 하지 않기 때문이며, 모든 곳이 텅 비어있
고 왕자들과 대장들과 무역상들과 아름다운 여인들이 이 땅에서
사라졌기 때문이니라.

나는 너무 놀라 한숨이 나왔다―다급히 쓴 글에 배어 있는
처절함에 압도당했다. 위대한 민족의 운명을 기록한 이 고독한
생존자 역시 죽음의 어둠 속에 파묻히기 직전임을 생각하자 마
음이 아팠다. 소름 끼치는 고독 속에서 음울한 공간을 희미하게
밝혀주는 등불에 의지한 채 동굴 벽에 멸망의 역사를 간략한 문
장 몇 개로 휘갈겨 쓰면서 그 노인은 어떤 기분을 느꼈을까? 윤
리학자 혹은 화가 혹은 진실로 생각이 있는 사람한테 얼마나 훌
륭한 주제인가!

"이런 생각이 안 드나요, 할리," 아샤가 내 어깨에 손을 얹어
놓으며 말했다. "북쪽으로 배를 타고 간 사람들이 이집트인의 조

상이 아니었을까요?"

"저는 잘 모르겠습니다." 내가 말했다, "너무 오래전의 일이 듯 싶습니다."

"오래되었다고요? 그렇습니다, 진정 오래된 일이죠. 시간이 흐르고 또 흘러 부유하고 강력한 나라들, 예술 작품에 남겨진 그 나라들이 멸망하고 잊혀, 그들에 대한 기억은 남아있지 않습니다. 이 나라도 그런 여러 나라 중 하나일 뿐입니다. 세월은 인간이 이룬 업적을 갉아먹지요, 만약 코르 사람들처럼 동굴에 기록하지 않았다면요, 아마 바다가 모든 것을 삼켜버리거나 지진이 파괴할 겁니다. 이 땅 위에 무엇이 존재했는지 혹은 무엇이 존재할지 누가 알겠습니까? 현명한 히브르인이 오래전에 써 놓았듯, 태양 아래 새로운 것은 없습니다. 그러나 내 생각으로는 이 민족이 완전히 파멸한 것이 아닙니다. 많은 도시가 있었기에, 다른 도시에 일부 생존자가 있었지요. 그러나 남쪽에서 온 야만인들이, 어쩌면 나의 민족인 아랍인들이 그들을 침략하여 여자들을 아내로 삼고 아마해거 부족은 지금 강력한 코르 자손의 서자가 되어 선조들의 뼈와 함께 이 무덤에서 살게 되었지요.[21] 그러나 나는 모릅니다, 혹은 누가 알 수 있단 말입니까? 나의 능력으로도 시간이라는 칠흑 같은 밤을 꿰뚫어 볼 수 없습니다. 그들은

---

21 아마해거라는 이름은 잠베지 강 근처에서 쉽게 나타나는 부족들의 기이한 혼혈을 가리키는 듯했다. 접두어인 "아마ama"는 "사람들"이라는 의미로 줄루족과 혈족들에게 흔하게 볼 수 있는 한편, "해거"는 아랍어로 암석을 의미한다.—편집자

대단한 사람들이었지요. 그들은 하나도 남김없이 주변을 정복했고 암벽으로 이루어진 산속에 거주하면서 하인과 하녀와 악사와 조각가와 첩을 거느렸고 무역과 전쟁을 했고, 멸망의 시기가 올 때까지 먹고 사냥하고 잠자고 즐거워했지요. 하지만 이리 오십시오. 나는 그대에게 이 글에서 말하는 동굴 아래에 자리한 거대한 구덩이를 보여주겠습니다. 아마 결코 다시 볼 수 없는 광경일 겁니다."

그리하여 중앙 동굴에서 갈라진 옆 통로로 나는 그녀를 따라 들어가 꽤 많은 계단을 내려갔는데, 암석 표면 아래로 60피트는 충분히 되는 깊이였고, 어딘지 모르나 위쪽으로 이어진 신기한 천공들로 인해 환기되는 지하갱도를 따라갔다. 갑자기 통로가 끝났고 그녀가 멈춰 서서 벙어리 시녀들에게 등불을 들어 올리라고 했을 때, 그녀가 말했던 것처럼 나는 살아생전 다시는 볼 것 같지 않은 광경을 보게 되었다. 우리는 어마어마하게 커다란 구덩이 안, 아니 그것 보다는 그 가장자리에 서 있는 셈이었는데, 우리가 서 있는 곳보다—얼마나 깊은지 난 알 수 없다—훨씬 깊었고, 가장자리는 낮은 암벽이었다. 내가 판단할 수 있는 한, 이 구덩이는 런던의 성 바울 성당의 둥근 천장 아래의 공간만 하였고, 시녀들이 등불을 들어 올렸을 때 나는 그곳이 거대한 봉안당이라는 사실을 알게 되었다. 글자 그대로 수천 개의 인간 해골로 이루어졌고, 어슴푸레 빛나는 거대한 피라미드 형태로 쌓여서 새로 들어온 시신을 위에서 던지면 제일 꼭대기에 놓여 있던 시신은 아래로 미끄러져 가며 형성된 것이었다. 멸망한 종족의 시신이 마구 쌓여있는 모습은 상상을 초월할 정도로 섬뜩했고, 더욱 끔찍한 것은 건조한 공기 속에서 육신이 그대로 말라버린 상당수의 시신이 각종 자세로 고정된 채, 산처럼 쌓인 하얀 뼈 사이에서 기괴하고 끔찍한 표정으로 우리를 노려보고 있다는 사실이었다. 나는 너무 놀라 비명을 질렀는데, 내 목소리의 메아리가 둥그런 공간에서 울려 퍼져, 무더기 꼭대기 부근에 수천 년 동안 아슬아슬하게 균형을 잡고 있던 해골 하나를 건드렸다. 그 해골은 마치 신난다는 듯 우리를 향해 통통 굴러왔고 그 뒤를 이어 자연스레 다른 뼈들도 무너져, 제멋대로 움직인 뼈로 인해 마침내 구덩이 전체가 뒤흔들렸으니, 마치 해골들이 우리를 환영하기 위해 벌떡 일어서는 것 같은 느낌이었다.

"저," 내가 말했다, "충분히 보았습니다. 몹쓸 전염병으로 죽은 사람들의 시신이군요, 그렇지요?" 내가 덧붙여 말했고 우리는 돌아섰다.

"그렇습니다. 코르민족은 죽은 자를, 이집트인이 하듯이 방부처리 했고, 그 기술은 이집트인들보다 더 훌륭했답니다. 이집트인들이 내장과 뇌를 꺼냈던 반면에 코르민족은 혈관에 액체를 주입하여 온몸으로 퍼지게 했지요. 그러나 잠시 멈추세요, 그대가 봐야 할 것이 더 있습니다." 그녀는 우리가 걷고 있는 통로에서 다른 곳으로 들어가는 조그만 문 중 하나 앞에 멈추더니 벙어리 하녀들에게 우리가 들어갈 수 있도록 등불을 밝히라고 손짓했다. 우리가 들어간 곳은 우리 일행이 처음 머물렀던 동굴 속 내가 잠을 잤던 장소와 비슷했고, 대신 석판이 두 개인 점만

달랐다. 석판 위에는 누런 아마포로 덮인 시신이 누워있고[22] 이렇게 깊은 곳을 깎아 만든 동굴에는 먼지밖에 들어올 수 없었기에 그 위에는 사람들이 예상할 수 있는 정도보다 훨씬 오랜 기간 내려앉은 곱고 미세한 먼지가 덮여 있었다. 석판 위의 시신 주변과 무덤 바닥에는 채색한 항아리가 많이 있었으나 나는 어느 동굴에서도 장신구나 무기는 거의 보지 못했다.

"천을 들어보세요, 할리," 아샤가 말했다. 그러나 나는 손을 내밀었다가 다시 거두어들였다. 그것은 신성모독인 듯하였고, 솔직히 말하자면 나는 이 장소와 앞에 펼쳐진 광경이 주는 두려운 엄숙함의 위세에 눌려 있었다. 나의 두려움을 조금 비웃던 아샤가 손수 천을 걷어 올리자 석판 위 시신을 덮어놓은 곱게 짠 다른 천이 드러났다. 그녀가 그것마저 걷어 올렸을 때 수천 년 만에 처음으로 살아있는 눈동자가 차갑게 죽은 자의 얼굴을 보게 되었다. 서른다섯 살가량 혹은 약간 더 젊은 아름다운 여인이었다. 심지어 지금도 평온하고 단아한 모습으로 램프 불빛을 받아 하얀 얼굴 위로 그림자를 드리운 기다란 속눈썹과 섬세한 눈썹이 인상적인 매우 아름다운 얼굴이었다. 하얀 수의를 입고 검은 머리카락을 늘어뜨린 채 그녀는 기나긴 마지막 잠을 자고 있었으며, 팔에는 가슴 쪽으로 얼굴을 묻은 작은 아기가 안겨 있

---

22 아마해거족이 몸에 걸친 아마포는 누런 색깔로 미루어 짐작건대 모두 이들 무덤에서 가져온 것이다. 하지만 만약 깨끗이 세탁하고 적절하게 표백한다면 눈처럼 하얀색이 될 수 있을 것이며 지금까지 본 것 중 가장 부드러운 최고의 아마포가 될 것이다. —L.H.H.

었다. 조금 두렵기는 했지만, 너무나 아름다운 광경이어서—부끄럼 없이 고백하자면—나는 눈물을 참기 힘들었다. 그 광경을 보자 세월의 깊은 심연을 거슬러 멸망한 코르 제국의 행복한 한 가정으로, 아름다운 이 여인이 살고 죽고, 막내 아이와 함께 무덤으로 들어간 장소로 빠져들 수 있었다. 우리 눈앞에 놓여 있는 엄마와 아기의 시신은 잊힌 인간 역사의 하얀 기억이었고, 문자로 기록된 어떤 삶보다 더 깊게 가슴을 울렸다. 나는 공손하게 천을 다시 덮었고, 그리고 그토록 아름다운 꽃들이 영생의 목적으로 무덤에 모여서 활짝 피어야만 하는지 생각하며 휘 한숨을 쉬며, 나는 반대편 석판에 있는 시신으로 가서 천천히 천을 들추었다. 이번에는 긴 회색 수염을 기른 나이 든 남자였고, 역시 하얀 수의 차림이었는데, 어쩌면 아까 본 여인의 남편이며 그녀보다 훨씬 오래 살다가 마침내 아내 곁에서 영원히 잠든 것일 수 있었다.

우리는 그곳을 떠나 다른 동굴로 들어갔다. 내가 본 많은 것들을 묘사하자면 너무 장황하게 될 것이다. 동굴마다 시신이 있었다. 동굴의 완성부터 종족의 멸망까지 걸린 5백여 년의 세월은 이들 묘지를 채우기에 충분한 시간이었고, 셀 수 없이 많은 시신을 그곳에 놓아둔 그 날 이래 누구도 손을 대지 않은 것이 분명했다. 그에 대해 묘사하자면 책 한 권은 쓸 수 있을 터이나 앞에서 말했던 내용을 조금 바꿔 되풀이하는 정도가 될 것이다.

거의 모든 시신이 대단히 정교한 기술로 처리되어 수천 년전 사망했던 당시처럼 완벽한 형태로 남아있었다. 어떤 것도 살아있는 암석의 깊은 침묵 속에 싸인 그들에게 위해를 가할 수 없었다. 열기나 추위, 습기도 닿지 않는 곳이어서 시신 처리에 사용된 향료의 효과가 실질적으로 영원히 지속하였다. 하지만 여기저기에서 예외를 볼 수 있었는데 그런 경우에는 비록 시신의 외관은 멀쩡했지만, 만약 누군가의 손이 닿으면 그대로 무너져 먼지 더미가 되었다. 아샤가 내게 해준 말에 의하면 너무 서둘러서 매장했거나 보존액을 몸 안으로 주입하지 않고 담그는 방법을 사용했기 때문이라고 했다.[23]

하지만 우리가 본 마지막 무덤의 경우, 처음에 보았던 것보다 더 열렬하게 인간의 동정심을 자극했기 때문에 꼭 한마디 하고자 한다. 여기서는 석판 하나에 두 구의 시신이 누워있었다. 천을 걷어 올리자 젊은 청년과 갓 피어난 처녀가 서로 껴안은 채 누워있었다. 처녀의 머리가 청년의 팔에 놓이고 청년의 입술은 처녀의 이마에 닿아있었다. 내가 청년의 아마포 수의를 열자 가슴 부근에 단검이 찔린 흉터가 보였고 처녀의 고운 가슴 아래에도 생명을 앗아간 찔린 자국이 있었다. 위쪽 돌에는 세 단어로

---

23 이후 아샤는 내게 나무를 보여주었는데, 그 잎으로 고대 보존액을 제조했다고 한다. 키 작은 관목의 일종으로 오늘날까지 산이나 혹은 암벽 경사면에서 많이 볼 수 있다. 길쭉하고 좁은 잎은 생생한 녹색이지만 가을에는 선명한 붉은색으로 변하고 전반적인 생김새는 월계수와 비슷하다. 녹색일 때는 향기가 거의 나지 않지만 가열하면 참기 힘들 정도로 강해진다. 하지만 최고의 혼합물은 뿌리로 만든다. 아샤가 보여준 비문에 의하면 일정 계급 이상의 사람들만 뿌리로 만든 약품으로 방부처리를 할 수 있도록 법으로 정해놓았다. 그것은 나무의 멸종을 막기 위해 시행되었다. 나뭇잎과 뿌리의 판매는 국가가 독점하여, 코르 왕가는 많은 이익을 얻을 수 있었다. —L. H. H.

된 비문이 적혀 있었다. 아샤가 내용을 번역해주었다. 비문에 적힌 글귀는 죽음으로 맺은 결혼이었다.

살아있을 때 분명히 아름다웠을 두 사람은 어떤 사연을 간직했길래 죽음도 이들을 갈라놓지 못한 것일까?

나는 눈을 감고 상상의 나래를 펼쳤다. 생각의 실을 잡은 채 오랜 세월을 거슬러 올라가 그들이 겪은 암울함 위에 생생한 그림을 하나하나 짜 넣으니, 그 순간 내가 과거를 뛰어넘어 영적인 눈으로 불가사의한 시간을 꿰뚫어 보았다고 느꼈다.

나는 곱디고운 처녀를 본 것 같았다—금발 머리카락이 눈처럼 하얀 드레스 위로 반짝거렸고 드러난 가슴은 너무나 희고 빛나 번쩍거리는 금 장신구조차 희미하게 보였다. 나는 수염을 기르고 쇠사슬 갑옷을 차려입은 전사들로 가득 찬 거대한 동굴과 아샤가 재판할 때 올라갔던 등불 밝힌 연단 위에 사제의 상징에 둘러싸인 채 서 있는 한 남자를 본 것 같았다. 동굴 위쪽에는 보라색 옷을 입은 사람이 있고 그 앞뒤로 연주자들과 아름다운 소녀들이 결혼 축하 노래를 부르며 다가왔다. 제단을 등지고 선 하얀 소녀는 곱고 아름다운 소녀들보다 아름답고—백합보다 순수하며, 심장에서 반짝이는 아침이슬보다 차가웠다. 하지만 남자가 가까이 다가가자 소녀가 몸서리를 쳤다. 다음 순간 검은 머리카락의 젊은이가 수많은 군중 사이에서 쏜살같이 뛰어나와 아주 오래전에 잊힌 이 소녀를 끌어안고 창백한 얼굴에 키스했고, 그 순간 고요한 하늘에 붉은 여명의 빛이 번지듯 피가 솟구쳤다. 그다음 소란과 고함이 터지고 칼날이 번뜩이고 사람들은 소녀에게서 젊은이를 떼어내 칼로 찔렀으나, 소녀는 비명을 지르면서 젊은이의 허리춤에 차고 있던 단검을 낚아채어 눈처럼 하얀 가슴 속으로 심장 깊숙한 곳까지 찌른 뒤 쓰러졌고, 그런 다음 긴 행렬이 울음과 비탄, 애도의 소리와 함께 내 환상의 무대에서 빠져나가면서 과거의 책장은 다시 덮였다.

독자들은 사실의 역사 속으로 끼어든 나의 꿈같은 망상을 용서해주길. 그러나 내게는 절실하게 다가온 상상이었다—그 순간이 진실인 듯 너무나 선명하게 볼 수 있었다. 게다가 사실과 과거, 현재, 혹은 다가올 일 가운데 어디까지가 상상인지 누가 말할 수 있겠는가? 상상이란 무엇인가? 아마도 형용하기 힘든 진실의 그림자이자 영혼의 통찰일 것이다.

순간적으로 그 모든 장면이 내 머릿속으로 획 지나가 버렸고 그녀가 나를 보며 말했다.

"이 남자의 운명을 보십시오," 베일을 쓴 아샤는 죽은 연인들 위로 천을 다시 덮으면서 나의 상상과 잘 어우러지는 듯한 엄숙하고 떨리는 목소리로 말했다. "마침내 무덤으로, 그 무덤을 덮은 망각 속으로 우리는 모두 들어가게 될 것입니다! 아, 그토록 오랫동안 살아온 나도 그렇지요. 심지어 나조차도, 할리, 수천 년이 지나고 다시 수천 년이 지난 후, 그대가 저 문을 지나 이슬 속으로 사라지고 수 없는 세월이 흐른 후, 나 역시 죽게 되는 날이 올 것이고 심지어 그대와 저들의 지혜도 그렇게 되겠지요. 그리고 내가 조금 더 오래 산다고 해도, 자연으로부터 겨우 알아낸 지식으로 죽음을 유예한다고 해도, 마침내 나 역시 죽어야만

한다면 그게 무슨 소용이 있을까요? 시간의 역사에서 만년 혹은 십만 년을 늘리는 것이 무슨 의미가 있을까요? 그것은 무(無)와 같습니다―햇살 속으로 증발해버린 안개처럼 허망하고, 한 시간의 잠 혹은 영원한 정신의 숨결처럼 쏜살같이 지나갑니다. 저 남자의 운명을 보십시오! 그 운명은 우리를 덮칠 것이며 우리는 잠들게 될 것입니다. 또한, 분명코 우리는 깨어날 것이고, 또다시 살 것이고, 또다시 잠을 자고 그렇게 시대와 공간, 시간을 관통하고, 영겁으로부터 영겁으로, 온 세상이 사멸할 때까지, 세상 뒤에 온 세상이 소멸할 때까지, 생명이라는 영혼을 제외하고 아무것도 살지 않을 때까지 계속될 것입니다. 그러나 우리 두 사람과 이들 죽은 자들에게 마지막의 마지막은 생명일까요? 혹은 죽음일까요? 아직 죽음은 생명의 밤에 불과하고, 그 밤에서 내일이 다시 태어나고, 거기서 다시 밤이 탄생하지요. 낮과 밤, 생명과 죽음이 종말을 맞고 태어난 곳으로 사라질 때, 우리의 운명은 어떻게 될까요, 오, 할리? 누가 그토록 멀리 볼 수 있습니까? 심지어 나조차 못하는데!"

그런 다음 그녀의 억양과 말투가 갑자기 변했다.

"나의 이방인 손님이여, 그대는 충분히 보았나요, 혹은 내 궁전의 회당인 경이로운 무덤들을 좀 더 보여줄까요? 만약 그대가 원하면 코르 제국의 가장 강력하고 용맹했던 왕이자 이 동굴들을 완성한 티스노가 있는 곳, 무(無)를 조롱하며 과거의 공허한 그림자에 조각으로 남은 그의 자부심을 향해 경의를 표하라고 명령하듯 장려하게 누워있는 그곳으로 데려갈 수 있습니다!"

"충분히 보았습니다, 여왕이시여," 내가 대답했다. "이곳에 존재하는 죽음의 힘이 제 심장을 압도합니다. 필멸의 존재란 허약하며, 종말을 기다리는 동질감으로 쉽사리 부서진답니다. 저를 여기서 나가도록 해주십시오, 아샤!"

제17장

균형이 깨지다

몇 분 만에, 벙어리 시녀들의 등불들을 따라 걷는데, 마치 등불들은 운반 인들이 항아리의 물을 잠을 때처럼 앞으로 나와 어둠 속을 등불들만이 떠내려가는 듯했고, 우리는 전날 빌랄리가 네 발로 기어가던 바로 그곳, 그녀의 알현실로 이어지는 계단까지 왔다. 여기에서 나는 여왕에게 작별인사를 드리려고 했으나 그녀는 받으려 하지 않았다.

"아닙니다," 그녀가 말했다. "함께 들어갑시다, 할리. 그대와 대화하는 것이 진정으로 즐겁습니다. 생각해보세요, 할리. 이천 년 동안 나는 노예들이나 나 혼자 생각할 때를 제외하고 대화를 나눈 적이 없습니다. 비록 그 모든 생각을 통해 지혜를 얻고 수많은 비밀이 풀리긴 했습니다만, 내 생각들에 지치고 나 자신과의 대화에 싫증이 났어요, 왜냐면 기억이 먹으라고 준 음식은 먹기에 쓰디쓰며, 오직 희망의 치아만으로 그것을 베어 물 수 있으니까요. 지금 비록 그대의 사고는 젊은이처럼 싱싱하고 유연하지만, 사실상 그대는 똑같이 괴팍한 분위기와 덥수룩한 외모 때문에 아테네와 아라비아의 레베카에서 나와 논쟁을 벌이던 나이 든 철학자들을 떠올리게 합니다. 마치 읽기 힘든 그리스어를 읽던 시대에 살았고 더러운 원고들로 인해 검게 물든 사람처럼 말이지요. 그러니 커튼을 걷고 여기 내 옆에 앉으세요, 우리는 과일을 먹고 즐거운 대화를 나눌 것입니다. 보세요, 나는 그대 앞에서 다시 베일을 벗을 것입니다. 그대가 자초한 일이지요, 오 할리. 내가 그대에게 분명히 경고했지요—그대는 나를 아름답다고 하겠지요, 저 늙다리 철학자들조차 나를 아름답다고 했으니까요. 자신들의 철학을 잊어버린 그들이 정말 싫습니다!"

그리고 힘들지 않게 그녀가 일어나 하얀 베일을 벗었다, 그녀가 허물을 벗자 마치 번쩍이는 뱀처럼 눈부시고 장려한 모습을 드러냈다, 오! 아름다운 눈을 나에게 고정하여—전설의 뱀 바실리스크의 눈보다 더 치명적으로—눈의 아름다움으로 나를 꿰뚫고 꿰뚫었다. 그리고 은종이 울리듯 가볍고 맑은 그녀의 웃음 소리가 울려 퍼졌다.

새로운 분위기가 그녀 주위를 감돌면서, 그녀 정신의 바로 그 색채가 변화하는 것 같았다. 그건 더 이상 고문에 찢기지도 증오스럽지도 않았으며, 그녀가 불길을 일으켜 죽은 경쟁자를 저주할 때 내가 목격했던 것처럼, 재판장에서의 얼음처럼 차갑고 무서운 모습은 이제 사라졌으며, 죽은 자들의 주거지에서처럼, 튀루스[24]의 천처럼 화려하나 칙칙한 분위기는 이제 사라졌다. 그렇다, 그녀의 분위기는 이제 승리한 아프로디테의 분위기

---

24   고대 페니키아의 항구 도시.—역주

였다. 빛나며 황홀하고 경이로운 생명이 그녀에게 흘러나와 그 주변을 둘러쌌다. 그녀는 부드럽게 웃고 한숨 쉬며, 빠른 시선을 날려 보냈다. 풍성한 머리채를 흔들자 그 향기가 방 안을 가득 채웠다. 샌들을 신은 조그만 발로 바닥을 톡톡 치면서 고대의 그리스 결혼 축가의 한 구절을 읊었다. 모든 위엄은 사라졌거나 혹은 마치 햇빛의 반짝거림처럼 웃는 눈동자 속에 숨어 있고 희미하게 빛났다. 그녀는 일렁이는 불길의 공포를, 심지어 지금조차도 행해지는 재판의 차가운 힘을, 무덤의 현명한 슬픔을 벗어버렸다—그것들을 벗어버려, 마치 그녀가 입고 있는 하얀 가운처럼 그녀 뒤에 놓았고, 이제는 사랑스럽게 유혹하는 여성의 화신으로, 이전의 어떤 여자보다도 더 영적이고 더 완벽한 여성의 모습으로 서 있었다.

"할리, 나를 볼 수 있는 곳, 거기에 앉아요. 그것이 그대의 소원이었다는 것을 기억해요—다시 말하지만, 만약 호기심 어린 그대의 시선이 나를 향하기 전에 그대가 흔쾌히 죽을 만큼 그런 고통을 심장에서 느끼며 그대의 짧은 나머지 생을 보낸다 해도, 나를 원망하지 마세요. 거기에, 그렇게 앉아서 내게 말해줘요. 사실 나도 찬사를 받고 싶기 때문이랍니다—말해보세요, 내가 아름답지 않나요? 아니, 너무 성급하게 대답하지 말아요. 잘 생각하고 나서 대답해요. 나를 이목구비 하나하나 받아 들으세요, 나의 모습을, 손과 발을, 머리카락을, 백옥 같은 내 피부를 잊지 말고요, 그다음에, 진실로 그대가, 아주 작은 부분, 즉 소라 껍질처럼 생긴 귀에서, 심지어 속눈썹의 곡선에서조차, 나의 아름다움 앞에서 빛을 발할 수 있는 여자를 본 적이 있는지 사실대로 말해보세요. 자아, 내 허리! 그대는 너무 굵다고 생각할지 몰라도 사실은 그렇지 않아요. 황금 뱀 벨트가 너무 커서 제대로 조여주지 않습니다. 뱀은 현명한 동물이어서 허리에 조이는 것이 좋지 않다는 것을 알고 있어요. 하지만 보세요, 그대의 손을 내게 줘요─그래요─이제 손에 힘을 줘봐요, 거기, 약간만 더 힘을 주어 손가락이 닿게 해보세요, 오 할리."

나는 더는 참기 힘들었다. 여기서 나는 그저 한 남자일 뿐이었고 그녀는 한 여자 이상의 존재였다. 하늘은 그녀가 누구인지 알지만 나는 그렇지 않다! 그러나 다음 순간 나는 그녀 앞에 무릎을 꿇고 슬프게도 여러 언어를 마구 섞어 말했다─왜냐면 그 순간에 생각이 혼란스러웠다─나는 그 어떤 여자보다도 그녀를 숭배하며 그녀와 결혼할 수 있다면 불멸의 영혼도 바치겠노라고 고백했는데, 그때 나는 진심으로 그렇게 할 작정이었으며, 사실상 어느 남자라도 그랬을 거고, 모든 종족의 남자도 마찬가지였을 것이다. 순간 그녀는 조금 놀란 듯했지만 이내 웃음을 터뜨리며 손뼉을 치며 즐거워했다.

"오, 이렇게나 빨리, 할리!" 그녀가 말했다. "그대가 무릎을 꿇기까지 얼마나 걸릴지 궁금했답니다. 아주 오랫동안 내 앞에서 무릎을 꿇는 남자를 보지 못했지만, 믿어주세요, 여자들에게 이런 광경은 대단히 달콤하며, 아, 무한한 지혜와 그렇게 오랜 세월조차 우리 여자들의 고유한 권리인 그 즐거움을 앗아가지 못합니다.

그대는 누구입니까—그대는 누구입니까? 그대는 자신이 무엇을 하는지 모르는군요. 나는 그대의 여자가 아니라고 말하지 않았습니까? 나는 오직 한 사람만을 사랑하지요, 그 사람은 그대가 아닙니다. 오, 할리, 그대가 지닌 그 모든 지혜와 현명함에도 불구하고 그저 어리석음을 뒤쫓는 바보일 뿐이군요. 그대는 내 눈동자를 들여다볼 거예요—내게 입맞춤을 하게 될 거예요! 글쎄요, 만약 그대가 즐겁다면, 보세요," 그녀는 나를 향해 몸을 기울였고 그녀의 검고 황홀한 눈동자가 내 눈을 똑바로 응시했다. "아, 그리고 만약 당신이 원한다면 키스하세요, 왜냐면 만물의 계획에 감사하듯, 키스는 마음 외에는 아무런 흔적도 남기지 않는 법이지요. 하지만 만약 그대가 내게 입을 맞춘다면 내 그대에게 확실히 말하지요, 그대는 나를 향한 사랑으로 그대의 가슴을 파먹어 죽게 될 것입니다!" 그리고 아샤는 부드러운 머리카락이 내 이마에 스칠 때까지, 향기로운 숨결이 내 얼굴에 닿을 때까지 몸을 더 기울였기에, 약해진 나는 기절할 지경에 이르렀다. 다음 순간 갑자기, 내가 그녀를 잡기 위해 팔을 내미는 순간 그녀는 몸을 바로 세웠고 분위기는 순식간에 돌변했다. 그녀가 내 머리를 향해 손을 내밀자 거기서부터 무언가가 흘러나온 것 같았고, 냉랭한 기운이 제정신을 들게 하여, 나는 예의와 미덕을 되찾을 수 있었다.

"이런 방자한 장난은 이제 충분합니다," 그녀는 엄격하게 말했다. "잘 들으세요, 할리. 그대는 선하고 정직한 남자입니다, 그리고 나는 기꺼이 그대를 살려드립니다. 하지만, 오, 여자가 자비를 베풀기란 얼마나 어려운지요. 나는 당신을 위한 여자가 아니라고 말했고, 그러므로 그대의 마음은 산들바람처럼 나를 지나쳐야 하고 상상의 먼지는 다시 한 번 절망의 가장 깊은 곳으로 가라앉아야 합니다, 만약 원한다면 말이지요. 그대는 나를 모릅니다, 할리. 내 열정이 나를 휩쓸었던 열 시간 전에 나를 보았다면 그대는 공포와 두려움으로 나를 보며 움츠러들었을 테지요. 나는 여러 가지 분위기를 지닌 여자이고, 저 그릇에 담긴 물처럼 많은 것을 투영합니다. 그러나 그것들은 지나가지요, 할리. 그건 지나가고 잊힙니다. 오직 물만이 여전히 물이고, 나는 여전히 나입니다. 물을 만드는 것이 물을 만들고, 나를 만드는 것이 나를 만드니, 나의 본질은 변하지 않습니다. 그러니 그대는 내가 무엇인지 알 수 없으니 내가 무엇일지 신경 쓰지 마십시오. 만약 그대가 다시 나를 곤란하게 한다면 나는 베일을 쓸 것이고 그대는 내 얼굴을 더 이상 보지 않게 될 것입니다."

나는 일어섰다가 그녀 옆의 의자에 풀썩 주저앉았다, 한순간 미친 열정은 가라앉았으나 나의 감정은 여전히 흔들렸다, 마치 돌풍은 사라졌지만, 나뭇잎이 여전히 떨리듯이. 나는 무덤 속의 불을 향해 주문을 내뱉으며 지옥처럼 두려운 분위기를 뿜어내는 그녀를 보았다고 감히 말할 수 없었다.

"자아," 그녀가 말을 이었다. "이제 과일 좀 먹어요. 나를 믿으세요. 이것은 인간한테 유일한 참된 음식이랍니다. 오, 나보다 늦게 태어난 히브리인 구세주의 철학에 대해서 말해줘요. 지금 로마와 그리스, 이집트, 그 외 이방인들을 다스린다고 당신이 말한 그 사람 말이에요. 그가 가르친 것은 낯선 철학이 틀림없어요, 우리 시대의 사람들은 우리 철학들에 대해 무지했거든요. 환락과 욕망과 술, 피와 차가운 칼, 전쟁 속 인간들의 충격—이런 것들이 그들 신앙의 경전이었지요."

나는 그때쯤 약간 제정신을 회복했고, 자신을 드러낸 나약함에 크게 수치심을 느끼면서도 그리스도교의 교리에 대해 최선을 다해 설명했는데, 천당과 지옥에 대한 개념을 제외하고 그녀는 교리에 그리 관심을 보이지 않았고, 관심은 온통 교리를 가르쳤던 사람에게 쏠려 있었다. 게다가 나는 그녀와 동족인 아랍인 중에서 또 다른 선지자 모하메드가 나서서 새로운 믿음을 선포했고 현재 수많은 사람이 그를 믿는다고 말했다.

"아하!" 그녀가 말했다. "알았어요—두 개의 새로운 종교라! 나는 많은 것을 알고 있어요, 그리고 코르 동굴 너머는 모르기 때문에 의심할 여지 없이 더 많은 것이 있습니다. 인류는 하늘에 대고 하늘 너머를 보여달라고 늘 애원했죠. 그것은 종말을 향한 공포심이죠, 그러나 이기심의 미묘한 형태이기도 하죠—이것이 바로 종교를 먹여 살리는 자양분이지요. 들어보세요, 할리, 종교마다 신자들을 위해 미래를 제시하죠, 적어도 그건 선합니다. 악은 종교가 없는 무지몽매한 사람들을 위한 것이지요. 진실한 신자들은 빛을 보면, 마치 물고기가 별을 볼 때처럼, 희미하게 그 빛을 숭배합니다. 종교가 생겼다가 사라지고 문명이 생겼다가 사라지고, 이 세상과 인간의 본질 외에는 아무것도 지속하지 않습니다. 아, 만약 인간이 희망은 외부가 아니라 내부에서 온다는 것을 깨닫는다면 인간은 틀림없이 자신을 구원할 수 있어요! 인간이 저기에 있고, 그의 내부에 생명의 숨결이 있고, 선과 악이 인간에게 있듯이, 선과 악의 지식이 있어요. 그 위에 인간을 세우고 일어서게 하여, 인간의 불쌍한 자아와 닮았으나, 사악한 것을 생각하도록 좀 더 커다란 뇌를 지닌, 어떤 이름없는 신 앞에 자신을 내던지지 않도록 말입니다. 그리고 악한 일을 하도록 좀 더 긴 팔을 가졌죠."

　　그것은 그러한 추론이 얼마나 오래되었는지를 보여주고 진정 신학적 토론을 자주 발생시키는 요인 중 하나여서, 나는 아샤의 논리가 19세기에, 그리고 코르 동굴 외의 다른 장소에서 내가 들었던 어떤 것과 상당히 비슷하다고 생각했다, 어쨌든 나는 그런 주장에 전혀 동의하지 않지만, 그녀와 이 문제를 토론할 마음이 들지 않았다. 우선, 지금까지 내게 일어난 그 모든 감정으로 인해 나의 정신은 너무나 지친 상태이고, 다음으로는 내가 논쟁에서 진다는 사실을 알기 때문이었다. 상대방의 머릿속에 통계적 숫자와 지질학적 사실을 몽땅 집어넣으려는 일상적인 유물론자와의 논쟁은 충분히 피곤한 일인 반면에, 그를 오직 뒤흔들 수 있는 것은 추론과 타고난 재능, 흩날리는 신앙인데, 슬프도다! 그러한 것들은 우리의 골칫거리라는 뜨거운 재 속에 얼마나 쉽게 녹아 버리는가. 게다가 초자연적으로 다듬어진 두뇌와 이천 년의 경험을 가지고 온갖 자연의 비밀을 손에 넣은 사람을 이길 확률이 얼마나 낮겠는가! 내가 그녀를 개종하기보다는 그녀가 나를 개종시킬 가능성이 더 크다고 느끼면서 그 문제를 그냥 두는 것이 최선이라고 생각하고 침묵을 지켰다. 그 이후 여러 번 나는 그렇게 했던 것을 비통하게 후회했는데, 왜냐하면 그때 나는 아샤가 진실로 믿는 것은 무엇이며, 그녀의 '철학'이 무엇인지 알아낼 수 있는 단 한 번의 기회를 놓쳐버렸기 때문이었다.

"글쎄요, 할리," 그녀가 말을 이었다. "내 동족들도 그렇게 선지자를 찾아냈는데, 그 사람은 그대가 믿는 사람이 아니기에 가짜 선지자라고 말하겠지요. 사실상 나 역시 그럴 것으로 의심합니다. 그런데도 내 시대에는 그렇지 않았어요, 왜냐면 그때 우리 아랍인들은 많은 신을 숭배했습니다. 알라트[25], 하늘의 신인 사바, 알 우짜, 희생자의 피를 바라는 냉혹한 신 마나, 와드와 수와, 야만 거주자들의 사자 야후스, 모라드의 말 야후크, 함야르의 독수리 나르스, 아, 그 외에도 많이 있답니다. 오, 그 모든 것의 어리석음, 부끄럽고 가여운 어리석음이여! 그런데도 내가 지혜로 떨치고 일어나 그것에 대해 말했을 때 그들은 자신들의 분노한 신의 이름으로 나를 죽이려고 했습니다. 글쎄요, 그런 적도 있었다는 것이지요, 그런데 내게 이미 지친 건가요, 할리? 그토록 조용히 앉아 있다니요. 혹은 내가 그대에게 나의 철학을 가르칠까 봐 두려운가요?—내게 철학이 있다는 것 때문에요. 자신만의 철학이 없다면 무슨 선생이라고 할 수 있겠습니까? 그리고 만약 그대가 나와 논쟁하려 한다면 조심하세요, 그대에게 내 철학을 가르칠 것이고 그대는 나의 사도가 될 것이며 우리 둘

---

25   이슬람교 이전에 태양을 인격화한 아라비아 여신.—역주

이서 모든 이들을 끌어들일 신앙을 세울 것입니다. 신앙이 없는 인간! 하지만 무릎을 꿇고—그건 그대에게 어울리지 않아요, 할리—나를 사랑한다고 맹세한 이래 삼십 분이 지났군요. 우리가 무엇을 해야 하죠?—아니, 난 해야 할 일이 있지요. 나는 가서 그 젊은이, 늙은 빌랄리가 사자라고 부르던 그 청년, 그대와 함께 왔고 심한 병이 든 그를 보러 갈 것입니다. 지금쯤 열병은 자연스레 진행될 대로 되었을 것이고 만약 그가 죽기 직전이라면 나는 그를 회복시킬 것입니다. 두려워 마세요, 할리. 난 마법을 사용하지 않아요. 내가 그대에게 마법과 같은 것은 없노라고, 자연에 존재하는 힘을 이해하고 적용하는 것뿐이라고 말하지 않았습니까? 이제 가십시오, 그리고 곧 약이 준비되는 대로 그대를 따라가겠습니다."[26]

그 말을 듣고 돌아온 나는 엄청난 슬픔에 휩싸인 조브와 우스테인을 만났는데, 레오가 임종의 극심한 고통을 겪고 있어서 나를 찾기 위해 사방으로 돌아다녔다고 말했다. 급히 침상으로 달려가 보니 레오는 분명 죽어가는 중이었다. 의식을 잃고 숨을 무겁게 몰아쉬었으며 입술이 바르르 떨리고 간헐적으로 경련이 온몸에 일었다. 그동안 경험으로 볼 때 한 시간 만에 혹은 심지어 5분 만에 그는 세속의 손길이 미치지 못하는 곳으로 가버

---

26 아샤는 훌륭한 화학자였다. 사실상 화학은 그녀가 흥미를 느낀 단 하나의 분야이며 직업인 것으로 보인다. 그녀는 동굴 하나를 실험실로 사용했으며, 비록 도구는 조잡할 수밖에 없었으나, 그녀가 성취한 결과는, 이 이야기가 펼쳐지면서 명백해질 것처럼, 진정 놀라운 것이었다. —L. H. H.

릴 것이라는 사실을 알았다. 사랑하는 아들이 죽어가고 있는 동안에 아샤의 곁에서 꾸물거리게 한 내 이기심과 어리석음을 얼마나 저주했던가! 슬프고 또 슬프도다! 우리 중에 아무리 선한 남자도 한 여자의 눈길에 얼마나 쉽게 무너져 사악해질 수 있는가! 내가 얼마나 못된 놈이었는가! 생각해보니 이십 년간 가장 친한 친구였고 내 존재 이유였던 레오를 실제로 지난 반 시간 거의 떠올리지 않았다. 그리고 지금은, 아마 너무나 늦었다!

나는 손을 비틀며 주변을 둘러보았다. 우스테인은 침상 옆에 앉아 있는데, 붉게 충혈되어 흐릿한 눈에는 절망이 가득했다. 조브는 한구석에서 소리 내어—내가 좀 더 섬세한 단어로 그의 절망을 표현해주지 못해 미안하지만—엉엉 울고 있었다. 내 시선을 의식한 그는 슬픔을 주체하지 못한 채 복도로 나갔다. 분명히 단 하나의 희망은 아샤였다. 그녀, 오직 그녀만이—만약 그녀가 사기꾼이 아니라면, 사기꾼이라고 믿지 않지만—레오를 구할 수 있었다. 가서 그녀에게 와달라고 애원하리라. 하지만 내가 막 그렇게 하려고 했을 때, 조브가 극심한 공포로 머리카락이 문자 그대로 쭈뼛 서서, 안으로 뛰어들어왔다.

"오 하느님 맙소사, 선생님!" 그는 공포에 질린 목소리로 외쳤다. "시체 같은 것이 스르륵 걸어오고 있어요!"

순간 나는 어리둥절했지만, 수의 같은 옷으로 몸을 감싼 채 물결처럼 부드럽게 일렁이며 미끄러지듯 걸어오는 아샤를 보니, 조브가 자기를 향해 다가오는 하얀 유령으로 착각한 게 분명했다는 생각이 이내 내 뇌리를 스쳤다. 사실상, 바로 그 순간에 의문이 해소되었는데, 아샤가 방, 아니 동굴에 나타났기 때문이었다. 조브는 고개를 돌려 천으로 몸을 휘감은 그녀를 보고서 거의 발작적으로 외쳤다. "여기로 와요!" 그는 구석으로 달려가 벽에 얼굴을 박았고, 두려운 존재가 무엇인지 짐작한 우스테인은 땅바닥에 엎드렸다.

"제때에 오셨군요, 아샤," 내가 말했다, "내 아들이 죽음의 순간에 놓여있습니다."

"그래요," 그녀가 부드럽게 말했다. "그가 죽지 않는다면 문제 될 것 없어요, 내가 그를 살릴 수 있기 때문입니다, 할리. 저기 저 남자가 그대의 하인입니까? 그대의 나라에서 하인들이 손님을 이런 식으로 맞이하나요?"

"입고 있으신 옷이 유령처럼 보이기 때문에 두려워하는 것입니다." 내가 대답했다.

그녀는 웃음을 터뜨렸다.

"그럼 저 소녀는요? 아, 이제 알겠습니다. 그대가 내게 말했던 그 여자군요. 자아, 저들에게 나가 있으라고 말하세요, 우리는 그대의 병든 라이온을 살펴볼 것입니다. 나의 지혜가 담긴 행위를 아랫것들에게 보여주고 싶지 않습니다."

그래서 나는 우스테인에게는 아랍어로, 조브에게는 영어로 둘 다 나가 있으라고 말했다. 두려움을 가라앉힐 수 없었던 조브는 감사하는 마음으로 즉시 명령에 따랐다. 그러나 우스테인은 그렇지 않았다

"그녀가 원하는 것이 무엇이죠?" 우스테인이 소곤거렸다. 두

려운 여왕에 대한 두려움과 레오 곁에 남고 싶다는 불안으로 마음이 나뉘었다. "남편의 임종을 지키는 것은 아내의 권리입니다. 싫습니다. 저는 가지 않겠습니다. 비비 주인님."

"어째서 저 여자는 나가지 않는 건가요, 할리?" 아샤가 동굴 저편에서 무심히 벽에 새겨진 조각을 보면서 말했다.

"저 여자가 레오 곁을 떠나고 싶어 하지 않습니다," 나는 무슨 말을 해야 할지 몰라 이렇게 대답했다. 아샤가 몸을 획 돌리더니 우스테인을 향해 한마디 던졌다, 오직 한마디였으나, 그것으로 충분했다. 말에 스며있는 톤은 많은 것을 의미했다.

"가라!"

그러자 우스테인은 손과 무릎을 땅에 대고 기어나갔다.

"보셨지요, 할리," 아샤가 살짝 웃으며 말했다. "이들에게 복종을 훈련 시켜야 할 것 같습니다. 저 소녀는 나에게 복종하지 않으려 하네요, 오늘 아침 내가 불복종자를 어떻게 다루는지 보고서도 배운 게 없는 것 같군요. 글쎄요, 그 소녀가 갔으니 이제 젊은이를 살펴보도록 합시다." 그녀는 레오가 누워있는 침상으로 미끄러지듯 다가갔다. 벽 쪽으로 고개를 돌리고 그림자가 드리워져서 레오의 얼굴은 잘 보이지 않았다.

"고결한 자태를 지닌 젊은이군요," 그녀는 그 위로 몸을 수그리며 말했다.

다음 순간 키가 크고 호리호리한 몸집을 지닌 그녀가, 마치 총이나 칼에 맞은 것처럼 휘청이더니 등이 뒤쪽 벽에 닿을 때까지 뒷걸음질 쳤고 생전 처음 들을 만큼 무시무시하고 섬뜩한 외침이 입술에서 터져 나왔다.

"왜 그러십니까, 아샤?" 내가 소리쳤다, "그가 죽었나요?"

여왕은 몸을 돌려 암 호랑이처럼 내게 달려왔다.

"나쁜 자식!" 그녀는 쉭쉭거리는 뱀처럼 섬뜩하고 낮은 목소리로 말했다. "그대는 왜 이 사람을 내게 숨겨놓은 거죠?" 그리고 여왕이 손을 내밀었을 때 나는 그녀가 나를 죽일 거라는 생각이 들었다.

"무슨 말씀이신가요?" 나는 극심한 공포에 휩싸여 소리쳤다. "대체 무슨?"

"아," 그녀가 말했다. "아마도 그대는 몰랐을 터이니, 이제 알아두세요, 할리. 저기, 저기에 나의 잃어버린 칼리크라테스가 있습니다. 칼리크라테스가 마침내 내게 돌아왔답니다. 나는 이럴 줄 알았답니다. 이렇게 될 줄 알았어요." 그런 다음 여왕은 흐느껴 울다가 웃기 시작했고, 마음이 상한 어느 여자들처럼 행동하며 중얼거렸다. "칼리크라테스, 칼리크라테스!"

"말도 안 돼." 나 혼자의 생각이었고 입 밖에 내고 싶지 않았다. 사실상 나는 그 순간 끔찍한 불안 속에서 모든 것을 잊고 오직 레오의 생명만을 생각하고 있었다. 당시에 내가 걱정한 것은 그녀가 계속 흥분한 상태에 있는 동안 레오가 죽을지 모른다는 사실이었다.

"만약 지금 그를 도와주지 않는다면, 아샤," 나는 기억을 되살리는 방식으로, 끼어들었다. "당신의 칼리크라테스는 아무리 불러도 들을 수 없는 곳으로 떠나버릴 것입니다. 지금도 죽어가고 있으니까요."

"맞습니다." 그녀가 화들짝 놀라서 말했다. "내가 왜 진작 오지 않았을까! 진정이 안 됩니다—손이 떨려요. 심지어 내 몸도요—그런데도 그건 아주 쉬운 일입니다. 자아, 할리, 이 작은 유리병을 가져가요." 그녀는 옷 주름 속에서 조그만 병을 꺼냈다. "거기에 든 액체를 그이의 목 안으로 넣어주세요. 만약 그가 죽지 않았다면 그것이 그를 치료할 것입니다. 서둘러요! 지금 당장, 서둘러요! 그 사람이 죽습니다!"

나는 레오를 흘끔 보았고 그것은 충분히 현실이었다. 레오는 죽음과 사투를 벌이고 있었다. 불쌍한 그의 얼굴이 잿빛으로 변했고 숨이 목구멍에서 가르랑거렸다. 약병에는 작은 나무 마개가 달려있었다. 나는 이빨로 그것을 뽑아내었고, 액체 한 방울이 흘러나와 내 혀에 묻었다. 달콤한 맛이 나더니 다음 순간 머리가 핑 돌고 눈앞이 뿌옇게 되었으나 다행히도 그 효과는 생긴 만큼이나 금세 사라졌다.

내가 레오 옆에 다가갔을 때 그는 명백히 숨을 거두는 중이었다—금발의 머리가 옆으로 천천히 기울어지고 입술이 약간 벌어졌다. 나는 아샤에게 그의 머리를 붙잡아 달라고 부탁했고, 그녀는 비록 사시나무 잎이나 놀란 말처럼 머리부터 발끝까지 덜덜 떨고 있었지만 가까스로 그렇게 하였다. 그런 다음 힘을 주어 입을 더 벌린 뒤, 나는 약병의 내용물을 그의 입속에 부어 넣었다. 그 즉시 마치 누군가가 질산을 휘저은 것처럼 작은 증기가 일어났으나 치료 효과에 대한 나의 기대는 이미 사그라진 뒤여서, 나의 희망이 살아난 것은 아니었다.

하지만 한 가지는 확실했으니, 죽음의 몸부림은 그쳤다. 처음에 나는 그가 죽음의 강을 건너 멀리 가버렸다고 생각했다. 안색은 완전히 창백하게 변했고 조금 전까지 약하게 뛰던 심장은 이제 멈춰버린 듯했으며, 오직 눈꺼풀만 약간 실룩거렸다. 의심이 들어, 나는 아샤를 쳐다보았다. 안절부절못하면서 비틀비틀 방 안을 돌아다니는 바람에 그녀의 머리에 감아놓은 것이 약간 뒤로 벗겨졌다. 아직 레오의 머리를 붙잡고 있는 아샤의 안색은 레오만큼 창백했고 표정에는 한 번도 본 적 없는 고통스러움과 불안감이 드러났다. 그녀 역시 그가 죽었는지 살았는지 모르는 것이 분명했다. 오 분 정도 천천히 흘러가고 그녀가 희망을 버리는 것을 난 보았다. 사랑스러운 계란형 얼굴이 고통의 압력을 받아 눈에 띄게 여윈 듯했고 눈가가 퀭했다. 붉은 기운이 입술에서조차 사라졌고, 레오의 얼굴만큼이나 창백하게 변한 입술은 불쌍하게 보일 만큼 바들바들 떨렸다. 그런 모습은 가히 충격적이었다. 나 역시 슬펐음에도 그녀의 슬픔을 절절히 느낄 수 있었다.

"너무 늦은 건가요?" 나는 숨조차 제대로 쉴 수 없었다.

그녀는 두 손에 얼굴을 묻은 채 대답하지 않았고 나 역시 고개를 돌렸다. 그러나 그때 깊게 내쉬는 숨소리와 함께 레오의 안색이 천천히 돌아오고 계속 조금씩, 조금씩 나아지더니 경이로운 일 중에서도 경이롭게도 우리가 죽었다고 생각한 그가 옆으로 돌아 누웠다.

"보셨습니까," 내가 중얼거렸다.

"네," 그녀가 중얼거리듯 대답했다. "그가 살아났습니다. 나는 너무 늦었다고 생각했지요. 한순간만, 아주 조금만 늦었다면 그는 가버렸을 겁니다!" 그리고 그녀의 눈에서 눈물이 마구 흘러내리고 심장이 파열하듯 흐느꼈고, 그러는 와중에도 그녀는 그전보다 더욱 아름답게 보였다. 마침내 그녀가 눈물을 거두었다.

"나를 용서하세요, 할리―나의 허약함을 용서하세요," 그녀가 말했다. "그대는 내가 천생 여자라는 것을 보았습니다. 생각해보세요―지금 그것에 대해 생각해보세요! 오늘 아침에 그대는 새로운 종교에서 지정해놓은 고통의 장소에 대해 말했습니다. 그대는 그것을 지옥 혹은 하데스라고 불렀지요―생명의 본질이 거주하고 개인의 기억이 머무는 곳, 판단에 대한 모든 잘못과 실수, 충족되지 못한 열정과 실체 없는 정신의 공포가 절망이라는 환상과 더불어 영원히, 또 영원히 조롱하고 떠돌고 헐뜯고 심장을 쥐어짜는 곳 말입니다. 나는 그런 곳에서 이천 년을, 66세대를 살았지요. 그대가 지옥이라고 부르는 곳에서, 죄악의 기억으로 고문받고 충족되지 못한 욕망에 밤낮으로 고통받으면서 친구도 없이, 안락함도 없이, 죽음도 없이, 여기저기 가냘프게 반짝이는 희망의 빛에 의지해 음울한 나날을 보냈는데, 지금은 그 빛은 강해졌고 나의 능력은 어느 날 나를 구원해줄 사람에게 인도할 것이라 말합니다.

그리고 생각해보십시오, 오 할리, 그런 이야기를 들어보았거나 그러한 장면을 본 적이 없을 것입니다. 없지요, 만약 그대가 원한다면 보상으로 내가 그대에게 만년의 생명을, 영원한 생명을 부여한다고 해도요. 생각해보세요, 마침내 나의 구원자가 왔습니다. 수 세대를 거쳐 내가 찾았고 기다렸던 사람이, 정해진 시간에 나를 찾아 왔습니다. 비록 내가 시기나 방법은 몰랐으나 나의 지혜가 틀림이 없으므로, 나는 그가 반드시 온다는 것을 알았습니다. 그러나 얼마나 내가 무지했는지 보십시오! 나의 지식이 얼마나 보잘것없고, 내가 얼마나 연약한지 보십시오! 그가 여기서 오랫동안 죽음과 싸우며 누워있는데 나는 그것을 알아차리지 못했습니다. 이천 년을 기다린 내가, 그것을 몰랐습니다. 그런 다음 마침내 나는 그를 알아보았습니다, 보십시오, 간발의 차이로 기회가 사라지려 했지요. 그가 죽음의 아가리 속으로, 나의 힘으로 끌어낼 수 없는 곳으로 들어갔기 때문입니다. 그리고 만약 그가 죽는다면, 나는 분명 다시 한 번 지옥에서 살아야만 하고 나는 다시 한 번 지루한 수 세기를 맞이해야 하며, 사랑하는 이가 내게 올 수 있을 때까지 기다리고 또 기다려야 할 것입니다. 그런데 그대가 그에게 약을 먹였고 그의 생사를 확인할 수 있을 때까지 오 분이 걸렸는데, 그대에게 말하지만, 그 모든 66세대라는 세월도 그 오 분보다 더 길지 않았습니다. 그러나 시간이 지나고 그에게서 아무런 신호도 감지되지 않았을 때, 내가 아는 한 그 약이 듣지 않으면 아무 소용도 없다는 사실을 알았습니다. 나는 그가 다시 한 번 죽었다고 생각했고, 그 모든 세월의 그 모든 고통이 모여들어 맹독의 창을 형성하여 나를 찌르고 또 찔렀으니, 내가 다시 한 번 칼리크라테스를 잃었기 때문입니다!

그런 다음 모든 것이 지나갔을 때, 보십시오! 그가 숨을 내쉬었고, 보십시오! 그가 살아났고, 나는 그가 살아날 것을 알았으니 그 약을 먹은 그 누구도 죽지 않았기 때문입니다. 이제 생각해보세요, 할리, 그 경이로움에 대해 생각하세요! 그는 열두 시간 동안 잠을 잘 것이고 열병은 물러갈 것입니다!"

그녀는 말을 멈추고 레오의 금발 머리에 손을 대더니 몸을 수그리고 이마에 부드럽게 입을 맞추었다. 무척 아름다운 광경이었으나 나는 심장을 칼로 베는 것 같았다—나는 질투했던 것이다!

제18장

가거라, 여인이여!

침묵이 일이 분 흐르는 사이, 거의 천사처럼 보이는 그녀의 황홀한 표정으로 판단한다면—왜냐하면 가끔 그녀는 천사처럼 보였기에—그녀는 무한한 행복에 빠져든 것 같았다. 하지만 갑자기 무슨 생각이 떠오른 듯, 천사와 완전히 반대되는 표정으로 돌변했다.

"거의 잊을 뻔했습니다만," 그녀가 말했다. "그 여자, 우스테인 말입니다. 칼리크라테스와의 관계는 어떤 사이인가요—하인, 혹은——" 그녀는 잠시 말을 멈추었고 목소리가 떨렸다.

나는 어깨를 으쓱했다. "제가 이해한 바에 의하면 그녀는 아마해거족의 관습에 따라 그와 결혼했습니다." 나는 대답했다. "하지만 저는 잘 모릅니다."

그녀의 얼굴은 먹구름처럼 검게 변했다. 아무리 오래 살았어도, 아샤는 질투심을 이기지 못했다.

"그렇다면 죽음뿐입니다," 그녀가 말했다, "그녀는 죽어야만 합니다, 그것도 지금 당장!"

"무슨 죄로요?" 내가 두려움에 떨면서 물었다. "당신이 당신

자신에 대해 죄가 없는 만큼 그녀는 아무런 죄가 없습니다, 오, 아샤. 그녀는 레오를 사랑하고 그 역시 그녀의 사랑을 받고 즐거워합니다. 그런데, 그녀의 죄가 어디에 있습니까?"

"진정, 오 할리, 당신은 바보로군요," 그녀가 신경질적으로 대답했다. "그녀의 죄가 무엇이냐고요? 나와 내가 원하는 사람 사이에 서 있는 것이 바로 그녀의 죄입니다. 글쎄요, 나는 그에게서 그녀를 떼어낼 수 있습니다. 할리, 만약 내가 능력을 발휘한다면 세상의 어떤 남자가 나를 거절할 수 있겠습니까? 남자들은 유혹에 휩싸이는 동안에는 거기에 충실합니다. 만약 유혹이 충분히 강하기만 하면 그때 남자는 굴복할 것입니다, 왜냐하면 밧줄이 그러하듯 남자들에게는 끊어지는 시점이 있답니다, 남자에게 욕정은 여자에게 금이나 권력과 마찬가지예요—그들의 약점 위에 있는 무게이지요. 내 말을 믿으세요, 오직 정령들이 좀 더 공정하다면, 그대가 말한 저 하늘에 있는 필멸의 여자들에게 형편은 좋지 않을 것입니다. 남편들이 그녀들을 향해 고개를 돌리지 않기 때문에 천국은 지옥이 될 것입니다. 아름다움이 매우 아름답다면, 남자는 여자의 아름다움에 이끌릴 수 있기 때문이요, 그리고 오직 금이 충분히 있다면 여자의 아름다움은 금으로 살 수 있어요. 내 시대에서도 그랬고 세상 끝날 때까지 그러할 것입니다. 세상은 하나의 거대한 시장이고, 그곳에서는 욕망의 통화로 가장 높은 가격을 제시하는 남자가 모든 것을 살 수 있습니다."

아샤의 나이와 연륜을 지닌 여성이 한 것이라고 보기에 너무 냉소적인 말을 들은 나는 기가 막혔고, 나는 다급하게 우리의 천국에는 결혼이, 그러한 굴종적인 결혼은 없다고 대답했다.

"그렇지 않으면 천국이 될 수 없다는 의미입니까?" 그녀가 끼어들며 말했다. "불쾌합니다, 할리. 우리 불쌍한 여자를 그렇게 나쁘게 생각하다니요! 그렇다면 결혼이 그대의 천국과 지옥을 가르는 선이 된다는 말입니까? 하지만 이것으로 충분합니다. 논쟁하거나 우리의 분별력을 겨룰 때가 아니에요. 그대는 왜 항상 논쟁하려고 하나요? 그대 역시 후대의 철학자 같은 사람인가요? 그 여자로 말할 것 같으면, 반드시 죽어야만 합니다. 나는 그녀에게서 그를 빼앗아올 수 있지만, 그런데도, 그녀가 살아있는 동안에 그는 그녀를 가여워할 것이고 나는 그걸 참을 수 없습니다. 내 남편의 머릿속에 다른 여자가 들어오게 할 수 없습니다. 나의 제국은 온전히 나만의 것이지요. 그녀는 누릴 만큼 누렸으니 만족하라고 해야 합니다. 한 시간이라도 사랑을 누린다면 일세기를 외롭게 사는 것보다 나으니까요—이제 밤이 그녀를 삼키게 할 것입니다."

"아니, 안됩니다," 내가 외쳤다. "그건 사악한 죄입니다. 죄에서는 오직 사악한 것만이 나옵니다. 당신을 위해서라도 그렇게 하면 안 됩니다."

"그렇다면 오, 바보 같은 남자여, 우리와 우리의 목적 사이에 버티고 선 것을 제거하는 게 범죄라는 말입니까? 그렇다면 우리의 인생도 하나의 기나긴 범죄입니다, 할리. 이 세상에서는 가장 강한 자만이 살아남을 수 있어서, 우리는 살기 위해 매일

매일 파괴합니다. 약한 자들은 소멸하여야만 하지요. 세상은 강한 자를 위해 존재하지요, 그 열매도 그렇습니다. 상처가 난 나무는 시들고 강한 나무들이 약한 놈을 대신 합니다. 우리는 실패하고 쓰러진 자들의 시신을 넘어 자리와 권력을 향해 달려가지요. 아아, 우리는 굶주려 죽어가는 아기들의 입에서 먹을 것을 빼앗습니다. 그게 바로 세상 이치입니다. 그대는 죄가 악을 낳는다고 말했으나 그건 모르는 말씀입니다. 많은 죄에서 많은 선한 것들이 생겨나고, 선에서 많은 죄가 태어납니다. 폭군의 잔인한 분노가 수많은 후세 사람들에게 축복이 되고, 거룩한 자의 따뜻한 마음은 한 국민을 노예로 만들지요. 사람은 자기 마음의 선과 악에 따라 이렇게도 하고 저렇게도 하지만, 그의 도덕성이 촉발한 행위의 결과는 알지 못합니다. 그가 때릴 때, 그 타격이 어디로 떨어질지 모르며, 또한 상황이라는 그물이 어떻게 짜일지도 알 수 없지요. 선과 악, 사랑과 증오, 낮과 밤, 달콤함과 쓴맛, 남자와 여자, 하늘 위와 땅 아래—이 모든 것은, 하나가 다른 것에, 필요한데, 누가 각각의 끝을 알겠습니까? 그대에게 말합니다, 목적에 따라 모든 것을 엮는 운명의 손이 있고 모든 것이 모여 거대한 밧줄을 이루는데 이를 위해 모든 것이 필요합니다. 그러므로 이것은 사악하고 저것은 선하다고, 혹은 어둠은 가증스럽고 빛은 사랑스럽다고 말할 수 없습니다. 우리가 아닌 다른 이들의 눈에는 악이 선으로, 어둠이 낮보다 훨씬 아름다운 것으로, 혹은 모든 것이 똑같이 공정하게 보일 수 있습니다. 듣고 있나요, 할리?"

나는 이 궤변과 논쟁해봐야 소용없다고 생각했는데, 만약 이 것이 자신의 논리적 결론에 도달한다면, 우리가 알고 있듯이, 모든 도덕을 완벽하게 파괴할 것이다. 그러나 아샤의 말을 듣고, 나는 두렵고도 신선한 전율을 느꼈다. 하지만 그것이 전체적이든 부분적이든, 우리의 양심이 우리에게 말하는 것처럼, 인류와 짐승을 구별할 수 있게 하는 개인의 책임이라는 거대한 벽에 기반을 둔 것인, 옳고 그름의 도덕성에서 역시 절대적으로 벗어난 존재에게, 인간의 법에 구애받지 않는데, 무엇이 가능하지 않겠는가?

그러나 나는 우스테인을 구하고 싶었다. 내가 좋아하고 존경하는 그녀를, 강력한 힘을 지닌 경쟁자의 손에서, 그 무서운 운명에서 벗어나게 하고 싶었기에 다시 한 번 입을 열었다.

"아샤," 내가 말했다, "당신은 감지하기 힘든 분입니다. 그러나 당신이 내게 말하길, 각 사람은 자신에게 부여된 길이어야 한다고, 자신의 마음이 명하는 대로 따라가야 한다고 말했습니다. 당신이 차지하려고 하는 그 자리에 있는 그 여자에게 자비를 베풀 수 없나요? 생각해보십시오, 당신이 말했듯이—비록 내게는 그 일이 믿기 힘든 일이지만—당신이 그토록 바라던 그가 오랜 세월 뒤에 당신에게 돌아왔고, 또한 당신이 말한 것처럼 지금 그를 죽음의 손아귀에서 빼내었습니다. 그를 사랑했던 여자, 그 역시 사랑했을지도 모를 여자—최소한 당신 노예들의 창에 죽을 뻔했을 때, 당신을 위해 레오를 구한 여인을 당신은 죽임으로써 그가 돌아온 것을 축하할 생각이십니까? 당신은 또한 과거에 이 남자에게 지독스레 잘못한 일이 있었다고 말했습니다, 즉 그가 사랑했던 이집트 여인 아르메니타스 때문에 당신의 손으로 그를 죽였다고 했습니다."

"그대가 어떻게 그 사실을 알고 있죠, 이방인이여? 그대가 그 이름을 어떻게 알게 되었나요? 나는 말해준 적이 없습니다." 그녀는 소리를 지르며 내 팔을 잡았다.

"아마 꿈을 꾼 것 같습니다," 내가 대답했다. "코르 동굴에 대한 이상한 꿈에 시달렸지요. 그 꿈은 정말이지 진실의 그림자인 듯합니다. 그 무서운 죄 이후에 그대에게 무슨 일이 벌어졌습니까?—이천 년 동안의 기다림이 아니었던가요? 그런데 지금 그 일을 되풀이하고자 하십니까? 거기에서 악이 나올 거라고 그대에게 말씀드립니다. 아주 오랜 시간이 지난 후 악에서 선이 나올 수는 있다 해도, 적어도 행위 하는 사람에게, 선은 선을 낳고 악은 악을 낳기 때문입니다. 잘못은 반드시 되돌아옵니다. 그리고 잘못한 자에게 화 있어라. 이는 제가 말했던 구세주의 말이며 그것은 진실입니다. 만약 당신이 죄 없는 그 여인을 죽인다면 저주를 받게 될 것이고 당신이 키운 오래된 사랑 나무는 아무런 열매도 맺지 못할 것입니다. 대체 무슨 생각을 하십니까? 그를 사랑했고 보살핀 여자를 죽이고 피투성이가 된 당신의 손을 그가 잡을까요?"

"그것에 대해서는," 그녀가 말했다. "나는 이미 대답을 했습니다. 만약 내가 그녀뿐 아니라 그대마저 죽인다고 해도 그는 나를 사랑할 것입니다, 할리. 만약 내가 우연이라도 그대를 죽인다면, 그대 스스로 죽음을 막아낼 수 없듯 그 역시 자신을 어쩔 수 없기 때문입니다. 나도 어느 정도 그렇게 생각하고 있기에, 어쩌면 그대가 한 말이 사실일지 모르지요. 만약 그렇다면 그 여자를 살려주겠습니다. 내가 일부러 무자비하게 굴지는 않으니까요. 나는 고통을 보거나 그렇게 만드는 것을 좋아하지 않아요. 그녀를 내 앞에 데려오십시오—어서, 내 마음이 변하기 전에 말입니다." 아샤는 재빨리 베일로 얼굴을 가렸다.

나는 그런 정도의 성공에 만족하면서 복도로 나가 우스테인을 불렀다. 약간 떨어진 곳에서 우스테인의 하얀 옷자락이 보였는데, 그녀는 복도를 따라 일정 간격을 두고 놓아둔 질그릇 등불 사이에 웅크리고 앉아 있었다. 그녀가 일어나 나를 향해 달려왔다.

"제 남편이 죽은 건가요? 오, 그렇다고 말하지 마세요," 그녀가 외치며 눈물로 범벅된 얼굴을 들었는데 한없는 애원의 눈길이 직접 내 가슴에 닿는 것을 느낄 수 있었다.

"아니, 그는 살았어요," 내가 대답했다, "그녀가 그를 살렸지요. 들어가요."

그녀는 깊게 한숨을 내쉬었고 두려운 여왕이 있는 곳을 향해 아마해거족의 관습에 따라 기어서 방으로 들어갔다.

"일어서라," 아샤가 차가운 목소리로 말했다. "그리고 이리 오너라."

우스테인은 명령대로 그녀 앞에 서서 머리를 수그려 절했다.

잠시 침묵이 흐른 뒤 아샤가 입을 열었다.

"이 남자는 누구냐?" 그녀는 잠자는 레오를 가리키며 말했다.

"제 남편입니다," 우스테인이 낮은 목소리로 대답했다.

"누가 그를 네게 남편으로 주었느냐?"

"종족의 관습에 따라 제가 그를 남편으로 취했습니다, 오 여왕이시여."

"이방인인 이 사람을 남편으로 맞이하다니, 너는 나쁜 일을 저질렀다. 그는 네 종족의 남자가 아니니 그 관습에 해당하지 않는다. 잘 들어라. 너는 아마도 모르고 한 짓일 터, 그러므로, 여자여, 내 너를 용서하겠다. 그렇지 않았다면 너는 죽었을 것이다. 다시 잘 들어라. 네 자리로 돌아가고 절대로 이 남자에게 말을 걸거나 눈길을 주어서는 안 된다. 그는 너를 위한 남자가 아니다. 세 번째로 잘 들어라. 만약 네가 나의 법을 어긴다면 그 순간 너는 죽을 것이다. 가거라."

그러나 우스테인은 움직이지 않았다.

"가거라, 여자여!"

그러자 우스테인이 고개를 들었고, 나는 슬픔으로 일그러진 그녀의 표정을 보았다.

"아닙니다, 여왕이시여, 저는 가지 않겠습니다," 그녀는 목멘 목소리로 대답했다. "이 남자는 제 남편이고 저는 그를 사랑합니다—그를 사랑하기에 곁에서 떠나지 않을 것입니다. 대체 무슨 근거로 나에게 남편 곁에서 떠나라고 명령하십니까?"

아샤의 몸이 바르르 떨리는 것을 보았고 나는 최악의 결과가 나올 것 같아 공포에 떨었다.

"동정심을 가지세요," 내가 라틴어로 말했다. "이건 당연한 반응입니다."

"동정하고 있습니다," 그녀 역시 라틴어로 차갑게 말했다. "그렇지 않았다면 저 여자는 지금쯤 죽었겠지요." 그런 다음 우스테인에게 말했다. "여자여, 너에게 말하니, 지금 이 자리에서 너를 파멸시키기 전에 가거라!"

"가지 않겠습니다! 그는 제 것—저의 것입니다!" 우스테인이 고통스럽게 소리 질렀다. "내가 그를 잡았고, 내가 그의 생명을 구했습니다! 저를 파멸시키세요, 만약 그런 힘이 있다면요! 나는 내 남편을 당신에게 주지 않을 것입니다—절대로—절대로요!"

내가 미처 알아차리기 전에 아샤가 재빨리 움직여서 불쌍한 소녀의 머리를 손으로 가볍게 치는 것 같았다. 나는 우스테인을 쳐다보다가 놀라서 비틀비틀 뒷걸음질 쳤는데, 그녀의 구릿빛 풍성한 머리카락에 눈처럼 하얀 손가락 세 개가 새겨져 있었기 때문이었다. 우스테인은 어리둥절한 표정으로 양손으로 머리를 감쌌다.

"맙소사!" 내가 초인간적 힘의 무서운 흔적을 보고 혼비백산하여 소리쳤으나 여왕은 조금 웃을 뿐이었다.

"불쌍하고 무지한 바보 같으니," 그녀가 당황한 여자에게 말했다. "너는 내가 죽이는 힘이 없다고 생각하느냐. 가만히 있어라, 저기 거울이 있다," 그녀는 조브가 여행 가방 위에 다른 것들과 함께 놓아둔 레오의 면도 거울을 가리켰다. "그것을 저 아이에게 주십시오, 할리. 머리에 생긴 것을 보게 하고 내게 죽이는 힘이 있는지 없는지 생각하게 하십시오."

나는 우스테인의 눈앞에 거울을 들어 올렸다. 그녀는 거울을 응시했고 머리카락에 무엇이 생겼는지 보고 다시 응시하다가 울음을 터뜨리며 바닥에 주저앉았다.

"이제, 가겠느냐, 혹은 한 번 더 내가 쳐야 하겠느냐?" 아샤가 놀리듯 말했다. "보아라, 네게 나의 표식을 찍어놓았으니 네 머리카락이 모두 하얗게 될 때까지 너를 알아볼 수 있으리라. 만약 네가 또다시 내 눈에 띈다면, 네 뼈는 분명코 머리카락에 새겨진 표식보다 더 하얗게 될 것이다."

엄청난 두려움에 질린 채, 공포의 표식이 찍힌 불쌍한 소녀는 슬프게 흐느끼며 방에서 기어나갔다.

"그렇게 두려워하지 마십시오, 할리," 아샤는 우스테인이 사라지자 말했다. "내가 말하지만, 마술을 쓴 것이 아닙니다—그런 것은 없습니다. 이건 단지 그대가 이해하지 못하는 힘이지요. 나는 그녀의 마음에 공포라는 표식을 찍었을 뿐이며, 그렇지 않았다면 나는 그녀를 죽였을 것입니다. 그리고 지금 내 하인들에게 나의 남편 칼리크라테스를 내 방 가까운 곳으로 옮기라고 명령하였습니다, 내가 보살피고 그가 깨어났을 때 맞이할 준비를 하기 위해서 말입니다. 그리고 할리, 그대와 그 백인 하인도 오십시오. 그러나 그대들의 안위를 위해 한 가지를 기억하세요. 칼리크라테스에게 그 여자가 어떻게 떠났는지 그리고 내가 했던 일에 대해 한마디도 하면 안 됩니다. 이건 경고입니다!"

아샤는 그 어느 때보다 혼란에 빠진 나를 남겨두고 명령을 내리기 위해 스르르 밖으로 나갔다. 나는 진정 혼란스러워서, 꼬리를 물고 이어지는 복잡한 감정에 어찌할 바를 몰랐고, 내가 미친 것은 아닌지 생각하기 시작했다. 하지만 어쩌면 다행스럽게도 벙어리 하인들이 들어오더니 자는 레오와 우리 소지품들을 중앙 동굴을 가로질러 옮기며 법석을 떠는 바람에 생각할 시간이 거의 없었다. 새 숙소는 여왕을 처음 만났던 커튼이 드리워진 장소이자 우리가 아샤의 내실이라 부르던 곳 뒤쪽이었다. 그녀가 그곳에서 잠을 자는지는 알 수 없었으나 어쨌든 대단히 가까운 곳이었다.

그날 밤 나는 레오의 방에서 보냈는데, 그는 죽은 듯 잠을 자면서 단 한 번도 몸을 뒤척이지 않았다. 사실상 내게도 필요한 일이었으니, 푹 잠들기는 했으나 지금까지 내가 겪었던 공포와 두려움으로 가득 찬 꿈을 꾸었다. 주로 아샤가 경쟁자의 머리카락에 남겨놓은 손가락 표식과 같은 악마의 소행이 내 꿈속을 떠돌았다. 뱀처럼 날랜 움직임과 표백이라도 한 듯 세 겹으로 그어진 하얀 선이 너무나 두려워서, 우스테인에게 일어난 일들이 훨씬 더 끔찍했다고 해도, 내게 그토록 깊은 인상을 심어주지 않았을 것이다. 오늘날까지도 나는 끔찍한 악몽에 시달리곤 하는데, 이별한 뒤 눈물을 흘리는 여인이 카인처럼 낙인 찍힌 채, 사랑하는 남자에게 마지막 눈길을 던지며 공포의 여왕 앞에서 기어간다.

나를 공포로 몰아간 또 다른 꿈은 거대한 해골 피라미드였다. 수천 수만 개의 해골들이 모두 벌떡 일어나—중대, 대대로 그리고 부대로—나를 지나쳐 걸어가는데 텅 빈 갈비뼈 사이로 햇살이 비쳤다. 그들은 제국의 고향인 코르 평원을 가로질러 행진했다. 나는 그들 앞에 놓인 도개교를 보았고 청동 문을 지나가는 뼈들에서 덜그럭대는 소리를 들었다. 해골들은 계속 전진하여 화려한 거리를 지나, 인간의 눈으로 한번도 본 적 없는 연못과 궁전과 신전을 지나갔다. 그러나 시장에서는 어떤 인간도 그들을 맞이하지 않았고, 어떤 여자도 창문가에 나타나지 않았으나, 오직 형체 없는 목소리만 들려왔다. '코르 제국이 멸망했다!—멸망했다!—멸망했다!' 저 희미하고 우울한 집단은 도시를 오른쪽으로 가로질렀고, 덜거덕거리며 뼈들끼리 부딪히는 소리가 조용한 허공으로 울려 퍼졌다. 그들이 도시를 지나 벽을 기어오른 뒤, 그 위로 펼쳐진 넓은 길을 따라 행군하여 마침내 다시 한 번 도개교에 도달했다. 그런 다음 해가 저물자 자신들의 무덤을 향해 돌아섰고, 그들 군대가 평원을 가로지를 때 저마다 텅 빈 눈에서는 기괴한 빛이 나고, 뼈들의 거대한 그림자가 저 멀리 퍼지며 기어가니, 꾸물꾸물 기어가는 거대한 거미 다리처럼 보였다. 그들은 동굴에 도착했고 다시 한 번 구멍으로 들어가 한없이 쌓인 뼈들의 거대한 더미 위로 하나씩 몸을 던졌다. 나는 몸서리를 치며 깨어났는데 마치 그림자처럼 나와 레오의 침상 사이에 뚜렷하게 서 있는 그녀를 보았다.

그 이후 나는 다시 잠이 들었고 이번에는 곤히 아침까지 자서 훨씬 개운한 기분으로 일어났다. 마침내 아샤가 말했던 레오가 깨어날 시각이 되어 그녀는 늘 그러듯이 베일을 쓴 채 왔다.

"그대는 보게 될 것입니다, 할리." 그녀가 말했다. "그는 온전한 정신으로 깨어날 것이니, 열병은 이제 물러갔습니다."

레오가 몸을 돌려 팔을 쭉 펴고 하품을 하며 눈을 뜨다가, 자신을 굽어보는 여자의 형체를 우스테인으로 착각하여 팔을 내밀고 그녀를 껴안으며 키스할 때까지, 그녀는 거의 아무 말도 하지 않았다. 어쨌든, 그가 아랍어로 말했다. "안녕, 우스테인. 왜 머리를 그렇게 천으로 칭칭 동여맨 거지? 치통이라도 생긴 거야?" 그런 다음 영어로 말했다. "정말이지 지독하게 배가 고파. 조브, 우리 친구, 도대체 지금 우리가 어디에 있는 거야, 응?"

"저도 그걸 알고 싶습니다, 레오 도련님," 조브가 말했음에도, 그녀가 걸어 다니는 시체가 아니라는 사실을 확신할 수 없어, 두려움과 역겨움을 감추지 못한 채 아샤를 수상쩍게 바라보며 살금살금 지나갔다. "하지만 절대로 말을 많이 하지 마세요, 레오 도련님. 아주 심하게 앓으셔서 우리가 무척 걱정했거든요. 만약이 숙녀분이—" 그는 아샤를 흘끔 보았다. "약간만 옆으로 비켜 주신다면 수프를 드릴 수 있는데요."

그 말을 들은 레오가 아무 말 없이 곁에 서 있는 그 '숙녀'를 보았다. "안녕하세요," 그가 말했다. "우스테인이 아니군요—그녀는 어디에 있나요?"

그러자 처음으로 그녀는 레오에게 말을 건넸고, 그 첫 마디는 거짓말이었다. "한번 와 보더니 그녀는 가버렸습니다." 그녀가 말했다, "그리고 보십시오, 내가 그녀 대신 당신의 시중을 들기 위해 왔습니다."

아샤의 낭랑한 목소리와 미라처럼 천을 두른 모습이 아직 완전히 정신을 차리지 못한 레오를 어리둥절하게 한 것 같았다. 그러나 그때 그는 아무 말 없이 수프를 게걸스럽게 먹었고 다시 누워 저녁까지 잠을 잤다. 두 번째로 깨어난 그는 나를 보더니, 무슨 일이 일어났는지 묻기 시작했으나, 나는 그를 달래어 내일쯤 더 회복된 다음에 말해주겠노라고 미루어놓았다. 그런 다음 나는 레오의 열병과 내가 했던 일에 관해 말했으나 아샤가 그 자리에 있었기에 나는 그녀가 이 나라의 여왕이고 우리 편이며 베일 쓰는 것을 좋아한다는 것 외에는 말해줄 수 없었다. 물론 영어로 말했지만, 우리 표정을 보면서 무슨 말을 하는지 알아들을 것 같아 두려운 데다, 무엇보다도 그녀의 경고를 잘 기억했기 때문이다.

다음 날 아침 레오는 거의 회복된 상태로 일어났다. 옆구리에 난 상처도 아물었고 원래 활기찼던 그의 육체는 끔찍했던 열병으로 인한 탈진을 떨쳐냈는데, 그건 아샤가 그에게 준 경이로운 약물의 효과이며 또한 그의 활기를 꺾기에 열병을 앓은 기간이 길지 않았기 때문이라고 생각했다. 건강이 회복되면서 습지에서 정신을 잃은 것과 그의 마음이 조금씩 이끌렸던 우스테인에 대한 기억도 돌아왔다. 사실 그 불쌍한 소녀에 대해 그가 쏟아놓은 질문에 대해 내가 감히 대답할 수 없었으니, 레오가 처음 깨어난 이후 여왕은 나를 다시 불러서 그 이야기를 하거나 약간만 흘려도 내게 가장 끔찍한 일이 벌어질 것이라고 경고했기 때문이었다. 여왕은 또한 자신에 관한 이야기도 레오에게 절대 하지 말라고 주의를 시키면서, 때가 되면 그녀 스스로 모든 이야기를 해줄 것이라고 말했다.

사실상 아샤의 태도가 완전히 바뀌었다. 모든 상황을 보았던 나는 그녀가 아주 오래된 연인이라고 믿는 남자를 사로잡기 위해 아주 재빠르게 움직일 것이라고 예상했으나 내가 이해할 수 없는 어떤 이유로 인해 그녀는 그렇게 하지 않았다. 그녀가 한 것은 그가 원하는 것을 조용히 들어준 것뿐이고 예전에 보였던 위풍당당한 모습과는 놀라우리만큼 반대로 겸손한 태도를 보이면서 항상 존경이 듬뿍 담긴 어조로 이야기했고 할 수 있는 한 그의 곁에 머물렀다. 물론 레오는 내가 그랬던 것처럼 이 불가사의한 여성에 대해 지대한 호기심을 나타냈으며 특히 그녀의 얼굴을 보고 싶어서 안달을 냈는데, 나는 구체적으로 설명하지 않으면서, 그녀의 몸매나 목소리만큼이나 사랑스럽다고 말해두었다. 그러한 사실 자체만으로도 젊은 남자의 기대심리를 위험 수준으로 끌어올리기에 충분했고, 그가 열병에서 완전히 회복되지 않았다면, 그가 우스테인에 대해 진심 어린 말로 그 사랑과 헌신을 보여주지 않았다면, 나는 의심할 여지 없이 그가 아샤의 책략에 넘어가서 예상했던 대로 그녀와 사랑에 빠진 것이라고 확신했을 것이다. 하지만 그 당시 사정으로 보면, 그는 단순한 호기심을 보였고, 내가 그랬던 것처럼 엄청난 경이로움을 느꼈을 뿐이며, 아샤가 자신의 놀라운 나이에 대해 그에게 언급한 적은 없음에도 불구하고 그는 자연스럽게 이 여인을 질그릇 비문에서 언급한 여인과 동일시했다. 마침내 사흘째 되는 날 아침 레오는 옷을 갈아입으면서 질문 공세를 퍼부어댔고, 나는 아샤에 대해 사실대로 말해주었지만 우스테인은 어디에 있는지 모른다고 잡아떼었다. 그래서 그가 아침 식사를 배불리 먹은 뒤 우리는 여왕의 방으로 자리를 옮겼는데, 벙어리 하인들은 언제라도 우리를 맞이하라는 명령을 받았기 때문이었다.

그녀는 항상 그랬듯, 우리가 내실이라 부르는 곳—더 좋은 용어가 없어서—에 앉아 있던 여왕은 커튼이 걷히자 장의자에서 일어나 두 손을 내밀면서 우리를, 아니 레오를 반갑게 맞이했다. 예견한 일이지만, 이제 나는 냉대를 받는 신세가 되었다. 베일을 쓴 그녀가 사냥복 차림의 혈기왕성한 젊은 영국 남자를 향해 미끄러지듯 다가오는 모습은 가히 볼만한 광경이었다. 사실상 절반은 그리스 혈통인 레오는 머리카락을 제외하면 내가 봤던 그 누구보다도 전형적인 영국 남자였다. 현대 그리스인처럼 유연한 몸매나 약삭빠른 태도를 지닌 것도 아니었고, 눈에 뜨일 만큼 아름다운 외모는, 그리스인 어머니에게 물려받은 것이라고 짐작했으나 초상화를 보면 그리 많이 닮은 것도 아니었다. 레오는 키가 대단히 크고 가슴이 넓었으나 대다수의 커다란 남자들처럼 어색해 보이지 않았고, 당당하고 정열적인 얼굴은 아마해 거족들이 붙여준 '라이온'이라는 별명과 잘 어울렸다.

"그대를 환영합니다, 젊은 이방인이여," 그녀가 대단히 부드럽게 말했다. "스스로 서 있는 모습을 보니 한없이 기쁩니다. 제

말을 믿으세요, 만약 제가 마지막 순간에 그대를 구하지 않았다면 그대는 다시는 두 발로 서지 못했을 것입니다. 그러나 위험은 물러갔고 내가 그대를 보살피겠습니다." 그녀는 의미심장하게 말했다. "다시는 열병에 걸리지 않을 겁니다."

레오는 그녀를 향해 고개를 숙여 인사한 다음 유창한 아랍어로 낯선 이를 돌보아 준 그녀의 친절과 예의에 감사를 표했다.

"아닙니다," 그녀가 부드럽게 대답했다. "세상은 당신 같은 분이 사악한 일을 당하게 하지 않습니다. 보기 드문 아름다움입니다. 당신의 귀환으로 행복해진 저에게 고맙다고 말하지 마십시오."

"흠! 아저씨," 레오가 곁에 있는 나에게 영어로 말했다. "이 숙녀분은 대단히 예의가 바르시군요. 우리가 운이 좋은가 봐요. 아저씨도 이 기회를 잘 살려보세요. 맙소사, 저 아름다운 팔을 보세요!"

베일로 가려진 아샤의 경고성 눈길을 느낀 나는 그를 쿡 찌르며 조용히 하라고 주의를 환기하였다.

"나의 하인들이 그대를 잘 돌봐줄 것이라고 믿습니다. 누추하지만 편안히 지내세요. 내게 더 원하는 것이 있습니까?" 아샤가 말했다.

"네, 여왕이시여," 레오가 다급히 대답했다. "저를 돌봐주었던 젊은 여인이 어디로 갔는지 알고 싶습니다."

"아하," 아샤가 말했다.

"그 여자, 그래요, 그 소녀―예, 보았지요. 아니, 저는 모릅니다. 그녀가 그저 간다고 말했지요, 나는 어딘지 모릅니다. 어쩌면 돌아올 수도 있고 아닐 수도 있지요. 병자를 기다리는 것은 지루한 일이고 이들 미개 종족의 여자들은 변덕이 심하지요."

레오는 그 말을 듣고 어리둥절한 것 같았다.

"정말 이상하군요," 그는 내게 영어로 말한 다음 그녀에게 다시 말했다. "이해할 수 없습니다," 그가 말했다. "그 젊은 여인과 저는, 간단히 말해서 서로를 많이 배려했거든요."

아샤는 조금 웃었는데 그 소리는 마치 음악처럼 들렸다. 그런 다음 화제를 돌렸다.

제19장

내게 흑염소를 달라!

이후 대화는 뒤죽박죽이었기에, 정확하게 기억나지 않는다. 어떤 이유로, 아마도 자신의 정체성과 성격을 알리고 싶지 않았기 때문인지, 아샤는 늘 그렇듯 말을 많이 하지 않았다. 하지만 얼마 안 가 그녀는 레오에게 우리를 즐겁게 하기 위해 춤을 준비했다고 알려주었다. 나는 그 말을 듣고 깜짝 놀랐는데, 아마해거족들은 그런 경박스러운 행위에 빠져들기에 너무나 우울한 종족이라고 생각했기 때문이었다. 그러나 얼마 안 가 좀 더 분명히 드러난 것처럼 아마해거족의 춤은 야만족이든 문명사회든 모든 지역에서 볼 수 있는 환상적인 축제와는 완전히 달랐다. 우리가 방에서 나가려고 할 그때 그녀는 레오에게 동굴이 간직한 경이로운 광경을 보고 싶지 않으냐고 물었고, 그가 흔쾌히 승낙하자 우리는 조브와 빌랄리와 함께 그쪽으로 갔다. 우리가 본 것을 설명하자면, 상당 부분 내가 이미 말했던 것을 되풀이하는 것일 뿐이다. 우리가 들어갔던 무덤들은 상당히 달라서,

암벽 전체가 벌집 모양의 묘실이었으나,[27] 그 안에 들어있는 것들은 모두 비슷했다. 그 전날 내 악몽 속을 떠돌았던 해골의 피라미드를 방문한 다음 거기서부터 긴 복도를 내려가 코르 제국 하층민의 유골이 있는 거대한 지하 봉안당들로 향했다. 그들 유골은 부유층의 유골처럼 제대로 보존되지 않았다. 많은 수가 아마포로 덮이지 않았고, 시신들은 짧은 순간에 대량 학살당했는지, 아무렇게나 포개어진 모습으로 오백에서 천 구의 시신이 하나의 거대한 봉안당에 묻혀 있었다.

당연한 말이지만, 레오는 비할 바 없이 엄청난 그 광경에 지대한 관심을 보였는데 사실상 그것은 인간이 지닌 모든 상상력에 활력을 불어넣기 충분했다. 그러나 불쌍한 조브의 흥미를 끌지는 못했다. 그의 신경—이 무시무시한 지역에 도착한 이래 우리가 겪은 것으로 이미 심각하게 뒤흔들렸다—은, 상상할 수 있듯이, 인간성이 떠나간 이 거대한 더미를 보았을 때, 그들의 목소리는 무덤의 영원한 침묵 속으로 영원히 사라졌음에도 자신의 눈앞에 그들의 형태가 완벽히 남아 있는 광경을 보았을 때, 더 큰 두려움에 사로잡혔다. 늙은 빌랄리가 자신도 곧 죽어서 그들처럼 될 테니 죽은 자들이 두렵지 않다고 말하면서 그를 달래보았지만 허사였다.

---

27 한동안 나는 이 거대한 동굴들에서 파낸 엄청난 양의 암석을 어디에 사용했는지 궁금했다. 나중에 이것들은 코르 제국의 궁전들과 돌벽들을 세우는 데 대부분 사용되었으며 저장고와 하수 시설을 만드는 데도 썼다는 사실을 알게 되었다. —L. H. H.

"사람에 대해 좋게 할 말도 있을 텐데요, 선생님," 그는 내가 해준 짧은 통역을 듣고 외쳤다. "하지만 늙은 식인종 야만인에게 뭘 기대할 수 있겠어요? 하지만 그가 옳다고 할 수밖에 없네요." 조브는 한숨을 내쉬었다.

동굴 탐사를 마친 우리는 돌아와 음식을 먹었는데, 이미 오후 네 시가 넘은데다 특히 레오를 포함한 우리 모두에게 먹을 것과 휴식이 필요했기 때문이었다. 여섯 시가 되자 우리는 조브와 함께 아샤를 기다렸고, 그녀가 작은 연못 같은 물그릇 표면에 떠오른 모습을 조브에게 보여주자 그는 더욱 두려움에 떨었다. 내가 여왕에게 조브의 형제자매가 열일곱이라고 말해주었고, 그녀는 그에게 할 수 있는 한 많은 형제자매가 아버지의 오두막에 모여있는 모습을 떠올리라고 한 다음, 그에게 물속을 들여다보라고 했으니, 마치 그의 뇌 속을 불러들이기라도 한 듯 아주 오래전 과거의 장면이 물 표면에 투영되었다. 몇 명의 얼굴은 상당히 선명했던 반면 몇 명은 흐리고 얼룩졌으며, 혹은 괴상할 정도로 과장된 얼굴도 있었다. 그런 현상은 조브가 개개인의 정확한 모습을 기억하지 못하거나 그저 하나의 특징으로만 알고 있을 때 나타난 것으로, 그 물은 마음의 눈으로 볼 수 있는 것만 투영하였다. 이 일과 관련하여 그녀의 능력이 철저하게 한정적이라는 사실을 반드시 기억해야 한다. 아주 드문 경우만 제외하고, 그녀는 오직 누군가의 마음속에 있는 모습만 물 표면에 투영시킬 수 있으며, 그것도 그럴 의지가 있는 경우에만 해당했다. 그러나 만약 그녀가 개인적으로 장소를 알고 있다면, 우리와 보트를 떠올렸던 경우처럼, 그때 그곳을 지나가는 것은 무엇이나 투영시킬 수 있는 듯했다. 하지만 그 능력은 다른 이들의 마음조차 영향을 미치는 것은 아니었다. 예를 들어 내가 우리 대학 채플을 기억하면, 우리 대학 채플의 내부 모습을 보여줄 수 있으나 그건 순간적 투영일 뿐이고, 그녀의 능력은 그 순간 대상자의 의식에 존재하는 사실이나 기억에 철저하게 제한되었다. 그녀를 즐겁게 해주기 위해 세인트 폴 성당이나 국회 의사당 건물처럼 유명한 건물을 보여주려고 시도했을 때 그리 만족스러운 결과가 나오지 않았는데, 비록 대략적인 형태는 알고 있었으나 완벽한 모습을 투영시키는 데 필요한 건축적 세부 사항을 모두 알지 못했기 때문이었다. 그러나 조브는 이를 이해할 수 없었고, 모든 상황이 논리적으로 볼 때 이상한 일이기는 하지만 그저 놀랍고도 완벽한 텔레파시일 뿐이라는 자연스러운 설명을 받아들이기는커녕, 그저 흑마술을 부리는 것이라고 굳게 믿었다. 나는 조브가 오래전에 뿔뿔이 흩어진 형제자매의 모습이 정확히 혹은 흐릿하게 물에 투영된 것을 보고 두려움의 비명을 내지르던 모습이나 그걸 보고 즐겁게 웃던 아샤의 모습을 절대로 잊지 못할 것이다. 레오는 그것을 전적으로 좋아하지 않았지만, 자신의 금발 머리를 손가락으로 쓸어 넘긴 것으로 보아 그 광경이 상당히 섬뜩했던 것 같았다.

우리가 즐거이 한 시간을 보내고 난 후, 중간 정도부터 참가하지 않았던 조브는 방에서 나갔고, 벙어리 하녀는 빌랄리에게 대기실에서 기다리라는 손짓을 보냈다. 항상 그랬던 것처럼 그는 어색하게 기어나갔고, 춤이 준비되었으니 여왕과 백인 이방인은 부디 참석해 달라는 보고가 들어왔다. 잠시 후 우리는 모두 일어섰으며, 아샤는 검은 망토를(그녀가 모닥불 앞에서 저주를 내릴 때 입었던 것이었다) 하얀 베일 위에 걸친 뒤 출발했다. 춤은 거대한 동굴 바깥쪽 평평한 돌 바닥에서 열릴 예정이어서 우리는 그쪽으로 갔다. 동굴 입구에서 열다섯 발자국 정도 떨어진 곳에 의자 세 개가 놓여있었고 무용수가 아직 나타나지 않았기에 우리는 거기에 앉아 기다렸다. 거의 밤이 되어 주변은 어둡고 달은 아직 뜨지 않았기 때문에, 우리가 어떻게 춤을 관람할 수 있는지 궁금했다.

"곧 알게 될 겁니다." 아샤가 조금 웃으며 레오의 질문에 대답했고 우리는 확실히 그랬다. 검은 형체들이 제각각 타오르는 거대한 햇불을 들고 우리를 향해 달려올 때, 그녀는 거의 말하지 않았다. 그것들이 뭔지는 모르겠지만, 그것들은 햇불을 든 사람 머리 위로 거의 1야드 이상 높게 솟구치며 타올랐다. 모여든 사람은 오십 명가량이었고, 활활 타오르는 것을 들고 오는데 모두 지옥에서 온 악마처럼 보였다. 레오가 제일 먼저 들고 있는 게 무언지 알아차린 사람이었다.

"맙소사!" 레오가 말했다. "저것들은 시체에 불을 붙인 거예요!"

나는 보고 또 보았다—정말 그랬다—우리의 여흥을 위해 밝혀주는 햇불은 동굴에서 가져온 인간 미라였다!

타오르는 미라를 든 사람들이 계속 달려와 우리 앞에서 약

스무 걸음 떨어진 곳에 모여, 그들이 들고 있는 섬뜩한 짐은 거대한 하나의 모닥불이 되었다. 맙소사! 얼마나 맹렬하게 타오르는지! 타르 통도 이들 미라처럼 활활 타오르지 못할 것이다. 그게 전부가 아니었다. 갑자기 키가 큰 사내가 몸통으로부터 불타오르는 인간의 팔을 떼어내어 어둠 속으로 사라졌다. 그는 곧 멈추어 섰고 커다란 불길이 공중으로 높이 치솟아 어둠을 밝혔고, 거기에서 또 하나의 횃불이 치솟았다. 그 불은 암석에 박힌 막대에 묶여있는 여자 미라의 것이었고, 그는 그 머리카락에 불을 놓은 것이었다. 그가 몇 걸음 더 가더니 두 번째에 불을 밝혔고, 세 번째에도, 네 번째에도, 마침내 우리가 맹렬히 타오르는 미라에 둘러싸일 때까지 이어졌는데 시신 보존용 물질로 인해 불길이 잘 일어났으며, 글자 그대로 불길은 귀와 입에서 나와 발까지 내려갔다.

네로 황제는 그리스도교인들을 산 채로 타르에 담근 뒤 정원에 불을 밝혔다고 했는데, 그 시대 이후 처음으로 우리는 지금 그와 비슷한 광경을 보고 있고, 이곳의 등불은 살아있는 상태가 아닌 것이 그나마 다행이었다.

그러나 비록 이런 공포의 요소가 부족하였지만, 우리 앞에 이처럼 펼쳐진 끔찍하고 장엄한 광경을 묘사하기에는, 내 생각에 그런 일을 해내기에 나의 능력이 너무나 부족하여서, 시도조차 못 하였다. 시작부터 그 광경은 도덕성뿐 아니라 물리적 감수성을 자극했다. 살아있는 자들의 난잡한 잔치에 불을 밝히기 위해, 까마득한 옛날에 죽은 자들의 몸을 이용하는 것에, 대단히 끔찍하면서도 황홀한 무언가가 있었다. 그것 자체가 살아있는 자와 죽은 자 모두에 대한 풍자였다. 카이사르의 먼지—혹은 알렉산드로스 대왕의 먼지인가?—그게 통의 구멍을 막고 있겠지, 그러나 과거에 죽은 이 카이사르들의 기능은 야만적 숭배의 춤을 밝혀주는 것이었다. 우리도 어쩌면 그런 하찮은 용도로 사용될지라도, 후손들의 마음속에서 우리는 별로 중요하지 않을 것이고, 그들 중 대다수는 우리를 기억하기는커녕, 고통의 세상 속으로 불러들인 우리를 저주하며 살아갈 것이다.

다음 순간 장관의 물리적 측면이, 기묘하고 화려한 장면이 펼쳐졌다. 무덤과 비문으로 판단하건대, 코르 제국 사람들이 과거에 살았듯이, 코르 제국의 늙은 시민들은 대단히 빠르고, 가장 자유롭게 타올랐다. 게다가 숫자도 아주 많았다. 이십 분 정도 지나 미라 한 구가 발목까지 타버리자마자 남은 발은 걷어차였고, 다른 것이 그 자리를 대신했다. 모닥불도 비슷한 정도의 규모로 타올랐고, 불길은 쉭쉭거리고 갈라지며 허공으로 20 혹은 30피트 정도 솟구치면서, 어둠 속 저 멀리까지 넓게 빛을 던졌다, 그 불빛 속에서 이리저리 흔들리는 아마해거족들의 검은 형체는 지옥의 불길에 땔감을 채워 넣는 악마처럼 보였다. 우리는 모두 서서 기겁하고 충격을 받았으나, 그 기이한 광경을 홀린 듯 바라보며, 불타는 육신이 한때 가두어 놓았던 영혼이 신성 모독자에게 복수하기 위해 어두운 그림자들에서 기어 나올지 모른다고 생각했다.

"그대에게 낯선 광경을 보여주겠노라 약속했습니다. 할리,"

홀로 영향을 받지 않은 아샤가 웃음을 터뜨렸다. "그리고 보십시오, 나는 그대를 실망하게 하지 않았습니다. 또한, 여기에는 교훈이 있습니다. 미래에 무엇이 벌어질지 아는 자는 미래를 신뢰하지 않습니다! 그러므로 하루하루를 최선을 다해 살아가고, 인간의 끝인 먼지로부터도 도망치려고 안달하지 마십시오. 자신의 시신이 어느 날 야만족의 축제를 밝히거나 등불로 사용된다는 사실을 고대의 귀족들과 숙녀들이 알았다면 무슨 생각을 했을까요? 그러나 보세요, 저기 무용수들이 옵니다. 즐거워 보이지 않나요? 자아, 공연을 위해 무대에 불이 밝혀졌어요."

여왕의 말처럼, 우리는 두 줄로 늘어선 사람들을 보았다. 한 줄은 남자, 한 줄은 여자, 1백 명 정도가, 늘 그렇듯 표범과 수사슴 가죽만을 몸에 두른 채 인간 모닥불 주변을 둘러쌌다. 그들은 완벽한 침묵이 흐르는 가운데, 모닥불과 우리 사이 공간에서 서로 마주 보며 두 줄 대형을 이루고 그런 다음 춤—마치 지옥의, 악마의 캉캉 춤—을 추기 시작했다. 이를 묘사하는 것은 거의 불가능했으나, 어쨌든 다리를 들어 올리거나 발을 두 번씩 끄는 동작이 많이 나왔고 춤에 대해 문외한인 우리가 보기에는 춤이라기보다는 연극에 가까웠으며, 자신들이 살아가는 동굴에서 마음의 색채를 뽑고, 주거지에서 함께 살아가는 한없이 많은 고대 미라에서 농담과 흥겨움을 끌어내는 이 끔찍한 종족이 항상 그러하듯, 주제도 음울했다. 처음에는 살인 미수를 표현했고 그다음에는 산 채로 묻힌 희생자가 무덤에서 몸부림치는 장면을 보여주었다. 혐오스러운 드라마의 갖가지 막, 그것들은 완벽한 침묵 속에서 상연되고, 붉은 모닥불의 불빛을 받으며 땅 위에서 몸을 비트는 희생자를 둘러싼 채 흉포하고 불쾌한 춤이 이어졌다.

하지만 이내 흥미 있는 상황에 이목이 집중하였다. 갑자기 조금 소란해지더니, 몸집이 크고 힘센 무희 중에서 움직임이 가장 활발하다고 여겨졌던 한 여자가 성스럽지 못한 흥분제에 미쳤거나 취해, 우리를 향해 비틀거리면서 다가오더니 큰소리로 비명을 질렀다.

"흑염소를 줘, 난 흑염소가 꼭 필요해, 어서 흑염소를 가져와!" 그녀는 돌 바닥에 쓰러지더니 입에 거품을 물고 몸을 뒤틀면서 흑염소를 달라고 소리를 지르며 우리가 상상할 수 있는 한 가장 끔찍한 장면을 연출했다.

순간적으로 무희들 대부분이 앞으로 나와 그녀를 둘러쌌고, 일부는 뒤에 남아 춤을 계속 추었다.

"저 여자는 귀신이 들린 거야," 그들 중 하나가 외쳤다. "어서 가서 흑염소를 가져와. 거기, 악마야, 조용히 해! 조용히 하라고! 이제 곧 염소를 가지게 될 거야. 저들이 그놈을 데리러 갔어, 악마야."

"난 흑염소를 원해. 꼭 흑염소여야 해!" 입에 거품을 문 채 데굴데굴 구르는 여자가 다시 소리쳤다.

"좋아, 악마야. 그 염소가 곧 이리로 올 거야. 조용히 하라고, 요 착한 악마야!"

그런 광경은 염소가 근처 우리에서 뿔을 잡힌 채 울면서 끌려 나와 그곳에 도착할 때까지 계속되었다.

"검은 놈인가? 검은 놈인가?" 귀신들린 자가 고함쳤다.

"그래, 그렇다고, 악마야. 밤처럼 새까만 놈이지." 그런 다음 곁에 있는 사람들에게 작은 소리로 말했다. "저놈을 뒤에 숨겨. 엉덩이와 배에 있는 하얀 점을 악마가 보지 못하게 해야 해. 잠시만, 악마야, 저기, 저놈의 목을 재빨리 따버릴 테니까. 쟁반은 어디에 있어?"

"염소를! 염소를! 염소를! 흑염소의 피를 줘! 그게 필요하단 말이야. 내게 그것이 얼마나 필요한지 안 보여? 오! 오! 오! 내게 염소의 피를 줘."

그 순간에 끔찍한 비명 소리! 그 불쌍한 짐승이 희생되었다는 사실을 알려주었으며, 다음 순간 한 여자가 피가 가득 담긴 쟁반을 들고 달려왔다. 마귀가 들려 입에 게거품을 문 채 몸부림치던 여자가 그것을 낚아채어 마시더니 즉시 회복이 되었고, 히스테리 혹은 경련 혹은 마귀가 씌운 흔적도 없이, 혹은 그 여자에게 고통을 주던 끔찍한 무엇인가가 흔적도 없이 사라졌다. 그녀는 양 팔을 쭉 펴더니 희미한 미소를 지으며 무희들에게 조용히 돌아갔고, 그들은 왔던 것처럼 두 줄로 서서 우리와 불 꺼진 모닥불 사이 공간에서 물러났다.

나는 이제 축제가 끝났다고 생각했고, 머리가 아파서, 여왕에게 우리가 가도 좋은지 막 물어보려고 했을 때, 갑자기 먼저 개코원숭이처럼 보이는 뭔가가 모닥불 주변을 깡충거리며 뛰어다녔고, 반대 면에서 나온 사자, 아니 사자 가죽을 뒤집어쓴 누군가와 마주쳤다. 그런 다음 염소가 나오고, 황소 가죽을 뒤집어쓰고 뿔을 익살스럽게 흔들어대는 사람이 나타났다. 그 뒤로 블레스복 영양과 임팔라 영양, 얼룩영양이 차례로 나오고 그런 다음 더 많은 염소와 반짝거리는 보아 뱀 비늘 옷을 입은 여자를 포함하여 여러 다른 동물이 연달아 등장했다. 모여든 야수들은 쿵쿵거리면서 기이한 춤을 추기 시작했고 자신들이 표현하려는 동물의 소리를 흉내 내는 통에 사자와 염소의 울음소리와 뱀의 쉭쉭거림이 허공을 가득 메웠다. 이것은 한참 동안 지속하여, 무언극에 지친 나는 아샤에게 레오와 함께 걸어 다니면서 인간 횃불을 살펴보아도 괜찮은지 물었고, 그녀가 반대하지 않았기에 우리는 일어나 왼쪽부터 돌아보기 시작했다. 불타오르는 미라 한두 구를 살펴본 다음 섬뜩하고 기괴한 장면을 더는 참을 수 없어 우리가 막 돌아서려고 했을 때, 여러 짐승 복장을 한 사람 중 유독 활기차게 움직이던 표범 가죽 무희가 눈에 띄었는데, 우리 바로 옆에서 춤을 추더니 불타오르는 미라 사이 가장 어두운 지점으로 조금씩 나아갔다. 우리는 호기심에 이끌려 그 뒤를 따라갔고, 그 무희는 갑자기 어둠 속으로 뛰어들더니 몸을 일으키고 속삭였다. "이리로 와요." 우리는 둘 다 우스테인의 목소리라는 사실을 깨달았다. 레오는 내게 상의하지도 않은 채 돌아서서 어둠 속 그녀에게로 향했고 나는 아찔한 심정으로 그들 뒤를 따라갔다. 표범은 모닥불과 횃불에서 충분히 떨어졌다고 생각하는 지점까지 약 오십 보 정도를 더 기어서 갔고, 그런 다음 레오는 그것, 아니 우스테인에게 다가갔다.

"오, 나의 남편이여." 나는 그녀의 중얼거림을 들었다. "드디어 당신을 찾았군요! 잘 들으세요. 나는 '절대 권위의 그녀'에게서 목숨을 위협받고 있어요. 그녀가 나를 어떻게 내쫓았는지 비비가 그대에게 말해주었겠죠? 나는 내 남편인 당신을 사랑해요. 그리고 당신은 이 부족의 관습에 따라 나의 것이에요. 나는 당신의 목숨을 구했다고요! 나의 라이온, 당신은 나를 버릴 수 있어요?"

"아니, 절대로." 레오가 외쳤다. "당신이 사라져서 이상하게 생각했어요. 우리 함께 가서 여왕에게 그 문제를 설명해달라고 합시다."

"아뇨, 아뇨, 그녀는 우리를 죽일 거예요. 당신은 그녀가 얼마나 강한지 몰라요. 비비는 보았으니 알고 있을 테죠. 알죠, 방법은 하나뿐이에요. 만약 당신이 나를 버리지 않는다면 지금 당장 나와 함께 습지를 가로질러 달아나야만 해요. 그래야 우리는 이곳에서 벗어날 수 있어요."

"맙소사, 레오," 내가 입을 열었으나 우스테인이 끼어들었다.

"아니, 저 사람 말은 듣지 말아요. 서둘러요, 어서 서둘러요, 우리가 숨 쉬는 공기 속에 죽음이 깃들어 있어요. 심지어 지금, 어쩌면 그녀는 우리의 말을 엿듣고 있을지 몰라요." 우스테인은 더는 논쟁을 벌이지 않고 그의 품속으로 뛰어들었다. 그때 머리에 덮어쓴 표범 가죽이 스르륵 벗겨지고 하얀 손가락 자국 세 개가 별빛에 빛나는 것을 보았다. 나는 우리가 곤란한 상황에 놓여있다는 사실을 한 번 더 깨달았고, 레오가 여자와 관련된 일에 마음이 약하다는 사실을 알고 있기에 다시 한 번 끼어들려고

했을 때—오, 무시무시한 공포여!—내 뒤에서 낭랑한 웃음소리
가 들려왔다. 뒤를 돌아보니 그녀가 빌랄리와 벙어리 하인 두 명
과 함께 서 있었다. 나는 숨이 막히고 거의 바닥에 주저앉을 뻔
했으니, 그러한 상황이 낳을 끔찍한 비극과 내가 첫 번째 희생양
이 될 것이라는 사실을 알기 때문이었다. 우스테인은 레오를 껴
안았던 팔을 놓고 두 손으로 눈을 가렸으며 얼마나 끔찍한 상황
인지 잘 모르는 레오는 덫에 걸린 남자가 늘 그렇듯 얼굴만 붉
힌 채 멍청하게 서 있었다.

제20장

승리

지금까지 내가 견뎌냈던 것보다 더 고통스러운 침묵이 이어졌다. 아샤가 레오를 향해 먼저 입을 열었다.

"자아, 나의 남편이자 손님이여," 그녀는 가장 부드러운 어조로 말했음에도, 강철의 울림이 있었다. "그리 수줍어하지 마십시오. 확실히 정겨운 광경입니다─표범과 사자!"

"이런, 제길!" 레오가 영어로 말했다.

"그리고 너, 우스테인," 여왕이 계속 말을 했다. "네 머리에 난 흰 자국에 빛이 비치지 않았다면 그냥 지나칠 뻔했구나." 그녀는 이제 지평선 위로 모습을 드러내어 밝게 빛나는 달을 가리켰다. "그럼, 그럼, 춤은 끝났구나─자아, 불 붙이개가 모두 소실되고, 모든 것이 침묵과 재로 끝이 났구나. 그래 너는 지금이 사랑에 적합한 시간이라고 생각했느냐, 우스테인, 내 노예야─그리고 나는, 불복종할 수 있다고 전혀 꿈도 꾸지 않았는데, 네가 멀리 가버렸다고 생각했다."

"저를 갖고 놀지 마세요," 괴로운 여인이 울부짖었다. "저를 죽이고 모든 것을 끝내세요."

"아니, 왜 그렇게 하겠느냐? 사랑으로 뜨거워진 입술을 그토록 빨리 무덤 속에서 차디차게 식게 하는 건 좋은 일이 아니지." 여왕이 벙어리 하인들에게 손짓하자 그들은 즉시 앞으로 나와 여자의 팔을 잡았다. 레오는 욕설을 내뱉으며, 가까운 곳에 있던 하인에게 몸을 날려 그를 땅바닥에 내던지고 주먹을 쥐고 굳은 얼굴로 밟고 섰다.

또다시 아샤가 웃었다. "잘 내던지는군요, 나의 손님이여. 얼마 전까지 아팠던 사람치곤 상당히 강인한 팔을 가졌네요. 하지만 부디 호의를 보여주어 그 사람의 목숨을 살려주길 부탁드립니다. 그는 그 소녀를 해치지 않을 것입니다. 밤공기가 점점 차가워집니다. 그러니 그녀를 내 방으로 초대할까 합니다. 당신에게 그토록 소중하다면 제게도 마찬가지니까요."

나는 레오의 팔을 잡아 바닥에 눌려있던 벙어리 하인에게서 그를 떼어냈고, 그는 반쯤 정신이 나간 채 순순히 따랐다. 그런 다음 우리는 모두 동굴로 향했는데, 무희들은 모두 사라지고 춤을 밝혀주던 횃불은 하얀 인간의 재로 변했다.

항상 다니던 길을 따라 아샤의 내실로 들어갔다. 모든 것이 너무 갑작스레 일어났으며, 슬프고 무거운 무엇인가가 내 마음을 짓눌렀다.

아샤는 자신의 자리에 앉고, 조브와 빌랄리를 물러가게 한 후, 손짓으로 자신이 총애하는 소녀 한 명만 제외하고 모든 벙어리 하녀들에게 등불을 들고 나가라고 명령했다. 우리 세 사람은 서 있었고, 불행한 우스테인은 약간 왼쪽에 떨어져 있었다.

"이제, 오 할리," 아샤가 입을 열었다. "그대는 저 사악한 여자에게 내린 나의 명령을 들었지요"—그리고 그녀는 우스테인을 가리켰다—"당장 떠나라고 한 것 말입니다—그대의 애원으로 저 여자의 생명을 살려주었는데—오늘 밤 내가 본 이 일에 그대도 관여한 것입니까? 대답하세요, 그리고 나는 이 문제에 관한 한 거짓을 들으면 그냥 넘기지 않을 터이니, 그대 자신을 위해 진실을 말하세요!"

"우연이었습니다, 여왕이여," 내가 대답했다. "전혀 몰랐던 일입니다."

"나는 그대를 믿습니다, 할리," 그녀는 차갑게 말했다. "그건 그대를 위해 좋은 일입니다—그렇다면 모든 죄는 저 여자가 지은 것이군요."

"저는 죄가 있다고 생각하지 않습니다," 레오가 끼어들었다. "그녀는 다른 남자의 아내가 아닙니다. 그리고 이 괴상한 지역의 관습에 따라 나와 결혼한 셈이니까요, 그러니 누가 잘못한 것입니까? 어쨌거나, 마담," 그는 말을 이었다. "그녀가 한 짓은 곧 내가 한 짓이니 그녀가 벌을 받아야 한다면 나 역시 벌을 받아야 합니다. 그리고 말해두지만," 그는 끓어오르는 분노 속에서 계속 말했다. "만약 당신이 귀머거리에 벙어리 놈들에게 명령을 내려 저 여인을 건드리면 나는 그놈을 박살을 낼 겁니다." 그 말이 진심이라는 듯이 주변을 둘러보았다.

아샤는 차가운 침묵을 지키며 들을 뿐 그에게 아무런 대꾸도 하지 않았다. 하지만 그가 마치자, 그녀는 우스테인을 향해 말했다.

"무슨 할 말이 있느냐, 여인이여. 하찮은 지푸라기, 깃털과 같은 네가, 심지어 거대한 바람인 나의 의지에 맞서 네 열정대로 아름다운 결말을 향해 흘러갈 수 있다고 생각하다니! 말해보아라, 내 기꺼이 이해할 것이다. 너는 왜 이런 일을 저질렀느냐?"

다음 순간 나는 상상할 수 있는 한 가장 엄청난 도덕적 용기와 용맹을 보았다고 생각한다. 불행한 운명이 드리워진 불쌍한 그 소녀는 무서운 여왕의 손아귀에서 벌어질 일들과 그 힘이 얼마나 거대한지 혹독한 경험으로 알고 있음에도 불구하고, 자신을 추스르면서, 바로 그 깊은 절망에서 여왕에게 맞설 내면의 힘을 끌어내었다.

"제가 그렇게 했습니다, 여왕이시여," 우스테인은 몸을 바로 세우고 머리에 쓴 표범 가죽을 뒤로 밀어내며 말했다. "그 이유는 저의 사랑이 무덤보다 더 강하기 때문입니다. 저의 심장이 선택한 이 남자 없는 제 인생은 살아있는 죽음이기에 그렇게 했습니다. 그러므로 저는 제 생명을 걸었고 이제 당신의 분노 앞에서 쓰러질 것이라는 사실을 알지만 그렇게 한 것을 기쁘게 생각합니다. 그가 나를 한 번 더 안아주고 아직 저를 사랑한다고 말해주었기 때문입니다."

이 부분에서 아샤는 의자에서 반쯤 일어났다가 다시 앉았다.

"제게는 마법이 없어요," 우스테인의 목소리가 강하고 깊게 울려 퍼졌다. "그리고 저는 여왕도 아니고, 영원히 살지도 못합니다. 그러나 여자의 심장은 물속 깊이 가라앉을 만큼 무겁고, 여자의 눈은 당신의 베일을 꿰뚫어볼 만큼 재빠릅니다, 여왕이여!

잘 들으세요. 당신이 이 남자를 사랑한다는 사실을 압니다, 따라서 당신은 그 길을 가로막은 저를 파멸시키겠지요. 아, 저는 죽습니다—죽어서 어둠 속으로, 내가 알 수 없는 곳으로 가겠지요. 그러나 이것은 압니다. 내 가슴에서 빛이 번져 나옵니다. 마치 등불이 그러하듯 그 빛으로 진실을, 마치 두루마리처럼 내 눈앞에 펼쳐지는 미래를 볼 수 있습니다. 내가 남편을 처음 알았을 때," 그녀는 레오를 가리켰다. "그가 주는 결혼 선물이란—예고 없이 찾아올 죽음이라는 것을 알았지만, 저는 돌아서지 않고 그 값을 치를 준비했습니다, 보십시오, 죽음이 이제 여기에 있습니다! 이미 알고 있긴 했으나 무거운 운명의 계단 위에 서 있는 지금 이 순간에도, 나는 당신이 저지른 악행의 열매를 수확하지 못할 것이라는 걸 압니다. 그는 나의 것이며 비록 당신의 아름다움이 별들 사이의 태양처럼 빛날지언정 그가 간직하는 것은 당신이 아니라 나의 아름다움이 될 것입니다. 이생에서 그는 당신의 눈동자를 바라보며 당신을 반려자라 부르지 않을 겁니다. 당신에게 지워진 무거운 운명이 보입니다." 그녀는 신령 들린 예언자처럼 소리높이 외쳤다. "아, 나는 봅니다——"

그때 분노와 공포가 뒤섞인 비명이 울렸다. 나는 고개를 돌렸다. 아샤가 일어나 우스테인을 향해 손을 내밀자 그녀는 갑자기 말을 멈추었다. 내가 바라본 그 불쌍한 여인의 얼굴에는 예전에 그녀가 이상한 노래를 읊조릴 때 드러났던 공포의 표정이 그대로 새겨졌다. 눈동자가 점점 커지고 콧날이 벌렁거리고 입술은 하얗게 변했다.

아샤는 아무런 말도, 아무런 소리도 내지 않은 채 그저 일어나 손을 내밀었고, 베일에 감싼 큰 몸을 사시나무처럼 바들바들 떨면서 시선을 자신의 희생물에 고정하는 것처럼 보였다. 그것만으로도 우스테인은 양손으로 머리를 감싸고 비명을 지르더니 두 번 돌고 나서 요란한 소리를 내며—바닥으로 쓰러졌다. 레오와 내가 그녀에게 달려갔다—그녀는 죽어 돌처럼 굳었다—어떤 신비스런 전기 충격이나 무서운 그녀의 명령이 지닌 압도적인 의지의 힘에 맞아 죽은 것 같았다.

한동안 레오는 무슨 일이 벌어졌는지 이해하지 못했다. 하지만 상황을 알아차렸을 때 그의 표정이 무섭게 변했다. 저속하게 욕하며 시신 옆에서 일어나더니 글자 그대로 아샤를 향해 달려들었다. 그러나 그녀는 레오가 오는 것을 보고 팔을 다시 내밀었고, 그는 내가 있는 방향으로 비틀대다가 쓰러졌는데 나는 그를 잡아주지 못했다. 나중에 그가 말하길 갑자기 강한 충격이 가슴을 후려쳤을 뿐 아니라 마치 모든 남자의 혈기가 빠져나가 완전히 겁쟁이가 된 기분이었다고 말했다.

그런 다음 아샤가 말했다. "저를 용서하십시오, 손님이여," 그녀가 레오를 향해 부드럽게 말했다. "나의 정당성으로 그대를 놀라게 했다면 말입니다."

"당신을 용서하라고, 이 악마야," 불쌍한 레오가 분노와 슬픔으로 양손을 비틀며 소리쳤다. "당신을 용서하라고, 살인자야! 하늘에 맹세코 내가 할 수 있다면 당신을 죽일 거야!"

"아니, 아닙니다," 여왕은 여전히 부드러운 목소리로 대답했다. "그대는 이해하지 못했습니다—그대가 알게 될 때가 왔습니다. 나의 칼리크라테스여, 그대는 나의 연인, 아름다운 나의 사람, 나의 힘입니다! 이천 년 동안, 칼리크라테스여, 나는 당신을 기다렸고, 이제야 마침내 당신이 내게 돌아왔습니다. 이 여자는," 여왕은 시신을 가리켰다. "나와 당신 사이를 가로막았기에 나는 그녀를 제거했습니다, 칼리크라테스여."

"말도 안 되는 거짓말이야!" 레오가 말했다. "내 이름은 칼리크라테스가 아니오! 나는 레오 빈시. 내 조상이 칼리크라테스였지—최소한, 나는 그렇게 알고 있소."

"오, 당신이 그렇게 말하는군요—당신의 조상은 칼리크라테스이고, 당신은, 심지어 칼리크라테스의 환생입니다—내 사랑하는 남편입니다!"

"나는 칼리크라테스도 아니고 당신의 남편 혹은 당신의 그무엇도 아니오, 차라리 지옥에서 온 악녀의 남편이 되는 게 나을 것이오, 그 악녀가 당신보다 나을 테니까."

"그렇게 말씀하다니요—그렇게 말씀하다니요, 칼리크라테스? 아니, 하지만 당신은 너무 오랫동안 나를 보지 못했으니 기억하지 못할 겁니다. 하지만 나는 대단히 아름다운 여자입니다, 칼리크라테스!"

"나는 당신을 증오해, 살인자, 당신을 보고 싶지도 않아. 당신의 아름다움이 나와 무슨 상관이란 말이야? 당신을 증오한다고 말했어."

"하지만 눈 깜짝할 사이에 당신은 내 앞으로 기어와 나를 사랑한다고 맹세할 겁니다." 아샤는 놀려대는 듯 달콤한 웃음을 터뜨렸다. "자아, 이런 시간은 다시 없을 겁니다. 여기 당신을 사랑했던 여자의 시신 앞에서 그것을 증명토록 해드리지요."

"나를 보세요, 칼리크라테스!" 아샤는 갑작스레 자신의 몸을 얇게 감싼 천을 벗어버리고, 깊게 파인 상의와 뱀 무늬 거들을 입고, 마치 파도에서 태어난 비너스처럼, 대리석에서 나온 갈라테아²⁸처럼, 혹은 무덤에서 나온 미의 정령처럼, 화려하게 빛나는 아름다움과 당당한 우아함을 드러내며 앞으로 나섰다. 그녀는 앞으로 걸어 나와 깊고 반짝거리는 눈으로 곧장 레오의 눈을 정면에서 마주 보았고, 나는 주먹 쥔 그의 손이 슬그머니 풀리는 것과 경직되고 부들부들 떠는 얼굴이 그녀의 시선 아래 누그러지는 것을 보았다. 나는 그의 경이와 놀라움이 찬미로 변했다가 다시 홀린 상태가 되는 것을 보았으며, 그가 몸부림치면 칠수록 두려울 정도로 엄청난 그녀의 아름다움이 그를 휘감고 그의 감각을 찬탈하고 제정신을 잃게 하고 그의 심장을 끌어내는 것을 보았다. 내게도 일어난 일이 아니었던가? 레오보다 두 배나 나이가 많은 나도 똑같은 것을 느끼지 않았던가? 비록 달콤하고 열정적인 그녀의 시선이 나를 위한 것은 아니었지만, 바로 그때조차도 신선하게 그것이 나를 휩쓸지 않았던가? 그렇다, 슬프게도 나는 그랬다! 슬프게도, 바로 그 순간 나는 미칠 듯이 광포한 질투에 휩싸였다고 고백하고자 한다. 부끄럽게도 레오에게 덤

---

28   조각가 피그말리온이 만든 처녀상(像).─역주

벼들고 싶었다! 그 여자는 나의 도덕적 감각을 혼란스럽게 하고 거의 파괴해 버렸으며, 그녀의 초월적인 아름다움을 본 모든 사람이 그럴 것이다. 하지만—나는 어떻게 해냈는지 알 수 없었지만—가까스로 진정할 수 있었고, 그 비극의 절정을 보기 위해 다시 시선을 돌렸다.

"오 맙소사," 레오가 숨을 몰아쉬었다. "당신은 여자입니까?"

"저는 진정한 사람의 여자—정말 진정으로—당신의 아내입니다, 칼리크라테스여!" 그녀는 둥글고 하얀 팔을 그를 향해 내밀며 미소를 지었다. 오, 그토록 사랑스러울 수가!

그는 보고 다시 보았고, 나는 그가 천천히 그녀를 향해 다가가는 것을 감지했다. 갑자기 그의 시선이 불쌍한 우스테인의 시신으로 향했을 때, 그는 몸을 떨며 멈추어 섰다.

"내가 어떻게?" 레오는 기막히다는 듯 중얼거렸다. "당신은 살인자, 그녀는 나를 사랑했어."

살펴보니 그는 자신이 그녀를 사랑했다는 사실을 이미 잊어버렸다.

"그건 아무것도 아닙니다," 그녀는 마치 나뭇가지를 스치는 밤바람처럼 달콤한 목소리로 중얼거렸다. "아무런 의미도 없지요. 만약 내가 죄를 지었다면, 나의 아름다움이 그 죄에 답하게 해주세요. 만약 내가 죄를 지었다면 그것은 당신의 사랑을 얻기 위함입니다. 그러므로 나의 죄를 치워버리고 잊어버려요." 아샤는 다시 한 번 팔을 내밀며 속삭였다. "이리로 오세요." 다음 순간 몇 초 후에 모든 것이 끝났다. 나는 그가 몸부림치는 것을 보았다—달아나기 위해 몸을 돌리는 것을 보기도 했으나, 강철 막대처럼 강력한 그녀의 시선이 다시 한 번 그에게 꽂히고 그녀의 아름다움과 강한 의지와 열정이 흘러들어 그를 압도했다—아아, 심지어 그곳에서, 그를 위해서라면 목숨을 내놓을 만큼 사랑했던 여인의 시신이 있는 곳에서, 듣기에 끔찍하고 충분히 사악한 일이지만, 그를 너무 심하게 탓할 수 없었으며 분명 그는 자신의 죄를 알고 있을 것이다. 그에게 악행을 저지르도록 유혹하는 여자는 초인간적인 존재이며 그녀의 아름다움은 인간 딸들의 아름다움을 훨씬 능가했다.

내가 다시 고개를 들었을 때, 이제 아샤의 완벽한 몸이 레오의 팔에 안겨있고 그녀의 입술이 그와 닿은 것을 보았다. 바로 그렇게, 레오 빈시는 그를 사랑했던 여인의 시신을 제단 삼아 피로 물든 살인녀에게 자신의 사랑을 맹세했다—영원히 사랑을 맹세했다. 자신을 유사 권력의 지배에 판 자들, 자신의 명예를 훼손하며 자신의 영혼을 욕망의 수준에 맞춰 던져버린 자들은 이승이나 내세에서 구원을 받을 희망이 없으리라. 그들은 뿌린 대로 거두리라, 열정의 양귀비꽃이 손안에서 시들고 나면 쓰디쓴 잡초만을 잔뜩 수확하게 될 것이라.

갑자기 아샤는 뱀처럼 재빠르게 움직여 그의 포옹에서 빠져나온 후, 다시 한 번 놀려대듯 승리의 웃음을 낮게 터뜨렸다.

"눈 깜짝할 사이에 당신이 내게 굴복할 것이라고 말하지 않았습니까, 오 칼리크라테스여? 그리고 그 시간은 그리 길지 않았습니다!"

레오는 수치심과 절망의 신음을 냈다. 압도당하고 쓰러지긴 했어도 자신이 빠져든 시커먼 구멍의 깊이를 헤아리지 못할 만큼 완전히 정신을 놓아버린 것은 아니었기 때문이었다. 그와 반대로, 나는 몰락한 자신의 모습을 책망하는 그의 선한 본성을 분명히 보았다.

아샤는 다시 웃음을 터뜨리더니 재빨리 베일을 쓰고 그 모든 장면을 놀란 눈으로 바라보던 벙어리 시녀에게 손짓을 보냈다. 그 소녀는 자리를 떴다가 이내 남자 하인 두 명과 함께 돌아왔고 여왕은 그들에게 또다시 손짓했다. 그러자 그들 세 명은 불쌍한 우스테인의 팔을 잡고 질질 끌면서 저쪽 끝 커튼 너머로 사라졌다. 레오는 그 모습을 잠시 바라보다가 손으로 눈을 가렸고, 나의 들뜬 상상력에 따르면 시신도 지나갈 때 우리를 보고 있다는 기분이 들었다.

"죽은 과거가 지나갑니다," 아샤가 엄숙하게 말했다, 그 순간 커튼이 흔들리다가 다시 제자리를 찾았고 그 섬뜩한 행진은 그 커튼 너머로 사라졌다. 그런 다음 내가 이미 말했듯, 갑자기 분위기가 바뀌면서 그녀는 다시 베일을 벗고 아라비아인들이 읊던 고대 운문형식으로 승리의 찬가 혹은 결혼 축하곡을 부르기 시작했는데, 그 야성적이고 아름다운 느낌을 영어로 표현하기가 대단히 힘들고, 글로 쓰고 읽는 것보다는 합창으로 된 노래로 불러야 제대로 음미할 수 있을 것이다. 이는 두 부분으로 나누어져 있었다―서술적 혹은 확정적인 부분과 개인적인 부분, 내가 거

의 기억하는 바로는 다음과 같다.[29]

사랑은 사막에 피어난 꽃과 같아라.

사랑은 한 번 꽃 피고 죽는 아라비아 알로에 꽃과 같아라, 텅 비고 쓰린 인생에서 피어나지

폭풍우 위에서 빛나는 별처럼, 찬란한 그대의 아름다움은 불모지 위에서 환히 빛나네.

하늘 높이 뜬 태양은 사랑의 정신이고, 사랑의 거룩한 바람이 그 위를 스치네

한 걸음의 울리는 소리에 사랑이 꽃피어나네, 나는 사랑이 피어남을 고백하고, 지나가는 그를 향해 그 아름다움을 수그리네.

그는 꽃을 뽑아 들어, 꿀물 가득한 그 붉은 꽃잎을 들고 향기를 마시며 사막을 건너가리, 그 꽃이 시들 때까지, 사막을 지나갈 때까지.

인생의 황무지 속에 오직 한 송이 온전한 꽃이 있네

그 꽃은 사랑이어라!

안개 같은 우리의 방황을 비추는 단 하나의 고정된 별

---

29   고대 아라비아인들은 운문이나 산문 어느 것이든 가장 고결한 명예와 존경을 담아 낭독을 하였고, 그 능력이 뛰어난 자를 '카데브' 혹은 '웅변가'로 불렀다. 매년 열리는 집회에서 시인들은 작곡한 시를 낭송하며 서로 겨루었다. 실크에 최고라고 판단된 시를 금박 문자로 새겨 공개 전시하며 '알 모하하바트' 혹은 '황금 운문'이라 불렀다. 할리 선생이 위에 제시한 시에서, 아샤는 출신 민족의 전통적인 시 양식을 따랐으나 연결이 그리 잘되지 않았고, 아름다움과 우아한 표현을 드러내는 문장 속에서 자기 생각을 나타내고 있다. ―편집자

그 별은 사랑이어라!

절망의 밤에 단 하나의 희망이 있으니

그 희망은 사랑이어라!

다른 것은 모두 거짓. 다른 것은 모두 물 위를 떠도는 그림자. 다른 것은 모두 바람이고 공허이네.

누가 사랑의 무게와 크기를 잴 수 있을까?

사랑은 육신에서 태어나서, 영혼 속에서 살아가지. 서로에게서 자신의 편안함을 끌어내네.

왜냐하면, 사랑은 별과 같은 아름다움이기에.

제각기 형태를 지니지만 모두 아름다워, 별이 떠오르는 곳, 별이 내려앉는 곳이 어디인지 아는 이는 없다네

그런 다음, 아샤는 레오를 바라보면서 그의 어깨 위에 손을 올렸고 좀 더 감동적이고 승리에 찬 목소리로 이상적인 산문체에서 점점 순수하고 장엄한 운문으로 이어지는 균형 잡힌 문장을 읊조리기 시작했다.

오래전부터 나, 그대를 사랑했네, 오, 나의 사랑이여, 그 사랑은 조금도 줄어들지 않았네.

오래전부터 나는 그대를 기다렸고, 이제 그 보상을 받으리—바로 여기에서!

먼발치에서 한 번 그대를 보았고 나는 그대를 빼앗겼네.

그 이후 무덤에 나는 인내심의 씨앗을 심고, 희망이라는 태양으

로 비추어 주고, 회한의 눈물로 물을 주었으며 지식의 숨결로 바람을 일으켰네.

그리고 지금, 오! 씨앗은 싹이 나고 열매를 맺었네.

오! 그 싹이 무덤 밖으로 나왔네, 그렇다네, 말라버린 해골과 죽음의 재를 뚫고.

길고 긴 기다림, 이제 나에게 보상이 주어지리.

나는 죽음을 극복했고, 죽음은 죽은 그를 내게 돌려보냈네.

그러므로 나는 즐거워하리, 미래가 밝으니.

영원의 초원을 가로질러 우리가 밟고 가는 길은 푸르다네.

그 시간이 다가왔네. 밤은 계속 계곡 속으로 멀리 달아나네.

여명이 산 정상에 입술을 맞추네.

우리가 누운 곳은 보드랍고, 나의 사랑이여, 우리가 가는 곳은 수월하리

우리는 왕관을 쓸 것이네.

온 세상 사람들이 숭배하고 우러르고,

장님들도 우리의 아름다움과 강인함 앞에 엎드려 절하고

때때로 우리의 위대함이 천둥처럼 울리고

호화로운 마차처럼 영원의 먼지를 가로질러 굴러가리라.

우리는 웃으면서 승리와 화려함을 만끽하며 질주하고

언덕을 따라 오르며 햇살처럼 화사하게 웃으리.

앞으로 걸어가리, 언제나 새로운 승리를 향해!

앞으로 나아가리, 끝없는 우리의 힘, 힘을 향해!

앞으로 전진하리, 절대 지치지 않고 화려함을 몸에 두른 채!

우리의 운명이 성취될 때까지, 그리고 밤은 급히 사라지고 있네.

여왕은 색다르고 흥미진진한 우화적인 운문을 읊조리다가 멈추었고—불행히도 나는 그 전반적인 생각만을 대단히 희미하게 옮길 수밖에 없어서 유감이다—그런 다음 말했다.

"아마 당신은 내 말을 믿지 못할 겁니다, 칼리크라테스여—아마 당신은 내가 당신을 속인다고, 내가 오랜 세월을 살지 않았고 당신은 환생하여 내게 돌아오지 않았다고 생각하고 있지요. 아닙니다, 그렇게 보지 마세요—창백한 의심의 시선을 거두어주세요. 오, 지금 여기에서 잘못된 것은 있을 수 없다고 확신합니다! 태양이 궤도를 이탈할 수 있고 제비가 둥지를 못 찾을 수 있다고 해도, 내 영혼은 당신에게서 벗어나거나 거짓을 말하지 않습니다, 칼리크라테스여. 내 눈을 멀게 해줘요, 내 눈을 가져가세요. 그리하여 완전한 어둠이 나를 감싸도록 하여도, 그래도 잊을 수 없는 당신 목소리는 청동 클라리온 소리보다 더 감각을 자극하며 내 귀에 들려올 것입니다. 내 귀를 막은 채 수천 명이 내 이마를 만진다고 해도 그들 가운데 당신을 찾아낼 겁니다. 그래요, 내게서 모든 감각을 빼앗는다고 해도, 내가 귀머거리이자 장님에 벙어리가 된다고 해도, 나의 신경이 어떤 감각도 느낄 수 없다고 해도, 내 영혼은 생기발랄한 어린아이처럼 팔짝팔짝 뛰고 심장을 향해 소리칠 것입니다. 칼리크라테스를 보세요! 보세요, 그대 관찰자여, 밤의 감시가 끝나는 것을 보십시오, 어두운 계절에서 찾는 그대여, 새벽 별이 떠오르는 것을 보십시오!"

그녀는 잠시 말을 멈추었다가 계속했다. "하지만 가만히 있어요. 이토록 강력한 진실도 당신의 마음을 풀어주지 못한다면, 그리고 이해하기에 너무 깊은 곳에 있어 찾기 힘든 증거를 더 원한다면, 지금이라도 그대에게 보여줄 수 있어요, 그리고 할리, 그대에게도. 각자 등불을 들고 내가 그대들을 인도하는 곳으로 나를 따라오세요."

생각할 시간도 없이—사실 생각은 경이로움의 검은 벽에 부딪혀 힘없이 추락했기에, 나는 생각하는 것 자체가 아무런 소용 없는 상황에서 기능을 거의 포기했다—우리는 등불을 들고 그녀 뒤를 따라갔다. 여왕의 '내실' 끝에 있는 커튼을 그녀가 들어 올리자 코르의 어두침침한 동굴에 있던 것과 비슷한 계단이 나왔다. 우리가 서둘러 계단을 내려갈 때 나는 계단의 중앙부가 원래의 높이였다고 짐작되는 7.5인치에서 3.5인치 정도로 줄어 있는 것을 볼 수 있었다. 지금 내가 동굴에서 봤던 다른 모든 계단은 사실상 예상했던 것보다 실제로 많이 닳지 않았는데, 그것은 새로운 시신을 무덤으로 운반할 때만 그 계단을 지나갔기 때문이었다. 따라서 그러한 사실이 호기심을 불러일으키며 내 시선을 끌었는데, 우리의 정신이 갑작스럽게 몰려온 강력한 감정에 전적으로 압도당할 때 우리를 내려치는 작은 파장 같은 힘이었고, 갑자기 몰아닥친 허리케인에 두들겨 맞아서 그 표면의 모든 작은 물체마저 비정상적으로 돌출되어 보이는 바다처럼 완전히 기진맥진한 상태가 되었다. 나는 계단 아래에 서서 닳아버린 부분을 응시했고, 아샤는 몸을 돌려 나를 보았다.

"그 돌을 닳게 한 게 누구의 발인지 알고 싶은가요, 할리?" 그녀는 물었다. "그건 내 발입니다―바로 나의 이 작은 발입니다! 나는 그 계단들이 새것이고 평평했을 때를 기억합니다, 그러나 이천 년 동안 나는 매일매일 이곳을 내려갔습니다, 보십시오, 내가 신은 샌들 때문에 단단한 바위가 닳게 된 것입니다!"

나는 아무런 대답도 하지 않았으나, 그녀의 부드러운 하얀 발에 의해 닳아버린 단단한 암석은 지금까지 보았거나 들은 이야기 중에서 가장 가슴 뭉클한 사연이었다. 얼마나 오랫동안 수백만 번을 그녀가 이 계단을 오르내렸기에 그렇게 된 것일까?

그 계단은 통로로 이어졌고, 몇 걸음 더 가자 항상 그렇듯 커튼이 드리워진 방 입구가 나왔으며, 나는 한눈에 그곳이 타오르는 모닥불과 끔찍한 장면을 목격했던 장소라는 사실을 알 수 있었다. 커튼의 문양을 알아보았고 그날 내 눈 앞에서 일어났던 모든 광경을 생생하게 떠올릴 수 있었으며 그런 기억만으로도 몸이 떨렸다. 아샤는 무덤(무덤이었으니까)으로 들어갔고 우리는 그녀를 따라갔다―나로 말하자면, 한편으론 그 장소의 비밀을 밝혀질 것이 즐겁기도 했지만, 진실과 마주한다는 사실이 두렵기도 했다.

제21장

죽은 자와 산 자의 만남

"이천 년 동안 내가 잠자던 곳을 보십시오." 아샤는 레오의 손에서 등불을 받아 머리 높이 들었다. 등불에서 퍼져 나온 빛이 자그맣고 움푹 꺼진 바닥을 비추었으니, 그곳은 내가 전에 타오르는 불길을 보았던 장소로서, 지금은 불이 꺼진 상태였다. 빛줄기들이 돌 침상 위에 천에 덮여 누워있는 형체 위로, 묘지의 번개 무늬 조각 위로, 동굴 가장 먼 곳의 시신이 있는 선반 맞은편 돌 선반 위로 내려앉았다.

"여기는," 아샤는 그 돌에 손을 얹고 계속 말했다—"이곳에서 나는 그 세월 동안 밤마다 망토 하나만 두른 채 잠을 잤습니다. 남편이 저기에 있는 데 포근한 잠자리에 내 몸을 눕힐 수 없었지요." 그런 다음 단단한 형체를 가리켰다. "죽은 채 딱딱하게 굳어 바로 저곳에 누워있은 데 말입니다. 나는 차갑게 식은 그의 친구가 되어 매일 밤 이곳에서 잤습니다—그리하여 우리가 지나온 계단처럼 이 딱딱한 석판이 닳아 발자국이 남았지요—당신이 잠들어 있을 때조차 나는 당신에게 충실했습니다, 칼리크라테스여. 그리고 이제, 당신은 놀라운 광경을 보게 될 겁니다—

살아있는 당신이 죽은 당신을 보게 될 겁니다—그 긴 세월 동안 나는 그대를 잘 돌보았습니다. 칼리크라테스여. 준비되었나요?"

우리는 아무런 대답도 하지 못하고 두려운 눈으로 서로를 바라보았으니, 모든 장면이 너무나 놀랍고 엄숙했다. 아샤가 앞으로 나아가 수의 끝자락에 손을 대고 다시 한 번 말했다.

"두려워하지 마세요," 그녀가 말했다. "당신에게는 놀라운 일일 수 있지만—살아있는 우리는 모두 예전에도 살았답니다. 우리가 보는 모든 것이 태양에는 낯선 게 아니랍니다! 그저 우리가 알지 못할 뿐이지요, 기억이 기록하지 않기 때문이며, 흙이 우리에게 빌려준 이 흙에 모이기 때문에, 우리의 영광을 무덤에서 구해낼 수 있는 자는 아무도 없습니다. 그러나 나의 기술과 고대 코르인에게서 내가 배우고 익힌 기술에 의해 당신을 흙에서 되찾은 것입니다, 칼리크라테스여, 당신 얼굴에 새겨진 창백한 아름다움이 내 눈앞에서 영원히 잠들어야만 했던 그곳에서부터 말입니다. 그건 기억이 가득 찬 얼굴이었습니다. 그 기억은 과거로부터 당신의 존재를 불러 내주고, 내 생각의 거주지에서 방황하도록 힘을 주며, 무언극과 같은 삶으로 내 욕구를 죽은 과거의 환상 속에 머무르게 했습니다.

"이제 보십시오, 죽은 자와 산 자가 만나도록 합시다! 시간의 심연을 가로질러, 두 사람은 여전히 하나입니다. 시간은 동일성을 거부할 힘이 없습니다. 비록 자비의 잠이 정신의 서판을 완전히 닦아낼지라도, 계속 환생하는 동안 우리를 따라다니며 괴롭히는 슬픔에 봉인된 기억이, 극단적인 절망의 광기 속에서 터지기 직전까지 그러모아진 슬픔으로 뇌에 고통을 줍니다. 여전히 그들은 하나이니, 우리의 잠을 둘러싼 것은 바람 앞의 소나기구름처럼 멀리 밀려날 것이기 때문입니다. 과거의 얼어붙은 목소리는 산의 눈처럼 햇살 받아 사르르 녹아 버릴 것입니다. 잊어버린 세월의 통곡과 웃음이 셀 수 없는 시간의 절벽에 부딪혀 다시 한 번 달콤하게 메아리치는 것을 듣게 될 겁니다.

"자아, 잠은 두루마리 말리듯 물러나고 목소리들이 들릴 것이고, 그때 완전해진 고리가 아래로, 그것으로 인해 각각의 존재가 하나로 이어지고, 정신의 빛이 비쳐 우리 존재의 목적을 작동하게 합니다. 삶에서 분리된 나날들을 빠르게 흘러가게 하고 녹여서, 그것들에 형체를 부여해 정해진 운명으로 나갈 때 우리가 안전하게 기댈 수 있는 의지처가 되도록 하는 것입니다.

"그러하니 두려워 마세요, 칼리크라테스여. 살아있는 당신이 아주 오래전에 살다가 죽은 자신을 보는 것일 뿐입니다. 나는 당신이라는 존재의 책에 한 페이지를 넘겨 거기에 쓰인 내용을 보여줄 뿐이지요.

"보십시오!"

아샤가 차갑게 식은 형체에서 수의를 눈 깜짝할 새에 걷어내니 등불의 빛이 그 위로 쏟아졌다. 내 눈앞에 드러난 것을 보고 두려움에 질려 뒷걸음질 쳤다. 그녀가 섬뜩한 장면일 거라고 설명하긴 했지만, 그 광경은 설명하기 힘들 정도로 기괴하였다— 왜냐하면, 그녀의 설명은 유한한 인간 정신의 한계를 넘어서는 것이었고, 소수에게만 희미하게 전해지는 철학의 안개로부터 드러나 차갑고 끔찍한 사실과 충돌했을 때, 그 한계선은 대단히 쉽게 부서졌다. 거기 우리 앞에 있는 돌 상여 위에 하얀 수의를 입고 완벽하게 보존된 채 길게 누워있는 형체는 레오 빈시의 몸처럼 보였다. 나는 살아서 저기에 서 있는 레오를 보다가 죽어서 저기에 누워있는 레오를 보았으나, 둘 사이에 다른 점은 찾아볼 수 없었다. 약간 예외가 있다면 침상에 누운 자가 좀 더 나이가 들었다는 것 정도였다. 둘은 똑같은 용모였고, 레오 특유의 아름다움이라고 할 수 있는 약간 곱슬곱슬한 금발 머리카락마저 똑같았다. 내가 보았을 때 죽은 남자의 표정은 깊은 잠 속에 빠진 레오의 얼굴에서 가끔 보았던 모습과 똑같았다. 닮은 정도를 말하자면 여기 있는 산 자와 죽은 자처럼 똑같이 닮은 쌍둥이를 한 번도 본 적이 없다고 표현할 수 있을 것이다.

레오의 죽은 모습이 레오에게 어떤 영향을 미쳤는지 보기 위해 나는 몸을 돌렸고, 반쯤 정신이 나간 레오를 보게 되었다. 그는 이삼 분 정도 아무 말 없이 쳐다만 보다가 마침내 겨우 외치듯 말했다.

"그걸 덮고 나를 내보내 줘요."

"아니, 기다려요, 칼리크라테스." 아샤가 말했다. 그녀 머리 위로 들어 올린 등불의 빛이 아샤의 풍성한 아름다움과 죽음을 입은 채 상여에 누운 경이롭고 차가운 시신 위로 가차 없이 쏟아졌고, 그 가운데 서 있는 아샤는 한 사람의 여자라기보다는 신 들린 무녀처럼 보였고, 그녀가 위엄 있고 자유롭게 표현하는 말을 장엄하게 펼치는데 아아, 내가 그 모습을 제대로 표현할 수 없는 것이 안타까울 따름이었다.

"기다려요. 당신에게 보여줄 것이 있으니, 내가 저지른 잘못을 조금도 당신에게 숨기지 않겠습니다. 할리, 죽은 칼리크라테스의 가슴 부분에 옷을 걷어줘요. 내 남편은 자신의 몸을 만지는 것이 두려울 테니까요."

나는 떨리는 손으로 그 말에 복종했다. 내 옆에 살아있는 남자의 잠든 이미지에 손을 대는 행위가 마치 신성모독처럼, 불경한 행동처럼 여겨졌다. 곧 그의 넓은 맨 가슴이 드러났고 그 위 심장 바로 오른편에 분명 창으로 찔린 듯한 상처가 있었다.

"보세요, 칼리크라테스를," 그녀가 말했다. "당신을 죽인 사람은 바로 나입니다. 생명의 장소에서 나는 당신에게 죽음을 주었습니다. 이집트 여인 아메나르타스 때문에 당신을 죽였습니다. 당신이 사랑했던 그녀가 농간으로 당신의 심장을 사로잡았기 때문이었지요. 그녀는 내게 벅찬 상대여서, 조금 전 그 여자를 쳐부수듯 그녀를 부서버릴 수 없었습니다. 나의 증오와 쓰라린 분노 속에서 나는 당신을 죽였고 이제 그 모든 세월 동안 비통함에 젖은 채 당신이 돌아오기를 기다렸습니다. 이제 당신이 돌아왔고 당신과 나 사이에 그 누구도 서 있을 수 없으며, 나는 이제 당신에게 죽음 대신 생명을 주고자 합니다──누구도 줄 수 없는 영원한 생명은 아니지만, 수천수만 년을 견뎌낼 생명과 젊음이며, 당신 이전에 살았거나 이후에 살게 될 어떤 인간도 가질 수 없는 장려함과 권력, 부유함, 선하고 아름다운 모든 것을 그것과 함께 드리겠습니다. 그리고 이제 한 가지 더 있습니다, 당신은 휴식을 취하면서 새로이 태어날 그 날을 위해 준비를 해야 합니다. 당신은 한때 당신의 것이었던 육체를 보고 있습니다. 오랜 세월 동안 그 육체는 나의 차가운 위안이자 친구였으나 이제 살아있는 당신이 왔으므로 내게 필요치 않게 된 데다가 그저 내가 간절히 잊고 싶은 기억을 되살릴 뿐입니다. 따라서 이제 이것은 내 손을 떠나 흙으로 돌아가게 하겠습니다.

"보십시오! 이 행복한 시간을 대비하여 준비했습니다!" 그녀는 자신이 침상으로 사용했던 다른 돌 선반으로 걸어간 다음, 양손잡이가 달리고 입구를 마개로 막은 커다란 유리병을 꺼냈다. 그녀는 몸을 구부리고 죽은 남자의 이마에 부드럽게 입술을 맞춘 뒤, 병마개를 연 다음 내용물을 신중하게 시신 위에 뿌렸는데, 우리 혹은 그녀 자신에게 내용물이 한 방울이라도 묻을까 봐 대단히 조심하는 모습을 볼 수 있었고, 그런 다음 머리와 가슴에 나머지 액체를 모두 부었다. 갑자기 짙은 수증기가 올라왔고 치명적인 산성 용액(그녀가 그러한 종류의 엄청난 준비를 한 것을 짐작할 수 있었다)이 작용하는 동안, 숨 막힐 듯한 증기가 동굴을 가득 메우는 바람에 아무것도 볼 수 없었다. 시신이 누워있던 그 지점에서 맹렬하게 거품이 일고 깨지는 소리가 나다가 이내 그쳤으나, 증기는 아직도 남아 있었다. 마침내 시신 위에 떠 있던 작은 구름 같은 것만 제외하고 모두 사라졌다. 일이 분 정도 지나자 그것 역시 사라졌다, 그리고 그것이 아무리 경이로울지라도, 그토록 오랜 세월 고대 칼리크라테스의 시신을 떠받치던 돌 침상 위에 몇 줌 안 되는 연기 나는 하얀 재만 남아 있는 것이 사실이었다. 산성 액체가 육체를 완전히 파괴했고 돌마저도 여기저기 패였다. 아샤는 몸을 수그려 재를 한 움큼 집어 든 다음 허공에 날리면서 조용하고 엄숙한 목소리로 말했다.

"흙에서 흙으로!─과거에서 과거로!─죽음에서 죽음으로!─칼리크라테스는 죽었고 이제 다시 태어났노라!"

재는 소리 없이 떠다니다가 돌 바닥에 내려앉고, 우리는 말을 하기에는 너무나 압도당하여, 경외심 어린 침묵 속에서 낙하하는 재를 바라보았다.

"이제 가보십시오," 그녀가 말했다. "그리고 잘 수 있으면 자두세요. 나는 살펴보고 생각을 해야 합니다, 왜냐하면 우리는 내일 밤길을 떠나야 하는데, 우리가 반드시 지나가야 할 길을 가본지가 너무 오래되었기 때문입니다."

따라서 우리는 인사를 하고 그녀만 남겨두고 나왔다.

우리가 거처로 향할 때 나는 조브가 잘 있는지 보기 위해 그의 방을 슬쩍 들여다보았다, 그는 우리가 죽은 우스테인과 만나기 직전에 아마해거족의 축제 이야기를 듣고 공포에 질린 채 사라졌기 때문이었다. 끔찍했던 그 날의 결정적인 장면을 겨우 모면한 채 색색거리며 잠을 자는 그는 정말 착한 사람이고, 교육을 받지 못한 대부분 사람과는 달리, 강인함과는 거리가 먼 그를 생각하며 나는 웃을 수밖에 없었다. 그런 다음 우리 숙소로 들어갔고, 여기서 불쌍한 레오는, 마침내 살아있는 자신의 빳빳하게 굳어버린 형상을 본 이래 망연자실해 있었기에, 솟구치는 슬픔을 참지 못했다. 이제 무서운 여왕이 없는 그 자리에서, 지금까지 일어난 모든 일, 특히 너무나 가까웠던 우스테인의 끔찍한 죽음이 불러온 두려움이 폭풍우처럼 그를 덮쳤고, 그는 지켜보기에도 고통스러울 만큼 회한과 공포의 고뇌 속으로 빠져들었다. 그는 자신을 저주했다—신비스럽게도 진실임이 입증된 질그릇의 글을 처음 보았을 때를 저주했고 쓰린 마음으로 자신의 허약함을 책망했다. 감히 아샤에게 저주의 말을 퍼부을 수 없었다.—바로 그 순간에도 우리를 지켜보고 있을지도 모를 여자를 향해 그 누가 나쁜 말을 할 수 있겠는가?

"내가 대체 어떻게 해야 하지요, 아저씨?" 그는 극심한 슬픔 속에서 내 어깨에 머리를 기대며 신음하며 말했다. "나는 그녀가 죽도록 내버려 두었어요—도와주지 못했을 뿐 아니라 오 분도 안 되어서 죽은 그녀 앞에서 살인자와 입술을 맞추었어요. 난 타락한 짐승이에요, 하지만 거부할 수 없었어요." (여기서 그의 목소리가 축 가라앉았다)—"끔찍한 마녀 같으니. 그렇지만 나는 내일도 같은 짓을 할 거예요. 그 여자의 힘에서 영원히 벗어나지 못할 거라는 것을 알고 있어요. 만약 내가 그녀를 다시 보지 못한다면 평생 어느 사람도 마음에 두지 못할 것 같아요. 바늘이 자석에 이끌리듯 그녀를 따라가야만 해요. 지금 내가 할 수 있다고 해도 떠나지 못할 거에요. 내 다리가 움직이려 하지 않아요, 그렇지만 정신은 아직도 온전한 상태여서 마음속으로는 그녀를 증오해요—적어도 나는 그렇게 생각해요. 모든 것이 너무 끔찍하고, 그—그 시신이라니! 내가 그것으로 무엇을 할 수 있을까요? 그건 나였어요! 내가 노예로 팔린 거예요, 아저씨, 그리고 그녀는 내 영혼을 자신이 당연히 받아야 할 대가라고 생각할 겁니다!"

다음 순간 처음으로, 나 역시 거의 마찬가지였다고 고백했는데, 나에겐 그렇게 해야 할 의무가 있었다. 레오는 자신의 열병에도 불구하고 나에게 동정심을 발휘할 예의는 있었다. 어쩌면 그는 그 숙녀와 관련하여서 우려할 이유가 없다는 사실을 알고 있었기에, 질투할 가치가 없다고 생각했을지 모른다. 이어서 나는 우리가 달아나야 한다고 제안했으나, 우리는 곧 그 부질없는 계획을 포기해야 했다. 솔직히 말하자면 만약 어떤 놀라운 힘이 갑자기 등장하여 우리를 이 음울한 동굴에서 케임브리지로 순식간에 이동시켜 준다고 제안했어도 우리 두 사람 모두 진실로 아샤 옆을 떠날 수 있었다고 믿지 않는다. 죽음을 무릅쓰고 불속으로 뛰어드는 나방처럼 우리는 그녀를 벗어날 수 없었다. 만성 마약 중독자처럼 되어버렸고, 잠시 이성을 되찾은 순간에는 우리가 쫓아가는 것이 얼마나 치명적인지 잘 알고 있었지만 우리는 끔찍한 즐거움을 내던질 생각이 없는 것이 분명했다.

단 한 번이라도 베일을 벗은 아샤를 보고, 음악의 선율 같은 목소리를 듣고, 그녀의 말에 깃든 매서운 지혜를 마셔본 사람이라면 평온한 바다의 즐거움을 기꺼이 포기할 것이다. 나는 그렇다 치더라도, 이 놀라운 피조물이 완전하고 절대적 헌신을 선언하고 이천 년을 견뎌왔다는 증거를 내보이는데, 레오의 경우는 더욱 그렇지 않겠는가?

의심할 여지 없이 그녀는 사악했고, 의심할 여지 없이 자신의 앞을 가로막은 우스테인을 죽인 사람이지만, 그때도 그녀는 한 남자를 향해 정절을 지켰으니, 자연의 법칙에 의해 남자는 여자의 죄를 가볍게 생각하는 경향이 있고, 특히 아름다운 여자가 남자를 사랑하기 때문에 저지른 죄의 경우는 더욱 그러했다.

그런 다음 그 외에는, 지금 레오의 손에 들어온 것과 같은 기회가 예전의 인간에게 주어진 적이 있었을까? 맞다, 이토록 무서운 여인에게 자신을 결속시킨다면 불가해하고 사악한 피조물의 영향 아래 들어가게 되는 것이지만[30] 사실상 그런 것은 보통

---

30   이 상황에 대해 몇 달 정도 숙고한 후에, 나는 그러한 진실에 만족하지 못한다고 고백하려 한다. 아샤가 살인을 저지른 것은 명백한 진실이나, 그녀처럼 절대적 힘을 보유했고 유사한 상황에서 처했다면 우리도 비슷한 행동을 했을 것이다. 또한, 약간의 불복종도 죽음으로 처벌되는 사회에서, 그녀 역시 불복종 행위에 사형을 내린 것이라는 점을 기억해야만 한다. 살인에 대해서는 그렇다 치고, 그녀의 사악한 행동은 우리가 떠들어대는 설교와 상반된 동기를 인정하거나 관점을 표현하는 것으로 이해될 수 있으며, 사실 우리도 그녀처럼 행동하는 일이 많이 있다. 첫눈에는 사악한 본성의 증거라고 볼 수 있겠지만 한 개인이 지낸 오랜 세월을 고려해 볼 때, 그것이 세월과 쓰라린 경험, 놀라운 통찰력에서 자연스레 나오는 냉소라고 볼 수 있을 것이다. 사실 사춘기를 제외하곤, 우리는 나이가 들어갈수록 더욱 냉소적으로 되어가며 사실상 우리 중 많은 수가 적절한 시기에 죽음을 맞이하므로, 만약 도덕적 타락이 아니더라도 도덕 불감증에서 벗어나게 되는 것이다. 대체로 젊은 사람이 늙은이들보다 더 낫다는 것을 부인하지 않을 것이니, 사물의 질서에 대한 경험이 없기 때문으로, 이는 어떤 친절한 성격으로 냉소주의를 생산하지 않고 우리가 사악해질 수 있다고 인정된 방법과 정립된 관습에 신경을 쓰지 않기 때문이다. 이제 이 땅 위의 노인들도 아샤에 비하면 갓난아이와 다를 바 없고 이 땅 위의 현자들도 현명함으로 따지면 삼 분의 일도 마치지 못한다. 또한, 아샤의 지혜가 낳은 열매이자 살아가는 데 가장 중요하게 생각하는 것은 사랑이며, 그것을 얻기 위해서라면 무엇이든 할 준비가 되어 있었다. 그것이 그녀가 저지른 악행에 대한 전반적 요약이라 볼 수 있고, 그럼에도, 특히 정절을 포함하여 상당히 드문 정도의 미덕을 보유하고 있다는 사실을 기억해야 한다. ─ L. H. H.

의 여느 결혼에서 충분히 남자에게 일어날 수 있다. 그와 달리 여느 평범한 결혼이라면 그토록 지독한 아름다움—'지독한'이라는 단어만이 현 상황을 묘사할 수 있을 뿐이다—을, 거기에다 놀랍고도 신성한 헌신과 뛰어난 지혜, 자연의 비밀을 지배하는 힘, 그들이 성취해야만 하는 장소와 권력, 혹은 만약 그녀가 진정 줄 수 있다면, 최후로 영원한 젊음의 왕관을 그에게 선사하지 못할 것이다. 아니, 레오가 쓰라린 수치심과 슬픔 속에 잠겨있을지라도, 전체적으로 신사라면 누구나 그런 상황에서 느낄 수 있듯이, 그것은 전혀 근사한 일이 아니었고, 그는 유별난 행운을 버리고 도망친다는 생각을 즐길 준비가 되어 있지 않았다.

나는 레오가 그렇게 했다면 아마 그는 미쳤을 거로 생각한다. 그러나 한편으로 고백하건대 그 문제에 대한 나의 견해는 조건부로 이해해야만 한다. 나는 지금까지도 아샤를 사랑하며, 그 짧은 일주일 동안 내가 받았던 그녀의 호의는 내 생애 전체 동안 이 세상 어느 여성한테서 받았던 것보다 훨씬 컸다. 만약 이런 생각에 의혹을 품고 내가 바보 같다고 조롱하는 사람이 있다면, 베일을 벗은 아샤의 아름다움을 직접 목격할 수 있길 바랄 뿐이며, 그 경우 아마도 나와 똑같은 생각을 하게 될 것이라고 덧붙이고 싶다. 물론 이건 일반적인 남자들에 해당하는 이야기다. 우리는 결코 아샤라는 한 여성의 의견을 그대로 활용할 수 없었으나, 나는 그녀가 여왕으로 간주되는 것을 싫어했을 것이며, 상당히 확실한 태도로 싫다는 의견을 표현했을 것이고 궁극적으로 화를 냈을 거라고 짐작할 수 있었다.

레오와 나는 두 시간 정도 앉아서 우리가 겪은 기적 같은 일에 관해 이야기를 나누었는데, 신경이 바들바들 떨리고, 서로의 눈에는 두려움이 가득했다. 마치 진지하고 냉철한 사실이 아닌, 꿈이나 동화처럼 느껴졌다. 질그릇 표면에 쓰인 글이 사실일 뿐 아니라, 우리가 살아남아 그 진실을 증명하고, 코르의 무덤에서 우리가 오길 인내심 있게 기다리던 그녀를 우리 두 탐험자가 찾아냈다는 사실을, 누가 믿을 수 있단 말인가? 이 신비로운 여인이 믿었듯이, 세월이 흐르고 또 흐르는 동안 그녀가 기다렸던 과거의 그 형상을, 바로 그날 밤까지 보존했던 대상을 레오의 몸에서 찾아냈다는 사실을 누가 믿을 수 있단 말인가? 그러나 그것은 그랬다. 우리가 본 모든 것 앞에서, 평범하고 이성적인 우리는 다시는 진실을 의심하기 힘들었고, 마침내 겸손한 마음으로, 인간 지식의 무기력함을 깊이 자각하며, 경험하지 않아 가능성을 부인하는 오만한 추측을 자각하며, 우리는 잠자기 위해 몸을 뉘였고, 우리에게 인간의 무지를 은폐하게 해주고, 선이든 악이든 생명의 가능성을 좀 엿볼 수 있게 드러내며 지켜보는 섭리의 손에 우리의 운명을 내맡겼다.

제22장

조브의 불길한 예감

다음 날 아침 아홉 시였다. 조브는 여전히 잔뜩 겁에 질린 얼굴로 나를 깨우기 위해 왔고, 그와 동시에, 그의 예상과 전혀 다르게 우리가 살아서 침상에 누워있는 것을 보고서는 안도의 한숨을 내쉬었다. 내가 그에게 불쌍한 우스테인의 끔찍한 최후에 대해 말해주자 그는 우리의 생존에 더욱 감사했으며, 비록 우스테인에게 호감을 느낀 것도 아니고, 우스테인 역시 그에게 좋은 감정을 보인 것도 아니었으나 매우 충격을 받은 듯했다. 우스테인은 그를 야만적인 아랍어로 '피그'라고 불렀고 그는 교양있는 영어로 그녀를 '망나니 같은 여자'라고 불렀지만, 그러한 적대 관계조차 여왕의 손에 굴복한 대참사 앞에서 잊히는 듯했다.

"동의하지 않으실 테니 이런 말을 하고 싶지 않습니다만, 선생님," 조브는 내 이야기에 놀라서 큰 소리로 말했다. "하지만 제 생각에 그녀가 악마 자체이거나, 만약 악마에게 아내가 있다면 그의 아내가 분명하다고 생각해요, 왜냐면 악마 혼자 그토록 사악할 수 없으니 분명 아내가 있을 테니까요. '엔돌의 마녀'도 그녀에 비하면 그저 바보일 뿐이죠, 선생님에게 은총이 내리시길.

제가 낡은 플란넬 천에 냉이를 기르는 것보다 더 쉽게, 성경에 나오는 모든 영혼보다 더 많은 수를 끔찍한 이 무덤들에서 불러낼 수 있을 거예요. 이곳은 악마의 나라예요, 그래요, 선생님, 그 여자는 무리의 우두머리예요, 우리가 이곳을 빠져나갈 수 있다고 난 기대하지 않아요. 여기서 나갈 길이 조금도 보이지 않거든요. 그 마녀는 레오 도련님같이 잘 생긴 젊은 남자를 보내주지 않을 거예요."

"자아," 내가 말했다. "어쨌든 그녀가 레오의 생명을 구했어."

"그래요, 그리고 그 대가로 영혼을 가져갈 테죠. 그 여자는 도련님을 자신과 같은 악마로 만들 겁니다. 그런 사람들과 함께 하는 일은 무엇이나 사악해요. 지난밤에, 선생님, 저는 불쌍하고 나이 든 어머니가 주신 조그만 성경책을 들고 누워, 마녀들이나 그 비슷한 무리에게 어떤 일이 일어났는지 머리카락이 곤두설 때까지 읽었답니다. 하느님 맙소사, 만약 조브가 어디에 있는지 알았다면, 늙은 어머니는 저를 어떤 눈으로 바라보았을까요!"

"그래, 여긴 기괴한 지역이고 사람들도 기묘해, 조브," 내가 한숨을 쉬면서 대답했다, 왜냐하면 비록 내가 조브처럼 미신을 믿는 건 아니었으나, (탐구대상이 아닐) 초자연적인 것들에서 나오는 두려움을 인정했다.

"선생님 말씀이 맞아요," 조브가 대답했다. "그리고 만약 저를 엄청난 바보라고 생각하지 않으신다면 레오 도련님이 안 계신 지금 말씀드리고 싶은 게 있어요."—(레오는 일찍 일어나 산책하러 밖에 나갔다.)—"저는 이곳이 제가 이승에서 보게 될 마지막 장소라는 사실을 압니다. 지난밤 꿈을 꾸었는데, 꿈에서 늙은 아버지가 잠옷 같은 것을 입고 있었는데, 마치 이곳 사람들이 특별한 정장 모습과 비슷했어요. 손에 들고 있던 가벼운 풀잎은 오는 길에 주운 것 같아요. 왜냐하면, 어제 제가 이 끔찍한 동굴 입구에서 약 3백 야드 정도 떨어진 곳에서 본 것이거든요."

" '조브야' 아버지는 근엄하게 저를 불렀어요. 아버지의 얼굴은, 제 기억에 따르면 소인이 찍힌 말을 이웃 사람에게 21파운드를 받고 팔았을 때 만족한 감리교인처럼 환하게 빛났어요 '조브야, 시간이 다 되었구나. 하지만 나는 너를 데려가기 위해 이런 장소로 오리라고 전혀 예상하지 않았단다, 조브야. 너를 찾아내려고 온갖 법석을 떨었단다. 이 늙고 불쌍한 아비를 그토록 달려오게 하여, 코르라는 이 사악한 무리의 난장판 속에 홀로 있게 만들다니, 마음에 들지 않구나.'"

"평범한 경고일 뿐이야." 내가 말했다.

"네, 선생님─물론이지요. 아버지는 '진짜 뜨거운 것을 주의하렴'이라고 말했을 뿐이에요, 그리고 그 사람들과 뜨거운 항아리의 의식을 본 것이 틀림없다고 생각해요," 조브는 슬픈 표정으로 말을 이어갔다. "어쨌든 아버지는 시간이 다 되었다고 확신했고 우리가 생각했던 것보다 더 빨리 만날 것이라고 말하면서 사라졌는데, 아버지와 저는 삼일 이상을 사이좋게 지내지 못했어요, 그러니 우리가 다시 만날 때도 그럴 것이라고 감히 말할 수 있어요."

"분명한 건," 내가 말했다. "자네가 꿈속에서 아버지를 만났기 때문에 곧 죽게 될 거로 생각하지 말아야 한다는 거야. 만약 누군가가 아버지 꿈을 꾸었기 때문에 죽는다면, 장모 꿈을 꾸는 사람에겐 대체 무슨 일이 벌어질 거로 생각하나?"

"오, 선생님은 저를 비웃으시는군요," 조브가 말했다. "하지만 선생님은 제 아버지를 모르세요. 만약 다른 사람이 나타났다면—예를 들어 책임질 일이 없는 메리 고모였다면—저는 그리 심각하게 생각하지 않았을 거예요. 하지만 열일곱이나 되는 아이들을 낳지 말았어야 하고, 게으르기 그지없는 우리 아버지가 이곳을 그냥 보기 위해 스스로 찾아올 리가 없다니까요. 아네요, 선생님, 나는 아버지가 진심이었다는 걸 알아요. 글쎄요, 저로서는 어쩔 수 없는 일이겠지요. 사람은 누구나 언젠가는 세상을 떠나야 하지요, 그런데도 그리스도교인을 위한 장례식이 중요치 않은 이런 곳에서 죽어야 한다는 게 가슴이 아파요. 저는 착하게 살아가려고 노력했어요, 선생님. 정직하게 맡은 일을 했고요. 지난밤 아버지가 저를 찾아내려고 난리를 쳤다는 말을 듣지 않았다면 아버지가 내 편을 들어주지 않았다고 해도 나는 마음이 훨씬 가벼웠을 거예요. 어쨌든 선생님, 저는 선생님과 레오 도런님에게 충실한 하인이었어요. 도런님에게 축복이 내리시길! 저는 도런님을 데리고 과자를 사러 길거리를 돌아다니곤 했어요. 그리고 만약 선생님이 이곳을 빠져나가신다면—아버지가 선생님에 대해 언급하지 않았으니, 어쩌면 그렇게 될 수 있을 거예요—제 유골을 가엾게 여겨 주세요—만약 제가 감히 이런 말을 해도 된다면, 선생님, 저 꽃병 위에 쓰인 그리스어 글과 관련하여 더 이상 어떤 일도 하지 마세요."

"진정하게 조브," 내가 정색을 하고 말했다. "이건 말도 안 돼, 자네도 알잖아. 자넨 그런 바보 같은 생각을 머리에 담고 있을 만큼 어리석을 리가 없어. 우리는 기괴한 일들을 겪으면서도 살아났고 앞으로도 그렇게 될 거라고 믿어."

"아뇨, 선생님," 조브는 귀에 거슬릴 정도로 확고한 말투로 대답했다. "이건 터무니없는 말이 아니에요. 제게 드리워진 어두운 운명을 느낀답니다. 그건 신비스럽지만 불편한 기분이에요, 벌어질 일을 그냥 당할 수밖에 없어요. 만약 선생님이 저녁 식사를 하면서 독약을 떠올리면 위장이 쓰라릴 것이고, 만약 토끼 굴처럼 어두운 동굴을 따라 걸어가면서 칼에 대해 생각하면, 오, 하느님, 등 뒤가 오싹해질 겁니다! 저는 특별하지 않아요, 선생님, 지금은 죽어버린 그 불쌍한 소녀처럼, 예리하다면, 비록 결혼에 대한 그녀의 도덕관에 찬성하지 않지만, 결혼이 너무 빨리 이루어졌다고 말해서 미안해요. 그래도, 선생님," 불쌍한 조브는 창백한 얼굴을 돌리며 말했다. "뜨거운 항아리 의식이 거행되지 않기를 바랍니다."

"말도 안 돼," 나는 화를 벌컥 냈다. "말도 안 되는 소리야!"

"괜찮아요, 선생님," 조브가 말했다. "선생님의 의견에 반박하는 건 제가 해야 할 일이 아니에요. 만약 선생님이 어디로 저를 데려가실 일이 생긴다면 따라가는 것이 저의 의무예요, 세상을 떠날 시간이 다가왔을 때 친숙한 얼굴을 볼 수 있어서 다행이에요. 그리고 이제 선생님, 아침 식사를 가져올게요." 그는 나의 마음을 무척이나 불편하게 해놓고 밖으로 나갔다. 나는 곁에서 함께 나이 들어가는 조브에게 깊은 애정을 간직했으니, 지금까지 살아오면서 만났던 사람 가운데 그는 최고였고 가장 정직한 사람이어서, 하인이라기보다는 진정한 친구 이상이었기에 그에게 무슨 일이 벌어진다는 생각만 해도 목구멍으로 뭔가가 울컥 치밀어 오르는 것 같았다. 그의 터무니 없는 이야기의 이면에는 무슨 일이 벌어질 것이라는 조브의 확실한 믿음이 자리했기 때문이고, 대부분은 그러한 믿음이 뜬구름 잡는 소리로 판명되긴 했어도 희생자가 처했던 이 음침하고 낯선 환경을 두고 볼 때 이번에는 충분히 이해할 수 있다는 생각이 들었다. 무서운 상황이 분명코 발생할 것처럼 여전히 내게 약간 오싹함을 안겨주었지만, 그래도 그건 정말 말도 안 되는 이야기였다.

곧 아침 식사가 나왔고, 레오도 왔는데, 그는 정신을 가다듬기 위해 동굴 밖으로 산책하러 간 것이라고 말했다. 나는 우울한 생각에서 잠시 한숨 돌리게 해준 식사와 레오 모두 반가울 따름이었다. 아침 식사를 마친 후 우리는 다시 산책에 나섰다가 아마 해거족 몇몇이 맥주의 원료가 되는 곡식을 기르기 위해 들판에 씨를 뿌리는 것을 보았다. 그것은 벽화에 표현된 방식으로, 한 남자가 염소 가죽으로 된 주머니를 허리에 차고 밭을 오르내리며 씨앗을 뿌렸다. 이 음침한 종족이 파종 작업과 같은 편안하고 쾌적한 일을 하는 것을 보자 그나마 안심이 되었는데, 아마 그들도 인류의 한 종족이라는 사실 때문이었을 것이다.

우리가 돌아왔을 때 빌랄리가 우리를 맞이하며 여왕이 우리를 만나고 싶어 한다고 전했고, 그에 따라 우리는 그녀의 처소로 두려움을 느끼며 들어갔는데, 아샤는 항상 규칙에 예외적 존재였기 때문이다. 그녀가 지닌 힘에 익숙해지자 열정과 경외, 공포가 쑥쑥 자라났지만, 그건 확실히 모멸감은 아니었다.

항상 그랬던 것처럼 벙어리 하녀들이 우리를 안내하고 물러간 뒤, 아샤가 베일을 벗자 다시 한 번 레오는 그녀를 포용하며 인사를 했는데, 그는 지난밤의 가슴 아픈 자책에도 불구하고, 예의상 필요한 수준보다 훨씬 더 자발적이고 열렬했다.

그녀는 그의 머리에 하얀 손을 얹으며 사랑이 가득한 눈으로 그를 보았다. "궁금하지 않나요, 나의 칼리크라테스여," 그녀가 말했다. "그대가 나를 온전히 그대의 것이라고 부를 수 있을 때, 그리고 우리가 서로를 향해, 또한 서로에 대해 온전히 진실할 수 있을 때가 언제인지 말입니다. 그대에게 말해주지요. 우선 그대는 나와 동등해야만 합니다. 진정 필멸의 상태에서 벗어나야 하니, 내가 그렇지 않기 때문이지요. 그리하여 시간의 공격을 막아낼 만큼 강해지고, 그 시간의 화살이 그대의 활기찬 생명이라는 갑옷을 빗겨나가도록 해야 합니다. 마치 햇살이 물에 반사되듯 말이지요. 내가 아직 그대의 짝이 될 수 없는 이유는, 그대와 내가 다르기 때문이니, 나라는 존재로부터 발산되는 눈 부신 빛이 그대를 태워버릴 것이고, 아마 그대를 파멸시킬 것입니다. 심지어 그대는 눈에 통증을 느끼지 않고는 나를 오랫동안 바라볼 수조차 없을 것이고, 정신을 제대로 차릴 수도 없기 때문이지요. 따라서(그녀는 교태 섞인 몸짓으로 고개를 까닥하며) 나는 다시 베일을 쓰겠습니다." (그나저나 그녀는 그렇게 하지 않았다.) "아니, 잘 들으세요. 그대는 그러한 것을 견디려고 노력하지 않아도 됩니다. 왜냐하면, 바로 오늘 오후 늦게, 해가 지기 전 한 시간 안에 우리는 그곳으로 출발할 것이고, 내일 어둠이 깔릴 때 즈음, 모든 일이 순조롭게 진행되고 또한 내가 길을 잃지 않는다면, 그렇게 되길 기원합니다, 우리는 생명의 장소에 서 있게 될 것이고, 그대는 불의 목욕을 한 다음 찬란한 모습이 되어 나올 것입니다. 그대 이전의 어떤 남자에게도 허락되지 않았던 일입니다. 그런 다음에, 칼리크라테스, 그대는 나를 아내라고 부를 것이고 나는 그대를 남편이라 부를 것입니다."

레오는 이 놀라운 선언을 듣고 대답으로 무언가를 중얼거렸으나 나는 그 말이 무엇인지 알아들을 수 없었고, 그녀는 혼란에 빠진 그를 보며 싱긋 웃더니 말을 이어 나갔다.

"그리고 그대 또한, 오 할리. 나는 그대에게도 이 축복을 내려줄 것이며, 그렇게 되면 그대는 상록수처럼 될 터입니다, 내가 그렇게 만들어 주겠습니다—그대가 나를 즐겁게 해주었기 때문입니다, 할리. 그대는 인간의 아들들 대부분이 그러하듯 바보가 아니기 때문이고, 비록 그대의 철학이 고대의 철학처럼 말도 안 되는 주장으로 가득차 있기는 하지만, 그대는 숙녀를 위해 아름다운 글귀로 에둘러 말하는 것을 잊지 않았습니다."

"이런 찬사를 들어보신 적이 있어요? 나는 아저씨에 대해서는 생각도 못 했어요!" 이전의 쾌활함이 돌아온 레오가 속삭였다.

"감사합니다, 아샤," 나는 할 수 있는 한 위엄을 유지하며 대답했다. "하지만 당신이 설명하신 그런 장소가 있다 해도, 만약 그 이상한 장소에서 죽음을 물리칠 수 있는 '맹렬한 미덕'을 발견하여, 그 손으로 우리를 구해낼 수 있다 해도, 저는 사양하겠습니다. 제게는 말입니다, 아샤, 이 세상은 제가 영원히 누울 수 있을 만큼 푹신한 둥지가 아니랍니다. 대지는 암석처럼 차가운 어머니이고, 그녀가 자식을 위해 일상의 음식으로 주는 따뜻한 빵이 딱딱한 돌멩이랍니다. 먹어야 할 돌들, 갈증을 위한 쓰디쓴 물, 부드러운 훈육 대신 채찍. 그 누가 오랫동안 이것들을 참아내겠습니까? 그 누가 잃어버린 시간과 사랑을, 덜어줄 수 없는 이웃의 슬픔을, 위안 줄 수 없는 지혜를 그토록 기억하며 자신의 등에 짊어지겠습니까? 죽는 것은 고통스러운 일일 터, 갉아 먹혀도 느낄 수 없는 벌레에 의해, 시야를 가린 미지의 것에 의해, 섬세한 우리의 육신이 쪼그라들기 때문입니다. 그러나 영원히 살아가는 것 역시, 잎사귀는 싱싱하고 젊지만, 정수는 죽고 썩어가며, 회상의 비밀스러운 벌레가 심장을 영원히 갉아먹는 것을 느끼기에, 더욱 힘든 일이라고 생각합니다."

"잘 생각해보세요, 할리," 그녀가 말했다. "하지만 기나긴 생명과 힘, 아름다움은 인간에게 있어서 소중한 권력 혹은 그 모든 것을 넘어서는 것입니다."

"오, 여왕이시여," 내가 대답했다, "인간에게 소중한 것들이란 무엇입니까? 그런 것들은 거품들이 아닌가요? 그런 것은 야망이 아니라, 끝없는 사다리가 아닌가요? 마지막 가로대까지 도저히 도달할 수 없는, 영원히 오르지 못하는, 끝없는 사다리가 아닌가요? 높이는 계속 늘어나고, 그 위에서 휴식을 취할 곳도 없고, 사다리 가로대는 한없이 늘어나고, 그 숫자에 한계란 없습니다. 부유함은 지겨울 정도여서 만족이나 즐거움을 이제는 안겨주지 못하고, 단 한 시간이라도 마음의 평화를 살 수 없지 않을까요? 그리고 우리가 도달할 수 있는 지혜의 끝이 있을까요? 그게 아니라 우리가 더 알게 될수록 우리의 무지를 그저 간과하게 되는 것은 아닐까요? 우리가 1만 년을 산다면, 항성들의 비밀을, 항성 넘어 우주 공간의 비밀을, 하늘에 항성들을 달아놓은 전지전능한 손의 비밀을 알 수 있을까요? 그건 우리의 지혜가, 우리 영혼의 공허한 갈망에 대한 지식으로 우리의 의식을 부르는 극심한 허기로서만 존재하는 게 아닐까요? 그것은 이 거대한 동굴에서, 밝게 타고, 더욱더 밝게 타고 있지만, 그럴수록 주변의 어둠의 깊이를 보여주는 등불에 불과한 것이 아닙니까? 우리가 늘어난 날들을 가진다 해서 그것 너머에 어떤 좋은 것이 있습니까?

"아니에요, 할리. 거기에는 사랑이 있어요—만물을 아름답게 만드는 사랑이, 우리가 밟고 서 있는 바로 그 먼지에 신성한 기운을 불어넣습니다. 사랑과 더불어 인생은 해가 지날수록 장엄해지며, 듣는 이의 가슴에 감동을 선사하는 위대한 음악이 땅 위의 천박하고 수치스러우며 어리석은 것들의 머리 위로 독수리의 날개를 펴는 것처럼 말입니다."

"그럴지도 모르지요," 내가 대답했다. "그러나 만약 사랑했던 이가 우리를 찌른 부러진 갈대라는 사실이 밝혀지거나, 그 사랑이 헛된 것이라면—그렇다면 어떻게 합니까? 자신의 슬픔을 물 위에 적어놓고 지나갈 수 있는데도 그걸 돌 위에 새겨야 한다는 말입니까? 아닙니다, 여왕이여, 나는 주어진 날들을 살아갈 것이고 나의 세대와 더불어 늙어갈 것이며 예정된 죽음을 맞이하고 잊힐 것입니다. 당신이 약간 연장해준다고 해도, 그 불멸이란 거대한 세상의 잣대 앞에서는 손가락 한 마디의 길이밖에 되지 않을 것입니다. 그리고 제 말을 잘 들어주십시오! 내가 찾고자 하며 내 운명이 약속한 불멸이란, 내 정신을 끌어내려 묶어둔 족쇄에서 자유롭게 되는 것입니다. 육신이 존재하는 동안 슬픔과 사악함과 죄의 잔인한 채찍 또한 지속하기 때문입니다. 그러나 육신이 우리에게서 와해할 때, 그때 영원한 선함의 광휘에 둘러싸인 정신이 앞으로 나서게 될 것입니다, 그리고 가장 고귀한 사고의 너무나 희박한 에테르는 흔한 공기를 숨쉬기에, 우리 인간 최고의 열망이나 소녀 기도의 가장 순결한 향기가, 그 속에서 떠다니기에는 너무나 세속적이라는 사실이 증명될 것입니다."

"그대는 대단히 멀리 보는군요," 아샤가 살짝 웃으며 대답했다. "트럼펫처럼 명쾌하고 확실하게 이야기해요. 하지만 내 생각에, 지금 그대는 수의 때문에 가려진 "미지의 그것"에 대해 말했습니다. 아마 그대는 그 찬란함을 응시할 때, 상상의 색유리를 통해 신앙의 눈으로 바라볼 것입니다. 인류가 신앙의 붓과 상상의 수많은 색채의 물감으로 그려놓을 수 있는 미래의 그림은 정말 이상하군요! 그런 그림들이 서로 완전히 다르다는 것도 이상합니다! 나는 그게 무슨 소용이냐고 묻고 싶습니다. 그런 바보 같은 싸구려 보석을 훔치려는 이유가 무엇이죠? 그냥 내버려 두세요, 그리고 간절히 말하노니, 할리, 늙음이 그대의 몸에 천천히 기어오르는 것을 느끼고, 노망으로 그대의 뇌가 황폐해지는 혼란을 느낄 때면, 내가 그대에게 제시한 최상의 혜택을 거절한 것에 대해 쓰라리게 후회할지 모릅니다. 그러나 그런 건 늘 있는 일입니다. 사람은 자기 손으로 딸 수 있는 것에 만족하는 법이 없었으니까요. 어둠 속에서 그를 밝게 비춰주는 등불에 손을 뻗어 닿을 수 있다고 해도, 사람은 반드시 그게 별이 아니라는 이유로 그 등불을 내버립니다. 행복은 언제나 자기보다 한 걸음 앞에서 늪지의 도깨비불처럼 춤을 추고, 사람은 그 불을 잡고 별을 손에 넣어야만 합니다! 아름다움이 그에게 아무 소용도 없는 이유는 꿀보다 달콤한 입술이 있기 때문입니다. 부유함이 무가치한 이유는 다른 이들이 더 많은 돈으로 그를 짓누르기 때문입니다. 명성이 아무것도 아닌 이유는 그보다 더 위대한 사람들이 있기 때문입니다. 이건 그대가 한 말이고, 나는 그 말을 이용해 그대가 틀렸다고 주장하는 것입니다. 글쎄요, 그대는 별을 손에 넣을 수 있다고 꿈꿀 것입니다. 할리, 나는 그걸 믿지 않으며, 등불을 집어 던지는 그대를 바보라고 생각합니다."

나는 아무런 대답도 하지 않았다, 왜냐하면 나는—특히 레오 앞에서—그녀에게 말할 수 없었기 때문이다. 즉 내가 그녀의 얼굴을 본 이후, 그녀의 얼굴이 계속 내 눈앞에서 어른거리고, 항상 머릿속에 맴돌며, 그녀에 대한 기억과 충족되지 못한 사랑의 쓰라림에 고통받노라고, 가슴 찢어지는 존재를 연장하고 싶지 않다고. 하지만 그건 진실이었고, 아아, 지금 이 순간까지도 진실이다!

"자아, 이제," 그녀는 말투와 화제를 바꾸면서 말을 이었다. "내게 말을 해주세요, 나의 칼리크라테스여, 어떻게 당신이 나를 찾아 이곳에 왔는지 나는 아직 모릅니다. 지난밤 당신은, 칼리크라테스—당신이 목격한 그 사람—가 당신의 조상이라고 말했습니다. 어떻게 그렇게 된 건가요? 말해주세요—당신은 충분히 말하지 않았어요!"

그렇게 요청을 받고서, 레오는 손궤와 질그릇 파편의 놀라운 이야기에 대해, 질그릇 파편에는 자신의 조상인 이집트 여인 아르메니타스가 적어놓은 글을 따라 우리가 그녀에게 오게 된 것이라고 그녀에게 말했다. 아샤는 열심히 귀를 기울였고, 그가 말을 끝내자 내게 말을 했다.

"우리가 선과 악에 관해 이야기했을 때, 내가 말하지 않았습니까, 오 할리—내가 사랑하는 사람이 위중한 병으로 누워있을 때였지요—선에서 악이 나오고 악에서 선이 나와서—그 씨앗을 뿌린 사람은 무엇을 거두게 될지 모르며, 때리는 자는 충격이 어디로 떨어지는지 모른다고 말했지요. 이제, 보십시오. 이 이집트 여자 아르메니타스, 나를 증오했던 나일 강의 고귀한 핏줄, 오랜 투쟁 끝에 나를 이겼기에 내가 심지어 지금까지 미워하는 그 여자—자아, 보십시오, 그 여자 자신이 자신의 연인을 내 팔에 안겨주게 된 것입니다! 그 여자 때문에 나는 그를 죽였어요, 그리고 이제 보십시오, 그녀를 통해 그는 내게 돌아왔습니다! 그 여자는 내게 나쁜 일을 저질렀고, 내가 잡초를 거두도록 씨를 뿌렸지만, 보십시오, 그녀는 온 세상이 줄 수 있는 것보다 더 큰 것을 내게 주었지요, 우리 세 사람을 위해 그대의 선과 악의 순환에 딱 맞는 이상한 장소가 있습니다, 오 할리!

"그리고 그렇게," 그녀는 잠시 후 되뇌었다—"그리고 그렇게, 그 여자는 자기 아들이 할 수 있다면 나를 파멸시키길 바랐습니다. 내가 그의 아버지를 죽였기 때문이지요. 그리고 당신, 나의 칼리크라테스여, 당신이 그 아버지이고, 어떤 점에서 당신은 또한 아들이기도 합니다. 당신은 자신의 잘못에 대해, 그리고 먼 과거의 당신 어머니가 내게 했던 악행에 대해 복수할 건가요, 칼리크라테스? 보십시오." 그녀는 무릎을 꿇고 흰옷을 끌어내려 상아처럼 하얀 가슴을 드러내었다—"보세요, 여기 제 심장이 뛰고 있고, 당신은 무겁고 길고 날카로운 칼을, 잘못을 저지른 여자를 베어 죽이기 위한 칼을 허리에 차고 있습니다. 이제 그것을 꺼내 복수를 하세요. 찌르세요, 급소를 찌르세요!—그렇게 해서 당신이 만족한다면, 칼리크라테스여, 그리고 잘못을 갚고, 과거의 명령에 복종했으니, 돌아가서 행복한 사람으로 살아가세요."

레오는 그녀를 바라보다가 손을 내밀어 그녀를 일으켜 세웠다.

"일어나요, 아샤," 그는 슬프게 말했다. "내가 당신을 찌를 수 없다는 것을 잘 알고 있을 겁니다. 아니, 지난밤 당신이 죽인 여인을 위해서라고 해도 그럴 수 없어요. 나는 당신 손아귀 안에 있고, 당신의 노예나 다름없어요. 내가 어떻게 당신을 죽일 수 있겠습니까?—그렇게 하자마자 나 자신을 죽일 겁니다."

"당신이 나를 거의 사랑하기 시작한 것 같군요, 칼리크라테스," 그녀가 미소 지으며 대답했다. "이제 당신의 나라에 대해 말해주세요—, 그 대단한 사람들, 그렇지 않나요? 로마와 같은 제국이죠! 분명 당신은 그 나라로 돌아갈 것이고, 그게 좋아요, 나는 당신이 이 코르의 동굴에서 살아야만 한다고 생각하지 않기 때문입니다. 아닙니다, 일단 당신이 나처럼 되면, 우리는 여기서 나가게 될 것입니다—두려워하지 마세요, 내가 길을 찾아낼 것입니다—그런 다음 우리는 당신의 영국으로 건너가 함께 살게 될 것입니다. 나는 이 끔찍한 동굴과 우울한 표정의 사람들을 마지막으로 보게 될 그 날을 기다리며 이천 년을 보냈고, 이제 그 순간이 곧 다가오니 소풍 갈 날을 앞둔 아이처럼 심장이 마구 뜁니다. 당신은 그 영국이라는 곳을 지배할—"

"하지만 우리에겐 이미 여왕이 있어요." 레오가 다급히 끼어들었다.

"그건 아무것도 아닙니다, 아무것도 아니에요," 아샤가 말했다. "그녀를 폐위시킬 수 있지요."

이 시점에서 우리 둘 다 당황하여 소리를 질렀고, 우리가 패배할 수 있다고 설명했다.

"정말 이상하군요," 아샤가 놀랍다는 듯 말했다. "백성들이 사랑하는 여왕이라니! 내가 코르에 사는 동안 세상이 변한 것이 분명하군요."

또다시 우리는 군주의 의미가 달라졌으며, 우리가 모시는 여왕은 거대한 영토 속의 올바르게 생각하는 모든 사람에 의해 공경과 사랑을 받고 있다고 설명했다. 또한, 나라의 실질적 권력은 국민의 손에 들어있으며, 사실상 그 사회 내에서 지위가 낮고 최소한의 교육을 받은 계층이 투표를 통해 지배한다고 말했다.

"아," 그녀가 말했다. "민주주의—그렇지만 분명히 폭군이 있어요, 나는 오래전부터 그 민주주의라는 것을 보았기 때문에 알고 있어요. 사람들에게 분명한 의지가 없을 때, 결국 폭군이 나타나고, 그를 숭배하게 되지요."

"그래요." 내가 말했다. "우리에게는 여러 폭군이 있습니다."

"좋아요." 그녀가 체념한 듯 말했다. "어쨌든 우리는 그 폭군들을 물리칠 수 있고, 칼리크라테스가 그 영토를 다스리게 될 겁니다."

나는 즉시 아샤에게, 영국에서 '파괴'는 처벌을 면하면서 탐닉할 수 있는 놀이가 아니며, 그렇게 하다가는 결국 법의 심판을 받고 아마도 교수대에서 사라지게 될 것이라고 말했다.

"법이라고요," 그녀가 비웃었다—"법이라! 그대는 아직도 이해하지 못하는 건가요? 할리, 나는 법 위에 존재하고, 나의 칼리크라테스 역시 그렇게 될 것이라는 걸 말이에요. 모든 인간의 법은 우리에겐 마치 산을 향해 부는 북풍과 같을 것입니다. 바람이 산을 피해서 가나요, 아니면 산이 바람을 피해서 가나요?

이제 나를 혼자 있게 해주세요. 당신도 가주세요, 칼리크라테스, 우리의 여행을 위해 준비를 해야 하기 때문이지요, 두 사람 모두와 그대들의 하인도 준비해야만 합니다. 하지만 너무 많은 것을 지니지 마세요, 사흘이면 충분하다고 믿고 있기 때문입니다. 그런 다음 우리는 여기로 돌아올 것이고 코르의 무덤과 작별할 수 있도록 계획을 세우게 될 거예요. 그래요, 분명 그대들은 내 손에 입을 맞추게 될 것입니다!"

그래서 우리는 그곳에서 나왔고, 나는 이제 우리 앞에 펼쳐진 문제의 끔찍한 본질에 대해 깊이 생각했다. 이 무서운 그녀는 마침내 영국으로 갈 결심을 했고, 그녀가 그곳에 도착했을 경우 생길 결과를 생각하자 몸서리났다. 나는 그녀의 힘이 어떤 것인지 알고 있었으며, 그녀가 그 힘을 최대한 사용할 것이라고 믿어 의심치 않았다. 한동안 막아낼 수 있을지 몰라도, 자부심 높고 야망에 가득 찬 그녀의 정신이 자유롭게 풀려나와 그 오랜 세월 동안의 고독에 대한 복수를 감행할 것이다. 만약 필요하다면, 만약 그녀의 아름다움의 힘이 일을 처리하는 데 도움이 된다면, 그녀는 무엇이든 파괴하면서 자신이 정한 목적으로 나아갈 것이고, 또한 내가 알고 있는 한 그녀는 죽지도 않고 죽일 수도 없는 존재였기에,[31] 무엇으로 그녀를 막아낼 수 있단 말인가? 결국, 그녀가 영국 영토 전체를, 더 나아가 전 세계를 지배하게 될 것이 분명했고, 비록 그녀가 대단히 빠른 속도로 우리의 세상을 지금까지 본 것 중 가장 영광스럽고 번영된 제국으로 만들어나갈 거

---

31 나는 아샤가 사고로 다치지 않는지에 대해 확인할 수 없어서 이를 유감으로 생각한다. 아마 그럴 것이라 짐작하는데, 그렇지 않았다면 그 오랜 세월을 살아가는 동안 무언가 좋지 않은 일로 인해 목숨을 잃었을 것이기 때문이었다. 사실, 그녀는 레오에게 자신을 죽이라고 말했지만, 이는 그녀를 향한 그의 마음과 정신적 태도를 시험하고자 했을 것이다. 아샤는 이유가 분명한 목적 없이 충동적으로 행동한 적이 거의 없었다. — L. H. H.

라고 확신했지만, 끔찍한 생명의 희생을 치르게 될 거다.

그 모든 것이 꿈이거나 추측에 근거한 두뇌의 예외적 창작으로 들리겠지만, 이는 전 세계가 곧 알아차리게 될 엄연하고도 경이로운 사실이었다. 그 모든 것의 의미는 무엇이었을까? 많이 생각한 후 나는 이렇게 결론 내렸다, 이 경이로운 피조물, 그 열정으로 결박된 수많은 세기를 견디어냈다고 말할 수 있고, 그리고 비교적 해가 없는 그 피조물이 이제 조물주에 의해 세상의 질서를 바꾸는 수단으로 사용되려고 하며, 아마 운명의 결정보다 더 이상 전복되지 않거나, 더 명확한 권력을 세워서 더 나은 것을 위해 실질적으로 세상의 질서를 바꾸려고 한다는 것이다.

제23장

진리의 신전

길 떠날 준비는 그리 오래 걸리지 않았다. 내 글래스톤 여행 가방에 각자 갈아입을 옷과 부츠 몇 켤레를 집어넣었고, 또한, 탄약을 가득 채운 리볼버 권총과 사냥총을 각자 지녔는데, 자연의 섭리에 따라 그 이후 우리의 목숨을 그 예방 조치에 빚지고 또 빚지게 되었다. 나머지 장비들은 무거운 라이플총과 함께 뒤에 남겨두었다.

약속한 시각보다 몇 분 먼저 우리는 다시 한 번 아샤의 내실로 들어갔고, 수의처럼 몸에 두른 옷에 검은 망토를 걸친 그녀 역시 준비를 마친 상태였다.

"여러분, 위대한 모험을 할 준비가 되었습니까?" 그녀가 말했다.

"그렇습니다," 내가 대답했다. "비록 저 자신은, 아샤, 그런 게 있다고 믿지는 않습니다만."

"아, 할리," 그녀가 말했다. "그대는 진정 그 늙은 유대인들 같아요—그들을 떠올리면 정말 짜증스럽습니다—의심 많고, 자신들이 알지 못하는 것을 받아들이지 못했지요. 그러나 그대는 보게 될 것입니다. 만약 저기 보이는 내 거울이 거짓말을 하지 않는다면," 그녀는 크리스털 수반의 물 표면을 가리켰다. "오래전에도 그랬듯 그 길은 아직도 열려있어요. 그리고 이제 우리 새로운 삶을 시작하도록 해요—그게 어디서 끝날지 아무도 모르지요."

나는 메아리처럼 그녀의 말을 되뇌었다. "아무도 모르지요." 그리고 우리는 커다란 중앙 동굴에서 나와 햇빛 속으로 들어섰다. 동굴 입구에 가마 한 대에 여섯 명의 벙어리 하인 가마꾼들이 대기 중인 것이 보였는데, 그들 가운데 오랜 친구이자, 내가 좋아하는 사람 빌랄리가 보여서 안심했다. 이유를 길게 설명할 필요가 없으므로, 아샤는 자신을 제외하고, 우리가 걸어가는 것이 낫다고 생각한 것 같았는데, 그 점에 대해 딱히 싫지 않았던 이유가, 우리처럼 숨 쉬는 필멸의 피조물에는 상당히 우울한 주거지인 이 동굴—석관이라 부르면 딱 맞는 곳으로, 분명 시신을 보존하는 이 유별난 무덤을 지칭하기엔 대단히 부적합한 단어이지만—에 오랫동안 갇혀 지낸 후이기 때문이었다. 우연인지 혹은 여왕의 명령인지 모르지만, 우리가 기괴한 춤을 감상했던 동굴 앞 빈 장소에는 구경하러 나온 사람이 한 명도 없었다. 개미 한 마리도 찾아볼 수 없기에, 나는 여왕을 기다리는 벙어리 하인들을 제외하곤 우리의 출발을 아는 사람이 하나도 없다고 믿었고, 당연히 그 하인들은 눈으로 본 것을 절대로 알리지 않는 습관이 있었다.

몇 분 만에 우리는 거대한 경작지, 혹은 위압적인 절벽으로 둘러싸여 마치 대형 에메랄드처럼 박혀있는 호수 바닥을 죽 가로질렀고, 코르의 옛사람들이 그들의 수도로 선택한 이 장소의 놀랍고도 특이한 자연환경에, 믿기 어려울 만큼의 노동량과 독창성에, 엄청난 양의 물을 빼내고 다시 차오르는 것을 막기 위해 징발당한 것이 분명한 도시 건설자들의 공학기술에, 넋 놓고 감탄할 또 한 번의 기회를 맞이했다. 그건 정말이지, 내 경험에 비추어 보면, 인간이 자연과 대면하여 이룬 것 중 이와 대적할만한 것은 없었고, 나의 의견으로는 수에즈 운하 혹은 심지어 몽스니 터널조차 규모와 웅장함에서 이 고대의 업적에 비할 수 없었다.

우리는 약 삼십 분 정도 걸으면서, 하루의 이맘때쯤이면 항상 코르의 대평원 위에 내려앉는 상쾌함과 시원함을 만끽하였는데, 그것은 어느 정도 대지 혹은 바다의 미풍—둘러싼 바위산이 모든 바람을 막아주어서—의 결핍에 대한 속죄가 되는 듯했다. 그리고 빌랄리가 대도시의 폐허라고 우리에게 말해준 광경이 또렷이 나타나기 시작했다. 심지어 그토록 멀리 떨어진 거리에서조차 유적이 얼마나 경이로운지를 볼 수 있었고, 내딛는 걸음마다 그것은 좀 더 분명해지는 것도 사실이었다. 그 도시의 규모는 바빌론이나 테베 혹은 고대의 도시들과 견주어 보면 대단히 크지 않았다, 아마도 그 외벽은 12제곱마일 정도의 땅을 포함한 듯했다. 우리가 그 벽에 도달해서 보니, 내가 판단할 수 있는 한, 어떤 이유로 인해 무너진 바닥 부분을 제외한 높이가 40피트 정도 되어 보였다. 그건 의심할 여지 없이, 사람의 손으로 만든 어떤 것보다 훨씬 더 견고한 천연 요새 덕분에 외부의 공격을 막을 수 있었기 때문에, 코르의 사람들에게는 그저 전시용이나 내부의 불화를 막을 정도의 성벽만 필요했기 때문이었다. 그러나 한편, 그것들은 외벽의 높이와 비슷할 정도로 두꺼웠고, 분명히 거대한 동굴에서 캐내어 다듬은 암석으로 만들었으며, 넓이 50피트쯤 되는 거대한 해자에 둘러싸고 있었고, 해자의 몇몇 외곽에는 아직도 물이 고여있었다. 해가 지기 약 십 분 전쯤 우리는 그 해자에 이르렀고 그걸 따라 내려간 다음 건너갔는데, 그렇게 하기 위해서는 커다란 다리의 잔재에 기어 올라가다시피 했으며, 그런 다음 조금 힘들기는 했지만 경사진 벽을 따라 제일 꼭대기에 도달했다. 우리의 시야에 들어온 웅장한 광경을 내 손에 쥔 펜으로 묘사할 능력이 있었다면 정말 좋았을 것이다. 온 세상이 저물어가는 태양의 붉은 햇살에 젖어들었으니, 기둥과 사원, 성지, 다양한 형태의 녹지를 갖춘 왕궁 등 한없이 펼쳐진 유적지가 붉게 물들었다. 당연히 건물 지붕은 부식되어 사라진지 오래였으나, 건물의 엄청난 크기의 양식 때문에, 그리고 대단히 단단하고 내구성이 좋은 암석을 사용했기 때문에, 대부분 벽과 커다란 기둥은 아직도 그 자리에 남아 있었다.[32]

---

32 최소한 육천 년을 버틴 유적지의 놀라운 보존상태와 연관 지어 볼 때, 코르 제국은 적이나 지진에 의해 불타고 파괴된 것이 아니라 끔찍한 전염병 때문에 사라졌다는 사실을 기억해야만 한다. 결과적으로 거주지가 그대로 남아있었고 또한 평원 기온은 대단히 쾌적하고 건조했으며 비가 오거나 바람이 부는 일도 적었다. 따라서 이 유적지는 시간의 작용만 견뎌내면 되는 것이었고, 뛰어난 석공기술 덕분에 그 진행도 매우 느렸다. — L.H.H.

바로 우리 앞쪽에는 도시의 주요 중심도로라고 할 수 있는 것이, 템스 강 제방보다 더 넓고 고르게 쭉 뻗어있었다. 우리가 이후 발견한 것처럼, 성벽에 사용된 것과 같은 다듬어진 돌을 곳곳에 깔았고, 아니 길을 닦았는데, 생존을 위해서는 많은 흙이 필요치 않은 풀과 잡초가 약간 웃자라 있을 뿐이었다. 그와 대조적으로 공원과 정원이었던 곳은 정글처럼 무성했다. 정말로, 돌 위에서 빈약하게 자란 잡초의 번쩍거림 때문에, 상당히 먼 거리에서도 여러 도로의 흔적을 구별하기가 쉬웠다. 주요 주도로 양편에는 여러 구역으로 나누어진 거대한 폐허가 넓게 펼쳐져 있는데, 대략 말하자면, 각각의 구역은 한때 정원이었던 공간에 의해 구분되었지만, 지금 그 공간에는 덤불이 뒤엉켜서 무성하게 자라고 있었다. 건축물은 모두 같은 색깔의 돌로 지어졌고 대부분 기둥이 여럿 있었다, 가장 큰 도로를 따라 빠르게 오르며 흐릿한 햇빛에 의지하여 볼 수 있는 한 기둥을 많이 보면서, 나는 살아있는 어떤 발도 수천 년 동안 이곳을 지나간 적이 없다고 굳게 믿는다.[33]

우리는 곧 거대한 잔해에 도달했는데, 잔해는 최소한 4에이

---

33 빌랄리가 내가 말하길, 아마해거족들은 그 도시에 유령이 배회한다고 믿었기에 어떤 경우에도 그곳으로 들어가지 않았다고 했다. 사실상, 나는 빌랄리 자신도 거기로 들어가길 꺼리고 여왕의 직접적인 보호 아래 있다는 사실로 마음을 달래고 있는 것을 알 수 있었다. 레오와 내가 정말 이상하게 생각한 것은, 죽은 자들과 친숙해져서 그들 가운데서 살아가는 데에 전혀 거부감이 없고, 심지어 시신을 땔감으로 사용하는 그 종족이, 한때 살아있다가 오래전에 죽은 자들의 거주지에 대해 두려움을 느낀다는 점이었다. 하지만 무엇보다도 그것은 그저 미개한 모순일 뿐이었다. — L. H. H.

커 넓이의 신전이었을 거라고 당연히 생각했으며, 상자 속에 상자가 계속 들어가듯 그렇게 정원이 배열되어 있었고, 거대한 기둥들의 줄로 구분되어 있었다. 그리고 그에 대해 생각해 볼 때, 내가 지금까지 보거나 들었던 것과 조금도 닮지 않은 기둥의 특이한 형태에 관해 말하는 것이 좋겠다. 중앙이 허리처럼 들어가고 위와 아랫부분이 부푼 형태였다. 우리는 첫눈에 이 형태가, 고대 종교적 건축물에 적용된 공통의 관습이듯이, 여성의 몸매를 상징하거나 보여준다고 생각했다. 그 다음 날 경사진 산에 올라갔을 때 기둥의 모양과 똑 닮은 위풍당당한 야자수들이 커다란 군락을 이루며 자라는 것을 보고서, 나는 그 기둥의 첫 번째 설계자가 바로 그 야자수의 우아한 굴곡에서, 혹은 오히려 그들의 조상에게서 영감을 얻었으리라 믿어 의심치 않는다. 조상들은 그때 팔천 년 혹은 만 년 전에, 한때 화산 호숫기슭에 있는 그 산의 경사면을 지금처럼 아름답게 꾸몄을 것이다.

우리 일행은 거대한 신전 정면에서 멈췄고 아샤는 가마에서 내렸다. 내가 보기엔 거의 테베의 엘-카르나크만큼 컸고, 가장 큰 기둥 몇 개를 재어보니, 지름이 18피트에서 20피트 사이였고 높이가 약 70피트 정도였다.

"여기에서 쉬곤 했습니다, 칼리크라테스." 그녀는 가마에서 내리는 것을 도와주기 위해 빠르게 달려간 레오에게 말했다. "아마도 잠을 잘 수 있을 겁니다. 이천 년 전, 그대와 나, 그 이집트의 '독사'가 거기서 휴식을 취했는데, 사실 그때 이후 누구도 여기에 발을 들여놓은 적이 없으므로, 어쩌면 무너져 내렸을지도 모릅니다." 우리 모두 그녀를 따라갔고, 그녀는 부서지고 훼손된 큰 계단을 따라 바깥쪽 건물로 들어간 다음 어둠 속에서 주변을 둘러보았다. 이내 그녀는 기억을 더듬는 것 같았고, 왼쪽으로 벽을 따라 두어 발자국을 걸어가다 멈춰 섰다.

"여기예요," 그녀는 말하면서, 먹을 것과 우리 짐을 내려놓는 두 명의 벙어리 하인에게 앞으로 오라고 손짓했다. 하인 중 하나가 나서서 등불을 꺼내더니 자신의 화로를 이용해 불을 붙였다 (아마해거 족들은 어딜 가던지 항상 불을 붙일 수 있도록 조그만 화로를 가지고 다녔다). 그 화로의 부싯깃은 조심스럽게 적신 미라 조각으로 만든 것으로, 만약 액체 혼합물이 적절한 정도라면 이 부정한 합성물은 몇 시간 정도 타오르게 될 것이다.[34] 불이 밝혀지자마자 우리는 아샤가 멈춰 섰던 장소로 들어갔다. 그곳은 두꺼운 벽을 깎아 내어 만든 방이었고 아직도 그 안에 거대한 암석 테이블이 있는 사실로 보아, 나는 그곳이 아마도 거실이며 거대한 신전의 문지기들을 위한 곳일 거로 생각했다.

여기서 우리가 멈췄고, 그 장소를 깨끗이 치워서 주위 환경과 어둠이 허용하는 한 편안하게 만든 다음에, 적어도 레오와 조브, 나는 차가운 고기를 조금 먹었는데, 아샤의 경우, 어디선가 내가 말했듯 밀가루 케이크와 과일, 물 외에는 어떤 것도 손대지

---

34 결론적으로 우리는 이러한 문제에 대해 아마해거족보다 더 많이 진보했다고 볼 수 없다. 내가 아는 바에 따르면 예술들이, 특히 옛 거장들의 작품을 다시 재현하기 위해 자신의 재능을 활용했던 사람들이 미라 즉, 고대 이집트인들의 사체를 가루로 내어 안료로 많이 사용하였다. ─ 편집자.

않았다. 우리가 아직 먹고 있는 동안, 보름달이 산 위로 떠올라 주변을 은색으로 물들이기 시작했다.

"내가 왜 오늘 밤 그대를 이곳으로 데려왔는지 알고 있나요, 할리?" 아샤는 손에 고개를 기댄 채, 신전의 엄숙한 기둥 위로 떠오르는 거대한 구체[35]를 바라보면서 말했다. "내가 그대를 데려온 것은—아, 정말 이상하군요, 하지만 칼리크라테스여, 당신이 지금 서 있는 바로 그 지점이, 내가 아주 오래전에 당신을 코르의 동굴로 다시 데려갈 때, 그 시신을 뉘었던 장소라는 것을 알고 있나요? 지금 내 마음속에 모든 것이 떠오릅니다. 눈에 선합니다. 그리고 그걸 보는 게 정말 끔찍하군요!" 아샤는 몸서리쳤다.

여기에서 레오는 펄쩍 일어나 다른 곳으로 자리를 옮겨 앉았다. 하지만 아샤가 추억에 잠겼어도, 그 추억은 분명 레오에게 매력이 없었다.

"내가 당신을 데려온 것은," 아샤가 이내 말을 이었다. "당신은 어떤 인간이 목격했던 것보다 훨씬 더 경이로운 광경을 보게 될 것입니다—그건 바로 보름달 아래 빛나는 코르의 유적지입니다. 당신이 식사가 끝나면—나는 당신에게 과일 이외에 아무것도 먹지 않도록 가르칠 것입니다, 칼리크라테스여. 당신이 불의 목욕을 끝낸 이후에 그렇게 될 것입니다. 나 역시 한때 잔인한 야수처럼 살코기를 먹었답니다. 식사를 마치면 밖으로 나가

---

35   달.—역주

서 당신에게 이 거대한 신전과 한때 이곳 사람들이 숭배했던 신을 보여줄 것입니다."

물론 우리는 즉시 일어나 밖으로 나갔다. 이 시점에서 나는 또다시 펜의 무력함을 한탄해야 한다. 이미 앞에서 묘사했기에, 신전의 다양한 건물 크기나 세부사항을 설명하는 것은 그저 지루한 일이 될 것인데, 그러면서도 우리가 보았던 것을, 심지어 폐허조차 거의 인식능력을 넘어설 정도로 장엄한 광경을 어떻게 설명해야 할지 모르겠다. 궁궐이 희미하게 계속 이어지고, 거대한 기둥이 줄줄이 이어지고―그중 일부는 (특히 입구에 있는 것) 받침대부터 머리 부분까지 조각되었고―계속 이어지는 텅 빈 방들은 북적거리는 어떤 거리보다 훨씬 더 크게 상상력에 웅변적으로 말하고 있었다. 그리고 무엇보다도 죽은 자의 절대적 침묵, 철저한 고독감, 과거의 음울한 정신이여! 그것은 얼마나 아름다운지, 그런데도 얼마나 황량한가! 우리는 감히 소리 내 말할 엄두를 내지 못했다. 아샤도 자신의 오랜 세월조차 별 것 아닌 것으로 만드는 고대 유적의 현장에 경외감을 느끼는 것 같았고, 우리는 그저 혼잣말을 중얼거렸을 뿐이지만 그 소리는 마치 달려가듯 퍼져 나가 마침내 고요한 대기 속으로 사라졌다. 눈 부신 달빛이 기둥과 궁궐, 부서진 벽에 쏟아지니, 깨진 곳들과 결함이 있는 곳들을 그 은빛 망토 속에 감춰버리고, 오묘한 밤의 영광과 더불어 백색의 위풍당당함을 입혀놓았다. 폐허가 된 코르 신전을 내려다보는 보름달이 무척 경이로웠다. 얼마나 오랫동안 저 위의 생명 없는 구체와 저 아래의 생명 없는 도시가 서로를 응시했으며, 절대 고독의 공간 속에서 잃어버린 생명과 오래전 사라진 그 영광의 이야기를 서로가 서로에게 토로했겠는가! 하얀빛이 쏟아졌고, 조금씩 조금씩 소리 없는 그림자가 자라나, 늙은 사제의 정신이 신전을 배회하는 것처럼, 잡초가 우거진 궁궐들을 천천히 덮어갔다—백색의 빛이 내려앉더니, 길게 늘어진 그림자가 점점 자라, 주변의 아름다움과 웅장함 그리고 그곳에 내려앉은 죽음의 길들지 않는 위엄이 우리의 바로 그 영혼 속으로 스며드는 것 같고, 무덤이 집어삼켰던, 심지어 기억조차 망각했던 장관과 화려함에 대해 병사들의 함성보다 더 큰 소리로 외쳤다.

"이리로 오십시오," 우리가 주변을 뚫어지게 바라보고 바라본 후에 아샤가 말했고, 나는 시간이 얼마나 지나갔는지 알아차리지 못했다. "그대들에게 사랑과 경이로움의 왕관을 품은 석화(石花)를 보여주려고 합니다. 아직도 그 자리에 서 있으면서 그 아름다움으로 시간을 조롱하고, 인간의 마음을 베일에 싸인 갈망으로 가득 채운다면 말이지요." 그리고 대답을 기다리지 않은 채, 그녀는 우리를 데리고 기둥이 늘어선 건물 두 개를 더 지나 고대 신전의 내부로 들어갔다.

그리고 거기, 약 50야드 혹은 약간 더 컸을 가장 안쪽 내부 공간에서, 천재적인 예술가가 세상에 줄 수 있는 한 가장 웅장하고 우화적인 예술작품과 마주하게 되었다. 그 건물 한가운데 놓인 두꺼운 석판에 지름이 40피트 정도 되는 거대한 검은색 암석 구체가 자리했고, 그 위로 거대한 날개를 단 아름다운 석상이 너무나 황홀하고 신성한 모습으로 서 있는데, 부드러운 달빛을 받아 일부는 환하고 일부는 그림자가 드리워진 석상을 보는 순간 내 심장은 멈춘 듯 숨을 쉴 수 없었다.

대리석을 깎아 만든 그 조각상은 그 모든 세월이 지난 지금도 너무나 순수하고 하얘서 마치 달빛이 조각상 위에서 춤을 추는 듯이 밝게 빛났고, 그 높이는, 내가 말하건대, 20피트에 조금 못 미칠 정도였다. 놀라울 정도로 사랑스럽고 섬세하며 날개를 단 여성의 모습으로, 거대한 크기는 인간이라는 것을 넘어 영적 아름다움을 더욱 드러내 주었다. 앞으로 기울어진 몸은 반쯤 펼친 날개에 의지하여 균형을 유지했다. 깊이 사랑하는 사람을 포옹하는 여자처럼 팔을 앞으로 내밀었고, 대단히 부드럽게 애원하는 듯한 자태였다. 베일로 가려져 윤곽선만 구별할 수 있을 정도인 얼굴―이 부분이 특이한 점인데―을 제외하고는, 완벽하고 가장 우아한 몸에는 아무것도 걸치지 않았다. 얇은 베일이 머리 부분을 감고 있었고, 두 개의 끝부분 중 하나는 그녀의 왼쪽 가슴으로 늘어져 가슴의 윤곽선만 드러났고, 지금은 부러진 나머지 하나는 등 뒤쪽 허공으로 날리는 모습이었다.

"저 여성은 누구입니까?" 나는 조각상에서 겨우 눈을 떼며 물었다.

"짐작이 안갑니까, 할리?" 아샤가 물었다. "그대의 상상력은 어디로 가버렸나요? 이 조각상은 세상을 딛고 선 '진리'이며, 그녀의 아이들에게 베일을 벗겨달라고 말하는 중이지요. 주춧대에 무엇이라 쓰였는지 보십시오. 의심할 여지 없이 코르인들의 경전에서 나온 글귀입니다." 그녀는 조각상 발치로 다가갔고, 거기에는 한자 모양의 상형문자가 깊게 새겨져서. 적어도 아샤가 읽을 수 있을 만큼 상당히 명료하였다. 아샤는 그 내용을 이렇게 번역해서 알려주었다.

"나의 베일을 걷어 올려 이토록 고운 얼굴을 볼 남자는 없는가? 베일을 벗기는 그에게 나는 평화를 줄 터이며, 지식과 놀라운 업적이라는 달콤한 열매를 줄 것이다."

그리고 한 목소리가 외쳤다. "그대를 뒤쫓는 모든 이가 그대를 차지하고 싶어 하지만, 보라! 그대는 순수하며, 시간이 끝날 때까지 순수함을 간직하리. 여성에게서 태어나 그대의 베일을 걷어내고 살아남은 남자는 없네. 죽음만이 그 베일을 걷을 수 있으리, 오, 진리여!"

그리고 진리의 여신은 양팔을 내밀며 슬피 울고 있네, 그녀를 찾으려는 자가 그녀를 찾아내거나 얼굴을 볼 수 없기 때문이라네.

"그대가 보다시피," 아샤가 글귀를 번역해서 들려준 다음 말했다. "진리의 신은 고대 코르인의 여신이었고, 그들은 그녀를 위해 신전들을 세웠으며 그녀를 찾아다녔습니다. 결코 발견할 수 없을 것을 알면서도 그래도 찾으려고 했답니다."

"그래서," 내가 슬프게 덧붙였다. "사람들은 지금 이 시각에도 찾아다니고 있지만 찾을 수 없군요. 이 비문에서 말한 것처럼 그 누구도 찾을 수 없을 겁니다. 오직 죽음만이 진리를 깨달을 수 있으니까요."

그런 다음 영상화된 미를 간직한 베일 쓴 조각상을 다시 한 번 쳐다보았다―그것은 그토록 완전하고 그토록 순수하여서 살아 있는 영혼의 빛이 감옥의 대리석을 뚫고 나와 사람을 저 높은 천상의 통찰로 안내한다고 거의 상상할 정도였다―이 돌에 얼어붙은 시인의 아름다운 꿈, 비록 그 모습을 묘사하면서 나의 무력함을 절절히 느꼈으나 내가 살아있는 한 결코 그것을 잊지 못할 것이다. 우리는 돌아서서 풍성한 달빛이 가득 찬 궁궐들을 지나 원래 자리로 되돌아갔다. 이후로 그 조각상을 다시는 보지 못했고, 그 점을 무척 후회하였다. 조각상이 딛고 선 거대한 암석 구체 표면에 세상을 그린 선이 그려져 있어서, 만약 빛이 충분히 비추었다면 우리는 코르 사람들이 알고 있었던 세상의 지도를 볼 수 있었을 것이다. 오래전에 사라진 진리 여신의 숭배자들은 지구가 둥글다는 사실을 알고 있었다는 것은 어쨌든 어떤 과학적 지식을 암시하는 것이다.

제24장

나무판자 위를 걷다

다음날 벙어리 하인들이 동이 트기 전 우리를 깨웠다. 눈에 잠이 가득한 채, 거대한 바깥 건물 북쪽 사각 뜰 중앙에 있는 대리석 수반에서 샘솟는 물로 대충 세수를 마칠 때쯤, 이미 출발 준비를 마친 그녀는 가마 옆에 서 있었고, 늙은 빌랄리와 벙어리 가마꾼 둘이 부지런히 짐을 챙기는 중이었다. 항상 그랬던 것처럼, 아샤는 대리석 진리상처럼 베일을 쓴 모습이었다(그나저나, 나는 그녀가 자신의 아름다움을 가리기 위한 아이디어를 그 조각상에서 얻은 것은 아닌지 궁금했다). 하지만 나는 그녀가 축 처져 있는 모습을 보았고, 심지어 같은 위상을 지닌 여성 수천 명이 그녀처럼 베일을 쓰고 있다고 해도 알아볼 수 있을 만큼 강한 자부심과 활력이 사라졌다. 우리가 다가가자 그녀는 수그렸던 고개를 들고서 우리를 맞이했다. 레오가 그녀에게 잘 잤느냐고 물었다.

"아닙니다, 칼리크라테스," 그녀가 대답했다. "제대로 못 잤습니다. 이상하고 무서운 꿈이 내 머릿속을 기어 다녔는데, 그 꿈이 어떤 의미인지 모르겠어요. 어떤 사악한 기운이 내게 그림자를 드리운 듯합니다만, 어떻게 악이 나를 건드릴 수 있는 것인지 알 수가 없습니다," 그녀는 갑자기 여자 특유의 민감함을 드러내면서 계속 말했다. "내게 무슨 일이 일어나서, 내가 잠시 잠을 자고 그대가 깨어났다면, 당신은 내게 다정한 마음을 품어줄까요? 나는 궁금합니다, 칼리크라테스. 내가 그토록 오랫동안 당신이 오길 기다렸던 것처럼 당신은 나를 기다릴 수 있습니까?"

그런 다음 아샤는 대답을 기다리지 않고 말을 이었다. "자아, 이제 길을 떠납시다. 가야 할 길이 멀기 때문이지요. 그리고 또 다른 날이 되기 전에 우리는 생명의 장소에 서 있어야 합니다."

오 분 만에 우리는 다시 길을 떠나 거대하게 파괴된 도시를 지났고, 도시는 한때 웅장했고 위압적이던 그 모습으로 회색의 여명 속에서 우리 양 옆으로 희미하게 모습을 드러내었다. 떠오르는 태양의 첫 번째 햇살이 금 화살처럼 잘 알려진 이 황량함을 가로질러 꽂힐 무렵, 가장 외벽의 문에 도착했고, 우리가 지나왔던 하얗고 장엄한 기둥들을 다시 한 번 흘깃 바라보면서 (폐허에 조금도 관심 없는 조브는 예외였다) 그곳을 탐사할 시간을 좀 더 가지지 못했다는 사실에 후회의 한숨을 내쉰 다음 커다란 해자를 건너 그 너머 평원으로 향했다.

태양이 떠오를 때 아샤의 정신도 함께 떠올라서, 아침 식사 시간이 될 무렵에는 평상시의 활기를 되찾았고, 자신이 잠자던 장소와 관련된 우울함을 웃음으로 떨쳐냈다.

"저 야만인들은 코르에 영혼이 떠돈다고 주장합니다," 그녀가 말했다. "솔직히 말하자면 나도 그 말을 믿습니다. 단 한 번만 제외하고 그렇게 기분 나쁜 밤을 나는 결코 알지 못했습니다. 나는 지금 기억하고 있지요. 당신이 죽어 내 발치에 누워있던 바로 그 장소였으니까요, 칼리크라테스. 결단코, 나는 그곳에 다시 가지 않을 겁니다. 불길한 장소입니다."

아침 식사를 위해 잠시 멈춘 후, 우리는 좋은 기분으로 계속 나아가 오후 2시쯤 화산 분화구의 가장자리에 해당하는 거대한 바위의 발치에 도달했고, 그 지점에서부터 위쪽으로 1천5백 피트 혹은 2천 피트 높이의 가파른 경사면이 솟구쳐 있었다. 당연히, 우리는 더 나아갈 방법을 찾기 힘들었기 때문에 그곳에서 멈추었다.

"이제," 아샤는 가마에서 내리면서 말했다. "우리의 수고는 시작에 불과합니다. 여기서 다른 이들과 헤어져야 하고 우리 스스로 헤쳐나가야만 합니다." 그런 다음 그녀는 빌랄리에게 말했다. "너와 하인들은 여기에 남아서 우리가 오길 기다려라. 내일 정오까지 돌아올 터이다—만약 그렇지 않아도, 기다려라."

빌랄리는 겸손하게 고개를 수그리며, 그녀의 엄중한 명령에 따라 늙어 죽을 때까지라도 기다릴 것이라고 말했다.

"그리고 이 사람은, 할리," 그녀는 조브를 가리켰다. "그 역시 이곳에 남아서 기다리는 것이 좋습니다. 심장이 튼튼하거나 담력이 강하지 않으면, 사악한 기운이 그를 덮칠 수 있기 때문이지요. 또한, 우리가 가려고 하는 비밀의 장소는 보통 사람에게 보여주기에 적당하지 않은 곳입니다."

나는 그 말을 조브에게 통역해 주자마자, 그는 거의 울다시피 하면서 혼자 뒤에 남겨두지 말라고 간청했다. 그는 지금까지

겪을 수 있는 한 가장 끔찍한 일을 다 겪었고, 그에게 뜨거운 항아리를 뒤집어씌울지도 모르는 '멍청한' 종족과 함께 남는 것은 죽는 것보다 더 두렵다고 말했다.

내가 그가 한 말을 아샤에게 통역해 주자 그녀는 어깨를 으쓱하며 대답했다. "글쎄요, 데려가도록 하지요. 나와는 상관없는 일이고, 무슨 일이 생겨도 그건 저 사람의 책임입니다. 어쨌든 그는 등불과 이걸 들고 가야 합니다." 그녀는 자신의 가마 지지대에 묶여있는 폭이 좁고 길이가 약 16피트 정도의 나무판자를 가리켰는데, 나는 그것이 커튼을 펼치기 위한 것으로 생각했으나 지금 보니 우리가 견뎌내야 할 놀라운 일과 관련되어 사용할 목적으로 가져온 듯했다.

그런 사정에 따라, 튼튼하고 대단히 가벼운 그 판자는 등불 한 개와 함께 조브에게 맡겨졌다. 나는 다른 등불과 여분의 기름병을 등에 둘러매었고, 레오는 식량과 새끼 염소 가죽에 든 물을 들었다. 그 일이 끝났을 때 그녀는 빌랄리와 가마꾼 여섯 명에게 약 1백 야드 정도 떨어진 목련꽃 나무가 자라는 곳으로 물러가서 우리의 모습이 안 보일 때까지 거기서 기다리고 이를 어기면 죽게 될 것이라고 명령했다. 그들은 황송하다는 듯 절을 하고 가버렸는데, 늙은 빌랄리는 떠나면서 내게 호의적으로 악수했고 '절대 권위의 그녀'와 함께 멋진 탐험을 하기에는 자신보다는 내가 더 적합할 것이라고 속삭였는데, 나 역시 그렇게 생각했다. 얼마 안 가 그들이 떠났고, 아샤는 우리에게 준비되었는지 간단히 묻고 돌아서더니, 솟구친 절벽을 물끄러미 올려다보았다.

"맙소사, 레오," 내가 말했다. "설마 저 가파른 절벽을 올라가는 건 아니겠지!"

레오가 어깨를 으쓱했는데, 반쯤 매료된 듯, 반쯤 어리둥절한 상태였다. 그리고 그가 그렇게 말하자마자, 아샤가 갑자기 절벽을 기어오르기 시작했고, 물론 우리도 그녀를 뒤따라야만 했다. 대단히 쉽고도 우아한 동작으로 툭 튀어나온 바위와 바위 사이로 몸을 날리는 그녀의 모습은 진실로 경이로웠다. 하지만 올라가는 일은 생각했던 것보다 대단히 어려운 것은 아니었다. 물론 다시 떠올리기조차 싫은 정도로 힘들었던 장소가 한두 군데 정도 있었고 바위는 상당한 경사를 이루고 있었으나 완전히 깎아지른 듯 치솟은 것은 아니었다. 그런 방법으로 우리는 대단한 힘을 들이지 않은 채 마지막으로 멈춰 섰던 장소로부터 약 50피트 정도 올라갈 수 있었으며, 사실상 성가신 거라곤 조브가 든 판자 정도였으며, 게걸음 치듯 비스듬히 올라갔기 때문에 처음 시작했던 지점에서 왼쪽으로 약 오륙십 보 정도 이동한 셈이었다. 얼마 안 가 우리는 뾰족 튀어나온 바위에 도달했는데 처음 부분은 좁았으나 앞으로 나아갈 정도의 넓이는 되었고, 무엇보다도 마치 꽃잎처럼 안쪽으로 경사지고 그것을 따라가다 보니, 더욱 깊이 이어지는 암석의 틈새 혹은 접힌 곳으로 들어가게 되어, 마침내 암석 사이에 난 데번 주의 오솔길이 연상되었고, 만약 아래쪽 경사면에 누군가 서서 쳐다본다고 해도 우리의 모습을 볼 수 없을 것 같았다. 자연스레 형성된 듯한 그 길은 약 오륙십 보 정도의 길이로 이어졌고 그런 다음 갑자기 끝나더니 직각으로 꺾어진 방향으로 동굴이 나타났다. 나는 그것이 사람의 손으로 파낸 것이 아니라 천연 동굴이라고 확신했는데, 형태와 진로가 불규칙하고 뒤틀린 모양이었기 때문이며, 산 안쪽에서 어떤 한계를 넘어간 가스의 엄청난 폭발로 형성된 듯했다. 그와 대조적으로 고대 코르인이 파낸 동굴들은 모두 거의 완벽할 정도로 규칙적이며 균형을 이루었다. 아샤는 이 동굴 입구에서 멈춰서 우리에게 등불 두 개를 밝히라고 해서, 나는 불을 켜서 한 개를 그녀에게 건넸고 나머지 한 개는 내가 들었다. 그런 다음 그녀는 앞장을 서더니 꼭 그렇게 해야 할 필요가 있다는 듯 대단히 조심스럽게 동굴 속으로 가기 시작했는데 마치 강바닥처럼 옥돌이 깔려 있어 바닥이 울퉁불퉁했고 사람 다리 하나 정도는 쉽게 부러질 수 있을 만한 깊은 구멍이 팬 곳도 여러 군데 있었다.

그 동굴에서 우리는 이십 분 정도 걸어 들어갔다. 이리저리 꼬여있고 모퉁이를 돌아야 했으므로 쉬운 길은 아니었고 내가 판단해 보건대, 약 $\frac{1}{4}$ 마일 정도 되는 듯했다.

하지만 마침내 제일 끝부분에 도달했고, 강한 돌풍이 불어와 등불 두 개가 모두 꺼지는 바람에 나는 어둠 속에서 앞을 보기 위해 애쓰는 중이었다.

아샤가 우리를 불렀고, 그래서 기어가다시피 앞쪽에 있는 그녀에게 가보니 정신이 아득해질 만큼 검고 장엄한 광경이 펼쳐졌다. 바로 앞 검은 바위에 쩍 갈라진 틈이 보였는데 아주 오래전에 일어난 자연의 격변으로 깨지고 쪼개진 것으로 마치 번개가 수없이 내리치면서 패인 것 같았다. 여기 벼랑에 연결된 큰

틈은, 비록 잘 보이지 않아서 건너편까지의 거리가 얼마나 되는지 재어볼 수 없었으나 어둠 속에서 봐도 아주 넓다는 생각은 들지 않았다. 그 틈의 대략적인 크기나 깊이가 얼마나 되는지도 알기가 불가능했다. 왜냐하면 우리가 서 있는 곳이 그 절벽 표면에서 약 1천5백 피트 혹은 2천 피트 떨어진 곳이어서, 빛은 희미하게만 들어올 뿐이었다. 우리가 들어간 그 동굴 입구는 기이하고 커다란 암석이 돌출하여 생겼는데, 그것은 우리 앞에 펼쳐진 심연 가운데 쪽으로 튀어나왔고, 길이가 약 50야드이고 그 끝은 뽀족해서, 내가 생각해낼 수 있는 가장 비슷한 형태는 수탉 다리에 달린 며느리발톱이었다. 그 커다란 돌출 바위는 마치 닭의 다리에 붙은 며느리발톱처럼 거대한 암벽의 한쪽 부분에 붙어있을 뿐이었다. 그 외에는 지탱할만한 것이 아무것도 없었다.

"우리는 여기를 건너가야만 합니다," 아샤가 말했다. "현기증이 나지 않도록 조심하십시오. 그렇지 않으면 바람에 휩쓸려 저 심연 속으로 휩쓸려가 버릴 것이고 거기에는 사실상 바닥이 없답니다." 그런 다음 미처 겁을 낼 시간도 주지 않은 채 그녀는 돌출된 바위를 따라 걷기 시작했고 우리는 가능한 조심스럽게 그녀를 따라갔다. 내가 그녀 바로 뒤를, 그다음은 힘겹게 나무판자를 질질 끄는 조브가, 제일 마지막은 레오가 따라왔다. 이 용감무쌍한 여성이 끔찍한 장소에서 두려움 없이 앞으로 나아가는 광경은 진실로 경이로웠다. 나는 몇 야드도 가지 못하고 세차게 불어오는 바람에 옆으로 미끄러질지 모른다는 두려움으로 손과 무릎을 대고서 기어갈 수밖에 없었고 다른 두 사람도 마찬가지였다.

그러나 아샤는 결코 자신을 낮추지 않았다. 그녀가 나아가면서 거센 바람에 몸이 기울어졌지만 어지러움을 느낀다거나 균형을 잃은 것 같지 않았다.

몇 분 만에, 앞으로 나아갈수록 점점 좁아지는 이 끔찍한 다리를 대략 스무 걸음에 건너자, 갑자기 협곡을 찢어버릴 듯 강한 돌풍이 불어왔다. 나는 아샤가 몸을 기울이며 버티는 것을 보았으나 강력한 바람이 그녀의 망토를 휘감아 뗐고 망토는 마치 상처 입은 새처럼 이리저리 펄럭이며 심연 아래로 추락했다. 망토가 암흑 속으로 사라지는 광경을 보자 등골이 오싹했다. 나는 바위에 달라붙은 채 주변을 보았고, 이 거대한 돌출 바위는 마치 살아있는 생물처럼 아래쪽으로 윙윙거리는 소리를 내며 진동했다. 그 광경은 진실로 경이로웠다. 우리는 이승과 천국 사이의 암흑 지점에 있었다. 아래쪽으로 펼쳐진 수천수만 피트 깊이의 허공은 점점 어두워지다가 마침내 완전히 시꺼멓게 보였고 그 끝은 내가 상상할 수 있는 것보다 훨씬 더 깊었다. 위쪽으로 저 멀리 푸른 하늘까지 아찔한 허공의 연속이었다. 그리고 우리가 서 있는 뾰족한 정점 아래쪽 거대한 심연에서 거세게 휘몰아치는 돌풍이 으르렁대면서 자욱한 연무와 안개를 이리저리 몰아대며 시야를 거의 가려서 우리는 완전히 혼란에 빠졌다.

이곳 전체가 너무 엄청나고 초현실적인 장소여서, 실질적으로 공포심조차 누그러뜨렸다고 생각하지만, 지금 이 시각까지 자주 이에 대해 꿈꾸고, 순전한 환상 속에서 식은땀이 흠뻑 젖어

깨어나곤 한다.

"어서! 서둘러요!" 우리 앞쪽의 하얀 형체가 소리를 질렀다. 이제 망토를 잃어버려 하얀 옷만 휘날리는 그녀의 모습이 한 여자라기보다는 돌풍을 탄 혼령처럼 보였다. "계속 와요, 그렇지 않으면 추락해서 산산조각이 날 것입니다. 시선을 고정하고 바위에 몸을 바짝 붙여요."

우리는 그녀의 말대로 흔들리는 길을 따라 고통스럽게 갔고, 우리를 향해 몰아치며 비명을 지르고 울부짖는 돌풍은 마치 거대한 소리굽쇠처럼 진동음을 만들어 냈다. 우리가 계속 가는 동안 나는 시간이 얼마나 흘렀는지 몰랐고, 꼭 필요한 때에만 이따금 주변을 둘러보다가, 마침내 우리가 보통 크기의 테이블보다 조금 더 큰, 돌출된 바위 제일 끝부분에 도달했을 때, 그곳은 마치 과열된 증기기관처럼 요동쳤다. 우리가 바위에 배를 찰싹 붙인 채 주변을 둘러보는 동안 아샤는 서서 바람을 맞으며, 긴 머리채를 아래로 휘날리면서, 아래쪽으로 입을 쩍 벌리고 있는 무시무시한 깊이의 심연에도 아랑곳없이 자신의 앞쪽을 가리켰다. 그런 다음 우리는 조브와 내가 좁은 판자를 고통스럽게 끌고 온 이유를 알게 되었다. 우리 앞에는 빈 곳이 있고, 반대편 쪽에는 무언가가 있는데, 아직 우리는 그것이 무엇인지 알 수 없었다. 왜냐하면, 이쪽에서 보면—그쪽 절벽의 그림자 때문인지 혹은 다른 원인 때문인지—밤의 어둠만 깔렸었다.

"잠깐 기다려야만 합니다," 아샤가 외쳤다. "곧 빛이 비칠 거예요."

그 순간 나는 그녀가 무슨 말을 하는지 이해할 수 없었다. 이토록 끔찍하게 어두운 장소에 어떻게 빛이 들어올 수 있단 말인가? 머릿속에서 생각이 오락가락하고 있을 무렵, 갑자기 거대한 검의 광채처럼 한 줄기 햇살이 시커먼 어둠을 뚫고 들어와 우리가 달라붙어 있는 바위 끝을 비추었고 아샤의 사랑스러운 형체가 초현실적이고 화려하게 빛났다. 어둠과 심연의 자욱한 연무를 가로지르는, 불길의 검의 야성적이며 경이로운 아름다움과 모습을 표현할 수 있다면 얼마나 좋을까. 어떻게 거기까지 빛이 들어오게 되었는지는 지금도 알 수 없으나, 나는 반대편 절벽에 틈이나 구멍이 있고 태양과 일직선이 되었을 때 햇살이 흘러 들어왔다고 짐작할 뿐이다. 그저 말할 수 있는 것은 지금까지 봤던 어떤 것보다 놀라운 효과를 발휘했다는 사실이었다. 불길의 검이 어둠의 심장부를 찌르듯 관통했고, 놀라울 정도로 압도적이고 생생한 빛은 너무나 밝아서 상당히 먼 거리에 있는 바위의 결까지 볼 수 있을 정도였고, 반면에 거기서 벗어난 곳은, 바로 그 옆이라고 해도 검은 그림자만 있을 뿐이었다.

　그녀가 기다린 그 빛줄기, 수천 년 동안 이 계절의 일몰에 항상 나타났고 우리의 도착에 딱 맞춰 내리꽂힌 그 빛줄기에 의지하여, 우리는 앞쪽에 무엇이 있는지 정확히 볼 수 있었다. 우리가 서 있는 혓바닥 모양의 바위 끝에서 11피트 혹은 12피트 내에, 어쩌면 심연의 먼 바닥에서 솟구쳐 오른 것 같은 원뿔 모양의 바위가 정확히 우리 맞은편까지 올라와 있었다. 그러나 가장 가까운 지점이 우리에게서 약 40피트나 떨어진 곳에 있어서 그다지 우리에게 도움이 되지 않았다. 하지만 둥글고 속이 빈 꼭대기의 가장자리에 커다랗고 평평한 암석, 빙하 석과 같은 것—내가 알고 있는 것과 반대로 보일지라도 바로 그것이었다—이 얹혀 있고, 그 돌의 끝과 우리와의 거리는 약 12피트였다. 이 거대한 바위는 그저 흔들리는 돌덩어리에 불과했으나 원뿔 혹은 분화구 모형의 가장자리에 정확히 균형을 잡고 있어, 그 모습이 마치 와인잔 가장자리에 올려놓은 은화 같았다. 그 바위와 쏟아지는 강렬한 빛 속에서, 암석이 거센 돌풍 속에서 진동하는 것을 볼 수 있었다.

"어서!" 아샤가 말했다. "그 판자를, 저 빛이 남아 있는 동안 여길 건너가야 합니다. 빛이 곧 사라질 거예요."

"오, 맙소사, 선생님!" 조브가 앓는 소리를 냈다. "설마 우리더러 여기에서 저 위로 건너가라는 말은 아니겠죠." 그는 내 지시대로 기다란 판자를 내게 건네면서 말했다.

"바로 그거야, 조브." 나는 음산한 흥분이 온몸을 감싸는 것을 느끼며 소리쳤으나 나무판자 위를 걷는다는 생각은 조브만큼이나 내게도 그리 즐거운 건 아니었다.

나는 판자를 밀어 아샤에게 건넸고 그녀는 그것이 심연을 가로지르도록 한쪽 끝을 진동하는 암석 위에 얹어놓고 나머지 끝을 흔들리는 돌출부 가장 끝부분에 교묘히 걸쳐 놓았다. 그런 다음 판자가 바람에 날아가는 것을 막기 위해 발로 밟고 서더니 몸을 돌려 나를 보았다.

"할리, 내가 이곳에 마지막으로 온 이래로," 그녀가 큰 소리로 말했다. "진동하는 바위가 버티는 힘이 조금 약해진 듯한데, 우리 몸무게를 견뎌낼 수 있을지 의문이군요. 어떤 해악도 내게 미치지 못하니 내가 먼저 건너가야 할 것 같습니다." 그런 다음 아무렇지도 않게, 그녀는 가볍고도 확고한 걸음으로 허약한 다리 위를 건넜고 순식간에 커다란 바위 위로 안전하게 올라섰다.

"안전해요," 그녀가 소리쳤다. "자아, 그 나무판자를 잡으세요! 내가 이쪽 끝에 서 있을 것이니 그대의 몸무게 때문에 뒤집히는 일은 없을 겁니다. 자아 어서, 할리, 이 빛은 곧 사라집니다."

나는 무릎이 덜덜 떨리는 것 같았고, 만약 살아생전 두려움을 느낀 적이 있다면 그때가 그런 순간이었고, 내가 머뭇거렸고 뒤로 물러섰다고 솔직하게 말하겠다.

"그대는 두려워하지 않을 거예요," 진정으로 기묘한 피조물인 아샤가 진동하는 암석의 가장 높은 지점에 새처럼 자리 잡은 채 돌풍이 조금 가라앉은 틈을 타서 소리쳤다. "건너오세요, 칼리크라테스를 위해서."

그 말에 마음을 굳게 먹었다. 저 놀라운 여성의 비웃음을 받는 것보다 절벽에서 떨어져 죽는 편이 더 낫다고 생각했기에, 이를 꽉 다문 채 끔찍하며 좁고 휘청대는 나무판자 위에 얼른 올라서니, 아래쪽과 주변에 한없는 공간이 펼쳐졌다. 나는 항상 고소공포증에 시달렸으나 그러한 위치에서 가능한 두려움이 한꺼번에 몰려든 적은 이번이 처음이었다. 오, 흔들리는 지지대 두 개에 허술한 나무판자를 올려놓고 그 위를 걸을 때 느끼는 아찔함이라니. 나는 현기증을 느꼈고 추락할 게 분명하다고 생각했다. 등골이 오싹했다. 이제 곧 아래로 떨어질 것 같은 순간, 파도속 보트처럼 흔들리는 바위 위에 사지를 쭉 뻗은 채 엎드려 있다는 사실을 깨닫자 말로 표현할 수 없을 정도로 커다란 기쁨이 몰려들었다. 내가 아는 것은, 거기까지 나를 보호해준 창조주를 향해 짧지만 진정 어린 감사의 기도를 올렸다는 사실뿐이었다.

다음은 레오 차례였고, 비록 그는 약간 기묘한 표정이었으나 마치 밧줄 타기 선수처럼 건너왔다. 아샤는 손을 내밀어 그의 손을 잡았고, 나는 그녀가 하는 말을 들었다. "용감하게 해내셨습니다, 내 사랑이여—용감했어요! 옛날 그리스인의 정신이 아직도 당신 안에 살아있나 봅니다!"

그리고 이제는 불쌍한 조브만이 심연 저편에 남게 되었다. 그는 나무판자로 기어 올라가며 소리 질렀다. "못하겠어요, 선생님. 저 끔찍한 곳으로 떨어져 버릴 거예요."

"해낼 수 있어," 나는 말도 안 되는 농담을 던졌던 것으로 기억한다—"할 수 있다고, 조브. 이건 파리를 잡는 것보다 쉬운 일이야." 나는 능숙하게 할 수 있다는 의미를 멋지게 표현하려고 던진 말이지만 날아다니는 것을 잡아채는 일이, 특히나 무더운 날 모기 잡는 것이 세상에서 가장 어렵다는 사실을 알고 있으므로 솔직하게 말한 셈이었다.

"저는 못해요, 선생님—진짜 못한다고요."

"저 사람한테 어서 오라고 하세요, 그렇지 않으면 거기서 죽게 될 겁니다. 보세요, 빛이 죽어가고 있어요! 이제 곧 사라질 거예요!" 아샤가 말했다.

내가 보니, 그녀 말이 맞았다. 우리를 향해 빛을 내뿜은 태양이 절벽에 난 구멍 혹은 틈새 아래로 내려가고 있었다.

"만약 거기서 멈춘다면, 조브, 거기서 혼자 죽게 될 거야," 내가 소리쳤다. "빛이 사라지고 있어."

"어서, 남자답게 굴어요, 조브," 레오가 고함을 질렀다. "굉장히 쉬워요."

그리하여 절망에 빠진 조브는 기이한 기합소리와 함께 고개를 아래쪽으로 한 채 나무판자 위로 달려들었고, 감히 걸으려고 들지 않았으니 그를 탓할 수만은 없었다. 바들바들 떨면서 조금씩 몸을 끌어당겼고 불쌍한 그의 다리가 판자 양쪽의 한없는 허공 속에서 대롱거렸다.

간신히 균형을 잡고 있던 허약한 나무판자에 그가 갑자기 충격을 가하자 바위가 더욱 심하게 흔들리는 바람에 상태가 악화하였으며, 게다가 그가 절반쯤 건너왔을 때 붉은빛이 갑자기 사라져 마치 커튼을 친 방에 등불이 꺼지듯 온 세상이 시커먼 암흑으로 뒤덮였다.

"어서 와, 조브, 제발!" 나는 두려움에 질린 채 소리를 질렀고 바위는 균형을 잡고 있기 어려울 정도로 심하게 요동치기 시작했다. 진정으로 끔찍한 상황이었다.

"하느님 제게 자비를 베푸소서!" 불쌍한 조브가 어둠 속에서 울부짖었다. "오, 판자가 미끄러져요!" 나는 요란한 몸부림 소리를 들었고 그가 사라졌다고 생각했다.

하지만 그 순간에 허겁지겁 내민 그의 손이 내 손에 닿았고 나는 죽을 힘을 다해 그를 끌어올렸으니, 오, 내가 어떻게 해냈는지, 그런 힘을 주신 창조주에 감사할 따름이다. 얼마 안 가 나는 옆에서 가쁜 숨을 몰아쉬는 조브와 만나는 기쁨을 누릴 수 있었다. 하지만 그 나무판자는! 나는 판자가 미끄러져서 툭 튀어나온 바위에 부딪히는 소리를 들었고 이내 영원히 사라졌다.

"맙소사!" 내가 소리 질렀다. "돌아갈 때는 어떻게 하지?"

"나도 몰라요," 레오가 어둠 속에서 대답했다. "그날의 고통은 그날로 충분하리니. 저는 지금 이 순간에 감사해요."

그러나 아샤는 그저 나를 불러 자신의 손을 잡고 뒤를 따라 기어오라고 했다.

제25장

생명의 정신

나는 시키는 대로 했다. 공포와 떨림 속에서 아무 생각도 못 한 채 바위 가장자리를 따라갔다. 나는 다리를 내밀어 봤지만 닿는 것이라곤 아무것도 없었다.

"아래로 추락할 것 같습니다!" 내가 숨을 몰아쉬며 말했다.

"아뇨, 나를 믿고 그냥 그렇게 해요." 아샤가 대답했다.

지금, 만약 그 입장을 고려한다면, 아샤가 어떤 인물인지 알기에 그것이 정당화된 게 아니라 내 확신에 근거한 엄청난 요구였다는 것을 쉽게 이해할 수 있을 것이다. 내가 아는 것이라곤 그녀가 나를 끔찍한 운명으로 몰아넣고 있다는 것뿐이었다. 그러나 우리는 살아가면서 때때로 자신의 운명을 기묘한 제단 앞에 올려놓아야만 하는데, 지금이 바로 그랬다.

"그냥 놓아버려요!" 그녀가 소리쳤고, 선택의 여지가 없어서 나는 그렇게 했다.

내 몸은 경사진 바위 표면으로 한두 걸음 미끄러지다가 허공으로 밀려들어 갔는데, 나는 순간 정신을 잃었다고 생각했다. 그러나 아니었다! 다음 순간 내 발이 암석 바닥에 부딪혔고, 머리 위쪽에서 휭 소리가 나는 것으로 보아 바람이 닿지 않는 단단한 곳에 서 있는 기분이 들었다. 거기에 서서 하늘이 보여준 자그마한 자비에 대해 감사기도를 하고 있을 때, 미끄러지고 허둥대는 소리가 나더니 레오가 내 옆에 서 있었다.

"안녕, 아저씨!" 레오가 소리쳤다. "이곳에 계셨어요? 갈수록 흥미진진하게 되는걸요, 그렇지 않나요?"

바로 그때 공포에 질린 비명이 나더니, 조브가 머리 위에서 덮치며 우리를 바닥에 쓰러뜨렸다. 허우적거리며 겨우 몸을 일으켰을 즈음 아샤가 우리 가운데서 있었고 등불을 밝히라고 지시했는데, 다행스럽게도 등불과 여분의 기름병은 무사히 남아 있었다.

나는 밀랍 성냥을 꺼내 들고, 마치 런던의 거실에서 그랬던 것처럼 이 기묘한 장소에서 즐겁게 불을 붙였다.

수 분 내로 등불 두 개가 밝혀졌고, 호기심을 자극하는 광경이 주위에 펼쳐졌다. 우리는 약 $10m^2$ 정도의 바위 동굴에 옹기종이 모여있었는데, 겁에 질린 표정이었고 그와는 달리 아샤는 팔짱을 낀 채 침착하게 서서 등불이 타오르길 기다리고 있었다. 동굴 절반 정도는 자연 상태로 형성되고, 절반 정도는 원뿔형 바위 윗부분을 파내어 만든 것 같았다. 자연 상태인 지붕은 흔들리는 바위로 이루어졌고, 그 방 뒷부분의 지붕은 약간 아래쪽으로 기울어져 있는데 바위를 직접 깎은 것이었다. 나머지 부분은 따뜻하고 건조했다—위쪽으로 아찔하게 뾰족 솟은 부분과 허공으로 돌출하여 흔들리는 바위에 비하면 천국이나 다름없었다.

"자아!" 그녀가 말했다. "우리는 안전하게 왔습니다. 그대들이 진동하는 바위에서 떨어져 바닥 없는 심연으로 빠져들 것 같아 걱정했으니, 그 틈새가 세상의 자궁으로 이어진다고 믿고 있기 때문입니다. 그 돌이 놓여있던 바위는 흔들리는 무게 때문에 부서지고 있었지요. 그리고 저 사람" 그녀는 고갯짓으로 바닥에 앉아 붉은색 면 손수건으로 힘없이 이마를 닦고 있는 조브를 가리켰다. "돼지처럼 바보스럽다는 측면에서 '피그'라고 불릴 만합니다. 나무판자를 떨어뜨렸으니 심연을 건너 되돌아가기가 쉽지 않을 겁니다. 그렇게 하려면 내가 계획을 세워야만 해요. 하지만 지금은 잠시 휴식을 취하면서 이 장소를 살펴보세요. 이곳이 무엇이라고 생각합니까?"

"잘 모르겠습니다." 내가 대답했다.

"믿기 힘들 테지만, 할리, 한때 한 남자가 이곳을 은신처로 삼아 기거했지요. 수년을 견뎌내면서, 12일마다 한 번씩 사람들이 잔뜩 가져다 놓은 음식과 물과 기름을 가지러 나왔답니다. 사람들은 우리가 지나온 동굴 입구에 그가 가져갈 수 있는 것보다 더 많은 것을 놓아두었지요."

우리는 신기하다는 듯 위를 쳐다보았고, 아샤는 말을 이었다.

"하지만 그랬습니다. 한 남자가 있었습니다—그는 자신을 누트라고 불렀지요—후대에 살긴 했지만, 코르인의 지혜를 지닌 사람이었습니다. 은둔자였고 철학자였으며 자연의 비밀을 터득한 사람으로 내가 그대들에게 보여줄 불, 자연의 피와 생명인 그 불을 찾아낸 사람이었고, 불로 목욕하고 호흡하며 자연이 유지되는 동안 살 수 있는 사람이었습니다. 하지만 그대와 마찬가지로, 오 할리, 누트는 자신의 지식을 활용하지 않았습니다. 그는 '사람이란 죽기 위해 태어났으니 영원히 사는 것은 나쁘다'라고 말했지요. 따라서 그 비밀을 누구에게도 말해주지 않았고, 영생을 구하는 자가 반드시 지나가야 하는 길목인 이곳에 와서 살면서 아마해거족들로부터 신성한 은둔자로 숭배를 받았습니다. 그런 다음 내가 처음 이 지역으로 왔을 때—당신은 내가 어떻게 오게 되었는지 알고 있나요, 칼리크라테스? 다음에 말해줄게요, 그건 기묘한 이야기랍니다—나는 이 철학자에 대해 듣고 그가 식량을 가지러 올 때까지 그를 기다렸고, 그 심연을 건너기가 무척 두려웠으나 그와 함께 이곳으로 왔습니다. 그런 다음 나의 미모와 재치로 그의 환심을 샀고 혀를 놀려 칭찬을 늘어놓자 그는 내게 생명의 불기둥을 보여주고 그 비밀에 대해 말해주었지요, 하지만 내가 그 안으로 들어가지 못하게 하였고, 그렇게 하면 나를 죽일지 모른다고 위협했습니다. 나는 그가 무척 나이가 많아서 얼마 안 가, 죽을 것이라는 사실을 알고 있었기에 그만두었지요. 나는 그에게서 세상의 경이로운 정신에 대한 모든 것을 배워서 알았고, 그것으로 충분했기 때문에 나는 돌아섰습니다. 그는 현자였고 나이가 많았으며, 또한 순수함과 금욕, 순진한 성품으로 이루어낸 명상에 힘입어 눈에 보이는 것과 보이지 않은 위대한 진실을 구별했고, 속세의 때가 묻은 공기 속으로 스치듯 날아가는 진실의 소리를 들었습니다. 그 뒤 며칠 지나지 않아서, 나는 당신을, 이집트의 미녀 아메나르타스와 함께 이곳에서 방황하던 칼리크라테스를 만났는데, 처음이자 마지막으로, 한 번이자 영원한 사랑을 배웠지요. 나는 그대와 함께 와서 우리 두 사람을 위한 영생의 선물을 받아야겠다고 생각했습니다. 그래서 우리는 이곳으로 왔고, 혼자 남지 않으려고 했던 그 이집트 여인도 함께 왔지요. 그리고 보십시오, 우리는 죽은 지 얼마 되지 않은 늙은이 누트를 발견했습니다. 그는 하얀 수염을 수의처럼 덮은 채 거기에 누워있었어요." 그녀는 내가 앉아 있는 근처를 가리켰다. "하지만 분명 그는 먼지가 되어 바람에 날려가 버린 지 오래입니다."

내가 손을 내밀어 먼지를 만졌을 때 뭔가 단단한 것이 손가락에 닿았다. 그것은 사람의 치아였는데 색은 누랬으나 단단했다. 나는 그것을 주어 아샤에게 보여줬더니 그녀는 웃음을 터뜨렸다.

"그래요," 그녀가 말했다. "그의 것이 분명합니다. 누트와 그의 지혜가 무엇을 남겼는지 보십시오—작은 치아 하나라니! 그는 모든 피조물을 지배할 수 있었지만, 양심 때문에 아무것도 하지 않았어요. 글쎄요, 그는 죽은 지 얼마 되지 않은 상태로 거기에 누워있었고 우리는 지금 내가 당신을 안내할 곳으로 내려갔지요. 그런 다음 내 모든 용기를 그러모아 죽을 수도 있지만, 영광스러운 불멸의 왕관을 얻기 위해 불길 속으로 들어갔습니다. 보십시오, 느끼기 전까지는 결코 알 수 없었던 생명력이 몸속으로 흘러들어왔고, 나는 상상 이상으로 사랑스러운 불멸의 존재가 되어 걸어 나왔습니다. 그런 다음 당신을 향해 손을 내밀었지요, 칼리크라테스여, 나를 당신의 영원한 신부로 선택해달라고 애원했어요. 그리고 보세요, 내가 그렇게 말할 때 당신은 나의 아름다움에 눈이 부신 나머지 내게서 눈을 돌리고 아메나르타스의 목에 매달렸답니다. 다음 순간 엄청난 분노가 밀려와 나를 미치게 하였고 나는 당신이 지녔던 창을 빼앗아 당신을 찔렀습니다. 그러자 내 발밑에서, 이 생명의 근원지에서, 당신은 신음을 내며 죽었습니다. 그 당시 나는 나의 눈과 의지의 힘으로 누군가를 죽일 힘이 있다는 것을 몰랐기 때문에 미친 듯한 슬픔 속에서 당신을 창으로 죽인 것이지요.[36]

"그리고 당신이 죽었을 때, 아아! 나는 슬피 울었답니다. 나는 불멸의 존재가 되었으나 당신은 죽었으니까요. 나는 그곳, 생명의 장소에서 목놓아 울었는데, 만약 내가 영생을 얻지 않았다면 분명코 심장이 부서져 죽었을 거예요. 그리고 검은 피부의 이집트 여인은 신들의 이름으로 내게 저주를 퍼부었지요. 오시리

36   칼리크라테스의 죽음에 대한 아샤의 진술은 아메나르타스가 질그릇에 써놓은 내용과 완전히 다르다. 그 글은 "그런 다음 분노에 휩싸인 채, 그녀는 마법으로 그를 강타했고, 그는 죽었노라."라고 되어 있다. 우리는 어느 이야기가 맞는 것인지 결코 알 수 없으나 칼리크라테스의 가슴에 난 창에 찔린 상처를 떠올릴 수 있으니, 죽은 후 생긴 것이 아니라면 그것이 결정적인 단서가 될 수 있을 것이다. 확인할 수 없는 또 하나의 사실은, 어떻게 두 여인—아샤와 이집트 여인 아메나르타스—이 사랑했던 남자의 시신을 들고 죽음의 심연을 건너 흔들리는 바위를 따라 내려올 수 있었는가이다. 슬픔과 사랑 속에서 제정신을 차릴 수 없었던 두 여인이 죽은 남자와 함께 그 무시무시한 장소를 따라 힘들게 나아가는 광경이라니! 하지만 그 당시의 길은 걸어가기에 조금 쉬웠을 지도 모를 일이다. —L. H. H.

스의 이름으로 나를 저주했지요, 이시스의 이름으로, 네피스의 이름으로, 헥트의 이름으로, 사자 머리 세케트의 이름으로, 세트의 이름으로 내게 저주를, 사악함과 영원한 파멸의 저주를 내렸습니다. 아아, 거센 폭풍우처럼 나를 내려다보던 그녀의 거무스름한 얼굴이 아직도 생생합니다. 그러나 그녀는 내게 해악을 끼칠 수 없었고, 나 역시도 그녀를 해칠 수 있는지 몰랐지요. 시도하지 않았지요. 그때는 그게 아무런 소용도 없는 짓이었습니다. 그래서 우리는 함께 당신의 시신을 운반했어요. 내가 그 이집트 여인을 늪지 저편으로 멀리 쫓아낸 후 그녀가 아들을 낳고 살면서 그런 이야기를 적어놓았고 그것을 통해 당신, 즉 자신의 남편을 경쟁자이자 살인자인 내게 돌려보낸 것입니다.

"그건 모두 지나간 일이며, 사랑하는 이여, 이제 영광의 시간이 되었습니다. 세상의 모든 만물이 그러하듯, 선과 악의 복합물이며—아마도 선보다는 악이 더 많을 것입니다. 그리고 피의 글자로 적혀 있지요. 이건 진실이니, 내가 당신에게 감춘 것은 아무것도 없습니다, 칼리크라테스. 이제 당신이 해야 할 마지막 시도 전에 한가지가 더 있어요. 우리는 죽음의 존재 속으로 들어갈 것입니다. 삶과 죽음은 아주 가까운 곳에 있지요. 그 누가 알겠습니까? 그것이 또 다른 기다림의 공간으로 우리를 갈라놓을지 말입니다. 나는 한 여자에 불과합니다. 예언자도 아니고 미래를 읽을 수 없습니다. 그러나 이것은 압니다—현자 누트를 통해 배웠으니까요.—내 생명은 연장되고 좀 더 환하게 되었을 뿐, 영원히 살 수 있는 것은 아닙니다.

"그러므로 가기 전에 칼리크라테스여, 그대는 나를 용서하고, 마음으로부터 나를 사랑하는지 말해주세요. 보세요, 칼리크라테스, 나는 많은 악행을 저질렀지요—이틀 전 당신을 사랑했던 소녀를 냉정하게 죽음으로 몰아넣은 것은 악행이었어요—하지만 그 아이는 내게 복종하지 않았고 나의 불행을 예고하면서 나를 분노케 했기에 내가 내리친 것입니다. 당신이 강한 힘을 가졌을 때 조심하세요, 당신 역시 분노와 질투 속에서 뭔가를 공격할지 모릅니다. 무적의 힘이 실수를 범할 수 있는 인간의 손에 들어가면 무서운 무기가 될 수 있지요. 그렇습니다. 나는 죄를 지었습니다—엄청난 사랑에서 나온 통렬함에서—그런데도 나는 악에서 선이 나온다는 것을 압니다, 내 심장은 완전히 굳지 않았습니다. 오, 칼리크라테스여, 비록 이전에 내가 열정으로 인해 악행을 저지르기는 했지만, 당신의 사랑은 나를 구제할 수 있는 관문이 될 것입니다. 충족되지 못한 깊은 사랑이란, 숭고한 마음에는 지옥이고, 저주받은 자들에는 가혹한 운명이나, 우리의 열망 가득한 영혼에 더욱 완벽한 모습을 비춘 사랑은 날개를 만들어 우리를 들어 올려 본래의 모습을 만들어줄 것입니다. 그러하니, 칼리크라테스 내 손을 잡아줘요, 내가 드넓은 이 세상에서 가장 평범하고, 현명하고 아름다운 여인이 아니라도, 나의 베일을 벗기고, 내 눈을 똑바로 바라보며 진심으로 나를 용서하고 모든 마음을 바쳐 나를 숭배한다고 말해줘요."

아샤는 잠시 말을 멈추었다. 기묘하게 부드러운 그녀의 목소리가 추억처럼 우리 주변을 맴도는 듯했다. 그토록 인간적이고 여성스러운 소리가 어떤 말보다도 내 마음에 와 닿았다. 레오 역시 기묘하게 감동하는 듯했다. 마치 뱀에게 최면이 걸린 한 마리의 새처럼, 그때 그는 여인에게 매혹되어 판단력을 상실했고, 모든 일이 지나간 지금 다시 돌이켜 생각해보면, 레오는 이 낯설고도 매력적인 피조물을 정말로 사랑했다는 사실을 깨달았다. 아아, 슬프도다! 나 역시 그녀를 사랑했다. 어쨌든 나는 레오의 눈에 고인 눈물을 보았고, 그는 재빨리 그녀에게 다가가 얇은 베일을 벗긴 다음 그녀의 손을 잡고서 그윽한 눈을 들여다보며 크게 말했다.

"아샤, 나는 진심으로 당신을 사랑합니다. 용서가 허용하는 한, 나는 우스테인의 죽음에 관하여 당신을 용서합니다. 그 나머지는 당신과 창조주 사이의 일이며 나는 아무것도 알지 못합니다. 그저 아는 것이라곤 예전에 했던 어떤 사랑보다 더 깊이 당신을 사랑하고 영원히 당신만을 사랑할 것이라는 사실뿐입니다."

"자아," 아샤는 겸손하지만, 자랑스럽게 대답했다. "나의 주인이 장엄하고도 거리낌 없이 그리 말했으니, 나는 주춤하거나 관대함을 구걸하지 않을 수 있습니다. 보세요!" 그녀는 레오의 손을 잡고 맵시 있는 머리에 올려놓더니 한쪽 무릎이 땅에 닿을 때까지 천천히 몸을 수그렸다. "보세요! 나의 주인에게 순종의 징표로서 절을 합니다. 보세요!" 그녀는 레오의 가슴에 손을 대었다. "내가 저지른 죄에, 슬피 울며 외롭게 기다리던 세월에, 내가 했던 위대한 사랑에, 사라졌다가 다시 돌아오는, 모든 생명을 낳은 불멸의 정신에, 나는 맹세합니다.

"나는 맹세합니다. 온전한 여성이 되는 가장 거룩한 이 시간에 나는 사악함을 버리고 선을 소중히 할 것을 맹세합니다. 해야 할 일을 가장 꿋꿋하게 하라는 당신의 목소리를 영원히 따르렵니다. 나는 야망을 삼갈 것이며, 끝없는 세월은, 안내하는 별이 진리와 정의의 지식으로 나를 인도하듯, 내게 지혜를 안겨줍니다. 나는 또한 그대의 명예를 지키고 소중히 할 것을 맹세합니다, 칼리크라테스여, 시간의 파도를 타고 나의 품으로 돌아온 그대, 오, 마지막까지, 곧 그렇게 될 것입니다. 나는 맹세하노니, 아니, 다시는 맹세하지 않겠습니다. 무슨 말이 필요할까요? 하지만 당신은 아샤가 거짓 혀를 놀리지 않았다는 사실을 알게 될 것입니다.

"이렇게 나는 맹세했으니, 오 할리, 그대는 내 서약의 증인입니다. 여기에서 우리는, 내 남편이여, 신부의 차양 역할을 하는 이 어둠과 더불어 결혼했으니, 세상이 끝날 때까지 그 결혼은 지속할 것입니다. 여기에서 우리는 몰아치는 이 바람에 결혼 서약을 적어놓겠습니다. 이 불어오는 바람은 우리의 약속을 담은 채 하늘 끝까지, 온 세상을 돌고 또 돌게 될 것입니다.

"또한, 신부의 지참금으로, 별처럼 빛나는 나의 아름다움과 영원한 생명, 한없는 지혜, 셀 수 없는 부라는 왕관을 당신에게 씌워 드립니다. 보십시오! 세상의 위대한 자들이 당신의 발아래서 기어갈 것이고, 그들의 아름다운 아내들은 당신의 빛나는 후광 앞에서 눈을 가릴 것이며, 현자들은 당신 앞에서 겸허히 몸을 수그릴 것입니다. 당신은 펼쳐진 책을 읽듯 사람의 마음을 읽게 될 것이고, 이곳저곳에서 당신을 찬미하게 될 것입니다. 이집트의 고대 스핑크스처럼, 당신은 세월이 흐르고 또 흘러도 저 높은 곳에 앉아 있을 것이고, 사람들은 당신의 위대함이라는 수수께끼를 풀지 못해 아우성을 칠 것이며, 당신은 침묵으로 그들을 조롱하게 될 것입니다!

"보세요! 내가 당신에게 한 번 더 키스할 때, 나는 바다와 땅, 오두막에 사는 소작농, 왕궁에 사는 군주, 높은 탑으로 명성이 높은 도시, 그곳에서 숨 쉬는 모든 이에 대한 지배권을 당신에게 드릴 겁니다. 햇살이 닿는 곳, 달빛이 반사되는 외로운 바다가 흘러가는 곳, 폭풍우가 몰아치고 하늘의 둥그런 무지개가 걸리는 곳, 새하얀 눈으로 덮인 순수한 북극에서부터 세상 한가운데를 가로질러, 푸른 바다에 새 신부처럼 누운 채 관목의 향기처럼 달콤한 숨결을 내쉬는 사랑스러운 남극까지, 당신의 힘이 닿고 지배하게 될 것입니다. 어떠한 질병도, 얼음처럼 차가운 어떠한 공포도, 어떠한 슬픔도, 인간성 주변에서 맴도는 창백하게 황폐한 형체와 혼령도, 날개를 뻗어 그대에게 그늘을 드리우지 못할 것입니다. 그대는 전지전능한 신이 되어, 선과 악을 손에 쥘 것이니, 심지어 나조차 당신 앞에 몸을 낮출 것입니다. 그게 바로 사랑의 힘이자 내가 당신에게 주려는 신부의 선물이지요, 태양신 라로부터 사랑받는 칼리크라테스여, 나와 만물의 주인이여.

"이제 되었습니다. 폭풍우가 몰아치고, 햇살이 비추고, 좋은 일이 생기고, 나쁜 일이 벌어지고, 생명이 싹트고, 죽음이 드리운다 하더라도 이것은 절대로, 절대로 돌이킬 수 없을 것입니다.

진실로 이것은, 이미 이루어진 이것은 영원히 변할 수 없습니다. 내가 말하니, 모든 것이 이루어질 것입니다." 그녀는 등불을 집어 들고서 흔들리는 돌이 천창처럼 덮고 있는 동굴에서 가장 끝부분까지 걸어가다가 멈추었다.

우리는 그녀를 따라갔고, 원뿔 모양 벽에 계단, 혹은 좀 더 정확히 말하자면 암석 돌출부를 다듬어서 계단 모양으로 만든 것이 있었다. 아샤는 한 마리의 영양처럼 가볍게 뛰어오르듯 내려가기 시작했지만, 우리는 훨씬 어설픈 모양으로 따라갔다. 우리가 계단 열다섯 개 혹은 열여섯 개 정도 내려갔을 때 그 계단은 엄청나리만큼 울퉁불퉁한 경사면으로 이어졌는데, 마치 뒤집힌 원뿔 혹은 깔때기처럼 처음에는 바깥쪽으로, 그다음엔 안쪽으로 이어졌다. 아주 급경사이고 가파른 곳도 많았지만 통과하지 못할 정도는 아니었다, 비록 우리 중 누구도 어디로 가야 하는지 알 수 없고 사화산의 심장부로 들어가는 것은 음울하기 짝이 없었으나 등불에 의지하여, 아주 큰 어려움 없이 내려갈 수 있었다. 하지만 우리가 전진할 때 나는 할 수 있는 한 그 경로를 외우려고 주의를 기울였는데, 주변의 돌들이 특이하고 괴상했기 때문에 그것은 그리 어려운 일은 아니었다. 희미한 불빛 아래에서 보니, 돌은 평범한 바위라기보다는 중세시대 괴물 석상에 조각된 험상궂은 얼굴처럼 보였다.

한참 동안 그렇게 나아가서, 나는 그게 약 삼십 분 정도라고 생각했는데, 우리가 수백 걸음 정도 내려간 뒤 나는 뒤집힌 원뿔의 정점 부분에 도달했다는 사실을 감지했다. 얼마 안 가 우리는 그곳에 있게 되었는데, 뾰족 부분의 제일 끝 지점은 대단히 낮고 좁은 통로여서 우리는 웅크린 채 일렬종대로 지나가야 했다. 약 50야드 정도 기어간 후, 통로가 갑자기 넓어져 동굴이 되었고, 너무 넓어서 천정이나 옆면을 볼 수 없었다. 그저 울려 퍼지는 발소리와 완전히 고요하고 무거운 공기로 그곳이 동굴이라는 사실을 알 수 있을 뿐이었다. 마치 죽은 자의 나라에서 길을 잃은 영혼들처럼, 우리는 경이로운 절대 침묵 속에서 한참 동안 걸어갔고, 아샤는 하얀 유령처럼 옷자락을 휘날리며 앞서서 걸었다. 그 동굴은 먼저 것보다 훨씬 작은 두 번째 동굴로 이어졌으며 이번 동굴의 아치 형태와 돌 둑을 또렷하게 구별할 수 있었고, 갈라지고 울퉁불퉁한 모습을 보면서, 진동하는 돌출 암석에 도착하기 전 우리가 통과했던 절벽의 첫 번째 긴 통로처럼 엄청난 가스 폭발 때문에 생성된 것이라고 짐작할 수 있었다. 마침내 그 동굴도 끝나고 멀리서 희미한 불빛이 번져 나오는 세 번째 통로가 나왔다.

나는 그 빛이 분명하게 보였을 때 아샤가 내쉬는 안도의 한숨을 들었다.

"좋습니다," 그녀가 말했다. "생명이 잉태되는 세상의 자궁으로 들어갈 준비를 하세요. 인간과 짐승, 모든 나무와 풀에 불어넣는 그 생명 말입니다."

아샤는 걸음을 빨리했고, 우리는 두려움과 호기심이 뒤섞인 채, 그녀를 따라 비틀거리면서도 최선을 다해 나아갔다. 무엇을 보게 되는 것일까? 통로를 내려가자 빛은 점점 더 강해졌고,

이제 근처에 도달한 엄청난 불길이 마치 검은 바다에서 차근차근 저 멀리까지 빛을 내뿜는 등대 같았다. 그게 전부가 아니었다, 왜냐하면 천둥처럼, 나무 쪼개지는 소리처럼, 영혼을 뒤흔드는 굉음이 그 불길과 함께 들려왔다. 이제 통로를 모두 통과했을 때, 오, 이럴 수가!

우리는 세 번째 동굴에 서 있었다, 대략 길이 50피트, 넓이 30피트 정도이고 천정이 대단히 높았다. 고운 모래가 카펫처럼 깔렸고 벽은 알 수 없는 무언가로 매끄럽게 손질되어 있었다. 그 동굴은 다른 곳과 달리 어둡지 않았으며 상상할 수 있는 것보다 훨씬 아름답고 부드러운 붉은빛으로 가득했다. 그러나 처음에는 불길도 보지 못했고 천둥 같은 소리도 다시는 들리지 않았다. 하지만 이내, 우리가 놀라운 광경을 응시하면서 장미색 불빛이 어디에서 흘러나오는지 호기심 가득한 경이로움에 사로잡힌 채 서 있을 때, 두렵고도 아름다운 일이 발생했다. 그 동굴 제일 저편에서 뭔가 갈리고 부서지는 소음—너무나 놀랍고 끔찍스런 소리에 우리 모두 부들부들 떨었고, 조브는 거의 주저앉았다—이 들려왔는데, 번개처럼 밝게, 무지개처럼 여러 가지 색깔을 지닌 경이로운 구름 형태 혹은 불기둥이 솟구쳤다. 잠깐, 아마 사십 초 정도, 불길을 내뿜고 천둥소리를 내며 천천히 돌았고, 그런 다음 무서운 소음이 그치고 불길이 잦아들더니 우리가 처음 봤던 붉은색 광채만 뒤에 남긴 채 어디론가 사라졌다.

"가까이 오세요, 가까이!" 아샤가 환희에 찬 목소리로 외쳤다. "위대한 세상의 가슴에서 고동치는 생명의 분수와 심장을 보십시오. 만물에 에너지를 공급하는 실체를, 지구의 밝은 정신을 보십시오. 이게 없다면 생명은 사라지고 무생의 달처럼 죽고 차 갑게 식어버릴 것입니다. 가까이 다가와서 생명의 불빛으로 온 몸을 씻으세요, 순결의 힘으로 당신들의 불쌍한 육체에 불빛의 미덕을 채우세요. ─그것이, 중간 단계의 수많은 생명이 여기에 서 여과되어, 지금 여러분의 가슴 속에서 희미하게 빛나는 게 아 니라, 이 땅 만물의 자리이자 원천입니다."

우리는 그녀를 따라 불그레한 불빛을 지나서 동굴의 머리 쪽 으로 걸어갔고, 마침내 엄청나게 뛰던 맥박과 더불어 거대한 불 길이 지나간 바로 그 자리 앞에 섰다. 그리고 우리가 다가가자, 우리는 자연 그대로이면서 즐겁고 유쾌한 기분을 느꼈고, 이전 에 경험한 가장 기운찼던 순간마저 단조롭고 무기력하며 힘없 는 것으로 만들 만큼 격렬하고 강인한 생명의 영광스러운 감각 을 감지하였다. 불길의 단순한 증발이, 불길이 사라지며 남긴 감 지하기 힘든 에테르였으나 우리에게 영향을 주고, 거인처럼 강 인하고 독수리처럼 날랜 기분을 들게 하였다.

우리는 동굴 위쪽에 도달하여, 장엄한 불빛 속에 서로를 응 시하며, 큰 소리로 웃기 시작했다─심지어 일주일 동안 웃지 않 은 조브마저 웃었다─심장은 유쾌함으로 가득 차고, 머리는 거 룩함에 도취하였다. 인간의 지능에 허용된 다양한 천재적 능력 이 내게 흡수되는 것 같았다. 셰익스피어 풍의 아름다운 시를 읊 을 수 있을 것 같았고, 온갖 종류의 엄청난 영감이 머릿속으로 지나갔다. 육신의 모든 뼈가 느슨해지면서 자유롭게 된 영혼은 본연의 힘으로 최고천(最高天)을 향해 치솟았다. 형언할 수 없는 감각이 몰려들었다. 좀 더 격렬하게 살 수 있고, 드높은 즐거움에 도달하고, 예전보다 훨씬 명석한 통찰의 잔을 마시는 것 같았다. 나는 다른 존재, 가장 영광스러운 존재였고, 세상의 모든 가능성이 현실의 발아래 놓인 것 같았다.

다음 순간 갑자기, 내가 새롭게 발견한 자신의 장엄한 활력을 기뻐하는 동안, 먼 곳에서, 아주 먼 곳에서 끔찍하게 웅얼거리는 소음이 점점 더 커지면서, 모든 공포와 장엄함의 소리가 뒤섞이더니 요란하고 으르렁거리는 소리로 다가왔다. 그 소리는 점점 가까이 다가와, 마침내 마치 번개가 이끄는 천상의 천둥 수레가 덮치듯, 우리 위로 바싹 다가왔다. 그와 더불어 수많은 색채로 이루어진 화려하고 영롱한 빛의 덩어리가 우리가 서 있는 곳으로 밀려들어 천천히 회전하는 듯했고, 그런 다음 웅장한 소리와 함께 알 수 없는 곳으로 사라졌다.

그 광경이 너무나 경이로워서 우리는 고개를 숙이고 모래에 숨겼는데, 그녀는 꼿꼿이 서서 불길을 향해 양팔을 내밀었다.

불길이 사라지자 아샤가 입을 열었다.

"자아, 칼리크라테스," 그녀가 말했다. "엄청난 순간이 다가옵니다. 거대한 불길이 다시 왔을 때 당신은 그 속에 서 있어야만 합니다. 우선 옷을 벗어야 합니다, 당신은 다치지 않겠지만, 옷은 타버릴 테니까요. 당신의 감각들이 견딜 수 있는 만큼 불길 속에 서 있어야 합니다. 불길이 당신을 감쌀 때 그것을 심장 깊숙이 빨아들이고 당신의 몸 전체 구석구석까지 퍼지도록 해서 불길의 미덕을 조금도 잃지 말아야 합니다. 내 말 잘 들었나요, 칼리크라테스?"

"들었습니다, 아샤," 레오가 대답했다. "그런데 솔직히 말해— 난 겁쟁이는 아니지만—활활 타오르는 저 불길이 의심스럽군요. 내가 완전히 파괴되고 당신 또한 다시 잃어버릴지 누가 알겠습니까? 그런데도 당신 말대로 할 겁니다." 그가 덧붙여 말했다.

아샤는 잠시 생각에 잠겼다가 말했다.

"의심은 그리 좋은 게 아닙니다. 나에게 말해주세요, 칼리크라테스. 만약 내가 저 불길 속에 서 있다가 무사히 나오는 것을 본다면 당신도 들어갈 건가요?"

"물론입니다," 그가 대답했다. "만약 불길 속에서 내가 죽는다고 해도 들어갈 겁니다. 지금 들어간다고 말했습니다."

"나도 그렇게 하겠습니다," 내가 소리쳤다.

"무슨 말입니까, 할리!" 그녀가 큰 소리로 웃었다. "그대는 살아있는 나날을 연장하는 것이 아무 의미가 없다고 생각했습니다. 그러는 이유가 뭔가요?"

"아니, 잘 모르겠습니다." 내가 대답했다. "하지만 내 심장이 저 불길을 맛보고, 영원히 살고 싶다고 외칩니다."

"좋습니다," 그녀가 말했다. "그대는 완전히 어리석은 게 아니군요. 이제 보세요, 나는 두 번째로 이 살아있는 불길로 목욕하려고 합니다. 만약 가능하다면 나의 미모와 생명을 더 연장하게 될 거예요. 만약 그렇지 않다고 해도 나에게 해를 끼치지 못할 것입니다.

또한," 그녀가 잠시 말을 멈춘 다음 말했다. "내가 다시 불길 속에 몸을 담그려는 이유가, 좀 더 심각한 이유가 하나 더 있어요. 내가 처음 들어갔을 때 내 심장은 강렬한 열정과 이집트인 아메나르타스에 대한 증오로 가득했기에, 그것을 지우려고 노력했음에도, 그 슬픔의 시간부터 지금까지 열망과 증오가 내 영혼에 선명하게 찍혀있습니다. 그러나 지금은 다릅니다. 이제 나는 즐겁고 순수한 마음으로 가득하고 영원히 그럴 거예요. 그러므로, 칼리크라테스, 내가 한 번 더 불 속으로 들어가 순수하게 정화되어, 당신에게 더욱 어울리는 여자가 될 것입니다. 또한, 당신 차례가 되어 불 속에 서 있을 때, 마음속에 든 모든 사악함을 비우고 달콤한 만족감을 채워 넣으세요. 당신 정신의 날개를 날갯짓하여 풀어지게 하세요, 성스러운 명상의 가장 끝에 서도록 하세요. 아아, 어머니의 입맞춤을 꿈꾸세요, 그리고 은빛 날개를 타고 꿈의 침묵을 지나친 최고선의 비전을 향해 나아가십시오. 그 두려운 순간에 당신인 바의 씨앗에서, 헤아릴 수 없는 세월 동안 당신일 바의 열매가 자라게 될 것입니다.

"자아 이제 준비를 하세요, 준비하세요! 당신의 마지막 시간이 가까이 있다 할지라도, 당신은 영광의 문을 통과해 아름다운 생명의 영역으로 들어가는 것이 아니라, 그림자의 영역을 가로질러 가게 될 것입니다. 내가 말합니다, 준비하세요!"

제26장

우리가 목격한 것

잠시 침묵이 흐르는 가운데, 아샤는 불의 실험을 앞두고 힘을 불러모으는 듯했고, 우리는 서로에게 바싹 붙어, 완벽한 침묵을 지키며 기다렸다.

마침내 저 멀리서 웅얼거리는 소리가 들려오면서 점점 더 커졌고, 상당히 떨어진 곳에서 고함 같은 소리, 뭔가 부서지는 소리로 변했다. 그걸 들은 아샤는 몸을 감싼 엷은 베일을 벗고 뱀 형상의 금 벨트를 느슨하게 푼 다음, 사랑스러운 머리카락을 흔들어 마치 가운처럼 몸을 가린 뒤, 그 아래로 베일을 완전히 벗고서 굽이치듯 흘러내린 풍성한 머리채 위로 벨트를 매어 고정했다. 아마 아담 앞에 섰던 이브처럼, 풍성한 머리카락과 금 벨트만을 두른 채 우리 앞에 섰다. 아샤의 모습은 그 얼마나 달콤한지—그런데도 얼마나 거룩한지 형언하기 힘들었다! 활활 타오르는 천둥 수레는 점점 더 다가왔고, 그녀는 풍성하고 검은 머리카락 사이로 하얀 팔을 내밀어 레오의 목을 감았다.

"오, 나의 사랑, 나의 사랑이여!" 그녀가 중얼거렸다. "내가 얼마나 당신을 사랑하고 있는지 알겠죠?" 아샤는 그의 이마에 입을 맞추었고 그런 다음 생명의 불길로 들어가는 입구에 섰다.

거기에, 내가 기억하기로는, 그녀의 말과 이마에 했던 키스에 뭔가가 있다는 것을 감지했다. 마치 어머니의 입맞춤 같았고, 그 속에 신성한 축복이 담겨 있는 듯했다.

무너지는 듯 엄청난 굉음이 다가오는데, 그 소리는 마치 강한 돌풍이 숲 전체를 휩쓸며 풀들을 모두 뽑아버리고, 천둥이 산허리에 내리꽂히는 소리와 같았다. 그 소리는 점점 더 가까이 다가왔다, 이제 불빛이, 회전하는 불기둥의 전령사가 화살처럼 붉은 허공을 스쳐 지나가더니 불기둥의 가장자리가 보였다. 아샤가 그것을 향해 몸을 돌리고 양팔을 내밀며 반가이 맞이했다. 아주 천천히 다가온 불길이 그녀를 에워쌌다. 나는 불길이 그녀의 형체를 집어삼키는 것을, 마치 물속에 있는 듯 그녀를 들어 올리는 것을 보았고, 머리로 퍼부어지는 불길을 목격했다. 심지어 그녀가 입을 벌리고 그 불기운을 허파로 들이마시는 것을 보았으니, 진실로 두렵고도 경이로운 광경이 아닐 수 없었다.

아샤는 팔을 뻗은 채 가만히 서 있었는데, 천상의 미소를 지은 채 미동도 없이 서 있는 그녀는 마치 불꽃의 정신이 된 것 같았다.

신비한 불길은 구불거리는 황금 밧줄처럼 그녀의 검은 머리카락을 감싼 채 너울거렸고, 머리카락 사이로 드러난 하얀 가슴과 어깨를 비추었다. 목선과 고운 얼굴을 따라 빛이 흘러내렸고 화려한 눈동자 속에 편안히 깃들며 영혼의 정수보다 더 밝게 빛났다.

오, 불길 속 그녀가 그 얼마나 아름다운지! 하늘의 천사도 그런 위대한 사랑스러움을 지닐 수 없을 것이다. 그 당시를 되새겨 보면, 경외심 가득한 우리 얼굴을 보며 미소 짓던 그녀를 떠올릴 때면, 심지어 지금도 정신이 아득해지고, 나는 그와 같은 아샤의 모습을 다시 볼 수 있다면 이승에서 남은 내 생명의 절반을 기꺼이 줄 것이다.

그러나 갑자기―내가 형언할 수 있는 것보다 훨씬 더 갑자기―아샤의 얼굴에 알 수 없는 변화가 생겼는데, 그 변화를 글로 설명하거나 무어라 단정 지을 수 없었다. 미소가 사라지고 메마르고 힘든 분위기가 대신 들어섰다. 둥그스름한 얼굴에 엄청난 고뇌가 새겨지듯 뒤틀렸다. 눈부시게 아름다운 눈동자 역시 빛을 잃어버렸고 꼿꼿하고 완벽한 몸매도 잃어버린 것 같았다.

내가 어떤 환각의 희생양이 되었거나 아니면, 시각적 환영을 만든 강렬한 빛에서 오는 굴절이라고 생각하면서 양쪽 눈을 비볐고, 그렇게 하는 동안 불기둥은 천천히 뒤틀리며 천둥 같은 소리를 내면서 아샤를 그 자리에 남겨둔 채 거대한 지구 깊숙한 곳 어딘가로 사라졌다.

불기둥이 사라지자마자 그녀는 레오를 향해 걸어와서―내 생각에는 활력이 사라진 걸음걸이였다―손을 내밀어 그의 어깨 위에 올려놓았다. 나는 그녀의 팔을 응시했다. 경이로운 그 아름다움과 부드러움은 어디로 가버린 것일까? 마르고 앙상하게 변해 있었다. 그리고 그녀의 얼굴―오 맙소사!―그녀의 얼굴이 내 눈앞에서 서서히 늙어갔다! 레오도 그것을 보았다고 생각한다. 분명히 그는 주춤하며 조금 뒷걸음쳤다.

"무슨 일이죠, 칼리크라테스?" 그녀가 말했고, 그런데 그녀의 목소리—깊고 활기찬 음색에 대체 무슨 변괴가 생긴 것일까? 높고 갈라진 목소리였다.

"대체, 무슨 일이지—이게 대체 무슨 일이지?" 그녀는 혼란에 빠진 것 같았다. "눈앞이 흐릿해요. 불기둥의 효과가 절대로 변한 것은 아니에요. 생명의 원리가 변할 수 있나요? 나에게 말해 주세요, 칼리크라테스. 내 눈이 뭔가 잘못된 건가요? 눈이 똑똑히 보이지 않아요." 그녀는 손으로 자신의 머리카락을 만졌다—그리고 오, 두렵고도 두려운 일이 벌어졌다!—머리카락이 바닥으로 떨어졌다.

"오, 저걸 봐요!—봐요!—봐요!" 조브가 두려움에 질린 채 괴성을 질렀다. 눈동자가 튀어나올 것 같고 입가에는 거품이 일었다. "저것 보세요!—저것!—저것! 저 여자가 쭈글쭈글해져요! 원숭이로 변하고 있다고요!" 그는 땅바닥에 쓰러지더니 이를 갈면서 거품을 물었다.

정말 사실이었다—끔찍했던 모습을 상상하면 이 글을 쓰는 지금도 현기증이 일어난다—아샤는 쪼그라들고 있었다, 우아한 몸을 감싸며 엉덩이에 걸친 황금 뱀 벨트가 땅바닥으로 떨어졌다. 그녀는 점점 더 작게 쪼그라들었다. 피부색이 변하여 윤기 흐르던 하얀 피부가 오래된 양피지처럼 누렇고 거무튀튀하게 되었다. 그녀도 사태를 알아차렸다. 곱고 섬세한 손은 이제 갈고리처럼, 방부처리가 제대로 되지 않은 이집트 미라처럼 되었으니, 그녀는 자신에게 일어난 변화가 무엇인지 깨달은 듯 비명을 질렀다—아아, 그녀가 비명을 질렀다!—땅바닥에 쓰러져 데굴데굴 구르며 소리를 질러댔다!

그녀의 몸은 점점 더 작아져 마침내 원숭이 정도의 크기가 되었다. 피부는 수많은 주름으로 뒤덮였고 형체가 일그러진 얼굴에는 형언하기 힘든 세월의 낙인이 찍혔다. 나는 그러한 장면을 한 번도 본 적이 없었다. 두개골의 크기는 그대로였지만 두 달짜리 아기만 한 몸에 끔찍한 모습의 머리가 달려있고 얼굴에는 엄청난 세월이 새겨진 모습을 본 사람은 아무도 없을 것이다. 만약 자신의 이성을 제대로 유지하고 싶다면 그런 광경을 절대로 보고 싶지 않다고 하느님께 탄원할 것이다.

마침내 아샤는 꼼짝도 하지 않고 누워 있었고, 혹은 가늘게 꿈틀거릴 뿐이었다. 그녀가, 불과 수 분 전까지 가장 사랑스러운 시선으로 우리를 바라보던 그녀가, 세상에서 가장 사랑스럽고, 가장 고귀하고, 가장 화려한 여인이 우리 앞에서 미동도 없이 누워있었다. 자신의 검은 머리카락이 부서져 내린 곳 근처에 원숭이 크기로 쪼그라들고 끔찍한 모습으로—아아, 말로 표현하기에 너무나 끔찍했다. 그리고 이런 생각이—바로 그 순간에 나의 머릿속을 스쳤다—이게 같은 여인이란 말인가!

그녀는 죽어가고 있었다. 우리는 그 광경을 목격했고, 그녀가 살아있는 동안은 느낄 수 있을 텐데, 그렇다면 대체 그녀가 무엇을 느낄 것인가를 생각하며—차라리 죽음을 내린 창조주에게 감사드렸다. 그녀는 앙상한 팔로 지탱하며 몸을 일으켜 멍하게 주변을 둘러보았고, 마치 거북이처럼 느릿느릿 고개를 가로 저었다. 눈이 얇은 막으로 덮여 허옇게 되어서 그녀는 볼 수 없었다. 오, 그 광경이 자아내는 끔찍한 비애라니! 그러나 그녀는 아직 말을 할 수 있었다.

"칼리크라테스," 쉬어버린 목소리가 가늘게 떨렸다. "나를 잊지 말아줘요, 칼리크라테스. 나를 불쌍히 여겨줘요. 나는 다시 돌아올 것이고, 더욱 아름다운 모습으로 돌아올 거예요. 맹세합니다―정말이에요! 오―아―아―" 그녀는 고개를 떨군 채 가만히 있었다.

이천 년보다 더 오래전, 사제인 칼리크라테스를 죽인 바로 그 자리에서, 그녀 자신도 쓰러져 죽었다.

끔찍스러운 공포에 압도당한 우리도 그 무서운 장소의 모래에 덮인 바닥에 쓰러져 정신을 잃었다.

* * * * * * * *

우리가 얼마 동안 정신을 잃었는지 모른다. 아마 많은 시간일 것이다. 마침내 나는 눈을 떴고 나머지 두 사람은 아직도 바닥에 널브러져 있었다. 붉은 광채는 아직도 신성한 새벽처럼 빛을 쏘아 보냈고 생명의 정신을 담은 천둥 수레는 규칙적인 진로를 따라 운행하고 있었는데, 나는 그 불기둥이 멀어졌을 때 깨어났다. 거기에는 한때 그토록 화려했던 그녀가 지금은 주름이 자글거리는 누런 양피지에 덮인 것처럼 끔찍하고 조그만 원숭이의 모습으로 누워있었다. 아아! 이것은 무서운 꿈이 아니었다—
어디에도 견줄 바 없이 두려운 현실이었다.

그런 놀라운 변화를 일으킨 이유가 무엇이었을까? 생명을
주는 불길의 본성에 변화가 일어난 것일까? 만약 그렇다면, 아
마도, 생명의 정기 대신 죽음의 정기를 뿜어낸 것일까? 혹은 경
이로운 미덕으로 한번 채워진 육체의 경우, 시간이 얼마나 지났
는지와는 상관없이 만약 그 과정이 되풀이된다면, 그 효능을 서
로 상쇄시켜, 그 육체를 생명의 정기와 접촉하기 이전의 상태로
만드는 것일까? 아샤가 순식간에 늙어 이천 년의 세월을 떠안게
된 이유를 설명할 수 있는 것은 그것뿐이었다. 지금 내 눈앞에
누워있는 형체가, 이천이백 살의 나이에 죽을 때까지 어떤 놀라
운 수단으로 생명을 보존한 한 여인의 몸이라는 사실에 한 치의
의심도 하지 않는다.

하지만 무슨 일이 일어났는지에 대해 그 누가 대답할 수 있
을까? 명백한 사실이 하나 있다. 그 경이로운 시간 이후, 나는
창조주의 힘을 보기 위해 엄청난 상상력을 동원할 필요가 없다
고 여러 번 생각했다. 아샤는 세상의 질서에 약간의 변화를 일으
켜 살아있는 무덤 속에서 자신을 가둔 채 사랑하는 이를 기다리
며, 한없는 세월을 보냈다. 하지만 사랑 속에서는 강인하고 행복
했고, 불멸의 젊음과 여신 같은 미모를 간직했으며, 세상의 모든
지혜를 지닌 아샤는 사회에 대변혁을 일으켰을 것이고, 심지어
인류의 운명을 바꿨을지도 모른다. 그처럼 그녀는 영원의 법칙
에 대항했고, 강인했지만, 모든 것이 물거품으로 변했다—수치

스럽고 끔찍한 원숭이처럼 되어버렸다!

나는 두려운 장면들을 떠올리며 잠시 누워있는 동안, 생명의 정기가 넘치는 공기를 마시면서 육체적인 힘을 서서히 회복하기 시작했다. 그런 다음 레오와 조브를 찾아보기 위해 비틀거리며 일어섰다. 그러나 가장 먼저 아샤의 옷과 자신의 눈부신 아름다움을 감추기 위해 사용했던 얇은 베일을 집어 들어, 인간의 아름다움과 생명의 놀라운 표본이지만 이제는 섬뜩함을 안겨주는 그녀의 잔재를 덮었다. 나는 레오가 정신을 회복하고 그것을 보게 될 것 같아 서둘러 일을 마쳤다.

그런 다음 모래 위에 흩어진 향기로운 검은 머리채를 성큼 건너 얼굴을 땅에 박고 엎드린 채 쓰러진 조브에게 가서 몸을 뒤집었다. 그의 팔이 이상하게 뒤로 꺾이는 것을 보았을 때, 나는 등줄기에 흐르는 한기를 느끼며 그의 얼굴을 자세히 살펴보았다. 한번 본 것으로 충분했다. 오랜 세월 충직했던 하인이 숨을 거두었다. 이미 지금까지 보고 견뎌야 했던 모든 일에 잔뜩 뒤흔들린 그의 신경은 마지막의 끔찍했던 광경에 의해 완전히 부서졌고, 그는 공포 때문에, 혹은 공포로 인한 발작 때문에 숨을 멈췄다. 표정만으로도 충분히 짐작할 수 있었다.

그것은 또 하나의 충격이었다. 하지만 그 당시에는 거의 아무것도 느낄 수 없었다고 말한다면, 우리가 겪었던 것들이 얼마나 숨 막힐 듯 무서운 경험이었는지 이해할 수 있을 것이다. 불쌍하고 오랜 충복의 죽음이 그저 자연스러운 일인 듯했다. 레오는 약 십 분 뒤 신음을 내며 사지를 떨면서 깨어났는데 내가 조브의 죽음을 전하자 그저 '오!'라고 했을 뿐이나, 레오가 냉정해서 그런 것이 아니라는 사실을 알아주길. 그와 조브는 아주 친한 친구였고, 레오는 지금도 깊은 연민과 애정을 드러내며 조브에 대한 이야기를 자주 한다. 그저 그의 신경이 더는 견딜 수 없었기 때문이었다. 심하게 하프가 부서지더라도, 여전히 어떤 영역의 음을 낼 수 있는 것과 비슷하다.

나는 레오를 돌보았는데 정말 다행스럽게도 기절했을 뿐 죽지 않았고, 마침내 그가 일어나 앉았을 때 나는 오싹한 광경을 또 한 번 목격했다. 우리가 이 경이로운 장소에 들어왔을 당시, 레오는 곱슬곱슬한 불그레한 금발이었으나 이제는 회색으로 변했고, 우리가 바깥 공기를 마실 때 보니 눈처럼 하얀색이었다. 게다가 이십 년은 더 나이가 들어 보였다.

"이제 뭘 해야 하지요, 아저씨?" 그가 정신이 조금 맑아지고 지금까지 일어났던 일에 대한 기억이 돌아오자, 공허하고 풀이 죽은 목소리로 물었다.

"밖으로 나가야겠지." 나는 추정했다. "만약 네가 저 속에 들어가지 않는 한 말이야." 나는 한 번 더 회전하는 불기둥을 가리키며 말했다.

"만약 불길 속에서 내가 죽는다고 확신한다면 그렇게 할 거예요." 그는 살짝 웃었다. "빌어먹을, 내가 주저하는 바람에 이렇게 되었네요. 만약 내가 의심하지 않았다면 그녀가 불 속으로 들어가지 않았을지 모르지요. 하지만 잘 모르겠어요. 저 불길이 나에게 반대의 효과를 가져다주었을지 모르지요. 아마 나를 불멸의 존재로 만들어줄지 몰라요. 하지만 아저씨, 그녀가 나를 위해 이천 년이나 기다린 것처럼 그녀를 이천 년이나 기다릴 인내심이 없어요. 그냥 내게 주어진 시간만 살고 죽는 게 낫겠어요—그리 멀지 않았을 수도 있고—그러면 그녀를 찾으러 떠나게 되겠죠. 아저씨가 원한다면 들어가 보실래요?"

하지만 나는 그저 고개를 가로저었다. 내가 느꼈던 흥분은 썩은 웅덩이 물처럼 시들어버렸고 불멸을 거부하던 마음이 예전보다 더 강해졌다. 게다가 우리 둘 다 모두 불길의 효과가 어떻게 나타날지 알지 못했다. 아샤를 보니 그리 희망적인 결과를 기대하기 힘들었고, 정확한 이유도 알 수 없었다.

"자아, 애야," 내가 말했다, "여기서 머무르면서 저 두 사람을 따라갈 수는 없어." 나는 하얀 천으로 덮인 봉긋한 형체와 조브의 경직된 몸을 가리켰다. "만약 우리가 가야 한다면 가는 게 나아. 그나저나 등불이 곧 꺼질 것 같아." 나는 등불 한 개를 집어들고 자세히 확인했다.

"병 속에 기름이 좀 있을 거예요," 레오가 무심하게 말했다—"만약 병이 깨지지 않았다면 말이죠."

다행히 기름병에는 이상이 없었다. 나는 떨리는 손으로 등불에 기름을 채웠다—천만다행으로 심지도 모두 타버리지 않았다. 그런 다음 밀랍 성냥으로 불을 붙였다. 내가 그렇게 하는 사이, 끝없는 여정을 이어가는 불기둥이 다시 한 번 다가오는 소리가 들렸고, 정말이지, 일정 주기로 지나가고 다시 지나가는 똑같은 기둥이었다.

"한 번만 더 보고 가요," 레오가 말했다. "세상에서 다시 볼 수 없는 진귀한 광경이에요."

쓸데없는 호기심일 터이지만 나는 그 마음을 이해할 수 있었고, 그래서 우리는 활활 타오르며 천둥소리를 내는 불기둥이 축을 따라 천천히 회전하면서 다가올 때까지 기다렸다. 나는 어떻게 이러한 현상이 수만 년 동안 변함없이 지구 깊숙한 이곳에서 일어났고, 앞으로 얼마나 오랜 세월 지속할 수 있을지 의문이 들었던 것을 기억한다. 또한, 어떤 인간의 눈이 이 광경을 목격할 수 있으며, 혹은 어떤 인간의 귀가 장엄한 소리를 듣고 전율을 느끼고 매혹될 수 있을지. 나는 그렇게 될 것으로 생각하지 않는다. 초자연적인 광경을 본 인간은 우리가 마지막이라고 믿는다. 얼마 안 가, 불기둥은 사라졌고 우리 역시 떠나기 위해 돌아섰다.

하지만 떠나기 전 우리는 조브의 차가운 손을 잡고 악수를 했다. 음산한 의식이었으나 충직한 죽음에 대한 우리의 존경을 보여주고 장례식을 거행하는 유일한 방법이었다. 하얀 가운에 덮인 형체는 그대로 두었다. 섬뜩한 그 광경을 다시 보고 싶지 않았기 때문이었다. 그러나 그녀가 수천의 자연적인 죽음보다 더 끔찍했던 변화를 알아차리고 고통스럽게 몸부림치던 곳에서 그녀의 윤기 흐르는 머리카락이 떨어진 곳으로 가서 각자 한 움큼씩 집어 들었다. 우리는 그것을 아직도 가지고 있는데, 우아하고 찬란했던 아샤가 우리에게 남겨준 유일한 기념물이었다. 레오는 향기로운 머리카락에 입술을 대었다.

"내게 자신을 잊지 말라고 외쳤어요," 그가 쉬어버린 목소리로 말했다. "우리가 다시 만날 것이라고 약속했어요. 오, 맙소사! 난 절대로 그녀를 잊지 못할 거예요. 여기에서 맹세하니, 만약 우리가 살아서 이곳을 빠져나간다면, 나는 평생 어떤 여자도 가까이하지 않을 것이고, 어디에 가든지 그녀가 나를 기다린 것처럼 나도 그녀를 충실하게 기다릴 겁니다."

"그래," 나는 상념에 잠긴 채 말했다. "우리가 알고 있는 그녀만큼 아름다운 모습으로 돌아온다면 말이야. 하지만 이런 모습으로 돌아올 수도 있지!"[37]

자아, 그런 다음 우리는 그곳을 떠났다. 생명의 정기가 있는 장소에 죽음의 차가운 동반자가 되어버린 두 사람을 남겨둔 채 우리는 떠났다. 거기에 누워있는 모습이 얼마나 외로운지! 얼마나 어울리지 않는 동반자인지! 봉긋 솟은 작은 형체는 이천 년을 살아오면서 이 우주 전체, 가장 현명하고, 가장 사랑스러우며, 가장 자부심이 강한 피조물—나는 감히 그녀를 여자라고 부를 수 없다—이었다. 또한, 사악한 존재였다. 그러나 아아! 그러한 사악함도 그녀의 매력을 깎아내릴 수 없었다. 진정으로, 그것은 조금의 보탬이 없는 진실이었다. 무엇보다도 장엄한 질서였고, 아샤는 조금도 비열하거나 보잘것없는 존재가 아니었다.

---

37   정말 두려운 생각이나, 일가친척 이외의 여자를 향한 깊은 사랑—어쨌든 처음 순간에는—은 개개인의 외모에 의존한다. 만약 그 여자와 이별했다면, 그리고 쳐다보기에 끔찍하게 변한 것을 보았다면 같은 사람이라고 해도, 그래도 그녀를 사랑할 수 있을까? — L. H. H.

그리고 불쌍한 조브 역시! 그의 불길한 예감은 현실이 되었고 그는 최후를 맞이했다. 그렇다, 그는 기묘한 묘지에 매장되었다—어떠한 조문객도 없었고 앞으로도 그럴 것이다. 위엄있는 그녀의 불쌍한 유해와 같은 묘실에 누워있는 셈이다.

우리는 두 사람에게, 또한, 그들이 누워있는 곳에 남아있는 형언하기 힘든 붉은 광선에 마지막 시선을 던진 다음, 너무나 무거운 마음을 안고 그들을 떠났고, 만신창이가 된 우리 두 남자는 기어가기 시작했다—너무나 만신창이가 되어 우리는 실질적으로 불멸의 생명의 기회를 포기했으니, 생명을 가치 있게 만들어주는 모든 것이 사라졌고, 심지어 무한으로 연장된 생명은 그저 우리의 고통만을 연장할 뿐이기 때문이었다. 우리, 그렇다, 아샤를 직접 만난 우리 두 사람의 기억은 우리가 존재로 남아있는 동안 영원히 잊히지 않을 것이다. 우리는 그녀를 영원히 사랑했고, 그녀는 우리 가슴에 깊이 새겨진 채 남았으며, 어떤 다른 여자 혹은 흥밋거리도 그 장엄한 죽음을 지우지 못할 것이다. 그리고 나는—쓰라린 사실로 남아있다—그녀를 생각할 권리를 갖지 못했고 지금도 마찬가지다. 아샤의 말처럼 나는 그녀에게 아무런 의미도 지니지 못했고, 엄청나게 오랜 시간이 지난다고 해도 마찬가지일 것이다, 진정으로 상황이 바뀌어, 두 남자가 한 여자를 사랑할 수 있는 날이 되면 세 사람은 모두 행복할 것이다. 그것은 부서진 내 마음이 품을 수 있는 단 하나이자 무기력한 희망이다. 그것 이외에 없다. 나는 무거운 대가를 지급했고, 내가 이승과 내세에서 가치 있는 전부이고, 나에게 주어진 유일한 보상이다. 레오의 경우는 달라서, 나는 대단히 자주 쓰린 마음으로 그의 행운을 부러워하곤 했다, 만약 그녀의 말이 맞는다면, 그녀의 지혜와 지식이 마지막에 실패하지 않았다면, 그녀 자신의 선례로부터 보자면, 비록 나는 절대 그렇게 되지 못하지만, 레오에게는 기다릴 수 있는 미래가 있다. 하지만 내게는 아무것도 없고, 그런데도—인간의 어리석음과 나약함을 보고, 지혜로운 자가 여기에서 지혜를 배우게 하라—그런데도 나는 어떤 것도 가지지 못할 것이다. 그저 내가 나에게 준 것에, 주어야만 할 것에 만족하며, 내 여주인의 책상에서 떨어지는 부스러기를 약간의 보상으로 여기는 것에 만족한다는 것을 의미하니, 즉 그녀의 친절한 몇 마디의 기억, 달콤한 미소 혹은 두 번의 인정으로 인한 예기치 않은 미래에의 희망, 다정한 우정 약간, 나의 헌신에 대해 감사하는 약간의 몸짓—그리고 레오.

만약 이것이 진실한 사랑의 구성요소가 아니라면, 나는 무엇이 진실한 사랑인지 알 수 없으며, 내가 말해야 하는 것은 중년을 훌쩍 넘긴 남자가 지니기에 대단히 위험한 정신 상태라는 것이다.

제27장

뛰어넘다

우리는 큰 문제 없이 동굴들을 통과했으나, 뒤집힌 원뿔 모양의 경사면에 도착했을 때 두 가지 어려움이 현실적으로 우리를 노려보고 있었다. 첫 번째 문제점은 기어 올라가는 것이고, 그다음은 길을 찾기가 대단히 어렵다는 것이었다. 진실로, 다양한 형태의 암석들을 운 좋게 기억하지 못한다면 우리는 절대 빠져나올 수 없었으며 끔찍한 화산 깊은 곳에서 방황하다가 피로와 절망 속에서—한때 분명히 그런 곳이었다고 생각했기에—죽게 될 것으로 생각했다. 길을 제대로 못 찾은 것도 여러 번이었고, 한 번은 거대한 틈 혹은 균열 속으로 거의 빠질 뻔했다. 짙은 어둠과 두려운 침묵 속에서 암석 위를 이리저리 기어다니며, 희미한 등불 빛을 비춰서 내가 기억하는 형태의 암석인지 알아보는 것은 대단히 힘들었다. 우리는 거의 말을 하지 않았는데 그러기엔 마음이 너무 무거웠고, 그저 넘어지고 때로는 다치면서 비틀거리며 끈질기게 나아갔을 뿐이었다. 사실상 정신은 완전히 부서졌으므로 우리에게 무슨 일이 생긴다고 해도 전혀 상관없을 지경이었다. 오직 할 수 있는 한 우리의 목숨을 구하려고 노력해야 한다고 느꼈고 진정으로 본능이 그쪽으로 움직였다. 그렇게 서너 시간 정도 흘렀다고 생각했다—제대로 작동하는 시계가 없었기 때문에 정확히 말할 수 없다—우리는 계속 헤맸다. 마지막 두 시간 동안 완전히 길을 잃었고, 나는 어떤 종속적인 원뿔의 깔때기 입구로 들어가는 것은 아닌지 겁이 덜컥 났는데, 마침내 위에서 내려오는 길에 지나쳤던 거대한 바위를 갑자기 알아보았다. 내가 그 바위를 알아보다니 그건 정말 놀라운 일이었다. 사실상 우리는 제대로 된 통로를 향해 직각으로 가면서 이미 그것을 지나갔는데, 뭔가 짚이는 구석이 있어 나는 되돌아가 천천히 그 바위를 살펴보고서, 정말로 우연히 우리가 살아날 길을 찾게 되었다.

그 이후 우리는 더 이상의 큰 문제 없이 자연적으로 생겨난 돌계단을 발견했고, '무지몽매'한 누트가 살다가 죽었던 조그만 동굴 방을 다시 찾아냈다.

하지만 이제 새로운 공포가 우리 앞을 가로막았다. 조브의 두려움과 서투른 행동 때문에, 거대한 돌출 바위와 흔들리는 돌 사이에 걸쳐놓고 건넜던 나무판자가 무시무시한 심연 아래로 떨어졌다는 사실을 기억할 것이다.

나무판자 없이 우리가 이곳을 어떻게 건너갈 수 있단 말인가?

오직 답은 하나였다—그걸 뛰어넘거나, 아니면 여기에서 굶어 죽어야 했다. 거리 자체는 그리 대단한 것이 아니어서, 어림잡아 11피트 혹은 12피트 정도였고, 레오가 대학 시절에 20피트를 뛰어넘는 것을 본 적이 있었으나 그때의 환경을 고려해 보라.

지치고 만신창이가 된 두 남자, 한 명은 마흔을 훌쩍 넘긴 나이, 뛰기에는 흔들리는 바위, 몇 피트 너머에 있는 진동하는 암석 돌출부, 돌풍 속에서 바닥조차 보이지 않는 심연! 악조건은 충분했으니, 신은 알고 계시겠지. 내가 레오에게 그러한 점들을 지적했을 때, 선택이 무자비할지라도, 그는 동굴에서 확실하게 천천히 죽기를 기다리거나 허공을 뛰어넘는 위험을 감수하거나 둘 중 하나를 선택해야 한다며 간결한 대답을 내놨다. 물론 그 대답에 반박하지 않았으나, 칠흑 같은 어둠 속에서 시도할 수 없다는 것은 분명했기에, 우리가 할 수 있는 유일한 일은 햇살이 심연을 통과하는 때를 기다려야만 했다. 그 시점이 얼마나 가까이 있는지 혹은 멀리 있는지는 전혀 알 수 없었다. 우리는 그저 외부에서 들어오는 빛이 몇 분 정도만 지속한다는 사실을 알고 있을 뿐이므로, 그때를 기다려야만 했다. 따라서 우리는 흔들리는 돌 위로 기어 올라가 언제라도 뛰어넘을 준비를 하기로 했다. 그런 결정을 그다지 어렵지 않게 내릴 수 있었던 이유는 등불의 기름이 거의 바닥났기 때문이었다—사실상 한 개는 완전히 꺼졌고, 다른 한 개도 기름이 부족할 때 그러하듯 불빛이 오르락내리락했다. 우리는 거의 죽어가는 불빛에 의지한 채 서둘러 동굴에서 기어 나와 거대한 바위로 올라갔다.

우리가 그렇게 하자마자 등불이 꺼졌다.

우리의 위치로 기인한 차이는 충분히 언급할만하다. 아래쪽 작은 동굴에서는 머리 위로 휘몰아치는 돌풍의 고함만 들렸다—엎드린 채 얼굴을 흔들리는 돌 위에 대고 있는 이곳은 거센 바람의 힘과 분노에 완전히 노출되어 있었다. 엄청난 돌풍이 한 방향으로 불다가 그다음에는 다른 방향에서 몰아쳤고, 험준한 벼랑과 암벽에 부딪혀 절망에 빠진 수만 명의 영혼처럼 울부짖었다. 우리는 묘사하기조차 힘든 두려움과 절망 속에서 지옥의 목소리를 들으며 몇 시간을 보냈다. 반대편 돌출 암석의 깊고 깊은 내면에서는 절벽들이 서로를 부르듯이, 기분 나쁜 하프처럼 윙윙대는 소리가 들려왔다. 인간이 꾼 어떤 악몽도, 어떤 공상가의 거친 상상도, 이곳의 살아있는 공포와 맞설 수 없을 것이다. 그날 밤 들었던 섬뜩한 울부짖음이라니, 우리는 뗏목을 움켜잡은 난파선 선원들처럼 깊이를 알 수 없는 시커먼 어둠 속 허공에 매달려 있었다. 다행히 몹시 추운 편은 아니었다. 사실상 바람은 따스했고, 만약 그렇지 않았다면 우리는 살아남지 못했을 것이다. 그렇게 바위에 몸을 찰싹 붙이고서 매달려 주변 소리를 듣는 동안, 너무나 신기하고 그 자체로 암시적인 한 가지 일이 일어났는데, 그건 의심할 바 없이 우연의 일치이지만 마음을 가볍게 해주었다기보다는 신경에 더 큰 부담이 되었다.

우리가 암벽 사이를 건너기 전, 아샤가 돌출된 바위에 서 있었을 때, 바람이 불어와 그녀의 망토를 날려, 어딘지 알 수 없는 시커먼 심연 속으로 사라지게 했을 때를 기억할 거다. 글쎄—나는 그 이야기를 말하기 좋아하지 않는데, 그건 정말 기묘하기 짝이 없었다. 우리가 흔들리는 돌 위에 엎드려 있을 때, 바로 그 망토가 검은 허공으로부터 날아오더니, 마치 망자에 대한 기억처럼 레오에게 내려앉았다—거의 머리부터 발끝까지 그를 덮어주었다. 처음에는 그게 뭔지 몰랐지만 이내 감촉으로 알아낼 수 있었고, 그런 다음 불쌍한 레오는 처음으로 무너지는 모습을 보였으니, 나는 돌 위에서 흐느끼는 그의 울음소리를 들었다. 분명히 그 망토는 절벽 어딘가에 걸렸다가 돌풍을 타고 우연히 날아왔을 터이지만 어쨌든 그것은 호기심을 자극하며 가슴을 뭉클하게 만든 사건이었다.

다음 순간 갑자기, 아무런 전조도 없이, 칼날처럼 거대한 붉은 광선이 어둠을 가르며 나타나 움직이는 돌과 반대편 돌출 바위에 날카롭게 꽂혔다.

"지금이에요," 레오가 말했다, "지금 하거나 영원히 못 하거나."

우리는 일어나 몸을 폈고, 어지러울 정도로 깊은 아래쪽에 붉게 물든 고리 모양의 구름을 보고 흔들리는 돌과 진동하는 돌출 바위 사이의 허공을 보며 절망에 빠졌고, 죽음을 준비했다. 아무리 필사적이라도, 해낼 수 없을 것이 분명했다.

"누가 먼저 가지?" 내가 말했다.

"아저씨가 먼저 가세요," 레오가 대답했다. "내가 이쪽 돌에 앉아 너무 흔들리지 않게 할게요. 할 수 있는 한 많이 달려서 높이 뛰세요. 하느님의 자비가 우리와 함께하길 빌겠어요."

나는 고개를 끄덕하고서 레오가 어릴 때 이후 한 번도 하지 않았던 행동을 했다. 나는 돌아서서 그를 안고 앞이마에 입을 맞추었다. 프랑스인의 행동처럼 들릴 수 있겠으나, 나는 친아들이라고 해도 더 사랑할 수 없던 한 사람에게 마지막 작별 인사를 고했다.

"안녕, 내 아들아," 내가 말했다. "우리가 어디로 가든지 다시 만날 수 있게 되길."

사실상 나는 앞으로 2분쯤 후 내가 살아있을 것이라고 기대하지 않았다.

다음으로 그 돌에서 가장 먼 지점까지 가서, 제멋대로 부는 돌풍이 뒤쪽에서 힘을 실어줄 때까지 기다린 다음 내 영혼을 하느님께 맡긴 채 거대한 돌 위에서 약 30~40피트 정도 되는 거리를 전력 질주하여 현기증 이는 허공을 향해 미친 사람처럼 뛰어올랐다. 오, 암석 끝에서 뛰어오를 때의 아찔했던 공포, 도약 거리가 짧았다는 무서운 절망감이 머릿속을 스쳤다! 그랬다, 발이 제대로 닿지 못한 채 허공으로 미끄러졌고 내 양손과 몸만이 바위에 닿았다. 나는 비명을 지르며 바위를 움켜잡았으나 한 손이 미끄러지고 나머지 한 손으로만 겨우 붙잡을 수 있었고, 몸이 빙그르르 회전하여 조금 전 도약했던 돌을 마주 보게 되었다. 필사적으로 왼손을 뻗어 바위의 튀어나온 부분을 가까스로 잡고 강렬한 붉은 광선 속에 매달렸는데 발아래는 수천 피트의 허공이 깔렸었다. 양손으로 붙잡은 곳은 돌출 바위의 밑부분이어서 그 끝이 머리에 닿았다. 따라서 만약 내가 기운을 회복한다고 해도 내 몸을 위로 끌어올릴 수 없었다. 내가 할 수 있는 일이란 일 분 정도 더 매달려 있다가 바닥 없는 구덩이 속으로 추락하는 것뿐이리라. 만약 누군가 더 끔찍스러운 장소에 있는 모습을 상상할 수 있다고 하면 어디 한번 말해보라! 내가 아는 것이라곤, 잠깐의 고통으로 머릿속이 빙글빙글 돌고 있다는 것뿐이었다.

나는 레오가 내지르는 고함을 들었고, 그다음 그가 한 마리의 영양처럼 허공으로 뛰어오르는 것을 보았다. 공포와 절망의 영향 아래, 이 정도는 아무 일도 아니라는 듯 멋지게 도약하여 무시무시한 심연을 깔끔하게 뛰어넘었다, 구덩이로 빠져드는 것을 피하려고 얼굴을 바위 위에 처박다시피 하면서 암석 끝에 무사히 착지했다. 그 충격으로 내 머리 위쪽에 있는 돌출 암석이 흔들리는 것을 느꼈고, 그가 도약할 때 심한 압박을 받았던 돌을 보니, 그 진동하던 돌은 레오의 몸이 강한 충격을 주고 떠나자 뒤로 젖혀지면서 한없는 세월 동안 처음으로 균형을 잃으며, 철학자 누트의 은거지였던 동굴 안쪽으로 무너져 내렸으니, 의심할 바 없이 불멸의 장소로 들어가는 통로를 수백 톤의 바위들이 영원히 막아버렸다.

모든 것이 순식간에 일어난 일이며, 신기하게도 내가 처했던 끔찍한 자세에도 불구하고, 나도 모르게 어떤 인간도 다시는 그 무시무시한 통로를 내려갈 수 없다고 생각했던 것이 기억난다.

다음 순간 레오가 양손으로 내 오른 팔목을 잡은 것을 느꼈다. 그는 내게 손을 미칠 수 있는 암석 끝부분에 엎드려 있었다.

"손을 놓고 매달려요," 그가 침착하고 결연하게 말했다. "그러면 내가 끌어올릴 것이고, 아니면 둘 다 함께 죽는 거예요. 준비되었어요?"

그에 대한 대답으로, 처음에는 왼손을, 그다음에는 오른손을 놓았고 그늘진 암석 아래 아무것도 없는 곳에서 레오의 팔에 몸무게를 모두 실은 채 흔들거렸다. 진정 두려운 순간이었다. 레오는 힘이 센 남자였으나 내가 돌출 바위 윗부분을 잡을 수 있는 지점까지 내 몸을 들어 올릴 수 있을까?

몇 초 동안 나는 이리저리 흔들렸고 레오는 힘을 집중했다. 위쪽에서 그의 힘줄이 불거지는 소리가 들려오더니 내 몸이 마치 어린애처럼 위로 들어 올려졌고, 나는 바위에 왼팔을 걸고 가슴을 대어 체중을 실었다. 나머지는 어렵지 않았다, 몇 초 만에 바위 위로 몸을 올릴 수 있었고 우리는 나란히 누워 가쁜 숨을 몰아쉬었다. 온몸은 나뭇잎처럼 떨리며 식은땀으로 범벅되었다.

그런 다음 전에도 그랬던 것처럼 등불이 꺼지듯 빛이 사라졌다.

우리는 아무런 말없이 삼십 분 정도 그곳에 누워 있다가, 마침내 짙은 어둠을 가로질러 돌출된 암벽을 따라 최선을 다해 기어가기 시작했다. 마치 벽에 박힌 못처럼 툭 튀어나온 돌출 암석에서 절벽 면으로 향할 때 빛이 조금씩 더 들어오는 듯했으나 밤이었기 때문에 그 정도는 매우 약했다. 거센 돌풍이 조금 누그러진 후 좀 더 수월하게 나아갔고, 마침내 우리는 첫 번째 동굴 혹은 통로 입구에 도착했다. 하지만 이제 새로운 문제에 직면하게 되었다. 기름이 바닥났고 등불도 흔들리는 돌 아래로 떨어져 산산조각이 났다. 누트의 동굴에서 물도 모두 마셔버렸기 때문에 심지어 갈증을 풀어줄 물조차 한 방울 남지 않았다. 우리가 어떻게 자갈이 잔뜩 깔린 통로를 통과할 수 있을까?

감촉에 의지해 어둠을 뚫고 가야 한다는 것이 명백했으니, 우리가 여기서 지체한다면 피곤함에 눌려 이곳에서 죽을지 모른다는 두려움을 느끼며 기어갔다.

오, 마지막 통로에서의 공포감이란! 바닥에 잔뜩 깔린 돌에 걸려 넘어지고 꼬꾸라지면서 상처에서 피가 흘렀다. 유일한 안내자인 동굴 벽면을 손으로 더듬으며 나아갔고, 어둠 속에서 너무나 당혹하여, 반대 방향으로 가고 있는 것은 아닌지 두려운 생각에 여러 번 사로잡혔다. 계속해서 힘없이, 훨씬 더 힘없이, 여러 시간 동안 우리는 나아갔고, 기운이 바닥났기 때문에 휴식을 취하기 위해 몇 분마다 멈추어야 했다. 한 번은 쓰러져 잠이 들었는데, 내 생각으론 몇 시간 정도 잔 것 같았다. 우리가 깨어났을 때 온몸이 뻣뻣했고 상처에서 흐른 피가 피부에 말라붙어 있었기 때문이었다. 지친 몸을 질질 끌며 다시 나아가다가, 마침내 절망이 우리 가슴 속으로 찾아들 무렵 한 번 더 햇살을 보았고, 우리는 절벽 바깥 면에 움푹 들어가 안으로 이어지는 통로 입구에 서 있었다.

이른 아침이었다—우리는 달콤한 공기를 느끼며 다시는 볼 수 없을 것으로 생각했던 축복받은 하늘을 보게 되었다. 우리가 통로로 들어갔을 때는 일몰 후 한 시간 후였기에 우리는 하룻밤 내내 그 끔찍한 장소를 기어서 통과했다.

"한 번 더 힘을 내자, 레오" 나는 숨을 몰아쉬면서 표정에 마음이 그대로 드러난 그를 달랬다. "만약 그가 가버리지 않았다면, 빌랄리가 있는 경사면에 도착할 수 있을 거야, 자아, 포기하지 마라." 그가 일어났고 우리는 서로에게 의지하며 경사면을 따라 50피트 정도 내려갔다—어떻게 해냈는지는 나도 알 수 없다. 그저 기억하는 거라곤, 우리가 경사면 아래 둔덕에 누워있었다는 것이고, 그런 다음 도저히 걸어갈 수 없던 탓에 한 번 더 몸을 질질 끌다시피 하면서 여왕이 빌랄리에게 기다리라고 명했던 곳을 향해 기어갔다는 사실뿐이었다. 그런 식으로 50야드를 채 못 가서 갑자기 벙어리 하인 한 명이 왼편의 나무들 사이에서 불쑥 나와서—내 생각으론 아침 산책을 하고 있었던 것 같은데—이상한 동물이 나타난 것인지 확인하기 위해 달려왔다. 그는 바라보고 또 바라보다가 놀라서 양손을 들어 올리더니, 거의 바닥에 쓰러질 뻔했다. 그다음에 그는 약 200야드 떨어진 숲을 향해 죽어라 달려갔다. 우리의 모습이 가히 충격적일 터이므로 놀라는 것도 무리가 아니었다. 우선 레오를 보면 금발 머리카락이 눈처럼 하얗게 변했고 옷은 찢어져 너덜거렸으며 얼굴과 손은 멍과 베인 상처, 피가 뭉쳐서 딱지가 앉아 있는 데다 고통스럽게 바닥에 몸을 대고 질질 끄는 광경은 가히 충격적이었을 것이고, 나 역시 그리 다를 바 없었다. 이틀이 지난 후 내가 물 표면에 얼굴을 비쳐 보았을 때 나 자신도 나를 알아볼 수 없을 지경이었다. 한 번도 외모가 수려해 본 적이 없었으나 내 얼굴에는 추한 무언가가 찍혀있었고 그것은 그날 이후 절대 지울 수 없었는데, 마치 깊은 잠을 자다가 놀라 깨어난 사람의 표정과 비슷하다는 것 외에는 설명할 길이 없다. 그건 절대 이상한 일이 아니었다. 오히려 우리가 제정신을 유지했다는 것이 의아스러울 정도였다.

진정 다행스럽게도, 나는 곧 우리를 향해 서둘러 달려오는 늙은 빌랄리를 보았고, 위엄있는 그의 표정에 떠오른 놀라움을 보며 겨우 미소를 지을 수 있었다.

"오, 나의 비비여, 나의 비비여!" 그가 외쳤다. "사랑하는 내 아들, 정녕 그대와 라이언인가? 잘 익은 옥수수 색이었던 그의 갈기가 눈처럼 하얗게 되었군. 언제부터 그리된 건가? 피그는 어디에 있으며 '절대 권위의 그녀'는 또 어디에 계신단 말인가?"

"죽었어요, 둘 다 죽었습니다," 내가 대답했다. "하지만 아무 것도 묻지 마세요. 우리를 도와주세요. 음식과 물을 주십시오. 그렇지 않으면 우리도 당신 눈앞에서 죽게 될 것입니다. 우리의 혀가 물을 갈구하며 시꺼멓게 죽어가는 것이 보이지 않으세요? 그렇게 된다면 우리가 어떻게 말을 할 수 있겠습니까?"

"죽었다고!" 그가 숨을 가쁘게 몰아쉬었다. "말도 안 돼. 그녀 는 절대 죽지 않아. 어떻게 그럴 수가?" 그런 다음 달려온 벙어 리들이 자신의 표정을 살펴보고 있다는 것을 깨닫더니 얼른 정 신을 차린 다음 그들에게 우리를 숙소로 옮기라는 손짓을 보냈 고 그들은 명령에 따랐다.

다행히 우리가 도착했을 때 화덕에서 수프가 끓고 있었고, 빌랄리는 우리에게 그것을 먹여 주었으니, 우리가 스스로 먹지 못할 만큼 쇠약해진 상태였기 때문이었고, 나는 그것으로 죽음 을 면하게 되었다고 굳게 믿는다. 그런 다음 빌랄리는 벙어리들 에게 축축한 우리 옷을 벗기고 핏덩어리를 씻어내도록 명령했 고 그 이후 몸과 마음이 완전히 지쳐버린 상태에서 우리는 향내 나는 풀 더미에 누워 깊은 잠 속으로 빠져들어 갔다.

제28장

산을 넘어서

그다음에 기억나는 것은 온몸이 지독하리만큼 뻣뻣한 느낌이었고, 반쯤 깨어난 머릿속에 마치 내가 흠씬 두들겨 맞은 카펫 같다는 생각이 희미하게 스쳤다. 내가 눈을 뜨자마자 제일 먼저 본 것은 나이 든 친구 빌랄리의 걱정스러운 표정이었는데, 그는 내가 자는 동안 즉석에서 만든 침대 옆에 앉아 생각에 잠긴 듯 긴 수염을 쓰다듬고 있었다. 그를 보자 당장 내 머리에 우리가 겪은 모든 고난이 떠올랐고, 반대편에 누워있는 불쌍한 레오를 보자 기억은 더욱 선명해졌다. 그의 얼굴은 멍이 들어 거무스름하게 변했고 아름다운 머리카락은 하얗게 세어버렸다.[38] 그리고 나는 다시 눈을 감고 신음을 냈다.

"그대는 오랫동안 잠을 잤네, 비비여," 늙은 빌랄리가 말했다.

"얼마나 잤습니까, 어르신?" 내가 물었다.

---

[38] 신기하게도 레오의 머리카락은 그 이후 어느 정도 색깔이 돌아왔고―말하자면 지금은 노란색이 감도는 회색이며, 내 경우는 언제 제대로 될지 알 수 없다. ― L. H. H.

"태양이 한 번 회전하고 달이 한 번 회전했다네. 그대는 하룻낮과 하룻밤 동안 잤다네. 라이언도 마찬가지고. 보게나, 그는 아직도 자고 있어."

"잠은 축복입니다," 내가 대답했다. "잠은 기억을 삼켜버리니까요."

"내게 말해주게나," 그가 말했다. "무슨 일이 일어난 것이며, 불멸의 여왕이 죽었다는 이상한 이야기는 대체 무엇인가? 잘 생각해보게, 내 아들이여. 만약 그게 사실이라면 그대와 라이언은 대단히 위험해. 맞아, 뜨겁게 달군 항아리를 뒤집어쓰고 죽게 될 테고, 축제를 열고 싶어 안달이 난 저놈들이 그대를 먹어치울걸세. 내 아이들이자 동굴의 거주인인 아마해거족들이 그대들을 싫어한다는 것을 잘 알지 않은가? 그들은 이방인인 그대들을 싫어하네. 여왕이 그대들을 위해 자신의 형제에게 고문을 가했기 때문에 더욱 그대들을 증오한다네. 만약 절대복종의 존재인 여왕 하이야를 두려워하지 않게 된다는 사실을 알면 그대들에게 항아리를 씌워 죽일 테지. 그러니 내게 자초지종을 말해주게나, 나의 불쌍한 비비여."

그리하여 요청을 받아 나는 이야기를 시작했다—사실상 모든 것을 말한 것은 아니었는데, 그렇게 하는 것이 바람직하다고 생각하지 않았고, 여왕이 진정으로 이제는 존재하지 않는다는 사실을 이해시키는 목적에 충실할 정도로만 말했다, 그녀가 불길 속으로 추락하여—정말이지 사실이 그에게는 이해가 되지 않았기 때문이었다—불타버렸다고. 나는 또한 우리가 도망치면서 견뎌야 했던 두려움을 주는 상황에 대해 일부 말을 해줬는데, 그는 깊은 감명을 받은 것 같았다. 그러나 나는 그가 아샤의 죽음을 믿지 않는다는 사실을 분명히 볼 수 있었다. 그저 우리가 아샤는 죽었다고 생각하고 있다고 믿은 듯했고, 잠시 사라졌다는 설명이 여왕에게 더 어울린다고 했다. 그가 말하길 자신의 아버지 시절에 여왕이 12년 동안 사라진 적이 있었고, 아주 오래전에는 한 세대가 지날 때까지 아무도 여왕을 본 적이 없었던 적이 있었는데, 그녀가 갑자기 나타나 여왕 행세를 하던 여자를 죽였다고 했다. 나는 그 이야기에 대해 아무 말도 하지 못한 채 슬프게 고개를 가로저었다. 아아! 나는 아샤가 다시는 나타나지 않는다는 것을, 어쨌든 빌랄리가 그녀를 다시 보지 못할 것이라는 사실을 너무나 잘 알았다.

"그리고 이제," 빌랄리가 결론을 내렸다. "그대는 무엇을 할 작정인가, 비비여?"

"모르겠습니다," 내가 말했다, "모르겠어요, 어르신. 우리가 이곳을 빠져나갈 수 있을까요?"

그는 고개를 가로저었다. "대단히 힘들어. 코르 지역을 통과할 수 없어, 그대가 보았던 것처럼 저 사악한 자들이 그대들뿐이라는 사실을 알자마자, 글쎄" 그는 의미심장한 미소를 지으면서 손으로 모자를 쓰는 시늉을 해 보였다. "하지만 전에도 말한 것처럼 절벽을 넘어가는 길은 있어. 사람들이 가축을 데리고 초원으로 갈 때 사용하는 길이야. 그런 다음 초원 넘어 늪지를 통과하는 데 사흘이 걸리고, 그다음은 나도 모른다네. 하지만 거기서부터 일주일 정도 가면 검은 바다로 흘러들어 가는 거대한 강이 나온다고 들었어. 만약 그대가 거기까지 도달한다면 도망칠 수 있을 테지만 어떻게 갈 수 있겠는가?"

"빌랄리," 내가 말했다. "아시다시피 저는 어르신의 목숨을 구한 적이 있습니다. 이제 그 빚을 갚아 주십시오, 어르신. 저와 제 친구 라이언을 구해주세요. 이 세상을 떠나는 날이 왔을 때 어르신에게 기쁨이 될 것이고, 만약 나쁜 일을 저질렀다면 그것을 용서받을 수 있을 겁니다. 만약 어르신이 옳다면, 만약 여왕이 스스로 몸을 숨기고 있는 것이라면, 그분이 다시 돌아왔을 때 그에 대한 보상을 해주실 거예요."

"내 아들, 비비여," 노인이 대답했다. "내가 사악한 마음을 가지고 있다고 생각하지 말게. 저놈들이 내가 물에 빠져 죽는 광경을 보고만 있을 때 그대가 어떻게 나를 구했는지에 대해 아주 잘 기억하고 있다네. 그 보답을 할 것이고, 그대를 구할 수 있으면 구해야지. 잘 듣게, 내일 새벽까지 준비하게 시키겠네. 그대들을 태워 산을 넘고 그 너머 늪지를 가로지르도록 들것을 준비하지. 내가 여왕의 이름으로 그렇게 할 것이고 여왕의 명령을 어기면 하이에나의 밥이 될 테니까. 그런 다음 그대가 늪지를 건너면 스스로 헤쳐나가야 해. 운이 따른다면 아까 말했던 검은 바다까지 살아서 갈 수 있을 테지. 그리고 자아, 저것 보게, 라이언이 깨어났어. 내가 준비해둔 음식을 먹어야 할 것 같군."

레오가 자리에서 털고 일어났을 때 그의 상태는 겉으로 보는 것만큼 나쁘지 않았고, 우리 둘은 지극정성인 음식을 가까스로 먹었으니, 그건 눈물겹도록 꼭 필요한 식사였다. 그 이후 우리는 절룩거리면서 샘물로 내려가 목욕을 한 다음 돌아와 저녁때까지 잠을 잤고 다섯 사람이 먹어치울 만한 음식을 다시 먹었다. 빌랄리는 의심할 여지가 없이 온종일 가마와 짐꾼을 준비하여, 우리가 한밤중에 잠에서 깨었을 때 그 작은 야영지에 상당히 많은 사람이 도착해 있었다.

동틀 무렵 노인은 모습을 드러내며, 약간 힘들기는 했지만 추상같은 여왕의 이름을 내세워 필요한 가마꾼과 늪지를 건너가게 해줄 안내자 두 명을 모을 수 있었다고 전했고, 우리에게 즉시 출발하라고, 동시에 배신자로부터 우리를 보호하기 위해 그가 동행하겠다고 선언했다. 나는 완전히 무방비 상태인 두 이방인을 향한 그의 친절에 감동했다. 그의 경우 다시 돌아가야 해서 사흘이 아니라 엿새가 걸릴 것이고 그의 나이를 고려할 때 상당히 어려운 걸음일 터이지만 우리를 안전하게 보호하기 위해 기꺼이 동행해 주었다. 이는 우울하고 악마 같고 흉포한 의식을 치르고 지금까지 내가 들어본 가운데 가장 야만적이고 무시무시한 아마해거족들 가운데에도 친절한 사람들이 있다는 사실을 보여준다. 물론 이기적인 이유도 조금은 있었을 것이다. 그는 여왕이 갑자기 나타나 우리에게 어떤 대접을 했는지 추궁할 것으로 생각했을 터이나, 그 모든 추론을 허용하여도, 그 상황에서 우리가 기대할 수 있는 것 이상이었고, 내가 오직 말할 수 있는 것은 내가 살아있는 한 명목상의 아버지인 빌랄리에 대한 애정이 어린 추억을 소중히 간직할 것이었다.

그에 따라, 얼마간 음식을 먹은 다음 우리는 들것을 타고 출발했으며, 충분히 휴식을 취하고 잠을 잔 덕분에 우리의 몸은 예전처럼 회복된 것 같았다. 하지만 정신적인 상태는 상상에 맡기고자 한다.

그런 다음 깎아지는 절벽 위로 올라갔다. 때로는 오르막이 자연적으로 형성된 것 같았고, 지그재그로 난 길이 좀 더 자주 나타났는데 첫눈에 의심할 여지 없이 옛 코르인들이 만든 것이었다. 아마해거족들은 일 년에 한 번 소에게 풀을 먹이기 위해 외부 방목지를 향해 넘어간다고 했는데, 내가 짐작할 수 있는 것이라곤, 소들이 비정상적으로 일어선 자세로 가야 한다는 사실뿐이었다. 물론 여기에서는 가마도 소용없었기에 우리는 걸어가야만 했다.

하지만 오후쯤 우리는 바위 절벽 꼭대기에 자리한 평평한 곳에 도착했고, 그곳에서 본 광경은 엄청났으니, 코르의 평원 가운데 한쪽에는 열주 기둥이 있는 진리의 신전 유적을 분명히 볼 수 있었고, 다른 쪽에는 침울한 늪지가 한없이 펼쳐졌다. 이 바위 절벽은 분명히 분화구의 입구를 형성한 것이고, 약 1.5마일 정도의 두께에 화산재가 덮여 있었다. 거기에서는 아무것도 자라지 않았지만 작게 패인 빗물 웅덩이(최근에 내린 비로 인한 것)가 간혹 보이면서 그나마 우리의 눈을 위로했다. 우리는 엄청난 성벽의 평평한 곳을 넘어 아래로 내려갔는데 올라올 때처럼 힘들지는 않았지만 그래도 여전히 어려운 그 여정은 해 질 무렵까지 이어졌다. 그날 밤, 우리는 경사면에서 안전하게 야영을 했는데 그 아래쪽으로는 늪지가 펼쳐졌다.

　다음날 열한 시쯤 늪지를 가로지르는 우리의 고된 여정이 시작되었는데 그 내용은 앞에서 이미 묘사한 바 있다.

　사흘 내내 악취와 진창, 열병을 일으키는 장소를 통과하기 위해 가마꾼들은 안간힘이었고, 마침내 우리는 탁 트인 완만한 경사면에 도착했는데, 상당히 개간되지도 나무도 거의 없었으나, 온갖 종류의 사냥감으로 덮여 있었다. 사냥감들은 가장 외진 장소에 누워있는데, 안내자가 없다면 거의 통과할 수 없는 지역이었다. 그리고 다음 날 아침, 우리는 이곳에서 빌랄리에게 애석함을 느끼며, 작별인사를 했고, 그는 하얀 수염을 쓰다듬으며 진심으로 우리를 축복했다.

　"잘 가게, 내 아들 비비," 그가 말했다. "자네도 잘 가게나, 라이언. 더는 그대들을 도와줄 수 없다네. 하지만 만약 그대가 모국으로 돌아가거든, 충고하지, 다시는 미지의 땅으로 여행을 떠나지 말게나. 그리고 다시 돌아오지 않도록 해. 그렇지 않으면 여기에 하얀 뼈를 남기게 될 거야. 다시 한 번 말하지만 잘 가게나. 자주 그대들을 생각하지. 그대들도 나를 잊지 말게, 비비, 그대 얼굴은 못생겼지만, 마음은 진실한 사람이야." 그런 다음 그는 돌아갔고 키가 크고 부루퉁한 표정의 가마꾼들도 함께 갔는데 우리가 아마해거족을 본 것은 그게 마지막이었다. 우리는 그들이 전쟁터에서 사체를 나르는 듯 빈 가마를 들고 사라지는 모습을 지켜보았고 거대한 황무지에 우리 둘만 남겨졌다. 우리는 돌아서서 주변을, 서로를 보았다.

삼 주일 전, 남자 네 명이 코르의 습지로 들어섰다. 이제 우리 중 두 사람은 죽었고, 나머지 두 사람은 기이하고 두려운 모험과 경험을 헤쳐나가니, 죽음조차 두렵지 않았다. 3주일—불과 3주일이었다! 진실로 시간은 그 자체의 경과가 아니라 사건에 의해 측정되어야만 한다. 우리가 탄 보트가 침몰한 이후 삼십 년은 더 흐른 것 같았다.

"잠베지 강으로 가야 해, 레오," 내가 말했다. "우리가 무사히 도착할지는 하느님만 아실 테지."

레오는 고개를 끄덕였다. 그 당시 그는 말을 거의 하지 않았다. 그리고 우리는 옷과 나침반, 리볼버 권총과 장총, 이백여 발의 총알만 가지고 출발했고, 강인하고 위엄있는 코르 제국의 고대 유적을 방문했던 우리의 역사는 그렇게 막을 내렸다.

그 뒤로 일어난 모험도 기이하고 다양하긴 했으나, 심사숙고한 후 여기에 기록하지 않기로 했다. 앞부분에서 묘사하지 않은 내용을 여기에다 단지 짧고 간결하게 쓰려고 하는 이유는, 가까운 시기에 출판하기 위해서가 아니라 우리의 여정과 결과의 기억이 아직 남아있는 동안 자세히 적어놓기 위해서이고, 만약 내용을 공개하기로 하면 세상 사람들은 이것에 흥미를 보낼 것이라고 믿는다. 현재 알려준 대로, 우리가 살아있는 동안 그렇게할 생각이 없다.

나머지 여정은 정도가 조금 더 심할 뿐 중앙아프리카 여행자와 비슷했고, 대중적으로 흥미롭지 않다. 놀라운 고난과 궁핍을 겪은 후에, 우리는 빌랄리와 헤어진 곳에서 남쪽으로 170마일 정도 떨어진 잠베지 강에 도달했다고 말하는 것으로 충분하다. 그곳에서 젊은 얼굴과 눈처럼 하얀 머리카락을 지닌 레오를 보고서 우리를 초인간적인 존재라고 믿는 어떤 미개 부족에게 잡혀 육 개월을 보냈다. 마침내 이들로부터 탈출한 후, 잠베지 강을 건너가 남쪽으로 헤매다가, 우리는 거의 굶어 죽기 직전에 운 좋게도 혼혈 포르투갈 코끼리 사냥꾼을 만났다. 그는 이전보다 훨씬 더 내륙 안쪽으로 코끼리 무리를 따라 들어온 사람이었다. 이 남자는 우리를 무척 친절하게 대해주었고, 마침내 그의 도움을 받아 우리는 셀 수 없는 고통과 모험을 거친 이후, 델라고아 만에 도착했다. 코르 늪지에서 빠져나온 지 십팔 개월도 더 지나서였다. 그리고 다음 날 우리는 희망봉을 돌아 영국으로 향하는 증기선에 겨우 올라탈 수 있었다. 집으로의 여정은 순조롭게 진행되었고, 우리는 무모하고 거의 바보스러운 의문을 풀기 위해 떠난 날부터 정확히 두 해째 되는 날 사우샘프턴 부두에 발을 내디뎠다. 지금 나는 대학 캠퍼스의 오래된 내 방에서 내 어깨에 기대며 있는 레오와 함께 이 마지막 글을 쓰고 있다. 오늘은 스물두 해 전, 내 불쌍한 친구 빈시가 철제상자를 들고 비틀거리며 찾아온 날이고 그가 세상을 떠났던 바로 그날이다.

과학 및 외부 세상과 관련하여, 이 이야기는 여기서 끝난다. 레오와 나 자신과 관련한 결말은 내가 짐작할 수 있는 것 이상일 것이다. 그러나 우리는 이야기가 아직 끝나지 않았다고 생각한다. 이천 년보다 더 오래전에 시작된 하나의 이야기가 알 수 없는 머나먼 미래로 이어질 것이다.

레오는 정말로 비문에 적힌 고대 칼리크라테스의 환생일까? 혹은 아샤가 유전적으로 이상하게 닮은 그의 모습을 보고 착각을 한 것일까? 독자들은 여러 가지 다른 의문에 대해 각자 의견을 내놓아야 한다. 내가 가진 의견은 그녀가 그런 실수를 하지 않았다는 것이다.

나는 자주 밤에 홀로 앉아, 아직 태어나지 않았기에 알 수 없는 시간을 마음의 눈으로 응시하면서, 이 거대한 이야기가 마침내 어떻게 끝날 것이며 다음 무대가 어디에서 펼쳐질지 궁금해하곤 한다. 결국, 의심할 바 없이 그것은 반드시 일어나야 하고 일어날 것으로 생각한다. 결코, 방향을 틀지 않는 운명과 변할 수 없는 목적에 순응하며 최종적인 사건은 언제 발생할까? 이시스에 대한 서약을 깨뜨린 사제 칼리크라테스의 사랑을 위해, 그리고 분노한 여신의 무정한 복수에 쫓기며 리비아의 해안에서 달아나 코르에서 어두운 운명을 맞이하게 되는 파라오의 왕족인 공주이자 아름다운 이집트 여인, 아메나르타스의 역할은 무엇이 될까?

번역자의 짤막한 변명

앞부분을 보자면, 이 책과 소설 속 편집자와의 특이한 관계에 대해 밝히는 대목이 나오는데, 번역자인 나도 이 책과의 질긴 관계에 대해 말하지 않을 수가 없다. 사실, 내게 이 책은 눈에 보이지 않지만 '콕콕 쑤시는' 손가락이었다. 거의 십오 년 전 이 책을 처음 번역했고 우여곡절 끝에 출간되었지만, 내 눈에만 대단히 선명하게 보이는 '문제점'과 오역처럼 보이는 '오타' 때문에 마음고생이 이만저만이 아니었다. 할 수만 있다면 '포맷' 버튼을 누르고 다시 시작하고 싶었으나, 한번 번역하고 출간한 책을 같은 번역자가 재번역하는 것은, 증보판을 내기 위해서나, 혹은 출판사의 특별 요청이 없는 한, 그리 자주 있는 일은 아닌 듯싶었다. 또한, 원문 자체가 쉽지 않는 터라, 솔직히 고백하건대, 내가 번역 공부를 제대로 해야겠다고 마음먹고 다시 학교로 돌아가게 된 계기가 된 책이기도 했다

시간이 흐르고, 다시 우여곡절 끝에 이 책을 재번역할 기회를 얻게 되었는데, 막상 시작하고 나니 후회가 밀려들었다. 이런 고생을 괜히 사서 하다니! 내가 진정 제정신이 아니었던 게야! 아무리 오래전에 했어도 내용을 기억하고 있으니 그리 어렵지 않으리라고 생각할 수도 있겠지만, 실상은 그렇지 않았다. 내용을 기억하는 바람에 번역할 때 느낄 수 있는 신선함은 감소하였고 반면에 원문 묘사는 쉽지 않았다.

어떻게 보면 내용과 의미는 간단하다. 중년 남자인 할리와 수려한 청년 레오는 빈시의 유언에 따라 '절대 권위의 여왕'을 찾아 선조의 복수를 실행하기 위해 아프리카로 떠난다. 하지만 그곳에서 레오는 여왕이 사랑했던 칼리크라테스의 환생이라는 것과 세상에서 가장 아름다운 그 여왕은 죽은 사랑을 기다리기 위해 불멸의 삶을 얻어 이천 년을 기다렸다고 했다. 여왕은 두 사람에게 불멸의 생명을 얻어 자신과 함께 영원히 살면서 사상 초유의 권력을 누리자고 설득했으나 마지막 순간에 모든 것이 눈앞에서 사라진다.

나는 이 책이 절대적 선 혹은 미를 추구하는 인간의 바람 혹은 희망을 판타지가 섞인 탐험 소설 형식으로 그려낸 것으로 받아들였고, 내용이 대단히 난해하다거나 엄청난 의미를 품고 있다고 생각하지 않는다. 요즘 유행하는 소설 형식도, 내용도 아니다. 그래도 매력이 없는 책은 절대 아니어서, 책마다 지니는 특색이나 맛은 천차만별이고 같은 내용이라고 해도 읽는 사람마다 느끼는 점도 다르긴 하겠지만, 이 책의 맛은 문장 자체에 있다고 믿으니, 문장들이 현대 소설과 비교할 때 그 길이나 묘사가 남다르다고 말할 수 있기에—원서로 반 페이지가 한 문장인 경우도 있다—비록 원문의 진한 느낌을 온전히 되살리기에는 아직도 역부족일 터이나, 독자들이 그 특유의 길고도 긴 문장의 맛을 느끼고 즐기시면 좋을 것으로 생각한다.

이영욱